Pour le bonheur d'Aimée

*

Le destin du Dr Demetrios

*

Un retour, un mariage

SUE MacKAY

Pour le bonheur d'Aimée

Traduction française de
ADELINE MAGNE

BLANCHE

HARLEQUIN

Collection : Blanche

Ce roman a déjà été publié en 2019

Titre original :
THE ITALIAN SURGEON'S SECRET BABY

HARPERCOLLINS FRANCE
83-85, boulevard Vincent-Auriol, 75646 PARIS CEDEX 13
Service Clients — www.harlequin.fr
ISBN 978-2-2805-1067-7 — ISSN 0223-5056

Édité par HarperCollins France.
Composition et mise en pages Nord Compo.
Imprimé en août 2024 par CPI Black Print (Barcelone)
en utilisant 100% d'électricité renouvelable.
Dépôt légal : septembre 2024.

FSC
www.fsc.org
MIXTE
Papier issu de sources responsables
FSC® C159065

Pour limiter l'empreinte environnementale de ses livres, HarperCollins France s'engage à n'utiliser que du papier fabriqué à partir de bois provenant de forêts gérées durablement et de manière responsable.

Prologue

Elene Lowe passa sa main gantée sur son front en sueur et contempla le petit corps plâtré des pieds à la tête sur la table d'opération.

Joe Crawford, cinq ans. Accident de voiture.

— C'était vraiment moins une.

L'intervention s'était déroulée du mieux possible, mais Mattia Ricco, le chirurgien en charge, affichait un air sombre.

— Oui, vraiment moins une. Et ce gosse n'est pas encore tiré d'affaire, malheureusement…

Bip… Silence.

Elle se figea.

— Oh non ! C'est trop injuste !

Le petit bonhomme avait déjà été victime de deux arrêts cardiaques au cours de l'opération qu'il venait de subir pour réparer sa mâchoire, ses deux jambes fracturées et son bras en miettes. Et une fois de plus…

Mattia s'empara du réanimateur cardiaque en étouffant un juron.

— Reculez…

La secousse électrique souleva le petit corps.

Bip… Bip… Bip…

— Je vais te dire ce qui est injuste, moi ! gronda Mattia. C'est une mère de famille qui prend la voiture en ville pendant le rush du vendredi soir et qui laisse son fils dormir sur le siège arrière sans prendre la peine de l'attacher.

Il n'avait pas tort. Certes, l'accident avait été causé par un conducteur en état d'ébriété, mais la mère de Joe avait fait preuve d'une négligence coupable. Elene comprenait parfaitement Mattia, et comme il ne restait plus qu'eux dans la pièce, il pouvait laisser libre court à sa colère.

— Je vais conduire Joe en salle de réveil. J'en profiterai pour les briefer sur son cas.

— Je t'accompagne, marmonna-t-il. Non que je doute de tes compétences, mais je ne veux pas le confier à d'autres tant que son cœur peut flancher à tout moment.

Elle était d'accord avec lui. Il serait pris en charge, leurs collègues allaient le surveiller de près un bon moment encore, mais elle ne serait complètement rassurée qu'une fois l'enfant réveillé.

Trois quarts d'heure plus tard, c'était le cas, et Mattia étira les bras au-dessus de sa tête.

— Ses constantes ne sont pas revenues à des valeurs pleinement satisfaisantes, mais l'évolution est positive. On va boire quelque chose en salle de repos ? Autant que possible, j'aimerais ne pas m'éloigner, au cas où je recevrais un appel.

Elle hocha la tête.

Une telle conscience professionnelle ne l'étonnait pas. Mattia Ricco avait rejoint le service orthopédique de l'hôpital de Wellington depuis presque un an, et ses compétences étaient unanimement saluées. Pour ne rien gâcher, son physique et son charisme lui valaient l'admiration de tout le personnel féminin, elle y compris.

Elle entra à sa suite dans la pièce étriquée qui faisait office de salle de pause.

Dans sa tête, elle voyait encore le visage de Joe disparaître sous le masque à oxygène, ou son petit corps manipulé précautionneusement pour être réparé. Sans compter les arrêts cardiaques… Elle n’avait pas envie de rester seule avec ces pensées. Mattia non plus, à en juger par sa mine maussade.

— Un gosse de cinq ans en arrêt cardiaque. Tu te rends compte ? Et s’il y était passé, qu’est-ce que j’aurais dit aux parents ?

L’accent italien de Mattia s’était tout à coup accentué au point de gêner sa compréhension.

— Dans ces moments-là, je me demande si j’ai choisi le bon métier, dit-elle. Parfois, j’en ai marre de supporter tant de détresse, de souffrances…

Tiens, sans réfléchir, elle avait répondu en italien, la langue de sa mère.

— En plus, Joe n’est même pas tiré d’affaire, poursuivit-elle dans son anglais natal.

Elle ponctua sa phrase d’un soupir tout en versant des granulés de café instantané dans les mugs.

— Ne sois pas trop dure avec toi-même, dit Mattia en sortant la bouteille de lait du frigo. Tu es une infirmière exceptionnelle. On a tous des moments de doute.

— Oui, si tu le dis…

Elle inspira un grand coup, et ses narines furent soudain titillées par une fragrance musquée d’après-rasage.

Mattia se tenait derrière elle, beaucoup trop près.

Elle fit un pas de côté pour mettre une distance entre eux, mais elle se heurta à sa poitrine — un mur de muscles puissants qui remplissaient à la perfection sa blouse blanche — et se retrouva sous le feu de son regard intense, brillant d’un éclat qui ressemblait à du désir.

Malgré elle, elle se sentit rougir. Toute raison envolée, elle céda à l’emprise de la flamme qui l’envahissait. Plus rien n’existait que ce corps masculin admiré plus d’une fois à la dérobée et l’envie de se presser contre lui et de sentir sa chaleur, sa force, pour oublier les images horribles imprimées dans son cerveau.

Deux mains puissantes et sensuelles se posèrent sur ses

hanches, et, comme dans un film au ralenti, le visage de Mattia s'approcha du sien.

Qu'est-ce qu'il leur prenait ? Mattia avait-il lui aussi besoin d'effacer de son esprit les deux heures qu'ils venaient de vivre ?

Ses lèvres étaient tout près des siennes, tellement près qu'elle aurait pu les atteindre en redressant simplement le menton. Depuis qu'elle avait quitté son ex, jamais elle n'avait eu autant envie de s'abandonner à ses pulsions…

Oui, mais pas avec le mec de sa meilleure amie ! Ça, c'était interdit !

Dans un sursaut, elle s'écarta de la bouche provocante qui l'attirait, maudissant le jour où Mattia Ricco avait quitté l'Italie pour venir travailler en Nouvelle-Zélande.

Mattia inspira profondément pour soulager ses poumons en feu et calmer ses nerfs.

Le regard d'Elene ne le quittait pas d'un iota. Elle le dévisageait avec des yeux écarquillés, remplis de honte.

Il y avait de quoi avoir honte, en effet. Il avait toujours été du genre à multiplier les aventures, mais il n'était pas totalement irresponsable. Certes, il n'était pas engagé dans une relation sérieuse avec Danielle, mais il lui devait quand même un minimum de respect tant qu'il sortait avec elle, même s'il se rendait compte à présent qu'Elene Lowe — belle, frondeuse, en un mot dangereuse — l'avait turlupiné inconsciemment au cours des derniers mois.

Allons, son contrat prenait fin dans quatre semaines, et il repartirait en Italie. Dès lors, il pourrait reprendre sa vie de célibataire. Mais pas avant.

— Laisse tomber le café, grommela-t-il. Je retourne en soins intensifs.

— OK, pas de problème, répliqua Elene d'un ton brusque.

Il s'arrêta près de la porte, pressé d'en finir.

— Elene, excuse-moi. Je sais que Danielle est ton amie… Enfin, je n'aurais pas dû.

— Moi aussi, je te dois des excuses, dit-elle. Ce qu'il vient de se passer ne se reproduira plus.

— Ce n'est pas grave, Elene. Le mieux est d'oublier ça. Crois-le ou pas, moi non plus, je n'ai pas envie de faire du mal à Danielle.

Elene hocha brièvement la tête.

— OK. Donc, jusqu'à nouvel ordre, on s'en tiendra toi et moi à des relations strictement professionnelles.

Il n'aurait pas su dire si son ton exprimait du soulagement ou de la déception, mais il ne comptait pas s'attarder pour le deviner. Elene avait raison de lui demander de maintenir ses distances, ils avaient à travailler ensemble encore un mois.

Cette perspective ne le réjouissait guère car, en ce qui le concernait, cette indifférence serait une façade. En réalité, il mourait d'envie de connaître mieux Elene Lowe. De la connaître intimement.

Allons, autant ne plus y penser.

1

Oh non, ce n'était pas vrai !

Si Elene n'avait pas tenu dans ses bras un bébé de douze mois, elle se serait littéralement effondrée sur le tapis d'un rouge criard. Dieu merci, elle parlait l'italien, autrement, elle n'osait pas imaginer comment elle se débrouillerait.

— Comment ça, ma chambre est déjà prise ? Vous l'aviez mise au nom de deux clients différents ?

En désespoir de cause, elle déposa du plat de la main sur le comptoir sa confirmation de réservation.

— Regardez ! J'ai réservé et payé mon séjour il y a six semaines. Désolée, mais je ne pars pas.

Si seulement sa voix avait pu exprimer un semblant de conviction ! Malheureusement, ces heures interminables de vol l'avaient vidée de toute son énergie.

— J'ai besoin de cette chambre, plaida-t-elle d'une voix plaintive.

— Je comprends bien, *signora*...

La réceptionniste jeta un regard vers l'annulaire sans alliance d'Elene.

— *Signorina*, je suis désolée. Personne n'est à l'abri d'une erreur. Les autres personnes sont arrivées il y a trois heures et se sont déjà installées. Je ne peux pas leur demander de partir, à présent.

— Du coup, c'est à moi de m'en aller ? Où voulez-vous que j'aille ?

Pour ne rien arranger, Aimée se mit à agiter les pieds, signe qu'elle était sur le point de se réveiller.

C'était bien normal, la pauvre Aimée avait passé beaucoup d'heures en avion. C'était une petite bonne femme très courageuse... Elle s'était endormie dans le taxi qui les avait amenées à Sorrente depuis l'aéroport de Naples, mais elle ne pouvait pas dormir éternellement.

— Tous les hôtels de la ville sont pleins, marmotta la réceptionniste inspectant ses ongles avec le plus grand intérêt.

Elene prit une grande inspiration pour se calmer.

— Au moins, indiquez-moi une solution de repli, un autre hôtel. Ma... Ma fille est fatiguée. Le voyage a été long, et elle a besoin de se reposer.

— *Sì*, je comprends, *Signorina*. Je vais contacter les auberges de jeunesse, mais vous devrez certainement partager votre chambre avec d'autres jeunes femmes.

Des auberges de jeunesse ? Avec un bébé ? Et puis quoi, encore ? D'un autre côté, avait-elle le choix ? C'était toujours mieux que de passer la nuit dans la salle d'attente de la gare.

Un cri suraigu lui vrilla soudain les tympans, et Aimée tapa contre elle ses petits bras et ses petits pieds. Clairement, elle en avait assez.

— Chut, murmura Elene en l'embrassant sur le front. On arrive bientôt, chérie.

Un autre cri fit trembler les murs. Des larmes coulèrent sur le visage rouge et froissé du bébé.

Pour un peu, Elene en aurait pleuré aussi.

— Oh ! ma chérie, je sais...

Elle laissa tomber son sac à dos et en sortit un biberon pour tenter de calmer Aimée. Mais le lait était froid, et les pleurs redoublèrent. Le dos tourné, la réceptionniste parlait au téléphone d'une voix rapide.

Elene se passa la main sur le front.

Elle n'allait quand même pas passer la nuit avec Aimée dans une auberge de jeunesse ! Et pourtant, c'était ça, ou... Ou se confronter tout de suite à l'homme qu'elle était venue voir de si loin. Manifestement, elle n'avait pas d'autre choix que de le retrouver dès maintenant, sans préparation.

Mais en toute franchise, serait-elle jamais prête ? Elle n'avait pas l'aplomb nécessaire pour affronter le Dr Mattia Ricco d'égale à égal. Quoiqu'elle ait le bon droit de son côté. Le bon droit et l'appui de sa famille. Si seulement ils avaient été là...

Elle ne pouvait s'en prendre qu'à elle-même. Elle avait refusé chaque fois que sa mère ou ses sœurs lui avaient proposé de l'accompagner. Elle avait décidé d'entreprendre seule ce voyage à l'autre bout du monde, et elle devait en assumer les conséquences.

Elle tapota sur le bureau de la réception pour attirer l'attention de l'employée.

— S'il vous plaît, pouvez-vous m'appeler un taxi ?

La réceptionniste se tourna pour lui indiquer l'entrée.

— *Dietro l'angolo.*

— *Grazie.*

Aurait-elle seulement l'énergie de se rendre au coin de la rue ?

Aimée heurta son épaule de son petit poing et laissa tomber le biberon, versant une traînée de gouttelettes blanches sur le chemisier froissé et sur le tapis du hall.

— Oui, bébé, tu as raison. Il faut que je me ressaisisse.

Pourquoi n'avait-elle pas réservé une chambre à Naples au lieu de se rendre directement à Sorrente ? Lorsqu'elle avait planifié son voyage, cela lui avait semblé évident. Pressée d'arriver, elle ne s'était arrêtée aux différentes escales que le temps d'attendre le prochain vol. Mais la théorie est une chose et la réalité, une autre. Elle aurait dû se laisser une marge pour pouvoir faire face aux impondérables.

La réceptionniste contourna son bureau pour ramasser le biberon.

— Je vais vous aider à appeler un taxi. Vous voulez aller où ?

— À l'hôpital.

La réceptionniste ouvrit de grands yeux et jeta un regard de remords vers Aimée.

— Je suis désolée pour l'erreur de réservation. Je vais chauffer le lait pour votre *bambina*.

Elene se contenta de sourire. Aimée n'était pas sa fille à proprement parler, mais cette femme n'avait pas à le savoir.

— Aimée n'est pas malade. Simplement, je connais à l'hôpital quelqu'un qui peut m'aider. Mais si vous pouvez réchauffer son biberon, je vous en serai reconnaissante.

Par bonheur, le taxi commandé par la réceptionniste ne tarda pas à arriver, et dans le véhicule, Elene regarda le paysage défiler sans le voir, le cœur battant à coups sourds à la perspective de cette rencontre.

Elle aurait dû rester en Nouvelle-Zélande. Mattia n'était pas au courant de sa présence, il était encore temps de reculer... Mais Danielle ? Elle ne pouvait pas se dédire de la promesse faite sur le lit de mort de son amie. Et puis, Aimée méritait de connaître son père.

Elle en était là de ces pensées lorsque le taxi se gara devant l'hôpital de Sorrente.

Après avoir attaché le bébé dans sa poussette, elle entra bravement dans le bâtiment, consulta la liste des médecins et se dirigea vers l'ascenseur, poussant la poussette d'une main tandis qu'elle traînait de l'autre ses bagages derrière elle. Malgré la tiédeur de ce soir printanier, elle frissonnait. On y était. À partir de maintenant, elle n'avait plus d'échappatoire.

— S'il te plaît, dis-moi que je ne fais pas une bêtise. C'est ce que voulait ta mère, mais j'ai tellement peur de te perdre !

Mattia accepterait-il de les recevoir ? Pourvu que oui. Avec un peu de chance, il correspondait au portrait flatteur que Danielle lui avait dressé de lui. Elle n'allait pas tarder à mettre cette image à l'épreuve des faits.

L'ascenseur grimpa à la vitesse d'une fusée, et les portes s'ouvrirent sur un couloir bruissant d'activité.

Elle se fraya un chemin parmi le personnel médical, les aides-soignants poussant des lits à roulettes et les patients à béquilles jusqu'à la porte affichant l'écriteau « Dottore Mattia Ricco ». Le menton fièrement dressé, elle entra.

— Bonjour, dit-elle à la secrétaire, je m'appelle Elene Lowe. J'aurais besoin de voir le Dr Ricco.

— Vous avez un rendez-vous ?

— Non, mais je peux attendre qu'il termine sa journée.

La pendule du couloir indiquait 6 h 05. Il n'en aurait sûrement pas pour très longtemps.

— Désolée, mais le docteur ne reçoit pas sans rendez-vous. Il est très occupé.

— S'il vous plaît, dites-lui que je suis là et laissez-le décider s'il veut me voir ou non.

De toute façon, si sa démarche n'aboutissait pas ici, elle avait son adresse personnelle. Elle était prête à débarquer chez lui pour faire en sorte qu'Aimée dorme sous un toit.

— Désolée, je ne peux pas, dit la femme en jetant un coup d'œil vers la porte close.

À bout de nerfs, Elene sentit les larmes lui piquer les paupières.

— S'il vous plaît...

— Désolée.

Jamais « secrétaire » n'avait mieux rimé avec « cerbère ». C'était bien de Mattia, ça, de se choisir une lionne pour garder son bureau ! En tout cas, il était hors de question qu'elle prenne le risque de le rater.

À cet instant, Aimée se mit à crier.

Elene la détacha de la poussette et la prit dans ses bras.

— Je vais voir le docteur maintenant, et avec ma fille.

— Impossible, il n'est pas disponible.

— S'il est occupé avec un patient, je vais m'asseoir ici et attendre. Je ne bougerai pas avant de lui avoir parlé.

— C'est bon, j'appelle la sécurité.

— Inutile, Sonia, dit une voix ennuyée. Je m'occupe de cette dame. Vous pouvez rentrer chez vous, il est largement l'heure.

— Mais…

— Pas de « mais », Sonia. Faites ce que je vous demande, s'il vous plaît.

Tandis qu'il parlait à sa secrétaire, Mattia regardait fixement Elene. Ses yeux noirs étaient ronds de surprise.

— Elene… Quel plaisir inattendu !

— Je suis sûre que ma venue t'inspire tout sauf du plaisir.

— Tu n'as pas perdu ton franc-parler, à ce que je vois.

Elle se reprocha aussitôt son impolitesse. Dans son intérêt et dans celui d'Aimée, il fallait qu'elle soit en bons termes avec Mattia.

Elle se força à ébaucher un sourire.

— Désolée. Les deux derniers jours ont été fatigants.

Le regard de Mattia s'arrêta sur ses lèvres, et un éclat sombre brilla dans ses yeux. Ou alors, c'était elle qui hallucinait à nouveau.

— Tu as fait tout ce trajet dans le seul but de me voir ?

Saisie d'un brusque élan de stress, elle serra Aimée contre elle. Les yeux sombres de Mattia se posèrent sur son précieux fardeau. Sa bouche se pinça, et il releva les yeux pour la fixer d'un air incrédule.

— Félicitations pour ton bébé. Quel âge a-t-il ?

— Elle s'appelle Aimée, et elle va avoir un an.

Mattia ne sembla pas saisir le sous-entendu.

— Un an… Désolé, mais tu fréquentais quelqu'un, lorsque je vivais à Wellington ? Dans mes souvenirs, tu étais célibataire.

— Oui, j'étais célibataire à l'époque, et toi, tu sortais avec Danielle.

— Ah, Dani… Comment va-t-elle ?

Enfin, le moment de vérité était arrivé.

D'un bref signe de tête, elle indiqua la porte du cabinet.

— Je préférerais te parler en privé, si tu n'y vois pas d'inconvénient, murmura-t-elle.

Mattia se tourna vers sa secrétaire qui, contrevenant à ses instructions, n'était toujours pas partie.

— Sonia, je vous vois demain.

Enhardie par l'attitude ferme de Mattia, Elene passa devant la jeune femme et entra dans le bureau.

Audace éphémère, car une fois dans la place, sa timidité revint à la charge. Jamais Mattia ne lui avait semblé aussi grand, aussi imposant. En entendant le bruit sourd de la porte qui se refermait, elle eut l'impression que ses poumons se vidaient et qu'ils refusaient de fonctionner.

Sans attendre d'y être conviée, elle se laissa tomber sur la chaise la plus proche et cala Aimée sur ses genoux, un bras autour de son petit corps.

Mattia contourna son bureau d'un pas décidé mais demeura debout, comme pour mieux la dominer.

Un silence malaisé s'ensuivit. Elle avait eu tort de s'asseoir. Sous son regard, elle perdait tous ses moyens et oubliait de se battre.

— Donc, Danielle ?

Oui, Danielle... Ce n'était vraiment pas facile à dire.

— Elle est morte. D'un cancer.

Une exclamation sourde s'échappa des lèvres de Mattia.

— Morte ?

Elle hocha brièvement la tête.

Le décès remontait à deux mois, mais le chagrin était demeuré aussi vif. Son amie n'avait que trente-quatre ans, elle était l'image même de la joie de vivre, elle était promise à un bel avenir... C'était si injuste !

Mattia se passa la main dans les cheveux.

— Si je puis me permettre, de quel cancer est-elle décédée ?

— Un cancer du col de l'utérus. Ça a été très vite.

À cette évocation, une nausée familière lui emplit la bouche d'un goût amer.

Les derniers mois, elle avait servi de garde-malade à Danielle, et cette expérience avait été la plus dure de sa vie.

Aimée interrompit ses pensées en s'agitant dans ses bras.

Ravie de cette distraction, elle resserra son bras autour du bébé, qu'elle embrassa sur la joue.

— Désolée, ma chérie.

Lorsqu'elle redressa la tête, elle rencontra le regard de Mattia, sombre et indéchiffrable.

Il fallait en finir une bonne fois pour toutes.

— Sa maladie a été diagnostiquée alors qu'elle était enceinte.

Il hocha brièvement la tête.

— Donc, ce bébé est le sien ?

Elle bondit de son siège et se campa devant lui, furieuse.

— Aimée. Elle s'appelle Aimée ! Compris ?

— Oui, j'ai compris, répondit-il sans ciller.

Elle le dévisagea, ahurie.

De nouveau, le sang-froid de Mattia lui coupait ses effets. Comprenait-il à quoi elle voulait en venir ? De toute évidence, non, mais c'était bien normal. Il n'était au courant de rien, puisque Danielle ne l'avait informé ni de sa grossesse ni de son cancer. Évidemment, lorsqu'il avait vu Aimée, elle avait cru déceler dans son regard un éclair de clairvoyance, mais peut-être s'était-elle trompée.

Elle retourna s'asseoir et s'efforça de se calmer. La colère ou les pleurs ne serviraient à rien, bien au contraire. Point positif, il ne l'avait pas flanquée à la porte. Du moins, pas encore...

— Aimée va bientôt avoir un an. Elle est née le 3 mai.

— Ah... Un petit Taureau.

— Pardon ?

— Oui, elle est Taureau : un signe persévérant, méthodique. Matérialiste, aussi.

Elle cligna les yeux, stupéfaite. Lui, un homme de science, il croyait sincèrement à ce genre de sornettes ?

— Comment sais-tu ça ?

— Je suis Taureau, moi aussi. Elle va te donner du fil à retordre.

— Elle va *nous* donner du fil à retordre.

Mattia posa une fesse sur son bureau.

— Nous y voilà. Explique-moi exactement l'objet de ta visite, OK ?

Très franchement, il aimerait autant ne rien savoir. Il n'était pas naïf, et si Elene venait à confirmer sa petite idée, il savait qu'il n'aurait plus d'échappatoire, c'en serait fini de la vie qui était la sienne. Mais jusqu'à présent, il lui restait un mince espoir.

Donc, il choisit de se concentrer sur Elene plutôt que sur le bébé.

Lorsqu'il l'avait vue dans sa salle d'attente, ses longs cheveux auburn tout défaits, ses frêles épaules affaissées, la courbe de ses hanches soulignée par la ceinture de son pantalon flottant, il avait éprouvé une émotion hors de propos, une sorte d'élan de désir.

Du désir ? Pour Elene ? Il ne manquait plus que cela !

Déjà, à Wellington, ils s'étaient évités comme la peste, surtout après ce soir où ils avaient failli s'embrasser. Pourtant, cette crispation qui lui tendait le bas-ventre était sans ambiguïté. Cette femme qui semblait avoir pour mission sur terre de lui casser les pieds avait trouvé un nouveau moyen de lui pourrir la vie.

Danielle s'était toujours amusée des réactions épidermiques qu'Elene provoquait chez lui. Elle disait qu'il aurait gagné à mieux la connaître, qu'elle était une fille super.

Danielle...

À son souvenir, une tristesse poignante le saisit. Personne ne méritait de finir ainsi, et surtout pas elle, si pleine d'énergie, d'humour, de générosité.

— Je suis désolé pour Danielle.

— Merci, murmura Elene.

Ce petit mot renfermait une montagne de chagrin.

Il se surprit à observer la petite Aimée, qui s'était mise à pleurnicher.

Elene la berça et la cajola, puis elle la déposa par terre.

— Allez, ma chérie, dégourdis-toi un peu les jambes. C'était long, hein, ces heures d'avion…

Il ouvrit de grands yeux.

— Tu arrives tout juste ?

— Oui. J'aurais sans doute dû m'arrêter une nuit à Hong-Kong, mais j'ai préféré expédier ce voyage une bonne fois pour toutes. Et puis, une escale aurait fatigué davantage Aimée. Enfin… Peut-être, je ne sais pas.

La petite fille s'assit sur son derrière et promena autour d'elle ses grands yeux sombres avant de les poser sur lui.

Bon sang, elle avait les mêmes yeux que lui ! Pas de doute, Aimée était bien sa fille. Ses frères avaient chacun de jeunes enfants qui lui ressemblaient comme deux gouttes d'eau : c'étaient les mêmes yeux, le même teint mat, la même bouille adorable. Au cours des quelques semaines où il avait fréquenté Danielle, il lui avait donné un enfant… Qu'il le veuille ou non, il était un *babbo*, maintenant.

Soit, il était prêt à accepter les faits, pour peu qu'on lui donne juste un peu de temps pour les assimiler. Mais de là à l'admettre devant Elene, il y avait un pas qu'il n'était pas encore disposé à franchir. Tout d'abord, il devait savoir pourquoi elle avait entrepris ce long voyage. Que voulait-elle de lui, au juste ? De l'argent ? Lui confier Aimée et repartir, libre comme l'air ?

Autant lui poser la question sans ambages pour en avoir le cœur net.

— Pourquoi es-tu venue ici ?

— Je n'ai pas eu le choix. J'avais réservé une chambre à l'hôtel, mais ils l'avaient attribuée par erreur à un autre client. En fait, je compte un peu sur ton aide. Si, du moins, tu consens à oublier nos différends du passé.

Il la dévisagea en silence.

Blême, les yeux creusés par la fatigue, Elene semblait au bout du rouleau. Comment s'en étonner, après toutes ces heures en avion, sans compter le décalage horaire ? D'autant plus qu'il lui avait fallu s'occuper d'un bébé.

— Je suis désolée de débarquer de la sorte, ajouta-t-elle. J'avais compté sur une nuit pour récupérer.

— Tu débarques de l'aéroport ?

— Oui. Je me suis simplement arrêtée à l'hôtel, le temps de m'apercevoir qu'ils ne pouvaient pas me loger.

Au bord des larmes, elle battit des paupières.

Non, Elene, ne pleure pas !

Ça ne lui ressemblait pas de s'apitoyer sur elle-même. Cette femme était une dure à cuire, une battante.

Il prit alors la mesure de ce qu'elle venait de lui dire : pour qu'elle soit acculée à une telle extrémité, il fallait vraiment qu'elle n'ait nulle part où aller ! Certes, il pouvait l'héberger quelques jours, là n'était pas le problème. Seulement, Aimée était le rappel vivant que plus rien ne serait plus comme avant pour lui. Était-il vraiment prêt à la voir tous les jours chez lui ?

Qu'est-ce qu'il lui prenait de se poser cette question ? Évidemment, qu'il allait l'accueillir. Il n'allait tout de même pas tourner le dos à sa propre fille ! Certes, la cohabitation avec Elene risquait de n'être pas simple, mais bon, sa maison était suffisamment grande pour leur éviter une promiscuité gênante. De plus, comme le disait le dicton, « garde tes amis près de toi, et tes ennemis, encore plus ». Car pour le moment, n'en déplaise à Danielle, Elene appartenait à la seconde catégorie.

— Tu ne devrais pas changer la couche d'Aimée ?

Elene hocha lentement la tête.

— Oui, c'est vrai.

— Écoute, il me reste encore un patient, mais je ne devrais pas en avoir pour longtemps. Après quoi, je t'emmène à la maison. Sauf si tu veux que je change sa couche d'abord.

Elene le dévisagea comme s'il venait de lui présenter un cadeau qu'il risquait de reprendre d'une seconde à l'autre.

— C'est bon, je m'en charge, marmonna-t-elle.

Si on lui avait dit un jour qu'il éprouverait de la compassion pour Elene Lowe… Et pourtant, en cet instant, il aurait fait n'importe quoi pour la faire sourire.

N'importe quoi pour la renvoyer à l'autre bout du monde, aussi.

— Tu peux rester chez moi le temps de te trouver un lieu d'hébergement, mais rien ne presse. Je ne te mets pas le couteau sous la gorge. Ma maison est grande, et j'ai plusieurs chambres à ta disposition.

Les épaules d'Elene s'affaissèrent davantage.

D'instinct, il fit un pas vers elle pour la retenir, mais au même moment, elle se ressaisit et se redressa.

— Merci, murmura-t-elle.

— Inutile de me remercier. Tu étais venue pour ça, non ?

— Je ne savais pas vers qui me tourner. Aimée pleurait, la réceptionniste essayait de nous trouver une place dans une auberge de jeunesse, et… Désolée, je n'ai pas vu d'autre solution.

Ils en restaient tous les deux à des détails pratiques, comme s'ils redoutaient l'un comme l'autre d'entrer dans le vif du sujet : comment allaient-ils s'organiser avec Aimée ?

— Oui, tu as bien fait.

Pour Aimée, du moins. Il aurait été furieux d'apprendre qu'elles avaient dû partager leur chambre avec d'autres voyageurs. Sa fille méritait mieux. Elene aussi, d'ailleurs, même s'il n'aurait pas su expliquer pourquoi. Ne devrait-il pas la convier à rester jusqu'à la fin de son séjour ?

On verrait… Il était encore trop tôt pour en décider.

— Je reviens dans pas longtemps.

Sur ces mots, il sortit sans un regard derrière lui, d'un pas décidé qui démentait son tumulte intérieur.

Il était le *babbo* d'une petite fille adorable. Bien sûr, tout restait à organiser, de nombreuses décisions devraient être prises, mais il serait toujours temps d'y réfléchir lorsque Elene aurait récupéré de son voyage. Pour l'instant, il se sentait bouillonner d'une exaltation à nulle autre pareille.

Sauf que c'était le visage d'Elene qui lui venait sans cesse à l'esprit. Il n'avait pas oublié l'expression qu'elle avait eue ce soir-là où leurs lèvres s'étaient frôlées. Et il n'avait pas oublié non plus cet élan de désir qu'il avait éprouvé en inspirant son parfum. Mais cet accident ne se reproduirait pas. À présent, il avait une fille dont l'avenir dépendait de lui. Pour cela, il devait s'entendre avec Elene, et le plus tôt serait le mieux.

Cette pauvre Elene... Jamais il ne l'avait vue dans un tel état d'épuisement, même après une journée harassante aux urgences. Le voyage et le décalage horaire avaient eu raison de ses forces, et il lui faudrait certainement plusieurs jours pour récupérer.

En attendant, il ferait en sorte qu'elle et la petite soient logées au mieux, même s'il devait le regretter pour le restant de sa vie. S'il les abandonnait à leur détresse, il ne pourrait plus jamais se regarder dans une glace. Il n'était pas dans sa nature de refuser son aide à une personne dans le besoin, et là, si Elene était dans le pétrin, c'était à cause de lui. Certes, Danielle ne lui avait rien dit au sujet d'Aimée, mais il était redevable envers Elene d'être venue de si loin lui amener sa fille. Il n'avait pas l'habitude de laisser traîner ses dettes, et il n'aurait pas de répit tant qu'il ne se serait pas acquitté de celle-ci.

2

Assommée de fatigue, Elene ne prêta qu'une attention limitée à la grande maison devant laquelle Mattia se gara. Ce fut à peine si elle remarqua le jardin planté de cyprès. Nettement plus intéressée, Aimée ne cessait de gigoter dans ses bras et promenait autour d'elle de grands yeux curieux.

Mattia descendit de voiture et se chargea des bagages et de la poussette avant d'ouvrir le chemin.

— Je vais te montrer ta chambre, après quoi j'irai chercher au sous-sol un lit de bébé qui a servi pour mon neveu et ma nièce. Veux-tu que je l'installe dans la pièce où tu couches ?

— Oui, s'il te plaît. Pour l'instant, Aimée s'est calmée, mais j'ignore comment elle va réagir lorsqu'elle se retrouvera dans un endroit qu'elle ne connaît pas.

Énervée comme elle l'était, la petite risquait de ne pas s'endormir avant un petit moment. Elle-même devrait tenir bon avant de pouvoir enfin s'écrouler sur un lit et dormir.

— Dépêchons-nous pour que tu puisses te reposer au plus tôt.

Sur ces mots, Mattia allongea le pas, et elle trottina derrière lui pour ne pas se laisser distancer. Il ouvrit la porte d'une grande chambre encore tiède du soleil de la journée. Point positif, une petite salle de bains attenante.

— C'est parfait.

— Je suis content que ça te plaise.

— Je serais mal fondée de me plaindre ! Vraiment, tu m'ôtes une grande épine du pied. Demain, promis, je pars à l'hôtel.

— Rien ne presse. Tu pourras toujours t'en occuper dans un jour ou deux.

Autrement dit, il ne l'invitait pas à rester chez lui jusqu'à la fin de son séjour. Mais, en toute justice, elle ne lui avait pas dit combien de temps elle comptait rester, ni même si elle désirait retourner en Nouvelle-Zélande.

— On repart dans trois semaines.

Mattia lui jeta un bref coup d'œil, et son expression crispée parut se détendre quelque peu, à moins que ce ne soit un effet de la lumière du plafonnier.

Elle devinait sans peine qu'il aurait préféré ne jamais la voir arriver. Il lui faudrait certainement du temps pour accepter les révélations de ce soir. Les jours à venir, elle devrait sans doute faire face à une foule de questions, d'exigences et de dénégations. Les questions, elle s'y attendait. Les exigences, beaucoup moins, et elle s'inquiétait déjà de ce qu'il risquait de lui demander. Pour les dénégations, on verrait bien.

— Tu as l'intention de passer tout ton séjour à Sorrente ?

Il parut retenir son souffle, comme si sa réponse était importante.

— Ça dépend de toi et de comment les choses vont se passer. J'ai de la famille à Florence. Je ne les ai pas vus depuis longtemps, mais je n'ai pas fait ce voyage pour cela.

— Si tu décides d'y aller, je peux organiser ton transport.

Elle réprima un haussement d'épaules.

Déjà, à Wellington, Mattia Ricco était du genre à vouloir tout chapeauter. De ce point de vue, il n'avait pas changé.

— Je suis parfaitement capable d'acheter deux billets de train. Mais merci quand même.

— Je ne pensais pas au train.

Bien sûr, le train, ce n'était pas assez chic pour lui...

Stop. Dans son intérêt et celui d'Aimée, mieux vallait rester bien disposée envers lui.

— Parlons-en plus tard, veux-tu ? J'ai sommeil, et je n'arrive plus à aligner deux idées.

— OK. Je vais chercher le petit lit.

Quelques minutes plus tard, Mattia revenait avec un grand sac carré qu'il déballa sur le tapis avant d'assembler les différents éléments sans hésitation.

— Tu as l'habitude, on dirait, remarqua-t-elle en branchant une veilleuse en forme d'ours en plastique. Tu as combien de neveux et nièces ?

— Un neveu et une nièce, de deux ans et demi tous les deux. Et deux autres *bambini* sont prévus pour bientôt.

Il jeta un coup d'œil vers Aimée, qui rampait vers le lit.

— Elle ne ressemble pas à sa mère.

— Sauf pour les cheveux bouclés.

— C'est vrai. Danielle s'en plaignait toujours, ajouta-t-il, soudain mélancolique. Malgré ce que tu penses, je l'aimais beaucoup. On s'entendait bien, tous les deux, mais cette… amitié n'était pas censée durer plus de quelques semaines.

— Je sais.

Comme Mattia haussait les sourcils, étonné, elle s'empressa de s'expliquer.

— À l'époque, je croyais sincèrement que tu lui faisais du mal. Plus tard, Danielle m'a dit qu'elle ne voulait qu'une amourette, comme toi.

— Elle n'en était pas à son premier flirt, au reste. Ce comportement, tu l'acceptais pour elle, mais pas pour moi. Pourquoi donc, à ton avis ?

En effet, elle n'avait été ni logique ni juste. Elle était contre le fait qu'ils se fréquentent, point final.

En désespoir de cause, elle haussa les épaules.

— Je ne sais pas. J'aurais dû voir qu'elle était heureuse avec toi. Comme le soir où tu l'as défendue contre ce type éméché.

Mattia hocha la tête.

— Oui, je me souviens. Il avait passé toute la soirée à la reluquer. À force, elle ne savait plus où se mettre. Lorsqu'il s'est approché pour lui lâcher des obscénités, j'en ai eu assez. Je lui ai proposé de sortir pour qu'on s'explique entre hommes. Il a décliné l'invitation.

— La galanterie n'est pas morte, remarqua-t-elle, ironique.

Mais son sourire atténuait le sarcasme.

De la part de Mattia, ce geste chevaleresque ne l'étonnait pas. Quoi qu'elle pense de lui, c'était un gentleman qui ne manquait jamais de respect à une femme. Simplement, il l'agaçait. Ou alors, était-elle dans le déni ? Entre eux, il y avait souvent des étincelles, comme celles qui avaient crépité le fameux soir de ce presque baiser. Avec ses airs d'hidalgo ténébreux, Mattia Ricco était un bel homme, il était drôle, intelligent et...

Non, non, non ! Elle n'était pas du tout sensible à son charme, mais alors pas du tout !

Elle chercha du regard de quoi retenir son attention.

À cet instant, Aimée tentait de se mettre debout en se retenant aux barreaux du lit, mais elle glissa et tomba sur les fesses. Toutefois, au lieu de crier comme elle le faisait d'habitude en pareil cas, elle eut un grand sourire et recommença son exercice sans se plaindre.

Mattia contemplait sa fille avec un mélange d'incrédulité et d'un autre sentiment qui ressemblait presque à du chagrin. Il n'avait toujours pas touché Aimée, comme si quelque chose l'en dissuadait. Mais quoi, au juste ?

Pour l'heure, elle était trop fatiguée pour y réfléchir.

Elle souleva Aimée dans ses bras et la tendit à son père.

— Tiens, occupe-toi d'elle un moment pendant que je me douche, veux-tu ?

Mattia s'empara délicatement du bébé, qui agita les jambes dans le vide et lui boxa les avant-bras avec un grand sourire édenté.

Il sentit sa gorge se serrer.

Pas de doute, Aimée était bien sa fille. Nul besoin de test ADN, son instinct le lui disait. Elle ressemblait tellement aux enfants de ses frères, et Elene agissait avec une candeur qui mettait ses intentions au-dessus de tout soupçon.

— Salut, toi, parvint-il à prononcer.

— Ma-ma-ma-ma.

— C'est vrai, ça ? Tu es magnifique, ajouta-t-il avec un sourire béat.

— Elle n'est pas faite en sucre, tu sais, dit une voix ironique derrière lui.

Il jeta un bref regard par-dessus son épaule.

Les yeux d'Elene, d'ordinaire vert émeraude, avaient viré à un brun plus sombre que l'océan, et son corps menu s'était tassé sur lui-même. Elle le contemplait avec appréhension, comme si elle redoutait de le voir s'attacher à Aimée.

Mais alors, pourquoi avait-elle entrepris ce voyage ? Quelle place occupait-elle dans la vie d'Aimée ?

Ces questions venaient en tête d'une longue liste qu'il lui faudrait tirer au clair sans tarder.

Il sourit pour la rassurer, sans savoir de quoi exactement.

— Tu ne devais pas te doucher ? Vas-y, dit-il d'une voix douce. J'emporte Aimée dans le salon. Je ne vais pas faire de bêtises, promis.

Elene se passa la pointe de la langue sur le coin des lèvres en un geste inconscient et terriblement sexy, puis elle hocha la tête et gagna la salle de bains.

Il laissa son regard s'attarder sur les courbes que son pantalon large ne parvenait pas à dissimuler.

Elle avait vraiment une silhouette de rêve : des hanches rondes, une taille de guêpe et une poitrine pleine, qu'il s'était efforcé de ne pas trop regarder lorsqu'elle tenait Aimée contre son sein.

Aimée...

Il serra tendrement le bébé contre lui, conscient qu'il n'avait jamais éprouvé quelque chose de pareil pour Marco ou Giulia.

Aimée était *sa* fille ! Un être issu de son sang, et dont il avait la responsabilité en tant que père. Mais il ne pouvait pas s'occuper seul d'un bébé, Aimée avait besoin d'une mère.

Elene ?

C'était à voir. Quoi qu'il en soit, ils seraient certainement amenés à se côtoyer à l'avenir. Décidément, la vie était ironique. Après Sandy, il s'était juré de ne plus jamais s'engager avec une femme, de quelque manière que ce soit, mais le destin avait eu d'autres idées pour lui.

Il embrassa Aimée sur le front.

— On se prépare à manger, bébé ?

Il mourait de faim. En guise de déjeuner, il s'était contenté d'un sandwich, avalé sur le pouce entre une prothèse de hanche et une reconstruction d'épaule. Nul doute qu'Elene avait aussi l'estomac dans les talons.

Il déposa Aimée par terre, devant le canapé du salon, s'assura qu'elle ne risquait rien et la laissa avec un jeu de cubes à empiler appartenant à Marco et Giulia. Dans le coin-cuisine, il remplit deux verres de sangiovese avant d'inspecter le contenu du réfrigérateur.

Par bonheur, sa femme de ménage avait fait les courses. Elle avait même préparé un repas à réchauffer, mais pour deux, ce ne serait pas suffisant. La barquette lui servirait pour demain midi. Pour ce soir, il allait préparer quelque chose de simple et de bon. Après ce périple, Elene méritait d'être un peu chouchoutée. Le voyage et le décalage horaire aurait mis n'importe qui sur les rotules, alors avec un bébé...

Et tout cela, elle l'avait fait pour Danielle. Pour Danielle et pour lui, aussi, sans doute. Sinon, pourquoi aurait-elle eu l'air si triste ? À coup sûr, elle se demandait quelles seraient ses intentions pour Aimée et quelle place il comptait lui laisser dans la vie de la petite.

Il se passa la main dans les cheveux en soupirant.

Il commençait à prendre la mesure de la situation. Ils avaient du pain sur la planche, tous les deux !

Mais pas ce soir. Chaque chose en son temps

Sans cesser de surveiller Aimée pendant qu'elle jouait avec les blocs de bois colorés, il se mit en devoir de préparer des pâtes à la carbonara maison.

L'horloge marquait 8 heures, et Elene n'était toujours pas de retour. S'était-elle endormie dans son bain ?

Alors qu'il hésitait à aller toquer à la porte de la salle de bains, elle entra dans le salon, essoufflée comme après avoir couru.

— Désolée. Bon sang, quelle douche ! Tu m'excuseras, j'ai sans doute utilisé toute l'eau chaude, mais j'en avais besoin. Mes courbatures ont disparu, je me sens de nouveau présentable.

Elle avait l'air, en tout cas. Le dos bien droit, elle semblait parfaitement détendue et sereine. Elle avait retrouvé sa bonne mine, son naturel vif et gai, sexy.

Surpris par cette pensée, il cogna la cuillère contre la casserole.

Elene Lowe, sexy ? N'importe quoi ! Elene était tout sauf une séductrice qui émoustillait les mâles.

Quoique, un certain soir, elle l'ait bien émoustillé…

Il haussa les épaules.

— Il y a un verre de sangiovese pour toi sur la table. C'est l'un des secrets les mieux gardés de l'Italie contre les courbatures.

Mieux valait ne pas se disperser. Les jours à venir s'annonçaient chargés, et il devait avoir l'esprit clair pour discuter avec Elene des modalités de garde d'Aimée. Un jour, Elene l'avait accusé d'être inconsistant. Eh bien, il allait se faire un plaisir de lui prouver à quel point elle s'était trompée sur son compte ! Il n'avait pas du tout apprécié qu'elle le tienne en si piètre estime, même s'il avait compris depuis qu'elle cherchait à protéger Danielle.

D'accord, il devait reconnaître que ce jugement était en partie fondé. Durant l'année qu'il avait passée à Wellington, il avait en effet mené une vie de bâton de chaise. En revanche, Elene n'aurait pas dû être si prompte à le condamner. Elle était loin de tout savoir de lui, et notamment ce qu'il lui était arrivé avec son ex. Cette garce de Sandy lui avait joué un tour dont il avait bien failli ne jamais se relever. C'était à cause d'elle qu'il se méfiait tant des femmes. À cause d'elle, aussi, qu'il avait pris le large et était parti au bout du monde, en Nouvelle-Zélande, histoire d'attendre que le scandale s'étouffe. Il était parti à contrecœur, mais ses parents avaient raison : son séjour en Nouvelle-Zélande avait eu un effet libérateur. À son retour en Italie, il était résolu à reprendre ses objectifs momentanément abandonnés. Du moins, tous sauf un : se marier et avoir des *bambini*.

Son regard se posa sur Elene, qui savourait son vin, et il frissonna lorsqu'elle lui sourit.

— Délicieux. Je n'avais pas bu de sangiovese depuis mon dernier séjour en Italie.

— Il remonte à quand ?

— À trois ans. J'ai passé l'essentiel de mon temps à Florence à travailler dans un hôpital, mais j'ai adoré ça.

Elle but une autre gorgée, et ses lèvres prirent une teinte rouge sombre. Le ventre serré, il avala une rasade de vin.

La nuit risquait d'être longue, et les jours suivants aussi. Il n'aurait pas dû la faire venir ici…

Oui, mais où serait-elle allée ?

Il vida son verre et s'empara de la bouteille.

— Tu as un permis pour travailler en Italie ?

— Je l'ai maintenu à jour au cas où je reviendrais rendre visite à ma famille.

— Ta mère est italienne, si je ne m'abuse ?

Elene hocha la tête.

— Mes grands-parents ont émigré en Nouvelle-Zélande lorsqu'elle avait deux ans. Plus tard, elle a épousé mon père, qui gère avec mon oncle un vignoble du côté de Masterton. L'une de mes sœurs cadettes a repris la propriété, et mes parents sont heureux de lui prodiguer des conseils et de jouer aux papy et mamie.

Jouaient-ils aux papy et mamie avec Aimée aussi ?

Pour cela, il faudrait qu'Elene soit légalement la mère d'Aimée. Que pensaient-ils de ce voyage en Italie ? Étaient-ils d'accord pour qu'Aimée connaisse son père biologique ?

Il s'abstint toutefois de poser ces questions. Le moment était à la détente. Mieux valait s'en tenir à des sujets anodins.

— Donc, tu dois être une fan de pâtes italiennes.

— Et comment ! Quoique je ne dise pas non à un succulent gigot d'agneau néo-zélandais.

Jamais il ne l'avait vue sourire comme cela, d'un air bon enfant, dégagé… En un mot, normal. Il ne la connaissait pas, cette Elene-là, et elle le déstabilisait profondément.

— Attention, ça déborde, remarqua-t-elle.

Au diable son étourderie !

Il fit volte-face et se dépêcha de déplacer la casserole hors du feu pour limiter les dégâts.

— Et Aimée, qu'est-ce qu'elle mange ?

— Ne t'inquiète pas, j'ai emporté de quoi voir venir les premiers jours.

Il s'aperçut alors qu'elle tenait un récipient hermétique décoré d'un petit ours.

— Il me faut juste un bol pour réchauffer ça au micro-ondes.

Il lui tendit l'objet et se concentra à nouveau sur la sauce.

Un silence tomba, ponctué par les babillages d'Aimée, qui continuait de s'amuser avec ses cubes.

Elene s'agenouilla à côté d'elle. Elle édifia une pyramide, repartant patiemment de zéro chaque fois que la petite fille faisait s'écrouler l'édifice à grands cris de joie.

Il les regardait jouer toutes les deux. L'une avec ses boucles sombres et sa peau mate, l'autre avec ses cheveux raides et auburn : le jour et la nuit.

— Pourquoi Danielle l'a-t-elle appelée Aimée ?

Elene redressa vivement la tête avec un air de défi.

— Pourquoi ? Tu n'aimes pas ce nom ?

— Est-ce que j'ai dit ça ? Je me demandais juste si elle

voulait honorer une personne en particulier, quelqu'un qui comptait pour elle.

Elene hocha la tête.

— Danielle a été élevée par sa grand-mère Aimée. Entre autres.

— D'accord. Un deuxième prénom ?

— Oui : Elene.

— Donc, elle a quand même un prénom italien. Ça me fait plaisir. Et son nom de famille ? Ne me dis pas que c'est Lowe ?

Il égoutta les pâtes dans l'évier, se préparant à la riposte cinglante qui, à coup sûr, n'allait pas tarder.

Elene sursauta, furieuse.

Elle se doutait bien que Mattia se posait mille questions. Délibérément ou pas, il lui avait procuré un sentiment trompeur de sécurité. Il fallait qu'elle fasse attention.

— Et pourquoi pas ? Quel mal y aurait-il à cela ?

— Aucun, je suppose.

— Mais non, justement, tu ne supposes rien du tout ! Tu n'as aucune idée de ce qu'il s'est passé à Wellington après ton départ, ni de ce que Danielle voulait pour sa fille. Encore moins de ce qu'elle a souffert en apprenant qu'elle ne verrait jamais Aimée grandir. Toi, tout ce qui t'inquiète, c'est un nom !

Et voilà, elle pleurait.

Furieuse contre Mattia et contre elle-même, elle se passa rageusement une main sur les yeux et se pencha vers Aimée pour la prendre dans ses bras, mais Mattia court-circuita son geste en lui tendant une serviette en papier à défaut de mouchoir.

— D'accord, je ne sais rien. Mais pourrais-tu combler mon ignorance ?

Après s'être mouchée, elle s'empara de son verre et but une longue gorgée pour se calmer.

Danielle et elle avaient certes préparé cet instant, mais

elle aurait du mal à expliquer à Mattia pourquoi son amie avait refusé de le mettre elle-même au courant d'événements aussi importants. Il faudrait aussi lui faire comprendre que, en tant que tutrice, elle comptait bien garder sa place dans la vie de la petite fille.

— Elene ?

Mattia avait dit son nom d'une voix douce qui l'atteignit au plus profond de son être.

— Je comprends qu'il te soit difficile de parler d'elle.

Elle se ressaisit et hocha la tête.

— C'est vrai. Danielle t'a-t-elle jamais parlé de son enfance ?

— Non, jamais.

— Sa mère est partie lorsqu'elle avait trois ans. Autrement dit, elle a été élevée par son père, et ce n'était pas rose tous les jours. Ils tiraient le diable par la queue, et son père enchaînait les petites amies. Entre elles et Danielle, le courant passait plus ou moins bien. Elle a eu une enfance solitaire, avec peu d'amis. À quatorze ans, elle est tombée enceinte, et son père a exigé qu'elle avorte. J'ignore les détails de l'histoire, mais elle a réussi à garder l'enfant. En revanche, son père l'a obligée à le faire adopter.

Mattia ouvrit des yeux scandalisés.

— C'est odieux ! De quel droit s'est-il permis...

— Elle était mineure. Il l'a menacée de la jeter dehors si elle refusait. Elle n'avait pas le choix, d'autant plus que les services sociaux n'ont rien fait pour l'aider. Apparemment, son père leur a fait croire qu'elle n'avait pas envie de garder l'enfant. Elle ne s'est jamais vraiment remise de cette histoire, ajouta-t-elle, les yeux baissés.

Mattia secoua la tête.

— Il y a vraiment des monstres dans ce bas monde.

— C'est vrai. J'ai eu beaucoup de chance.

Elle croisa son regard et devina ses questions.

— Mon père biologique n'a pas voulu me reconnaître. Dieu

merci, l'homme que j'ai toujours appelé « papa » a largement rattrapé le coup.

— Décidément, certaines personnes ne méritent pas d'avoir des enfants. Vous deviez vous comprendre, Danielle et toi.

Elle opina. Mais elle n'avait pas tout raconté.

— Elle avait l'intention de t'informer de sa grossesse, mais elle repoussait sans cesse le moment. Elle était si heureuse, épanouie à l'idée d'avoir un enfant... Bien sûr, elle aurait pu partager ce bonheur, mais elle voulait le garder un peu pour elle seule après ce qu'elle avait vécu adolescente, tu comprends ?

Elene but une gorgée et soupira.

— Et puis, le diagnostic est tombé, et il n'a plus été question de toi.

— Elle avait peur que je lui prenne la petite ?

— Un peu, oui. Mais pas parce qu'elle t'estimait capable d'une telle cruauté. Elle voulait profiter de chaque minute avec Aimée sans avoir à la justifier. En fait, elle avait du mal à faire confiance à un homme.

Mattia hocha la tête d'un air songeur.

— Un jour, Danielle m'a dit que tu étais la seule personne au monde avec qui elle se sentait totalement libre de parler à cœur ouvert.

Un silence mélancolique suivit cette déclaration.

Elene se décida enfin à répondre à la question cruciale.

— Aimée Hicks-Ricco, lança-t-elle. Enfin, sous réserve que tu sois d'accord pour la reconnaître.

Mattia la dévisagea fixement, comme s'il était acculé au pied du mur, sans aucune échappatoire. Ses joues s'étaient vidées de leur couleur.

Devant son air défait, un élan de culpabilité la prit par surprise.

— Excuse-moi, Mattia. C'est dur pour tout le monde.

— À qui le dis-tu...

Son regard se posa sur Aimée et se remplit lentement d'un éclat indéfinissable. Espoir ? Chagrin ? Regret ?

Elle attendit patiemment qu'il reprenne la parole.

— Hicks-Ricco. C'est très bien, Aimée, dit-il en soulevant celle-ci du sol. Comme ça, tu garderas le souvenir de ta mère.

Aimée flanqua son petit poing sur le menton de son père.

— Ma-ma-ma.

Elene eut un soupir de soulagement.

Loin de nier l'évidence, Mattia avait accepté la réalité bien plus vite qu'elle ne s'y était attendue.

— Je conçois que tu te poses une foule de questions, mais serait-il possible de les laisser pour plus tard ? Au moins jusqu'à ce qu'Aimée soit couchée. S'il te plaît...

Mattia la fixa de nouveau, le visage neutre, comme s'il cherchait des réponses à des interrogations non verbalisées. Enfin, il hocha la tête.

— D'accord.

Soulagée, elle se dirigea vers le micro-ondes, dont la sonnerie indiquait depuis tout à l'heure que les céréales d'Aimée étaient prêtes.

— Tu as du lait ?

— Oui, tiens.

Le bébé sur un bras, Mattia ouvrit de l'autre la porte du frigo pour sortir une bouteille.

— Les couverts sont dans ce tiroir, à ta droite.

Ravie de pouvoir se raccrocher aux routines du quotidien, Elene s'affaira à la préparation du repas d'Aimée.

S'ils pouvaient cohabiter tous les deux de la sorte les semaines à venir, ce serait l'idéal.

Tout en nourrissant Aimée, elle observait Mattia, qui apportait les dernières touches au dîner. Manifestement, il était à son aise en cuisine : un vrai cordon-bleu.

— Tu t'occupes de cette maison tout seul ?

— Je mentirais en répondant oui. Tu rencontreras Anna demain. Elle fait le ménage et me prépare des repas. Je te préviens tout de suite, elle adore les enfants. Elle loge sur place, dans un petit appartement au rez-de-chaussée.

— Parfait. Aimée aime bien qu'on la chouchoute. Mes parents la gardaient pendant mes heures de travail, et elle aurait volontiers passé tout son temps avec eux. Pour ne pas trop les accaparer, je la confiais aussi à la crèche trois jours par semaine. Je m'en voulais un peu, d'ailleurs.

— Pourquoi ? rétorqua Mattia tout en disposant les couverts sur la table. Tu es l'équivalent d'une mère célibataire, contrainte de jongler entre la famille et le boulot.

Soudain, elle se rendit compte qu'elle avait un appétit d'ogre. Les en-cas qu'elle avait pris dans l'avion l'avaient laissée sur sa faim.

— Ça sent bon, dis donc.

Elle essuya doucement le menton d'Aimée avant de la déposer par terre près des cubes, pensant aux paroles de Mattia.

« L'équivalent » d'une mère célibataire, seulement ?

Ce n'était pourtant pas faux. Elle faisait office de mère pour Aimée, et à supposer qu'on l'autorise à garder ce rôle, il restait à déterminer si elle devait l'exercer à temps plein ou partiel, lorsque Mattia ne serait pas disponible pour sa fille...

À chaque jour suffit sa peine. Là, c'était l'heure de manger.

Elle attaqua son assiette et ferma les yeux pour mieux savourer.

— Qu'est-ce que c'est bon ! Si tu cuisines aussi bien tous les jours, tu vas devoir me flanquer à la porte pour me déloger de chez toi.

— Ce jour-là, je te préparerai des pommes de terre à l'eau.

— Alors, je te mitonnerai un rôti d'agneau avec sa garniture de petits oignons, et c'est toi qui ne voudras plus que je parte.

— Les lignes de bataille sont tracées, dit-il en souriant.

Elle se contraignit à détourner les yeux des lèvres de Mattia.

Elles enflammaient son imagination. Elle les imaginait sur sa peau, traçant des arabesques de feu qui la laissaient sans force et prête à tous les excès. L'effet de la fatigue, sans doute.

En tout cas, cette diversion n'était pas souhaitable, même si un baiser de lui serait certainement à nul autre pareil...

Elle avala son vin de travers et fut prise d'une quinte de toux qui lui valut une vigoureuse tape dans le dos.

Elle se redressa et but une petite gorgée avec précaution.

— Merci.

— Je t'en prie. Mange donc et détends-toi. Pour l'heure, je ne t'embête plus avec mes questions, promis.

Joignant le geste à la parole, il se concentra sur son assiette, et elle l'imita. Les pâtes à la carbonara étaient délicieuses, et elle avait une faim de loup, mais rattrapée par la fatigue, elle avait du mal à garder les yeux ouverts.

Il lui faudrait pourtant rester éveillée tant qu'Aimée n'aurait pas envie de dormir, ce qui risquait de durer encore quelque temps.

Mattia se leva et débarrassa les assiettes puis déposa sur la table un bol de fraises énormes.

Au même instant, Aimée balança un cube à travers la pièce et se mit à brailler. Un autre cube claqua sur le carrelage, suivi d'un autre cri à vriller les tympans.

— Oh là là ! Ça y est, elle craque...

Dieu merci, La petite lui avait épargné ce genre de scène dans l'avion. Quelle gêne ça aurait été !

Elene jeta un coup d'œil à Mattia.

Il regardait fixement le bébé, comme si ce qu'il se passait était tout bonnement inconcevable.

— Eh bien, quoi ? Tes neveu et nièce ne piquent jamais de colère ?

Elle se pencha pour soulever Aimée dans ses bras et reçut sur le nez un coup de poing qui lui mit les larmes aux yeux.

— Ouille ! Attention, jeune fille.

La bouche grande ouverte et les joues rouges, Aimée s'époumonait avec rage. Elene la fit rebondir sur sa hanche pour tenter de l'apaiser.

— Chut, ma chérie, chut...

Mais Aimée agitait les poings avec de longs sanglots à briser le cœur.

— Je réchauffe un biberon de lait ? demanda Mattia.

— Pourquoi pas ? Mais j'ai peur que la crise dure un certain temps. Quoique, franchement, je ne peux pas me plaindre, parce qu'elle n'a pas pleuré de tout le voyage.

À sa grande surprise, un sourire mélancolique déforma la bouche de Mattia.

— Tu réservais tes larmes pour moi, petite crapule ? dit-il en caressant doucement la tête d'Aimée.

— Je l'emmène dans la chambre, dit-elle. De la sorte, elle ne te cassera pas les oreilles.

— Non, passe-la-moi. Je vais faire un tour dans le jardin. Avec un peu de chance, l'air frais la calmera.

Elene le dévisagea, bouche bée.

Alors, ça ! Il lui proposait de s'occuper d'un bébé en pleine crise de nerfs ? L'aurait-elle mal jugé, par hasard ?

— Tu es sûr ?

Mais déjà, elle confiait avec soulagement Aimée aux grandes mains solides de Mattia. Fatiguée comme elle l'était, elle ne se sentait pas en état de faire les cent pas en attendant qu'elle s'endorme.

Il se mit à bercer le bébé entre ses bras puissants en allant et venant dans la cuisine.

— Je me débrouillerai, ne t'en fais pas. Réchauffe le biberon et mange tes fraises. Prépare-toi un thé si tu veux. Moi, je sors.

— Bon, puisque tu insistes...

Mais Mattia avait déjà quitté la pièce, et les cris d'Aimée lui parvenaient atténués.

Elle aurait dû lui savoir gré de s'occuper d'Aimée. Au lieu de cela, elle avait l'impression d'être abandonnée sur un rocher à la merci de la marée montante. Pourraient-ils mettre en place tous les deux une garde alternée ?

Un peu plus tard, la paix étant enfin revenue, elle rejoignit Mattia dehors pour reprendre Aimée.

La fillette était encore bien éveillée, mais de grands sourires avaient remplacé les pleurs.

— Tu devrais aller te coucher, dit-elle à Mattia.

— Toi, va te coucher. Si tu me donnes ce qu'il faut, je peux la préparer pour aller au lit lorsqu'elle sera prête. C'est-à-dire, pas tout de suite. Vas-y, insista-t-il en la voyant hésiter. Tu es épuisée.

— Oui, tu as raison, capitula-t-elle.

Alors qu'elle sortait les affaires d'Aimée de la valise, elle s'immobilisa, saisie par une pensée gênante : lorsque Mattia viendrait coucher la petite, il allait la voir au lit !

Bah, selon toute probabilité, elle serait déjà endormie...

Oui, endormie et donc, vulnérable !

Allons, inutile de divaguer. Elle connaissait assez Mattia pour savoir qu'il ne profiterait pas de la situation. Des motifs d'inquiétude, elle en avait déjà assez comme ça.

3

Enfin, Aimée avait fini par se calmer. Les paupières lourdes, elle s'endormait, et Mattia, debout près du berceau, la berçait tout doucement. De temps à autre, il jetait un regard vers la silhouette étendue sur le vaste lit.

Dans l'abandon du sommeil, Elene semblait débarrassée des tensions et des craintes de la journée passée. De temps en temps, un adorable petit ronflement s'échappait de ses lèvres entrouvertes.

Il se redressa.

Elene Lowe était sans doute mignonne quand elle dormait, mais il ne s'y trompait pas : dès qu'elle ouvrirait les yeux et qu'elle reprendrait conscience du pétrin où ils se trouvaient, elle n'aurait plus rien d'attendrissant. C'était une lionne, prête à sortir les griffes pour obtenir ce qu'elle voulait. En l'occurrence, elle avait en tête l'intérêt d'Aimée, ou du moins ce qu'elle estimait être l'intérêt de la petite. Mais il était prêt à en faire autant. Entre eux deux, le bras de fer s'annonçait rude. Une chose était sûre : il voulait obtenir la garde d'Aimée, ni plus ni moins. Le problème, c'était qu'Elene n'avait pas fait ce voyage pour lui laisser la petite, et *ciao, arrivederci*. Elle adorait Aimée, et elle refuserait d'en être séparée.

Un léger soupir s'éleva du berceau. Aimée s'était enfin endormie, les bras en croix.

Il sentit son cœur taper violemment dans sa poitrine.

Elle était si belle... Magnifique. Sa fille. Comment pouvait-il avoir craqué pour elle aussi vite ? Par la magie des gènes ? Il ne savait rien d'elle, il n'était même pas au courant de son existence avant ce soir, et pourtant il l'aimait déjà de façon inconditionnelle. Dieu merci, aucune femme n'avait eu un tel impact sur lui. Aucune à part Sandy, malheureusement. Depuis, il s'était cru vacciné contre l'amour. Preuve qu'il ne fallait jamais dire jamais.

Son regard glissa à nouveau vers Elene, et une chaleur étrange s'empara de lui.

Du désir ? Non, bien sûr que non. Tout au plus de la reconnaissance, parce qu'elle s'était occupée d'Aimée et qu'elle avait fait le tour de la planète pour la lui amener. Mais si la garde d'Aimée lui revenait — et il était déterminé à ce qu'il en soit ainsi —, comment pourrait-il élever sa fille tout seul ? Aimée avait besoin d'un père et d'une mère. Elene pourrait-elle être cette mère ? Elle semblait déterminée à l'être. Du coup, accepterait-elle de l'épouser dans l'intérêt de la petite ? Ils ne s'aimaient pas, mais bon...

Il sursauta à cette pensée.

Épouser Elene Lowe ? Et puis quoi, encore ? Il était hors de question qu'il se marie, et encore moins avec une femme qui passait son temps à le critiquer... Quoique l'avantage avec Elene, c'était qu'il savait toujours exactement à quoi s'en tenir avec elle. Il n'y avait pas de faux-semblants, pas de mauvaises surprises. Tout le contraire de Sandy, en somme. Avec Elene, il pourrait signer un contrat les yeux fermés, sans craindre pour la fortune de sa famille.

Seigneur, qu'ils étaient loin, les rêves d'amour qu'il chérissait quelques années plus tôt, en idéaliste qu'il était !

Soudain énervé, il quitta la pièce à grands pas et referma la porte avec humeur.

Zut, il aurait de la chance s'il ne les avait pas réveillées.

Sans prendre la peine de s'en assurer, il regagna la cuisine et se versa un grand verre de sangiovese.

Avec un peu de chance, le vin l'aiderait à trouver le sommeil, sinon, demain, il serait dans un bel état. Mais au moins, il ne passerait pas la journée ici. Il serait à l'hôpital, à s'occuper des problèmes des autres plutôt que des siens.

À cette pensée, le sens de la réalité lui revint : il était médecin, disponible chaque fois que nécessaire. Il avait bu assez d'alcool pour ce soir. Affalé sur le canapé, il s'étira et alluma la télévision.

Il essayait sans trop de succès à focaliser son attention sur une chaîne d'informations, quand son portable sonna.

— *Sì* ?

— Mattia, c'est Carla. M. Familaro est victime d'une crise de douleur impossible à soulager. Il va vraiment très mal.

M. Familaro avait été opéré de l'épaule le matin même, et les analgésiques ne faisaient apparemment pas effet. Il allait sans doute falloir lui poser une pompe à morphine.

— Rose n'est pas de garde, ce soir ?

— On est sans nouvelles d'elle depuis qu'elle est partie, à 22 heures.

Bizarre…

— J'espère qu'elle va bien et qu'elle n'a pas eu d'accident.

— Normalement non. Les urgences nous en auraient parlé.

— C'est bon, j'arrive.

Il laissa un mot à l'attention d'Elene.

Pourvu qu'Aimée ne se réveille pas pendant son absence. Il ne doutait pas qu'Elene s'en sortirait toute seule, mais elle avait besoin de se reposer.

À son arrivée à l'hôpital, il commença par prendre connaissance des notes laissées par l'infirmière puis se rendit au chevet de son patient. Apparemment, celui-ci avait demandé d'autres analgésiques une heure plus tôt.

— Bonsoir, Stefano. Votre épaule vous fait mal ?

L'homme hocha la tête en grimaçant.

— Il me faut quelque chose de plus fort.

— La douleur est-elle apparue subitement ou graduellement ?

— Je n'en sais rien, moi. Une douleur, c'est une douleur, docteur. Tout ce que je veux, c'est qu'on m'en débarrasse.

— La douleur vous a-t-elle réveillée ? Ou avez-vous fait un geste brusque, sans réfléchir ?

M. Familaro détourna les yeux, l'air penaud.

— Ça se pourrait, oui.

L'épaule opérée devait autant que possible demeurer au repos, mais, même avec une attelle, un faux mouvement était vite arrivé.

Mattia calculait dans sa tête la posologie à appliquer.

— Je vais vous poser une pompe à morphine.

Un soulagement immédiat se peignit sur les traits de l'homme.

— *Grazie*. Je suis désolé de vous donner cette peine à une heure pareille.

— Mais non, voyons, répondit Mattia en souriant. Je vais examiner votre épaule pour vérifier qu'il n'y a pas de dégâts.

Pourvu que non ! Quelques instants plus tard, il termina son examen, rassuré : il était inutile de réopérer.

— La pompe à morphine est prête, annonça l'infirmière. On a juste besoin de votre signature.

— OK, merci, Carla. Allez, on y va.

Après avoir installé la pompe sur un support au chevet du patient, il administra la perfusion par un cathéter de grand calibre fixé à l'avant-bras de Stefano.

— Chaque fois que vous avez mal, appuyez sur ce bouton-poussoir pour recevoir une dose de morphine, expliqua Mattia. Faites-le avant que la douleur ne soit insupportable, mais pas avant d'éprouver un certain niveau d'inconfort. Les doses sont faibles, mais inutile d'en abuser. OK ?

— *Sì*. Moi non plus, je n'ai pas envie de forcer la dose.

— Bien, mais inutile de souffrir le martyre. Le but est de contrôler la douleur de manière à ce qu'elle vous gêne le moins possible.

— Encore merci, docteur. On se voit demain matin ?

— Oui, à la même heure que d'habitude. Bonne nuit.

En partant, il s'arrêta au bureau des infirmières.

— Tant que je suis là, y a-t-il un autre patient à visiter ?

— Non, docteur. C'est très calme, ce soir.

— Des nouvelles de Rose ?

— Oui, elle a chopé un mauvais virus et préfère rester chez elle, ne serait-ce que pour éviter de contaminer tout le monde.

Mattia hocha la tête.

— Espérons qu'elle ne l'ait pas refilé à un patient ou à ses collègues.

Ils manquaient d'infirmières, et les deux nouvelles recrues qui devaient arriver dans quinze jours suffiraient à peine à combler la pénurie de main-d'œuvre.

Au fait, il logeait justement une infirmière très compétente chez lui...

Quoi ? Amener l'ennemi précisément là où il en était débarrassé ? Là où il n'avait pas à supporter son regard acéré ni ses remarques acerbes ? Alors, là, certainement pas !

— Appelez Luigi en cas de problème, dit-il avant de partir.

La maison était calme à son retour. Tandis qu'il remontait du garage en sous-sol, les seuls bruits étaient les craquements familiers du parquet et, dehors, le murmure de la mer et du vent dans les arbres. Pour un peu, il se serait cru seul.

Sauf que ce n'était pas le cas, comme en attestaient les cubes éparpillés sur le carrelage du salon et, dans le coin-cuisine, le biberon posé sur la table.

Une fois couché, allongé sur le dos, les mains derrière la tête, il ne trouva pas le sommeil.

Ce n'était pourtant pas faute d'être fatigué. La semaine qui venait de s'écouler avait été surchargée de travail, et la suivante s'annonçait pire. Pourquoi ne pas lever un peu le pied et passer du temps avec ses invitées surprise ?

Ce n'était pas une mauvaise idée. De la sorte, il apprendrait à mieux les connaître et pourrait prendre des décisions plus avisées, en connaissance de cause.

Un cri étouffé interrompit le fil de ses pensées.

Aimée avait-elle crié dans son sommeil ? Ou Elene ?

En un bond, il fut debout. Il sortit dans le couloir en boxer et tendit l'oreille.

Rien.

Comme il regagnait sa chambre, il entendit à nouveau le bruit, cette fois-ci plus fort : pas de doute, Aimée s'était réveillée et pleurait. Un rai de lumière électrique filtrait sous la porte.

Il frappa un coup discret, attendit.

— Elene ?

La porte s'entrouvrit, et elle apparut dans l'entrebâillement, tout ensommeillée, les cheveux défaits, Aimée dans les bras.

— Excuse-moi... On t'empêche de dormir.

— Pas du tout, j'étais réveillé. Je peux t'aider ?

— Non, ça va. Je vais lui donner un autre biberon.

Aimée se mit à crier de plus belle, sa jolie petite bouille toute rouge et striée de larmes.

— Le voyage l'a épuisée, remarqua-t-il. Elle est trop énervée pour se reposer.

— Oui, tu as raison.

Tiens, quelle surprise ! Pour une fois, Elene était d'accord avec lui.

— Donne, je la tiens pendant que tu prépares le biberon.

Attablée dans la cuisine, Elene sirotait un café tandis qu'Aimée rampait sur le carrelage en babillant gaiement, comme s'il était tout à fait normal de se réveiller dans une maison inconnue à l'autre bout du monde.

La crise de la nuit passée n'était qu'un lointain souvenir. Une fois calmée, la petite fille avait dormi d'une traite jusqu'à 10 heures du matin, du jamais vu. Mattia avait vraiment un don avec les enfants ! Quant à elle, le décalage horaire l'avait complètement détraquée. En témoignait sa tasse de café déjà vide.

— Je vous ressers ? dit la femme qui s'était présentée sous le nom d'Anna, en saisissant la cafetière.

— S'il vous plaît, oui. J'en ai vraiment besoin.

— Ce qu'il vous faut, ma jeune dame, c'est un bon petit déjeuner. Vous devez faire le plein d'énergie pour pouvoir courir après cette petite. Vous voulez des brioches ou des *fette biscottate* ? J'ai préparé les deux.

— Des *biscottate*, s'il vous plaît. Mais laissez-moi m'en occuper. Je ne veux pas abuser de votre gentillesse.

Anna fit glisser vers elle une assiette garnie d'une montagne de biscottes faites maison.

— Pas du tout ! C'est agréable d'avoir quelqu'un à la maison. Mattia est rarement là. Il rentre tard de l'hôpital, et le week-end, il a son deuxième travail. Bon appétit.

— Merci. Mattia a un deuxième travail, vous dites ?

Le visage d'Anna se ferma.

— À l'occasion, demandez-lui des renseignements sur sa clinique caritative, à Naples.

Malgré sa curiosité, Elene n'insista pas.

Certes, il lui serait utile de mieux connaître Mattia lorsqu'il faudrait discuter de l'avenir d'Aimée, mais si elle essayait de tirer les vers du nez à Anna, elle risquait de s'en faire une ennemie.

— OK, je n'y manquerai pas, dit-elle simplement.

Son petit déjeuner terminé, elle descendit à la plage avec Aimée et remonta pour le déjeuner. Mattia ne leur fit pas l'honneur de sa présence, et l'après-midi s'écoula sans qu'il donne signe de vie. Le soir venu, elle l'attendit pour dîner, mais à 21 heures, elle déclara forfait. Déçue, elle se réchauffa une assiette de pâtes qu'elle mangea sur le canapé devant la télévision. Puis, gagnée par la fatigue, elle alla se coucher.

Le lendemain au petit déjeuner, Mattia lui présenta ses excuses.

— J'espérais pouvoir rentrer assez tôt pour discuter avec toi, mais j'ai été retenu à cause d'un accident. Un homme a traversé les voies de chemin de fer sans faire attention. Bref, je te passe les détails. L'opération a duré des heures.

Elle frissonna.

— Mon Dieu ! Je comprends mieux pourquoi tu as l'air aussi fatigué. Je n'aurais pas dû débarquer comme ça, sans prévenir, ajouta-t-elle, saisie d'un accès de mauvaise conscience. J'aurais dû te téléphoner à l'avance.

— Qu'est-ce qui t'en a empêchée ?

Elle haussa les épaules, embarrassée.

— Ça me semblait trop impersonnel pour quelque chose d'aussi important. En plus, Danielle m'avait fait promettre d'aller te trouver à l'improviste. Nous avons beaucoup de problèmes à régler, et c'est plus simple face à face. Je te jure que je ne cherche pas à te compliquer la vie.

Mattia allait répondre lorsque son téléphone bipa. Le temps d'ouvrir sa messagerie, il était déjà debout pour consulter son texto.

— Désolé, je dois y aller. C'est le patient dont je te parlais : il a perdu connaissance. Je file. On se parle ce soir.

Le soir venu, comme la veille, Mattia ne rentra pas à l'heure pour dîner.

Au fur et à mesure que les heures s'écoulaient, Elene sentait l'énervement la gagner.

Le travail avait bon dos. Il l'évitait, oui ! Aimée méritait mieux. S'il pensait résoudre leurs problèmes de la sorte, il se trompait lourdement.

En désespoir de cause, elle alluma la télévision pour se changer les idées et se laissa bercer par le bourdonnement de l'émission. Peu à peu, ses paupières s'alourdirent, s'alourdirent...

— Elene ? Elene, réveille-toi.

Une main ferme lui secouait l'épaule.

Elle cligna les paupières et se dégagea machinalement.

— Te voilà enfin. Quelle heure est-il ?

— Presque 11 heures. Je te croyais couchée.

— Je t'attendais pour discuter avec toi. On en avait parlé ce matin, rappelle-toi.

— Ah, oui. Malheureusement, je t'ai fait faux bond une fois de plus.

Elle se redressa en soupirant.

— Ce n'est pas grave, va. Qu'est-ce qui t'a retenu ?

— Un enfant qui s'est cassé les deux jambes en chutant de deux étages.

— Désolée, je ne savais pas.

Autrement, elle n'aurait pas passé son temps à pester contre lui.

— Mais je suis là, maintenant, dit-il en se dirigeant vers la cuisine.

Lorsqu'elle le rejoignit, il avait sorti du frigo le plat préparé par Anna, avait mis une assiette à réchauffer au micro-ondes, et il se versait un verre de vin.

— Je t'en sers ?

— Non, merci, dit-elle en allumant la bouilloire.

Elle préférait une tisane, histoire de garder les idées claires. Frustrée par les absences répétées de Mattia, elle avait envie d'en finir une fois pour toutes. Il fallait absolument qu'ils se parlent. Et lorsqu'ils auraient pris une décision au sujet d'Aimée, elle irait rendre visite à sa famille de Florence en emmenant la petite.

— Je m'en vais de chez toi dès que possible, annonça-t-elle.

— Pourquoi ? Reste ici jusqu'à la fin de ton séjour.

— Je ne veux pas abuser de ta générosité.

— Pas du tout ! Maintenant que la saison touristique a débuté, tu auras du mal à trouver un hôtel libre, surtout pour trois semaines. Dans le meilleur des cas, tu devras passer d'une chambre à l'autre au gré des disponibilités. Ce n'est pas l'idéal pour Aimée.

Il avait raison, bien sûr.

La bouilloire siffla, et elle remplit sa tasse en silence.

Deux ans plus tôt, elle avait accompli ce même geste en présence de Mattia, mais c'était un café qu'elle s'était préparé ce soir-là, juste avant de sentir ses mains sur ses hanches...

— Qui ne dit mot consent.

— Je ne sais plus quoi te dire, Mattia. Oui, je me plais chez toi, et Aimée est plus à l'aise ici qu'à l'hôtel, concéda-t-elle avec un sourire fatigué. Tu travailles aussi les week-ends ?

Il trempa les lèvres dans son verre sans paraître se formaliser de ce brusque changement de sujet.

— Quelques fois... Bon, oui, la plupart du temps.

Elle noua les mains autour de sa tasse et le fixa, songeuse.

Ce Mattia-là ne cadrait pas avec le souvenir qu'elle avait gardé de lui à Wellington : celui d'un bon vivant toujours à faire la fête avec une jolie femme à son bras. Avait-il seulement une vie en dehors de son métier ?

— Mais pas à l'hôpital de Sorrente ? hasarda-t-elle.

— Non...

Le micro-ondes sonna, et elle le regarda sortir son assiette de linguines et rassembler les couverts avec une élégante économie de mouvements : y compris dans la banalité du quotidien, cet homme attirait l'attention par son aisance.

Lui pardonnerait-il d'avoir débarqué comme d'une autre planète et d'avoir à jamais bouleversé son quotidien ?

— Mattia, euh, je...

« Oh ! Danielle, au secours ! » Elle se plantait sur toute la ligne.

Il tira une chaise et s'assit. Ses couverts en main, il la regarda droit dans les yeux.

— Si tu t'inquiètes de savoir ce que ça me fait d'avoir été mis au pied du mur au sujet d'Aimée, eh bien, tu peux te rassurer. Je comprends ta démarche. En évitant de me prévenir, tu respectais ta promesse à Danielle et tu pouvais compter sur l'effet de surprise. À ta place, j'en aurais fait autant...

— Et pourtant, dit-elle d'un ton de reproche, jusqu'à présent, nos conversations à propos d'Aimée ont porté seulement sur ses biberons et ses couches sales.

Elle était injuste avec lui. Comment pouvait-elle s'attendre à ce qu'il soit franc avec elle alors qu'elle ne lui faisait pas totalement confiance ?

— Même dans nos délires les plus fous, on n'aurait jamais imaginé que les choses en arrivent là, Danielle et moi, ajouta-t-elle avec tristesse.

Tout à coup, Mattia se campa devant elle et lui posa les mains sur les épaules.

— Je te l'ai déjà dit, mais je le répète : je suis sincèrement désolé de ce qu'il s'est passé pour Danielle. C'était une belle personne à tous les points de vue.

— Oui, murmura-t-elle d'une voix étranglée. Elle me manque tellement ! Par moments, je meurs d'envie de lui parler comme avant de tout et de rien...

De sa fille, par exemple. De lui dire à quel point elle était belle, et qu'elle savait déjà ramper et dire ma-ma-ma...

— Le chagrin ne s'en ira sans doute jamais totalement, mais ce n'est pas forcément une mauvaise chose. Les vrais amis sont un trésor, et Danielle t'a laissé quantité de souvenirs à chérir. Évidemment, rien ne vaut une conversation réelle, mais c'est déjà ça.

Les pouces de Mattia allaient et venaient sur ses épaules en caresses réconfortantes. C'était incroyable, mais il arrivait à la calmer. Lorsqu'elle redressa la tête, il la contemplait avec une douceur amicale, presque tendre.

Il aurait été tellement simple de se couler contre lui...

Oui, si simple, mais complètement inopportun.

Elle inspira profondément.

— Donc, tu reconnais ta paternité ?

Les mains de Mattia retombèrent, et il retourna s'asseoir.

— Oui.

Réponse laconique, mais claire : déjà un problème de réglé.

Elle s'efforça de sourire.

— Très bien. J'en suis heureuse.

— C'est mon sentiment, à moi aussi.

Un sourire s'épanouit lentement sur le visage de Mattia, mais son regard exprimait une confusion inquiète.

— Ce n'est pas que je sois contre l'idée d'être père. Simplement, je ne m'étais pas attendu à le devenir dans ces conditions, voire à le devenir tout court. Mais bon, c'est la vie.

— Tu ne voulais pas d'enfants, avant ?

Les yeux dans le vague, Mattia avala une gorgée de vin.

— Si... J'ai même été fiancé et j'ai envisagé de fonder une famille, répondit-il sans la regarder. C'était la belle vie, ajouta-t-il d'une voix sourde. Ma carrière avait bien démarré, et je venais de fonder à Naples cette clinique caritative qui marchait du feu de Dieu. De toutes parts, je recevais de l'aide et de l'argent. C'était incroyable. Mais c'était ma fiancée qui gérait mes finances...

Il s'interrompit, et elle attendit la suite en silence pour ne pas le brusquer.

— Sandy était très maligne, reprit-il enfin. Pendant un an, je ne me suis rendu compte de rien. Lorsque j'ai fini par comprendre où atterrissaient les dons, il était trop tard pour sauver la clinique. Mais Sandy n'a jamais reconnu ses méfaits. Au contraire, j'étais un coupable tout trouvé, et j'ai bien failli me retrouver en prison pour fraude.

Sa main se mit à trembler, et du vin éclaboussa la table.

— Par bonheur, le bon sens a fini par l'emporter. Ma famille est réputée pour sa probité et pour sa philanthropie, et on s'en est souvenu. Bref, la vérité a éclaté. Sandy a été incarcérée, et le juge lui a donné la peine maximale.

Elle le regarda fixement, choquée par ces révélations.

Pour un homme fier comme l'était Mattia, cette traîtrise avait dû être particulièrement humiliante.

— Je suis bien contente qu'elle ait été condamnée. Tu ne méritais pas un tel traitement. Ni toi ni personne, d'ailleurs. Dieu merci, tu as pu compter sur ta famille.

— C'est vrai. Sans eux, j'aurais plongé.

Il se renversa sur le dossier de sa chaise et la regarda droit dans les yeux.

— Tu comprends sans doute un peu mieux pourquoi mes projets de paternité ne figurent pas en première ligne. Je suis vacciné contre les femmes, et je refuse de m'engager dans une relation. Même si la vie en a décidé autrement pour moi, manifestement.

Elle se figea, le cœur suspendu.

— Je n'ai rien à voir avec une femme comme Sandy, si c'est ce qui te fait peur. Je suis ici uniquement pour Aimée, pour que tu puisses la connaître.

Mattia engouffra une bouchée de pâtes qu'il mâcha d'un air pensif.

— Tu t'inquiètes de mes intentions concernant Aimée.

— Évidemment. C'est bien normal, non ?

Le visage de Mattia s'assombrit.

— Danielle t'a désignée comme tutrice ?

— Oui. Elle voulait que je sois sa deuxième mère.

Il hocha la tête sans la quitter des yeux.

Que devait-elle en conclure ? Qu'il était d'accord ? Pas d'accord ?

— Mon nom figure-t-il sur le certificat de naissance ?

— Non, mais j'ai apporté des duplicatas de tous les documents. Tu veux y jeter un coup d'œil ?

— Oui, s'il te plaît.

Alors qu'elle s'éloignait pour aller chercher le dossier, ses craintes revinrent en force. Avant de quitter la pièce, elle se retourna brusquement.

— J'aime Aimée de tout mon cœur, tu sais. Je ferais n'importe quoi pour elle.

« N'importe quoi sauf t'en confier la garde exclusive. Non pas parce que tu ne ferais pas un excellent père, mais parce que je ne peux pas vivre sans elle. »

Depuis la naissance de la petite fille, elle lui avait servi de mère de substitution. Elle l'avait baignée, changée, avait chauffé son biberon lorsque Danielle était trop fatiguée pour l'allaiter, elle s'était levée toutes les nuits au moindre cri pour permettre à son amie de dormir.

— C'est évident, répondit Mattia. Il suffit de te voir avec elle pour s'en rendre compte.

— Je veux la voir grandir. Rester auprès d'elle, à sa disposition. Tout le temps. Tu comprends ?

Il se leva d'un bond, s'approcha et lui prit les mains.

— Oui, bien sûr. Laisse-moi un peu de temps, Elene. Pour le moment, je ne te demande rien d'autre. Il faut que je réfléchisse à beaucoup de choses, à commencer par le fait que je suis le père d'une petite fille. J'ai encore du mal à y croire, figure-toi. Et pourtant, Aimée s'est déjà fait une place dans mon cœur.

Les mains de Mattia étaient tièdes, rassurantes.

Elle hocha la tête, soulagée : oui, Aimée pourrait toujours compter sur l'amour de son père...

Mais à cette pensée, son cœur se mit à battre à coups sourds.

Du coup, quelle serait sa place à elle dans la vie d'Aimée ? Devrait-elle s'installer en Italie pour ne pas être séparée d'elle ?

— Je refuse de m'éloigner d'elle. Elle fait partie de moi aussi.

— Encore une fois, laisse-moi du temps, Elene. S'il te plaît.

Lorsqu'elle sonda ses yeux sombres, elle n'y vit rien qui laisse supposer qu'il voulait lui damer le pion, mais pouvait-elle se fier à son instinct ? Avec son ex, elle s'était lourdement trompée. Pourquoi en serait-il autrement avec Mattia ?

Il ne restait plus qu'à espérer qu'il ne s'adjoindrait pas les services d'une armée d'avocats avant de discuter avec elle des modalités de garde.

Elle hocha la tête en soupirant.

— OK. Je vais te chercher ces papiers.

Elle s'écarta à contrecœur, et lorsque leurs mains se séparèrent, elle éprouva un sentiment d'arrachement presque terrifiant.

Hou là ! S'agissant de Mattia, elle devait garder la tête

froide. L'homme n'était pas enclin aux concessions, si elle se souvenait bien de leur collaboration à Wellington... Et pourtant, il s'était montré conciliant avec elle, ces derniers jours. L'aurait-elle mal jugé ?

Ces questions à l'esprit, elle revint avec les papiers et les lui tendit.

À sa grande surprise, il l'embrassa sur la joue.

— Bonne nuit, Elene.

Elle se détourna, rougissante, pour ne pas révéler sa confusion, et se hâta de regagner sa chambre.

« Bonne nuit... » Comment deux petits mots aussi anodins pouvaient-ils avoir une telle charge érotique ? Comment un chaste baiser pouvait-il lui nouer l'estomac à ce point ?

Elle était ridicule de s'emballer de la sorte. Mattia Ricco n'était pas un homme pour elle, pas du tout. Derrière ses airs arrangeants et généreux, il était dominateur, enclin à décider de tout pour tout le monde. Exactement comme Craig.

Lorsqu'elle l'avait rencontré, Craig avait eu l'air attentionné, doux, gentil. En réalité, c'était un monstre. Elle en avait soupé du tyran domestique. Chat échaudé... Non merci, elle ne désirait pas connaître Mattia, et surtout pas intimement, ce qui l'obligerait à baisser sa garde. Elle n'oublierait jamais ce sentiment de vulnérabilité impuissante, chaque fois que Craig lui criait dessus. Il s'énervait toujours pour des peccadilles : parce qu'elle avait préparé des steaks alors qu'il aurait préféré du poulet, parce qu'elle avait cinq minutes de retard à cause d'un patient qui l'avait retenue. Il devait toujours passer avant tout.

Et pourtant, en son for intérieur, elle était convaincue que Mattia n'était pas de cet acabit. Contrairement à Craig, il n'essayait pas d'avoir l'ascendant sur les autres. S'il était parfois d'un abord difficile et cassant, c'était surtout pour se protéger. Ou alors... Essayait-il de la déstabiliser pour parvenir à ses fins au sujet d'Aimée ?

Cela cadrait davantage avec l'idée qu'elle s'était faite de

Mattia, du moins avant que Danielle lui fasse entendre un autre son de cloche. Avant, aussi, d'avoir failli l'embrasser. Tellement de choses s'étaient passées depuis. Le Mattia qui venait de lui souhaiter bonne nuit n'avait rien à voir avec l'homme qu'elle avait redouté de retrouver. Sans doute était-il temps de lui rendre justice et d'essayer de le connaître sous toutes les facettes. Enfin, presque toutes. Quoique, pourquoi pas ? Il était craquant, à tous les égards.

Oui, mais le resterait-il longtemps lorsqu'elle insisterait pour avoir son mot à dire à propos d'Aimée ?

À coup sûr, non. Et elle ferait bien de ne pas l'oublier.

4

— Ça te dit de sortir ce soir, pour changer ? Je t'invite à un resto situé via San Francesco.

Occupée à donner son biberon du soir à Aimée, Elene redressa la tête.

Mattia lui souriait d'un air dégagé, les mains dans les poches, comme s'il n'avait pas un souci au monde : tout l'inverse de la veille. Il paraissait également s'attendre à ce qu'elle lui réponde « oui ».

— Tu n'as pas oublié quelque chose ?

— Pas du tout, répondit-il. Anna est ravie de garder Aimée jusqu'à notre retour.

— Non, ce n'est pas de ça que je parlais. Tu n'as pas dit le mot magique : « s'il te plaît ».

Mais elle ergotait. Sur le fond, elle était d'accord avec lui. Une petite pause à deux, entre adultes, leur ferait du bien. En revanche, qu'allait-elle mettre ? La robe de coton bleu et blanc ? De toute façon, elle n'avait pas d'autre tenue un peu habillée.

— Donne-moi une demi-heure.

— Prends tout le temps qu'il te faut, rien ne presse, dit-il en s'agenouillant à côté d'Aimée. Salut, ma fille.

Là-dessus, une ombre passa sur son visage, et sa pomme d'Adam remua. L'espace d'un instant, il se figea.

— Mattia ?

Les yeux baissés, il tendit la main vers un camion miniature qu'il fit rouler d'avant en arrière, comme abîmé dans ses pensées.

— Va te préparer, marmonna-t-il. S'il te plaît.

— OK.

Une fois sa robe enfilée, elle se brossa les cheveux pour les laisser libres sur ses épaules, puis elle rectifia son maquillage.

Si elle sortait au restaurant, c'était pour se changer les idées, même s'ils en profitaient pour évoquer des sujets importants, en premier lieu l'avenir d'Aimée. Au reste, c'était sûrement pour cela que Mattia l'invitait : pour régler leurs problèmes dans un cadre détendu. En tout cas, il ne s'agissait pas d'un dîner en amoureux. Mattia ne s'intéressait pas à elle, et vice versa. Certes, la veille, elle avait eu un petit moment d'égarement, mais cela n'avait pas porté à conséquence. Tout allait bien se passer.

— Tu es ravissante, dit-il lorsqu'elle entra dans le salon.

Elle sourit, flattée malgré elle, d'autant plus qu'il avait l'air sincère. Peut-être se faisait-elle des illusions, mais cela faisait si longtemps qu'elle n'avait pas reçu d'éloges de la part d'un homme… Et quel homme !

Mattia s'était changé pour l'occasion, il avait revêtu un pantalon gris sombre avec une chemise blanche dont le col ouvert laissait apercevoir son torse hâlé.

Stop ! Il ne l'attirait pas.

— Je vais coucher Aimée, lança-t-elle pour se donner une contenance. Aimée, dit bonsoir à papa.

— Ma-ma-ma.

Il déposa en riant un baiser sur la tête de sa fille.

— Bien essayé. Bonne chance pour la faire dormir.

Dix minutes plus tard, elle revint dans le salon avec un grand sourire.

— Elle dort à poings fermés. Si ça pouvait se passer comme ça tous les soirs !

— Formidable. On y va ? Anna, n'hésitez pas à appeler en cas de problème.

— Pas de souci. Passez une bonne soirée.

Elene sourit avec reconnaissance à Anna.

— Merci pour votre aide.

— Il n'y a pas de quoi, voyons ! Ça me fait plaisir. Amusez-vous bien.

— Ce restaurant est très prisé, dit Mattia en lui présentant une chaise. J'espère qu'il te plaira.

— J'en suis sûre.

Si, du moins, elle arrivait à avaler quoi que ce soit, parce qu'elle avait tout à coup l'impression d'être une adolescente à son premier rendez-vous.

— La carte est limitée, mais d'excellente qualité, dit-il encore.

Lui, en revanche, avait l'air totalement détendu.

Pourquoi était-elle aussi stressée alors qu'ils avaient à régler des questions qui nécessitaient calme et sang-froid ?

À sa décharge, il y avait des lustres qu'elle n'avait pas profité de la compagnie d'un homme aussi séduisant. Au lieu de voir en lui un adversaire potentiel, ne pouvait-elle pas s'en faire le compagnon d'un soir ?

Une fois assise, elle contempla les lumières de la baie de Naples, visibles depuis la terrasse, et respira profondément.

— C'est magnifique, dit-elle rêveusement. Chaque fois que je suis en Italie, j'ai l'impression de réconcilier les deux facettes qui me composent. Enfin, je ne sais pas si je me fais bien comprendre.

— Non, dans le sens où je ne partage pas ton expérience. Mais j'imagine que, avoir des parents de deux pays différents, cela donne une certaine ouverture d'esprit.

Elle attendit que le serveur s'éloigne avec leurs commandes pour reprendre la conversation.

— Toute ta famille est dans la région ?

— Mes parents et deux de mes frères habitent à Naples.

Mon frère aîné vit plus au nord : c'est lui qui gère nos vignes. La maison où je réside nous appartient depuis cinq générations. Autrement dit, elle ne m'appartient pas à strictement parler. N'importe qui de mes parents, frères ou cousins peut débarquer quand il veut. Ils ne s'en privent pas, d'ailleurs, ajouta-t-il avec un sourire affectueux.

— Ça n'a pas l'air de t'embêter.

— Non, pas du tout. Les choses ont toujours fonctionné ainsi sans que personne y trouve à redire. Au contraire, ça me fait plaisir de les accueillir. Parfois, je me sens mal à l'aise, tout seul dans une baraque aussi grande, mais ils ont tous leur petit chez-soi, et ils tiennent à leur indépendance.

— Tu as de la chance. Moi aussi, je viens d'une famille unie, mais vivre comme toi dans une maison où des générations se sont succédé, ce doit être spécial.

Mattia renchérit d'un hochement de tête.

— C'est vrai. Avant, je n'y ai jamais réfléchi. Pour moi, c'était normal : la maison, le confort, les affaires familiales avec leurs hauts et leurs bas.

Soudain mélancolique, il fixa sans le voir le panorama de la baie de Naples.

— Il a fallu que je tombe sur Sandy pour me rendre compte de ma chance. Si nécessaire, je me battrais pour ma famille !

Songeuse, Elene garda le silence.

Devait-elle interpréter ces paroles comme une menace cachée ? Était-ce une manière de la prévenir qu'il ne lâcherait rien au sujet d'Aimée ? Comment ne pas le supposer ?

Décidément, quelle que soit la situation, impossible d'échapper à leurs problèmes de garde.

— Et toi, tu as des frères, des sœurs ?

— Oui, deux sœurs plus jeunes que moi, répondit-elle. Il y a celle dont je t'ai parlé, qui gère l'exploitation de mon père et de mon oncle. L'autre est avocate dans un cabinet important à Wellington.

Ce même cabinet qui avait rédigé le dossier de tutelle d'Aimée.

Mattia se renversa sur son siège, un bras sur le dossier.

— Le vin est un point commun à nos deux familles, on dirait. Je parie que tu t'y connais.

— Pour les cépages de Nouvelle-Zélande, oui. Les Italiens, beaucoup moins, mais je me suis un peu familiarisée avec eux lors de mon dernier séjour en Italie. Un peu trop, même, ajouta-t-elle avec un sourire.

Mattia éclata d'un rire aussi bref qu'inattendu.

Ce rire la fit fondre. C'était dingue, sans doute, mais dès lors qu'elle ne s'inquiétait plus de savoir pourquoi elle était ici, elle se sentait libre, heureuse, prête à envisager un avenir avec un homme qu'elle aurait aimé. Au diable la prudence. Elle et Mattia s'entendaient bien, et elle s'amusait. Quel mal y avait-il à cela ?

— Ces crevettes sont délicieuses.

— Ravi qu'elles te plaisent.

— Et moi, je suis ravie que tu m'aies amenée ici. C'est un endroit magnifique. Merci.

— Je t'en prie...

Elle vit la poitrine de Mattia se soulever et s'abaisser, comme s'il hésitait à parler.

— Tu m'as dit que tu étais célibataire, mais tu as déjà vécu en couple ?

Elle sentit son sourire s'effacer malgré elle.

— Oui, dit-elle, réticente.

— Et ça n'a pas marché, entre vous deux ? Tu m'as dit un jour que tu n'avais pas envie de te mettre avec quelqu'un, ajouta-t-il comme elle gardait le silence.

Puisqu'il lui avait parlé de sa fiancée, elle lui devait la même franchise.

— J'ai vécu avec un homme pendant trois ans. Nous devions nous marier... Mais je l'ai quitté avant.

Elle joua distraitement avec un coin de la nappe.

— Craig voulait contrôler ma vie dans les moindres détails. Je me suis laissé faire parce que c'était plus facile que de me rebeller. Et puis, chaque fois que je le décevais, je culpabilisais énormément...

Mattia la couvait d'un regard attentif, dénué de jugement.

— Avec le recul, je n'arrive pas à croire que je sois restée aussi passive. Enfin si, c'était un peu comme de l'eau sur une pierre : une goutte ne laisse pas de trace, mais l'accumulation finit par user.

— Et pourtant, tu as trouvé le courage de le quitter.

— Pas toute seule. Tout à l'heure, tu parlais de ta famille et des liens forts qui vous unissent. Eh bien, moi, j'ai été sauvée par ma famille et par Danielle. Ils n'ont pas joué le coup de force, en revanche ils ont toujours refusé de s'éloigner malgré les efforts de Craig pour m'isoler. Mais la situation ne faisait qu'empirer. C'est Danielle qui m'a persuadée de le quitter. Un matin où il était chez le dentiste, elle m'a aidée à faire mes bagages.

Dans sa fuite précipitée, elle avait abandonné l'essentiel de ses affaires, sans regret. Ses vêtements, son maquillage, ses livres, ses disques, tout avait été choisi par Craig. À présent, elle ne cessait de s'étonner d'avoir pu vivre avec un monstre pareil.

Mattia se pencha en avant et posa une main sur la sienne.

— Tu peux te féliciter d'avoir de bons amis ! En tout cas, merci de m'avoir raconté ça. Je sais que c'est dur de se confier. N'y pense plus et savoure ton repas.

Elle ne demandait pas mieux. Dès lors, ils évitèrent les sujets qui fâchent et se contentèrent d'évoquer leurs vies respectives, si différentes.

Soudain, Mattia vida son verre et posa sa serviette.

— OK. Tu as fini ?

Sans attendre sa réponse, il se leva et déposa quelques billets sur la table avant de partir.

Elle le regarda faire, interloquée. Par chance, le tiramisu

du menu ne lui faisait pas envie, mais quand même, quelle mouche l'avait piqué tout à coup ?

Elle se leva et trottina derrière lui pour le rattraper.

— Eh ! Qu'est-ce qui te presse autant ?

Mattia ralentit le pas.

— Rien. Désolé, j'avais besoin d'air.

À l'angle du restaurant, Mattia s'arrêta pour lui prendre le bras, puis il reprit sa marche à longues enjambées qui obligeaient presque Elene à courir.

— On va à la plage ? demanda-t-elle pour détendre l'atmosphère.

Il jeta un coup d'œil à ses escarpins et secoua la tête.

— On s'en tiendra au chemin qui longe l'escarpement. Je ne te vois pas descendre une centaine de marches chaussée comme ça.

— Alors, ralentis, s'il te plaît.

Ce qu'il fit, mais si brusquement qu'elle buta contre lui. Aussitôt, il la rattrapa et la retint par la taille, le temps qu'elle retrouve son équilibre.

— Merci, murmura-t-elle, parcourue d'un long frisson.

Si seulement Mattia pouvait voir en elle une femme susceptible de lui plaire, de l'intéresser, et pas juste l'amie de Danielle et la tutrice de sa fille ! Mais ils étaient l'un comme l'autre tributaires de leur passé. Mattia n'avait pas oublié cette Sandy, pas plus qu'elle n'avait digéré son histoire avec Craig.

Puisant au plus profond de ses forces, elle s'écarta de lui et frissonna à nouveau.

— Tu as froid ?

— Non, non.

Elle ne tremblait pas de froid. C'était les mains de Mattia sur sa taille qui la faisaient frémir.

Ces mains, il les fourra dans ses poches et se remit à marcher, les yeux baissés. Après quelques minutes, il se tourna vers elle et la transperça d'un regard acéré.

— D'après le dossier de ton avocat, tu es la tutrice d'Aimée, et je suis son père. C'est tout.

Elle se figea. Ça y était, la bataille avait commencé.

— En effet.

— Autrement dit, nous sommes dans la situation d'un couple divorcé qui doit décider de la garde des enfants.

— Résumé de façon brutale, c'est ça, oui.

Mattia la dévisagea un moment avant de reprendre sa marche.

— Dis-moi pourquoi Danielle a pris cette décision. Je n'ai pas dit que tu ferais une mauvaise mère pour Aimée, s'empressa-t-il d'ajouter.

— Elle avait confiance en moi, et elle craignait qu'Aimée soit prise en charge par les services sociaux.

— Pourquoi ? demanda-t-il, perplexe.

— Réfléchis, Mattia. Vous vous connaissiez à peine, Danielle et toi. Et si tu n'avais pas voulu reconnaître Aimée ?

— Je ne ferais jamais une chose pareille.

— Je sais. Un jour, à Wellington, je t'ai entendu parler d'un jeune patient. Son père était parti en vacances après l'avoir confié à des amis. En apprenant que son fils avait été hospitalisé, il n'avait pas voulu revenir. Ça t'avait mis dans une colère noire. Tu disais que toi, tu ferais toujours passer les besoins de ton enfant avant les tiens. Je l'ai répété à Danielle, mais son expérience des hommes l'avait rendue méfiante.

— Oui, je comprends, dit Mattia avec un hochement de tête. Je me souviens de ce gosse. Il était anéanti de chagrin. J'aurais voulu le prendre avec moi... Mais ça n'aurait rien résolu, bien sûr.

— Tu as un grand cœur, Mattia.

Il se contenta de hausser les épaules.

— Danielle a-t-elle parlé de mariage ? Avant qu'elle tombe malade, je veux dire.

— Oui, mais seulement en termes négatifs. C'est moi qui avais évoqué le sujet. Elle m'a répondu qu'elle avait adoré ces quelques semaines avec toi, mais qu'il était hors de question pour elle d'envisager une relation permanente. Elle ne voulait pas être liée à un homme, de quelque manière que ce soit. En même temps, elle désirait ce bébé. Et puis...

Mattia posa la main sur le bas de son dos.

— Et puis, elle a appris qu'elle avait un cancer, compléta-t-il à sa place.

Elene hocha la tête, les larmes aux yeux.

— C'était horrible. Je me trouvais avec elle lorsque les médecins lui ont annoncé le diagnostic. Nous étions en état de choc, elle et moi. Une telle horreur, c'était inconcevable. Ça ne pouvait pas arriver. Pas à elle. Pas alors qu'elle attendait un bébé.

Ils avaient repris leur marche plus lentement, et Mattia lui caressait le dos en légers mouvements circulaires.

— Je suppose qu'une chirurgie aurait été trop périlleuse pour le bébé ?

— Danielle ne voulait pas en entendre parler. Elle était consciente des risques qu'elle encourait, mais son bébé passait avant tout. Elle ne voulait pas le mettre en danger.

Il lui tendit un mouchoir en fin tissu avec lequel elle se tamponna les yeux.

— Merci. Ça existe encore, ces trucs-là ?

— Un Kleenex, c'est tout de même moins élégant pour sécher les larmes d'une femme.

Elle ne put s'empêcher de sourire.

— Ça ne t'embête pas de t'asseoir un moment ? demanda-t-elle en avisant un banc. J'aimerais admirer la vue tout en discutant.

Sans attendre sa réponse, elle se laissa tomber sur le banc. Mattia s'assit à côté d'elle et étala ses longues jambes.

— Donc, Danielle ?

Elle croisa les bras comme pour se protéger.

— Eh bien, comme tu peux t'en douter, ce diagnostic a tout bousculé. Elle a voulu passer le plus de temps possible avec son bébé. Pour cela, elle a démissionné, et j'ai emménagé chez elle pour pouvoir l'aider. La grossesse et le cancer la mettaient à plat, et sa santé s'est très vite dégradée. À sa trente-troisième semaine de grossesse, on lui a découvert des métastases aux poumons. Les médecins voulaient provoquer l'accouchement, mais elle a refusé, toujours pour le bien du bébé. Ensuite, elle a consacré à Aimée le peu de temps qu'il lui restait.

Mattia, immobile, continuait à se taire.

— Elle et moi, on passait des heures à parler de l'avenir, poursuivit-elle. J'étais d'avis qu'elle te mette au courant, mais elle était déterminée à profiter le plus possible de sa fille. Elle m'a fait promettre de ne pas te contacter avant… Avant sa disparition. Elle disait que si tu voulais d'elle, tu pourrais passer des années entières avec elle.

Elle se tut, la gorge nouée par l'émotion.

Mais ce n'était pas le cas de Mattia, manifestement.

— Comment ça, *si* je voulais de ma fille ? Bon sang, elle me prenait pour qui ?

Furieux, Mattia se leva et la domina du regard, les mains sur les hanches, comme si elle était coupable des choix de Danielle.

— Assieds-toi, s'il te plaît. Tu me mets mal à l'aise.

Il ouvrit la bouche pour protester puis se ravisa.

— OK.

Le banc trembla sous son poids quand il se rassit.

— Je n'aurais jamais empêché Danielle de voir Aimée autant qu'elle le voulait, même pour une minute.

— Bien sûr, dit-elle en souriant. Autrement, tu aurais eu affaire à moi !

— Déjà, pour cette raison, oui.

Il lui rendit son sourire et soupira.

— Tu les aurais défendues comme une tigresse.

— C'est vrai. Du coup, où en sommes-nous ? Nous avons

parlé du passé, mais pas de l'avenir. En tout cas, mets-toi bien dans la tête que jamais je n'abandonnerai Aimée.

— Je le savais déjà, merci.

Le regard de Mattia se perdit sur la mer un moment.

— Nous devrions prendre le temps de nous connaître, toi et moi, dit-il enfin.

Elle ouvrit de grands yeux.

Ça, c'était inattendu !

Un élan de soulagement la souleva puis se dégonfla aussi vite, et elle serra nerveusement les poings.

Mattia cherchait-il à gagner du temps ? Avait-il déjà mis ses avocats sur le coup ?

Ce procès d'intention était peut-être injuste, mais elle ne devait pas être naïve non plus. Il fallait envisager toutes les possibilités. Si Mattia voulait obtenir la garde exclusive d'Aimée, elle ne se laisserait pas faire ! Même si ses ressources étaient ridicules face à celles de la famille Ricco.

— Désolée, mais ça ne me dit pas comment tu conçois l'avenir.

Mattia saisit dans la sienne sa main crispée.

— Détends-toi, voyons. Je n'agirai jamais derrière ton dos, juré. Tu seras au courant de toutes les démarches que j'entreprendrai, de toutes mes intentions. Et j'en attends autant de ta part. Mais sache que moi aussi je refuse de me séparer de ma fille. Désormais, elle fait partie de ma vie.

Un silence tomba, et il lui lâcha la main.

— On a pas mal avancé, tous les deux, non ? Et cela, sans nous disputer, c'est encourageant. Tout ce que je te demande, c'est de me faire confiance.

Lui faire confiance ? Étant donné les enjeux, ce n'était pas rien. Mais comment dire non ? Jusqu'à présent, Mattia avait toujours été loyal. Était-elle naïve de se fier à l'impression favorable qu'il lui faisait ?

Elle se leva pour reprendre sa marche, et il l'imita.

— Je ne veux pas d’ennuis, Mattia. Nous en avons déjà suffisamment comme ça, tu ne crois pas ?

Il acquiesça d’un hochement de tête. Ils atteignirent la voiture en silence.

— Une dernière chose, dit-il. Jusqu’à présent, tu n’as parlé que de Danielle et de ses intentions pour Aimée. Mais toi, que veux-tu de moi, au juste ? De l’argent ? Une maison dans la région ?

Elle se figea comme s’il venait de la gifler.

— Moi ? Mais rien, absolument rien ! répéta-t-elle, les dents serrées.

Il voulait qu’elle lui fasse confiance ? Eh bien, elle pourrait lui en demander autant !

— OK, dit Mattia en sortant sa clé de contact de sa poche. Simple vérification.

Donc, Elene ne désirait de lui « absolument rien ».

C’était vrai, ce mensonge ? De deux choses l’une : soit c’était une excellente comédienne, soit elle était sincère. Bien sûr, il pouvait lui accorder le bénéfice du doute, mais pouvait-il se permettre ce risque ? Le précédent de Sandy lui avait suffi, merci beaucoup. Il ne tenait pas à se faire plumer une seconde fois.

Dans sa famille, les arnaqueurs et les escrocs, on les repérait de loin, et il avait appris très tôt à s’en garder. C’était d’ailleurs l’une des raisons pour lesquelles il n’avait toujours pas digéré de s’être fait avoir comme un bleu par Sandy. Encore à présent, il ne comprenait pas ce qui l’avait poussée à agir ainsi. Souvent, sa famille était approchée par des pique-assiette désireux de profiter de largesses et d’avantages, mais Sandy ? Elle ne manquait de rien, et il lui aurait offert tout ce qu’elle désirait sur un plateau d’argent !

La seule conséquence positive de tout cela, c’était qu’il était devenu le père d’une adorable petite fille. De plus, il fréquentait de nouveau Elene, même si leurs relations demeuraient houleuses.

Et s'il se trompait sur son compte ?

Il avait été d'une naïveté coupable avec Sandy, mais ne tombait-il pas dans l'excès inverse avec Elene ? En ce cas, il lui devait des excuses. Du moins, lorsqu'elle se serait un peu calmée, car en ce moment elle fulminait comme un volcan.

— Elene...

Elle marchait à longs pas furieux sur ses escarpins, sans daigner se retourner.

— Allez, Elene, viens. Monte dans la voiture.

En guise de réponse, elle haussa les épaules avec humeur.

— Les rues ne sont pas sûres à cette heure-ci.

De nouveau, elle haussa les épaules.

Très bien. Dans ce cas, il la suivrait jusqu'à la maison s'il le fallait.

Il claqua la portière et démarra. Arrivé à son niveau, il baissa sa vitre.

— Excuse-moi, Elene, mais j'ai besoin de savoir. Qu'espérais-tu obtenir en débarquant ici à l'improviste ?

Elle ne s'arrêta pas, ne ralentit même pas le rythme de ses pas, qui résonnaient dans la rue silencieuse avec un claquement sec.

— Je l'ai fait pour m'acquitter de ma promesse envers Danielle.

Il se remit à la suivre, songeur.

Bon sang, à quel jeu avait joué Danielle ? Escomptait-elle qu'ils vivent ensemble, Elene et lui ?

Elene s'arrêta soudain de marcher et fit volte-face vers lui.

— Qu'est-ce que tu crois ? Que j'ai entrepris ce voyage par plaisir ? Que c'était mon idée ?

Elle flanqua une claque furieuse sur le toit de la voiture.

— Eh bien, non. Danielle était tellement malade que j'aurais décroché la lune si elle me l'avait demandé.

Sur ces mots, elle repartit comme une fusée.

Il poussa un long soupir.

La mère de sa fille avait eu beaucoup de chance de pouvoir compter sur une amie comme Elene. Dans son genre, elle était vraiment unique. Irait-il jusqu'à dire qu'il aimerait avoir une femme comme elle à ses côtés, à supposer qu'il soit assez stupide pour tomber amoureux ? Oui, mais justement, stupide, il ne l'était pas. Ou du moins, pas souvent.

Il laissa Elene prendre de l'avance, puis, alors qu'elle allait disparaître en haut de la côte, il la rejoignit, pour de nouveau s'arrêter et la rattraper, et ainsi de suite jusqu'à la maison.

Le dos raide, Elene marchait d'un pas vif sans lui adresser le moindre regard.

Il pouvait se vanter d'avoir gaffé. À présent, il ne lui restait plus qu'à rattraper le coup. Mais comment ?

Si Danielle avait fait d'elle la tutrice de la petite, il devait respecter sa décision du mieux qu'il pourrait. Encore fallait-il qu'il conserve sa place dans la vie d'Aimée. Il était son père, non ?

Mais quelle serait la place d'Elene dans cette nouvelle vie avec Aimée ? D'une manière ou d'une autre, il allait devoir la convaincre de s'installer en Italie…

Bonne chance ! Têtue et déterminée comme elle l'était, elle n'allait pas se laisser imposer quoi que ce soit. Pourtant, c'était la seule solution envisageable. Il devait tenter le tout pour le tout, et le plus tôt serait le mieux. De préférence, avant qu'elle ne reparte avec Aimée en Nouvelle-Zélande… Pour ce soir, toutefois, le mieux était d'aller se coucher tout de suite. Il avait provoqué assez de dégâts pour aujourd'hui.

Absorbé dans ses pensées, il était arrivé à la maison sans s'en rendre compte. Elene était postée devant le garage avec une impatience agacée. Il actionna la porte télécommandée, et elle entra sans l'attendre.

Plus que jamais, il aurait voulu la retenir, s'excuser platement, gagner son pardon, sa confiance. Tout à l'heure, elle la lui avait accordée du bout des lèvres. Aussi énervante soit-elle, il désirait s'entendre avec elle, et pas seulement dans l'intérêt d'Aimée. Il désirait connaître Elene Lowe, arriver à la comprendre, à l'aimer...

Oh ! et puis zut !

Parcourant le couloir à grands pas, il toqua à la porte de sa chambre.

— Elene... Je peux te parler ?

— On s'est déjà tout dit, tu ne crois pas ?

Il frappa un autre coup, plus affirmé.

— Elene, je te demande pardon. Je suis désolé, vraiment.

La porte s'entrebâilla, et elle se glissa dans le couloir. Le dos au mur et les bras croisés sous la poitrine, elle le dévisagea avec dureté.

— Tu étais sincère quand tu m'as posé cette question ?

Il hésita un instant à répondre. Il devait être franc avec elle, faute de quoi ils n'arriveraient à rien, mais de là à ramper devant elle et à se confondre en excuses, ça non !

— Oui.

Elle hocha la tête.

— Merci, dit-elle d'un ton adouci. Je comprends pourquoi tu m'as demandé ça, va. C'est ta manière de faire que je n'ai pas appréciée. À demain.

Elle referma derrière elle, le laissant seul dans le couloir, tel un écolier retenu devant le bureau du directeur.

— Bonne nuit, Elene, murmura-t-il, plus pour lui que pour elle. À demain.

5

Lorsque Elene se réveilla d'un sommeil quasi comateux, sa chambre était silencieuse. Bien trop silencieuse.

Elle s'assit d'un bond.

Le lit d'Aimée était vide !

Elle prit son téléphone et consulta l'heure : 9 h 10.

Pas étonnant qu'Aimée ne soit plus dans son lit. Comment avait-elle fait pour ne rien entendre ? C'était la première fois qu'elle ratait son babillage et ses vocalises du matin. Le fait qu'elle se soit endormie sur le coup de 4 heures y était sans doute pour quelque chose. À moins que quelqu'un ne se soit occupé de la petite avant qu'elle commence à s'agiter...

Mattia ou Anna ?

Elle préférait de loin la deuxième option. À l'idée que Mattia soit entré alors qu'elle dormait, elle se sentait frémir. Leur dispute de la veille demeurait gravée dans sa mémoire. Certes, après ce qu'il lui avait raconté au sujet de cette Sandy, elle comprenait qu'il se méfie des femmes. N'empêche, il l'avait blessée.

Il devait déjà être au travail, auquel cas il avait confié leur petite fille aux bons soins d'Anna...

Leur petite fille ? Hou là, pas d'emballement !

Pourtant, qu'elle le veuille ou non, sa vie était irrémédiablement liée à celle de Mattia. Du moins, tant qu'elle aurait un rôle à jouer dans celle d'Aimée.

Toutes ces pensées aggravaient les élancements douloureux dans sa tête. Un café lui ferait du bien. Ensuite, elle prendrait le train avec Aimée pour visiter Pompéi, et surtout s'éloigner de cette maison où tout lui rappelait Mattia. Il n'avait pas son pareil pour lui titiller les nerfs, de cette manière excitante qui lui évoquait un été chaud et plein d'aventures.

En entrant dans la cuisine, elle entendit en provenance de la terrasse les cris joyeux d'Aimée. Avisant une grande assiette de *biscottate*, elle en prit une au passage avant de sortir.

— Bonjour, ma toute belle...

Elle se figea à la vue de Mattia.

Il était encore là ? Avait-il attendu son réveil pour lui passer le relais ?

Assis sur le sol en lattes de bois, Mattia redressa la tête en souriant.

— Bonjour, Elene. Tu as assez dormi ?

— Oui.

— Ça te dirait, une virée sur la côte ?

— La côte d'Amalfi, tu veux dire ?

— Oui. On pourrait déjeuner à Positano. Tu connais ?

Elle réprima un élan de joie qu'elle dissimula sous une expression calme et réservée.

Elle ne lui avait pas complètement pardonné, après tout !

— Un cousin m'y a emmenée un jour, mais on n'est pas restés longtemps. J'ai toujours eu envie d'y retourner.

— Parfait, dit-il en se levant. Je prépare du café. Tu en veux ?

Oh ! et puis, à quoi bon bouder, puisqu'elle se sentait à l'aise avec lui ?

— À qui ai-je affaire ? À Mattia Ricco ou à son sosie le dictateur ?

En chemin vers la cuisine, il lui rendit son sourire.

— À Mattia Ricco *himself*.

Les genoux en guimauve, elle s'efforça de ne pas s'effondrer tel un pantin désarticulé.

Waouh ! Le sourire de Mattia, c'était de la dynamite.

Bientôt, une délicieuse odeur de café frais lui chatouilla les narines et aiguisa son appétit.

— Je vais rassembler les affaires d'Aimée, dit-elle pour se donner une contenance. Elle vient avec nous, n'est-ce pas ?

— Bien sûr, mais prends d'abord ton petit déjeuner. Rien ne presse.

Pourquoi pas ? Elle ne dirait pas non à d'autres *biscottate*. À ce rythme, elle allait devoir renouveler sa garde-robe, mais comment résister ? Celles d'Anna étaient les meilleures.

Elle se leva pour se poster à côté de la porte-fenêtre, de manière à voir à la fois Aimée et Mattia.

— On ne risque pas d'être pris dans le flot des touristes ?

— En avril, l'affluence reste raisonnable.

— Tu n'étais pas censé travailler, aujourd'hui ?

— Si, mais je me suis arrangé.

— C'est quoi, ce deuxième boulot ?

— Je fais des extra dans une clinique caritative à Naples. Avec d'autres spécialistes, on se relaie pour apporter des soins à un public qui aurait du mal à se faire soigner autrement. On exerce surtout le week-end, pendant nos créneaux libres.

Elle hocha la tête. Lors de son séjour en Nouvelle-Zélande, Mattia avait passé beaucoup de temps en randonnées en kayak ou à vélo, mais il avait aussi travaillé dur et n'avait jamais compté ses heures à l'hôpital.

— Il paraît que tu y passes l'essentiel de tes week-ends.

Le visage de Mattia se renfrogna.

— On t'en a trop dit.

Elle s'empara de la tasse qu'il avait posée à son intention sur le plan de travail et but une gorgée de café brûlant.

— Tu crois ? Comment fonctionne cet hôpital ? Rien qu'avec des bénévoles ou avec du personnel permanent ?

Mattia s'appuya contre le plan de travail, les bras croisés sur son ample torse, sa tasse dans une main.

— Avec les deux, du personnel bénévole et salarié.

— Ça me plairait d'y faire un tour, si tu n'y vois pas d'inconvénient.

Et, pourquoi pas, de filer un coup de main à l'occasion.

— Je...

La sonnerie de son téléphone coupa Mattia dans sa phrase. Il décrocha et s'éloigna sur la terrasse pour répondre.

Pendant ce temps, elle termina son petit déjeuner, lava son assiette et sa tasse, puis prépara un biberon et un en-cas pour Aimée en vue de leur virée.

Mattia revint sur ses entrefaites.

— Tu as de la chance, annonça-t-il. Justement, je dois faire un crochet à la clinique pour voir un patient.

— Appelons ça une coïncidence.

Il haussa les épaules en souriant.

— Si tu veux. Ça veut aussi dire qu'il faut se dépêcher.

— OK. Je vais vite me doucher. Donne-moi dix minutes.

La hâte lui donnait des ailes. Enfin, elle allait visiter la côte et, bonus, elle avait l'occasion de découvrir cette fameuse clinique à laquelle Mattia consacrait tant de temps et d'efforts. Surtout, elle pourrait voir Mattia à l'œuvre, sous un jour nouveau, intéressant. Si elle arrivait à le convaincre de la laisser travailler quelques heures à titre bénévole, sans doute serait-il moins enclin à la soupçonner de pensées vénales.

Mattia faisait visiter avec une certaine fierté à Elene l'unité chirurgicale de la clinique qu'il avait contribué à créer. À ses côtés, Elene avait l'œil à tous les détails.

— Vous prenez en charge tous les types de chirurgie ?

— Sauf ceux qui nécessitent du matériel particulièrement sophistiqué. Pour les soins non remboursés, nous envoyons les patients à l'hôpital.

— OK... C'est impressionnant.

Il se rengorgea, la poitrine gonflée d'une délicieuse chaleur.

Mine de rien, il était heureux de l'approbation d'Elene.

D'un point de vue personnel, bien sûr, mais pas seulement. En prenant connaissance de ce projet dans lequel il s'impliquait tant, elle comprendrait qu'il pouvait difficilement s'expatrier à l'autre bout du monde. Accepterait-elle de faire le saut et de venir vivre ici avec Aimée ? Et puis, il voulait acquérir sa confiance, son estime, bref, effacer son impair de la veille.

Mission réussie : à en juger par son sourire approbateur, elle était emballée.

— Donc, tu y consacres l'essentiel de tes week-ends ? Ça ne doit plus te laisser beaucoup de temps libre.

— J'en avais à Wellington. Depuis mon retour, je me concentre surtout sur les autres. Mais je vais devoir réviser mes habitudes pour cette petite princesse, ajouta-t-il en effleurant d'un baiser la joue d'Aimée. Je ne veux pas qu'elle grandisse avec un père absent.

Elene leur jeta un coup d'œil ému.

— Je lui apprendrai à être exigeante avec son père.

— Pour ça, je te fais confiance. Allez, viens, je vais te présenter à l'équipe.

Sur ces mots, il la précéda dans le bureau des infirmières. À leur entrée, tous les regards se braquèrent sur Aimée, et des exclamations enthousiastes fusèrent de toutes parts. Puis les infirmières jetèrent des coups d'œil à Elene et échangèrent des sourires entendus.

— Elene Lowe est infirmière dans l'hôpital de Wellington où j'ai travaillé, s'empressa-t-il de préciser pour couper court aux spéculations. Je suis sorti avec sa meilleure amie.

Une lueur amusée dansait dans les yeux d'Elene, signe qu'elle était tout à fait consciente de son embarras.

— On y va, Elene ? Mon patient se trouve juste à côté. Tu peux venir, ça ne le gênera pas.

Et de la sorte, il la garderait loin des questions indiscrètes des infirmières.

— Passe-moi Aimée, alors. Je te vois mal examiner un patient avec un bébé dans les bras.

— Tu as vu ? Tout le monde te prend pour sa mère, dit-il en lui tendant Aimée.

— C'est un peu le cas, non ?

Elene ponctua cette réponse d'un de ses sourires qui lui donnaient chaud et froid en même temps.

Il lui prit le coude et la guida vers la chambre.

— Il paraît que vous voulez me voir, Gino. Permettez-moi de vous présenter Elene, une amie de Nouvelle-Zélande.

Le dénommé Gino, un homme d'une cinquantaine d'années, la dévisagea des pieds à la tête avant de sourire.

— *Ciao*, Elene. Ravi de faire votre connaissance. Votre ami est un homme formidable. Il a bien du mérite de se démener pour les gens comme moi.

— Merci, Gino, dit-il, gêné par ces éloges. Dites-moi où vous avez mal, OK ?

Mais Elene semblait s'amuser de son embarras.

— Il paraît que cette unité est très utile à beaucoup, renchérit-elle, indifférente à ses efforts pour détourner la conversation.

— Vous êtes la femme du docteur ? Votre bébé est son portrait craché, dites donc.

— Non, je ne suis pas sa femme..., dit-elle en rougissant.

Mattia leva les yeux au ciel.

En tant que médecin, il était censé diriger la séance, mais ces deux-là semblaient parfaitement indifférents à sa présence.

— S'il vous plaît, j'aimerais passer aux choses sérieuses. Comme je vous l'ai dit en entrant, Gino, Elene est une amie. Sur ce, quel est le problème ?

— Je vais proposer au Dr Ricco de travailler quelques heures ici le temps de mon séjour, ajouta Elene.

Surpris, il ouvrit de grands yeux.

— Tu veux nous aider ?

— Pourquoi pas ? Je suis sûre qu'une paire de bras supplémentaire vous serait utile. Je suis habilitée à exercer la profession d'infirmière en Italie. En plus, je n'ai pas besoin de visa puisque j'ai la double nationalité.

Son sourire éclatant était l'argument ultime. Face à cela, Mattia se sentit totalement démuni.

— Ah bon ?

— Oui, dit-elle en hochant la tête. En fait, c'est aussi une façon de me rapprocher de mes racines.

Elene, bénévole à la clinique ? Pourquoi pas ? Pour tout le monde, ce serait l'idéal. Quoique, était-il vraiment prêt à la voir travailler ici ? S'il l'avait conviée à visiter les locaux, c'était pour lui montrer un projet dont il tirait une fierté légitime. Mais de là à l'accueillir au sein de l'équipe, il y avait une sacrée marge. D'un autre côté, pour garder Aimée auprès de lui, l'idéal serait qu'Elene emménage à Sorrente. Sa proposition allait donc dans le bon sens. Comment disait le dicton ? « garde tes ennemis près de toi ».

Justement, il avait de plus en plus de mal à voir en Elene une ennemie. Cette femme mettait ses émotions à rude épreuve, elle le faisait vibrer au moindre sourire, semblait l'apprécier pour ce qu'il était vraiment… Bref, il lui serait très facile de l'aimer.

— Nous en reparlerons, veux-tu ?

— J'y compte bien, dit-elle en s'éloignant pour ne pas gêner Gino durant la consultation.

Pensif, il la suivit des yeux.

Elene était une excellente infirmière. À Wellington, ses patients n'en disaient que du bien. Lorsqu'ils travaillaient ensemble, ils s'en étaient toujours tenus à des rapports strictement professionnels, sauf certain soir où ils avaient failli s'embrasser. Mais cette fois-là faisait figure d'exception. Il n'y avait pas de raison pour qu'ils se comportent autrement ici.

Alors, pourquoi hésitait-il ?

Parce qu'elle le rendait vulnérable, voilà pourquoi. Et que ce sentiment lui était étranger et pénible.

— Docteur Ricco ? appela Gino d'une voix forte.

Vulnérable à cause d'une femme, lui ? À cause d'Elene ? Comment était-ce possible...

— *Dottore !*

Gino avait haussé le ton.

À contrecœur, Mattia se détourna de la jolie silhouette d'Elene, avec son dos bien droit, son derrière rebondi et ses longs cheveux qui se balançaient sur son dos.

Non, ils ne pouvaient pas travailler ensemble, lui et elle. Elle le déconcentrait et, par contrecoup, elle représentait un danger pour les patients.

— Désolé, Gino. Vous disiez ?

— Eh bien, l'infirmière insiste pour que je me déplace avec ces déambulateurs pour vieux, mais j'ai été opéré hier seulement ! J'ai encore besoin de me reposer.

— Certes, mais vous devez également vous lever et vous forcer à bouger. Je ne parle pas de grandes promenades ou d'exercices contraignants, mais simplement d'aller et venir dans votre chambre, comme le kiné vous l'a montré.

L'homme eut une moue ennuyée.

— Mais je ne vais pas fragiliser la blessure ?

— Pas si vous vous en tenez à nos recommandations. Vous risquez tout au plus d'éprouver une légère douleur, auquel cas les infirmières vous donneront des antalgiques. Mais si vous négligez ces efforts, les muscles de vos cuisses vont s'engourdir, et vous aurez bien plus mal par la suite.

Gino se redressa sur son lit avec un soupir. Ses hanches se rappelèrent à lui, lui arrachant un léger grognement de douleur.

— Ces exercices vont vous remettre sur pied plus vite que vous ne pensez, dit Mattia en approchant le déambulateur.

Une infirmière passa la tête par l'entrebâillement.

— Mattia, on aurait besoin de votre avis concernant des résultats qui viennent de sortir.

— J'arrive. Vous pouvez me remplacer auprès de Gino ?

Il se dirigea vers le bureau et consulta l'écran d'ordinateur avant de passer un coup de fil à la pharmacie du coin.

Ensuite, il verrait Mme Esposito.

Dire qu'il avait pensé se contenter d'une petite visite avant de reprendre la route de Positano…

D'où il était, il voyait la chambre de Gino. Celui-ci s'était levé et avançait tant bien que mal à l'aide du déambulateur tandis qu'Elene l'encourageait dans son effort.

Tout à l'heure, Gino refusait de quitter son lit, mais à présent, il faisait de son mieux pour impressionner Elene. Pas de doute, c'était une infirmière exceptionnelle, ils avaient besoin d'elle ici.

Tous, sauf lui. Quoique, en était-il si sûr ?

Elene se crispa alors qu'un véhicule de la file d'en face déboîtait sans prévenir, obligeant les autres conducteurs à se déporter pour l'éviter.

— Je n'aurais jamais le courage de conduire sur cette route, marmonna-t-elle. Ils doublent tous comme des fous.

Mattia se mit à rire.

— Et moi qui pensais te prêter ma voiture lorsque je suis au boulot ! Ce n'est pas une bonne idée ?

— Non, pas si tu ne veux pas la récupérer toute cabossée.

— C'est la conduite à l'italienne, dit Mattia en riant. Tout un art, surtout quand les touristes s'y mettent.

— Dans ce cas, je prendrai plutôt le bus ou le train, surtout si Aimée voyage avec moi.

Mais elle ne put retenir une exclamation émerveillée à la vue du paysage au détour d'un virage.

— Comme c'est beau ! Toutes ces maisons aux couleurs pastel à flanc de colline, avec la mer en contrebas… Comment ont-ils fait pour les construire sur une pente aussi escarpée ? C'est incroyable !

Mattia sourit de son enthousiasme.

— Si ça te dit, on peut commencer par une promenade sur la plage avant le déjeuner. Comme ça, Aimée pourra se dégourdir les jambes.

Il jeta un coup d'œil au bébé dans le rétroviseur.

— Elle a l'air content. Elle ne ronchonne pas du tout.

— En voiture, jamais. Je crois que le défilement du paysage la fascine. Mais elle sera encore plus ravie de tremper les pieds dans la mer.

Une place de stationnement semblait les attendre juste en haut de l'escalier descendant à la plage.

— Voilà ce qui s'appelle avoir de la chance, dit Elene.

Mattia se tourna vers elle avec un grand sourire.

— Qui te parle de chance ?

En quelques gestes assurés, il libéra Aimée du siège-auto avant de la caler sur sa hanche.

À le voir agir avec une telle aisance, Elene sentit une boule d'émotion lui nouer la gorge.

Évidemment, il avait dû accomplir ces gestes avec son neveu et sa nièce, mais là, il s'agissait de leur fille. Il la tenait d'une main à la fois sûre et douce, l'œil à tout tandis qu'il claquait les portières et activait la fermeture centralisée. En un temps record, il était passé maître dans l'art d'être père.

— Tu viens ? lui dit-il par-dessus son épaule.

— Oui, oui, j'arrive, une minute.

Le temps qu'elle se ressaisisse.

Sur la plage, Mattia emmena Aimée au bord de l'eau et la fit marcher dans les vaguelettes en lui tenant les mains. Avec de grands cris ravis, Aimée donnait dans l'eau des coups de pied qui éclaboussaient le pantacourt de son père.

Quelques pas en retrait, Elene les regarda, attendrie.

Pas de doute, Mattia devait faire partie de la vie d'Aimée.

Mais elle le méritait aussi. Or, tel qu'elle le connaissait, il ferait tout pour garder sa fille. Cet homme généreux et bon était capable de briser son bonheur à elle en lui retirant Aimée. Oh ! comment résoudre cette impasse ?

Les yeux humides, elle respira profondément et sortit une serviette-éponge de son sac.

— Tiens, ça pourrait t'être utile.

— J'aurais surtout besoin de bouchons d'oreilles, dit-il en riant.

Lorsque Aimée fut fatiguée de jouer, Elene lui enfila des vêtements secs, puis ils se rendirent dans le village, où ils partagèrent une énorme pizza margherita qu'ils dévorèrent à grandes bouchées gourmandes. Ils se promenèrent ensuite dans les petites rues, et elle en profita pour acheter un chapeau de soleil pour Aimée et un corsage pour elle.

— Laisse-moi porter ce sac.

Joignant le geste à la parole, Mattia tendait la main pour s'en saisir, mais elle resserra la main autour de l'anse.

— Non ça ira, dit-elle avant d'ajouter d'un ton plus conciliant, merci pour ta proposition.

— Elle était sans arrière-pensées, tu sais.

— Je comprends. Les fringues, c'est mon péché mignon.

— Comme chez beaucoup de femmes, dit-il en riant.

— Je suis contente de voir que tu me trouves normale.

— Ça veut dire quoi, « normal » ?

Elle se contenta de hausser les épaules.

Voilà qu'ils plaisantaient, tous les deux ! C'était bon signe, non ?

Avisant une boutique, elle en profita pour s'y éclipser.

— Je reviens tout de suite.

Le temps de remettre de l'ordre dans ses émotions.

Elle ne devait pas se faire d'illusions à propos de Mattia Ricco, et encore moins rêver à ce qui ne pouvait pas être. Elle se leurrerait si elle pensait qu'ils avaient un avenir ensemble, en dehors d'Aimée. Entre eux, ça ne pouvait pas marcher. Ni maintenant, ni jamais.

6

Elene berçait doucement Aimée sur ses genoux pour l'apaiser. Il était largement l'heure de la mettre au lit, mais la petite semblait avoir d'autres priorités.

— Cette jeune demoiselle a une overdose de soleil et d'exercice physique, fit observer Mattia.

Il les contempla un instant, et son cœur se pinça. Son beau visage illuminé d'une expression d'amour pur, Elene ressemblait à une Madone à l'Enfant.

La situation n'avait pourtant rien d'idyllique. Ils étaient confrontés à un dilemme insoluble. Que faire ? Aimée avait déjà perdu sa mère, il serait cruel de la séparer d'Elene. D'un autre côté, il était son père. Il fallait qu'ils trouvent une solution qui mette tout le monde d'accord, mais laquelle ? Pour l'heure, une seule trouvait grâce à ses yeux : convaincre Elene de s'installer à Sorrente. Pour cela, il devait lui faire comprendre qu'il ne pouvait pas partir d'ici. Cela dit, accepterait-elle de vivre si loin de sa famille ? Certes, elle avait des origines italiennes, mais l'essentiel de sa vie était en Nouvelle-Zélande, les jours défilaient à une vitesse folle, et elles allaient repartir dans deux petites semaines...

À chaque jour suffit sa peine, songea-t-il. Avant de prendre une décision, ils devaient d'abord apprendre à se connaître et à se faire confiance.

Il lui apporta un verre de sangiovese.

— Tu étais sérieuse en proposant tes services à la clinique ?

— Bien sûr. Si je peux m'arranger pour faire garder Aimée, je suis prête à leur accorder quelques heures tous les jours du lundi au vendredi.

Elle trempa dans son verre ses lèvres pleines, si propres à éveiller les fantasmes... Mais fantasmer sur Elene était une très mauvaise idée. Du moins, tant qu'ils ne se seraient pas décidés au sujet d'Aimée.

— Anna sera ravie de s'occuper d'elle en ton absence. Pour ce qui est de ton salaire, tu seras payée au même titre que les autres infirmières.

Elle le fusilla du regard.

— Je ne fais pas ça pour l'argent ! Si c'était encore un test, tu as perdu une occasion de te taire.

Il soupira mentalement.

Pourquoi fallait-il toujours qu'il la provoque ? Non, elle n'agissait pas pour l'argent. Ou alors, elle avait des ambitions plus vastes, auquel cas il pourrait toujours lui dire non. Mais pourquoi se méfiait-il autant d'elle ? Bien sûr, Sandy avait flanqué une énorme claque à son orgueil, mais devait-il pour autant juger toutes les femmes à l'aune d'une seule garce ? Elene n'avait rien à voir. Le problème était là, d'ailleurs : par la magie de ses beaux yeux et de ses jolies lèvres ourlées, elle éveillait en lui des sentiments dont il aurait voulu se garder. Il devait être en manque, depuis le temps qu'il n'avait pas été avec une femme. C'était ça, il avait des besoins à satisfaire ! Mais pas avec Elene.

— La plupart des infirmières sont salariées. Je ne vois pas pourquoi tu ne le serais pas, toi aussi.

Elene se leva et lui présenta Aimée, maintenant apaisée, pour qu'il lui donne un baiser de bonne nuit.

Il prit sa fille dans ses bras.

Dire que, quelques jours plus tôt, sa vie lui avait semblé en tout point parfaite. Comment avait-il pu se leurrer à ce point ?

— Dors bien, mon ange.

Il effleura son front d'un baiser avant de la rendre à Elene.

Avant d'atteindre la porte, celle-ci se retourna vers lui.

— Tu n'es pas le seul à aimer donner de ton temps aux autres, tu sais.

— Je dirai à l'équipe que tu seras de service le matin de 9 heures à midi à partir de lundi prochain, ça te va ?

Elle hocha légèrement la tête.

— Merci.

Tandis qu'elle s'éloignait, il la suivit du regard, pensif.

Les liens qui les unissaient se resserraient de jour en jour, et c'était Elene qui avait le dessus. Cela faisait un bon bout de temps qu'une telle situation ne s'était pas présentée à lui.

Par la force des choses, elle faisait désormais partie de sa vie, ce qui n'était pas pour lui déplaire. Au contraire, il avait envie de mieux la connaître. Pourquoi pas, d'ailleurs ? Après tout, il ne sortait avec personne.

— Elene...

— Oui ?

— Demain, je dois déjeuner avec ma famille à Naples. Je souhaite vous présenter, toi et Aimée. Tu m'accompagnes ?

Elle le dévisagea, les yeux agrandis par la surprise.

— Oui, bien sûr.

— Je ne les ai pas encore informés de la situation.

— Quoi ? Il faut que tu le fasses, Mattia. Le plus tôt sera le mieux.

— Tu as raison. Seulement, je n'arrive jamais à trouver le moment, dit-il en soupirant. Je leur téléphone maintenant.

— OK. Pendant ce temps, je laverai ma robe.

Comment cela, sa robe ? Parlait-elle de celle qu'elle avait portée la veille au restaurant ? À présent qu'il y songeait, il ne l'avait vue porter que deux hauts et deux shorts, qu'elle lavait alternativement chaque jour. Elle qui appréciait tant la mode, elle n'avait emporté qu'une seule tenue un peu habillée ? Il se ferait un plaisir de remédier à cette situation, histoire de se faire pardonner son impair de l'autre soir. Histoire, aussi, de la remercier de donner autant d'elle-même pour Aimée et lui. Elle aurait très bien pu rester en Nouvelle-Zélande avec la petite. En venant ici, elle avait pris un sacré risque. Elle adorait Aimée et se faisait un souci monstre concernant l'issue de ce voyage. Et lui qui n'avait rien trouvé de mieux que de lui prêter des intentions vénales ! Il mériterait des gifles. Il n'avait pensé qu'à lui, à la meilleure façon de s'adapter à ce qu'il lui arrivait. Il serait temps d'inverser la vapeur.

— Sitôt après avoir parlé à mes parents, je prépare le dîner, annonça-t-il.

— Je n'ai pas faim, répondit Elene par-dessus son épaule avant de disparaître dans le couloir.

Pas faim, Elene ? Elle qui raffolait de ses pâtes à la carbonara ?

Il prit le téléphone, promenant son regard autour de lui.

Des chaussons de bébé gisaient, abandonnés, au milieu de la pièce, et un petit maillot formait avec une barboteuse un tas froissé sur le canapé. Un délicat parfum de rose se mêlait à l'odeur piquante du sangiovese. Jamais il ne pourrait plus boire de ce vin sans penser à Elene. Il entendit le rire du bébé, auquel répondit celui, cristallin, d'Elene.

Un élan de bonheur le souleva.

Depuis son retour de Nouvelle-Zélande, il avait vécu seul sans en souffrir, mais à présent le joyeux désordre semé par Aimée et Elene lui faisait prendre conscience de sa solitude. Jamais sa maison ne lui avait paru aussi agréable. Ce n'était plus une grande baraque vide qui résonnait au moindre bruit. Il y vivait en famille, comme avant.

Il avait grandi dans ces murs avec ses grands-parents, ses parents, ses frères, il y avait partagé des rires et des échanges sonores à propos de tout et de rien. Chaque recoin de cette maison fourmillait de souvenirs. Mais avant ces derniers jours, il n'avait jamais vraiment songé qu'il passait à côté de ce qui comptait vraiment dans une existence.

Un cri d'Aimée interrompit le fil de ses ruminations.

Ah oui, il avait un coup de fil à passer. Mais avant cela, il avait envie d'embrasser de nouveau sa fille.

Il reposa l'appareil et entra dans la chambre.

— Eh, ma chérie, tu aurais un autre bisou pour ton papa ?

Elene venait de changer le bébé et terminait de boutonner son pyjama décoré de nounours. Elle la souleva de la table à langer et la lui tendit.

— Ton coup de fil a été rapide.

— Je ne l'ai pas encore passé.

Il ignora son regard surpris et serra Aimée contre lui, souriant d'aise au contact du petit corps tiède à la douce odeur de talc qui se tortillait dans ses bras.

— C'est l'heure du dodo, ma chérie, roucoula-t-il en lui chatouillant le ventre.

— Je crois que tu la réveilles au lieu de l'endormir.

Ce n'était pas un reproche, juste un constat.

— Oui, je vais la coucher, dit-il.

Mais pas encore tout de suite.

— Elle est belle, hein ?

Oh ! là, là, il était vraiment mordu. C'était dingue, ce petit bout de femme avait pris dans son cœur une place qui grandissait de jour en jour. Raison de plus pour régler la situation au plus vite, afin de profiter pleinement de cette paternité inattendue. Et d'Elene aussi.

Son sourire s'évanouit à cette pensée. Son regard glissa vers elle et caressa sa jolie silhouette, ses lèvres pleines, ses orteils recouverts d'un vernis orangé.

Oh oui, il voulait passer du temps avec elle aussi !

Aimée lui flanqua son poing sur le menton.

— Eh ! Attention, fripouille.

Il lui souffla sur le ventre pour la chatouiller, puis il l'installa dans sa gigoteuse et l'embrassa sur le front.

— Dors bien, ma toute belle.

— Bonne nuit, ma chérie, dit Elene de l'autre côté du lit.

Puis ils quittèrent la chambre : Elene éteignit la lumière, et il referma la porte tout doucement.

Un vrai couple, en somme... Sauf que non. Il se plaisait à l'imaginer, mais un gouffre séparait ce rêve de la réalité.

Une boule se forma dans sa gorge.

— Désolé, je n'ai pas commencé le repas. En plus, il faut que j'appelle mes parents.

Les yeux verts d'Elene se posèrent sur lui.

— Si tu veux, je peux préparer quelque chose.

— Mais tu ne devais pas laver ta robe ?

— Si, mais je n'en ai pas pour longtemps à faire griller du pain pour des sandwichs.

Il la dévisagea.

Des sandwichs ? Les gens venaient en Italie pour profiter d'une gastronomie célèbre dans le monde entier, pas pour manger des sandwichs. Pourtant, une bulle de joie s'épanouit au fond de lui-même et grimpa jusque dans son cœur. Il éclata d'un grand rire.

— Tu es merveilleuse.

Puis il tourna les talons et s'éloigna d'un pas léger pour passer ce fichu coup de fil qu'il n'avait cessé de repousser.

Elene exerçait vraiment un effet bizarre sur lui !

« Tu es merveilleuse. »

Tandis qu'Elene plongeait sa robe dans de l'eau tiède savonneuse, ces paroles tournaient en boucle dans sa tête.

Pourquoi Mattia avait-il dit ça ? Ils étaient aux antipodes l'un de l'autre pour quasiment tous les aspects de la vie.

Sa robe lavée, elle se rendit dans la cuisine.

Mattia s'était enfermé dans son bureau pour téléphoner, elle entendait sa voix à travers la cloison sans comprendre ce qu'il disait. La nouvelle ne devait pas être facile à annoncer, même s'il s'entendait bien avec sa famille.

Demain, elle allait les rencontrer. Comment serait-elle

accueillie ? Lui feraient-ils subir un interrogatoire ? Allaient-ils lui reprocher d'avoir débarqué à l'improviste avec Aimée ?

Ses mains se mirent à trembler. Elle respira à fond pour se calmer, et peu à peu ses craintes refluèrent. Non, elle n'avait pas peur de leur réaction. Elle avait le droit de son côté. Après tout, elle était la tutrice légale d'Aimée.

Elle ouvrit le frigo pour garnir les sandwichs. Le choix était limité : quelques tomates, du jambon, du fromage. Un bras jaillit soudain devant elle pour saisir une bouteille d'eau, la faisant sursauter. Sous l'effet de la surprise, elle eut une brève inspiration et respira une odeur masculine.

Vite, elle attrapa la nourriture, referma le frigo d'un coup de coude et se retourna… pour se retrouver à quelques centimètres de Mattia.

Elle redressa la tête, et son souffle se bloqua dans sa gorge. Il la fixait d'un regard pénétrant, et ses lèvres entrouvertes représentaient une tentation irrésistible. Il était plus grand que dans son souvenir. Par comparaison, elle se sentit petite, fragile. Elle avait du mal à respirer.

Il lui fallait de l'air, vite.

— Excuse-moi.

— Certainement.

Mais Mattia ne bougea pas d'un pouce.

Oui, elle pourrait le laisser l'embrasser, mais après ? Il leur restait tant de questions à régler. Elle ne devait pas s'égarer. D'autant plus qu'elle aurait du mal à s'en remettre. Elle le savait depuis la dernière fois, alors même qu'il ne l'avait pas embrassée pour de bon.

— Allez, bouge, dit-elle, la gorge sèche.

— Certainement, répéta-t-il.

Cette fois-ci, il obtempéra.

Chez elle, la déception le disputa au soulagement. Déception de ne pas avoir cédé à la tentation de goûter à ces lèvres, et soulagement de se dire qu'ils ne feraient pas l'amour et que, de ce fait, elle ne risquerait pas de le décevoir.

Mattia était un homme à femmes. Elle, en revanche, elle n'avait connu qu'un homme, un tyran domestique qui ne cessait de la rabaisser malgré ses efforts répétés pour le satisfaire. Il était hors de question qu'elle expose ses faiblesses et s'humilie comme avec Craig. Et pourtant...

Le sac de tomates lui échappa des mains et s'écrasa par terre avec un bruit sourd, suivi par le claquement du paquet de jambon.

— Ça va ? demanda Mattia en se penchant pour les ramasser.

Non, pas du tout.

— Oui. Pourquoi ça n'irait pas ?

Malheureuse ! Pourquoi avait-elle répondu cela ? Mattia n'était pas né de la dernière pluie, et il n'avait pas son pareil pour deviner les pensées des gens.

Tout en déposant les tomates éclatées sur un plat, Mattia la regarda.

— C'est bon pour demain. Mes parents ont hâte de faire ta connaissance.

— Moi aussi, dit-elle avec un sourire contraint.

Tu m'étonnes... Mais d'une certaine manière, elle était sincère. Cette rencontre permettrait d'accélérer la résolution de leurs problèmes, quelle qu'en soit l'issue.

— Et ta famille à toi ? demanda-t-il. Que pensent-ils de la situation ? Ils sont d'accord avec le fait que tu élèves l'enfant de quelqu'un d'autre ?

— Oui. Ils m'ont toujours manifesté leur soutien.

— Et si tu t'installais pour de bon en Italie ?

— Mes parents seront derrière moi quelle que soit ma décision.

— *Notre* décision, Elene.

— Oui, tu as raison. Je me demande sans cesse pourquoi on s'obstine à tourner autour du pot, tous les deux.

Elle s'adossa au frigo et l'observa tandis qu'il formulait une réponse prudente.

— Disons qu'on progresse lentement mais sûrement.

Nous tissons des liens plus solides qu'à Wellington, du temps où je sortais avec Danielle. L'étape suivante consiste à vous présenter toutes les deux à ma famille. Si je fais des erreurs, je te demande pardon à l'avance, mais je ne vois pas de règles claires sur lesquelles on pourrait se reposer, toi et moi.

Rassurée par sa franchise, elle hocha la tête.

— Je comprends, va. Je suis nerveuse, voilà tout. Et tes parents, comment ont-ils réagi à la nouvelle ?

— Étonnamment bien. Cela dit, je crois que de la part de mes frères et moi, à force, plus rien ne les choque.

— Tu as de la chance d'avoir des frères. J'ai eu du mal à me faire une place à côté de mes sœurs.

— Crois-moi, avoir des frères, ce n'est pas mieux.

Elle hocha la tête, circonspecte.

— Nous avons encore beaucoup de choses à apprendre l'un sur l'autre.

Mattia se mit à rire.

— Demain, à la même heure, tu en sauras sans doute sur moi plus que tu ne l'imagines. Et que je ne le souhaiterais.

— Donc, tu ne songes pas à me prendre Aimée ?

Cette question à peine posée, elle se mordit la langue, mais Mattia lui posa une main rassurante sur le bras.

— C'est donc ça qui te donne du souci ! Je te promets que personne ne va te poser de questions gênantes, te jeter dehors ou t'arracher Aimée des bras. Je ne le permettrais pas, ajouta-t-il, le regard sombre.

Alors, ça ! Mattia serait prêt à la défendre contre sa famille ? Bien sûr, il était généreux de nature, mais là, il réagissait comme s'il tenait à elle ! Et ça, c'était nouveau. Mine de rien, ils avaient fait du chemin, tous les deux.

— Je ne voudrais surtout pas m'immiscer entre toi et ta famille, dit-elle avec un soupir tremblant. Mais merci. Ton soutien compte beaucoup pour moi.

Il la dévisagea, les sourcils froncés.

— On dirait que ça t'étonne ! Bien sûr, j'aimerais parvenir

à mes fins, mais pas à n'importe quel prix, et surtout pas si ça te blesse au passage.

— Je... D'accord, murmura-t-elle, la gorge nouée.

Comme elle esquissait le geste de s'écarter, il posa la main sur son autre bras et l'immobilisa doucement.

— Ce que Craig t'a fait... C'est à cause de ça que tu t'opposais autant à ma relation avec Danielle ? Tu pensais que j'allais lui faire du mal comme lui t'avait fait du mal, n'est-ce pas ?

Elle hocha la tête en se mordillant la lèvre inférieure.

— Il en fallait beaucoup pour faire souffrir Danielle, mais quand je t'ai vu, j'ai eu peur, c'est vrai. Évidemment, j'ai eu tort, mais à ma décharge, j'ai parfois peine à croire que tous les hommes ne sont pas des brutes.

— Je comprends parfaitement, dit-il.

Elle adorait qu'il la touche comme ça. Ses grandes mains étaient si douces, si chaudes... Pour rien au monde elle n'aurait bougé, de peur de rompre ce contact. Mattia était tellement sexy, adorable, prévenant...

Elle se crispa, saisie par une brusque révélation : en fait, elle était *jalouse* de Danielle ! Elle aurait voulu Mattia pour elle !

Un frisson lui dégringola le long du dos.

Levant les yeux, elle caressa du regard son menton bien dessiné couvert d'une barbe naissante, ses yeux noirs aux rides rieuses si séduisantes.

Ce n'était pas étonnant qu'elle ait fantasmé sur cet homme. Mais maintenant ?

Eh bien, maintenant, rien. Cette attirance devait demeurer cantonnée au passé. À présent, lui et elle allaient devenir amis, et rien d'autre. Les enjeux étaient trop importants pour les mettre en péril à cause de bagatelles.

— Elene, murmura Mattia.

Seigneur, son prénom glissait sur sa langue comme du chocolat fondant.

— Elene...

Une violente onde de chaleur la traversa de part en part,

comme si un éclair l'avait frappée. Elle n'était plus consciente de rien, hormis du désir de goûter à ses lèvres et de se serrer contre lui. Sans plus réfléchir, les yeux prisonniers des siens, elle fit un pas et se haussa sur la pointe des pieds jusqu'à ce que ses seins touchent son torse.

Il baissa la tête lentement, comme pour lui donner la possibilité de s'écarter. Sa bouche s'arrêta tout près de la sienne, et il hésita, les yeux troublés par la passion.

Qu'est-ce qu'il attendait, bon sang ?

N'y tenant plus, elle combla les quelques centimètres qui les séparaient et posa sa bouche sur la sienne.

Un gémissement s'échappa alors de la gorge de Mattia, et ce fut comme si une digue s'était rompue en lui, libérant un flot de désir longtemps contenu. Il l'embrassa avec fougue et douceur, allumant en elle un brasier de sensualité où elle aurait brûlé volontiers jusqu'à la fin des temps.

Jamais baiser ne lui avait fait un tel effet, elle n'était plus qu'une poupée de chiffon haletante, insatiable. Un désir fulgurant pulsait dans son ventre, rugissait dans ses veines. Le cœur battant à toute allure, plaquée contre lui, enveloppée de ses bras, elle avait perdu la notion du temps ou de l'espace et n'existait plus que pour la caresse brûlante de ces lèvres, de cette langue qui s'insinuait dans sa bouche.

— Mattia..., gémit-elle.

Mattia ? Elle embrassait Mattia alors qu'il leur restait tant à résoudre ?

Son désir s'affaissa aussitôt comme un soufflé, et même s'il continuait de la tourmenter, elle s'écarta vivement.

— Elene, murmura-t-il en la retenant, ce...

Il s'interrompit et la dévisagea comme si elle avait été une extraterrestre. Ce qui ne devait pas être loin de la vérité.

Elle se dégagea d'un mouvement d'épaules et trouva la force de traverser la cuisine pour se réfugier derrière le plan de travail. Il fallait qu'elle mette de la distance entre eux afin de ne pas céder à une impulsion folle, comme se précipiter vers lui pour un autre baiser à faire fondre les pôles.

— Ça n'aurait pas dû arriver. Je suis désolée.

Un éclat de colère s'alluma dans les yeux de Mattia.

— Ne dis pas n'importe quoi. Nous sommes adultes et nous savons ce que nous faisons.

— Ah bon ?

Il passa dans ses cheveux une main tremblante.

— Oui, enfin... Je crois.

Alors, comme ça, elle le déstabilisait ! Bien. Comme quoi, elle n'était pas seule dans ce pétrin. À vrai dire, l'indécision de Mattia avait quelque chose d'attendrissant. D'habitude, il avait l'air tellement assuré !

— À demain, dit-il machinalement.

Puis il quitta la pièce, la laissant seule avec ses doutes.

Pourquoi l'avait-elle embrassé ? Pourquoi, pourquoi, pourquoi ? Oui mais, bon sang, quel baiser ! À se damner sans l'ombre d'un regret.

Elle se dirigea vers sa chambre, attrapant au passage son verre de vin. Elle avait besoin de calmer son esprit en feu, rafraîchir ses lèvres meurtries, tranquilliser son cœur.

L'esprit en tumulte, elle s'allongea sur son lit et trempa les lèvres dans son verre.

Elle venait ni plus ni moins d'embrasser Mattia Ricco. Et alors ? Mais si ce n'était qu'une incartade, d'où lui venait cette impression d'avoir des jambes en bois ?

Son regard se posa à l'endroit où, le matin encore, avait été le petit lit de bébé.

Pourvu qu'Aimée s'habitue à sa nouvelle chambre !

Depuis quelques soirs, elle s'était endormie sans problème. C'était pourquoi ils l'avaient installée dans une pièce séparée. On verrait bien. En ce qui la concernait, elle doutait de fermer l'œil de la nuit.

Elle caressa distraitement les contours de sa bouche, et des fantasmes surgirent dans son esprit tels des diables hors de leur boîte à la pensée de ce que Mattia lui ferait la prochaine fois qu'ils s'embrasseraient.

Sauf qu'il n'y aurait pas de prochaine fois !

Le lendemain, sur le trajet qui les menait à Naples, Elene dormait les yeux ouverts, épuisée après une nuit blanche. Elle n'avait trouvé le sommeil qu'aux petites heures de l'aube. Mattia l'avait réveillée avec une tasse de café bien fort et une tranche de ciabatta à la tomate, puis il s'était occupé d'Aimée pendant qu'elle s'habillait.

Un jour, il ferait un excellent mari, et la femme qu'il épouserait aurait beaucoup de chance. Seulement, elle ne pouvait pas être cette femme.

Mattia rompit soudain le silence d'un ton neutre, comme si rien ne s'était passé entre eux la veille.

— On fait un crochet par Via Toledo avant d'aller chez mes parents.

— D'accord, répondit-elle machinalement.

Un arrêt à Naples n'était pas pour lui déplaire. Depuis son arrivée, elle n'avait vu de la ville que l'aéroport.

— Qu'y a-t-il de spécial là-bas ?

— Des boutiques.

Elle se redressa en sursaut.

— Mattia...

La protestation avait fusé sans qu'elle ait eu le temps de réfléchir. Se reprenant, elle inspira profondément. Ils partaient rendre visite à la famille de Mattia. Dans ces conditions, ils devaient afficher une bonne entente au lieu de se chamailler.

— Quel genre de boutiques ?

— De tous les genres, mais surtout du prêt-à-porter.

— Ah bon ? Tu as renversé du café sur ta chemise ?

La plaisanterie ne le fit même pas sourire.

— Tu as besoin de vêtements de rechange. Je t'emmène faire les magasins.

C'était à n'y rien comprendre. L'autre soir, il l'accusait pratiquement de vouloir lui soutirer de l'argent, et voilà qu'à présent il s'était mis en tête de regarnir sa garde-robe. Comment devait-elle le prendre ? Comme un autre test ou comme un cadeau qu'elle était censée accepter avec gratitude ?

— Alors là, pas question. Merci, Mattia, mais j'ai l'habitude d'acheter mes propres vêtements.

— C'est ma manière de te remercier de m'avoir amené Aimée.

Elle le dévisagea bouche bée. Jamais elle ne s'était attendue à une chose pareille de sa part. Jamais.

— Ça, c'est un coup bas !

La voiture fit une embardée avant de s'arrêter sur le bas-côté, et Mattia pivota sur son siège pour lui faire face.

— Pas du tout. Je suis sincère.

— Un simple « merci » aurait suffi, tu sais.

Il la considéra d'un regard étréci.

— Je suis un homme de peu de mots. Je préfère l'action.

— Ça ne t'a pas empêché d'en dire trop, l'autre soir, remarqua-t-elle avec amertume.

Il eut une moue ennuyée.

— J'ai réagi sans réfléchir. Ça m'arrive souvent avec toi.

De mieux en mieux. Elle le déstabilisait, lui, Monsieur-J'assure ? Et puis quoi, encore ?

Pourtant, l'expression qu'elle lisait dans ses yeux ressemblait bien à du remords.

Elle lui pressa la main en souriant.

— Bon, d'accord. Emmène-moi Via Toledo. Mais c'est moi qui paie, compris ?

Mattia esquissa un sourire hésitant.

— Permets-moi au moins de t'offrir une tenue.

— Bon, comme tu voudras, soupira-t-elle.

Après tout, un pantalon et un corsage, ça n'allait pas le ruiner... Du moins le pensa-t-elle jusqu'à ce qu'il pousse la porte d'une enseigne de luxe.

En acceptant son offre, elle s'était attendue à une tenue sympa et décontractée, à mille lieues de la robe ultra-sophistiquée que lui présenta l'employée, un rêve d'organdi orange.

Elle n'osa pas regarder l'étiquette de peur d'avoir un malaise.

— Non, Mattia. C'est trop beau.

— Tu ne l'as pas encore essayée, dit-il en souriant. Allons, dépêche-toi. On n'a pas toute la journée devant nous.

N'osant répliquer, elle se changea en vitesse et jeta un coup d'œil au miroir en pied tandis que l'employée ajustait la fermeture Éclair.

Elle eut du mal à reconnaître son reflet dans la glace.

— Waouh...

— En effet, dit la voix de Mattia derrière elle. Waouh.

Elle se retourna vivement.

L'employée avait ouvert le rideau, et Aimée et lui l'enveloppaient d'un regard séduit.

Elle se sentit devenir écarlate. Par bonheur, l'employée revint sur ces entrefaites avec une paire d'escarpins à fines lanières.

— Tenez, essayez-les.

— Oh non ! J'ai déjà des chaussures.

— Oui, mais elles ne vont pas avec la robe, remarqua Mattia.

Seigneur, cet homme était impossible. Mais pour une fois, elle n'avait pas envie de discuter. Ç'aurait été mesquin de l'envoyer sur les roses. De plus, il avait raison, ses chaussures n'étaient pas dans le style.

Elle s'assit donc sur le canapé d'essayage, caressa du bout du doigt le cuir souple avant d'enfiler les escarpins, puis elle se mit debout, fit quelques pas et tourna sur elle-même.

Malgré leurs talons hauts, ils étaient étonnamment confortables. Jamais elle n'avait eu aux pieds de telles merveilles.

— Magnifique, souffla-t-elle.

— Elles sont à toi.

Lentement, le regard de Mattia remonta sur ses jambes, et lorsqu'il s'arrêta sur ses cuisses, il brillait d'un éclat sombre.

À la pensée qu'il la désirait, une brusque chaleur l'embrasa. Vacillant sur ses talons, elle se détourna, non sans le regarder à la dérobée dans le miroir.

Cet homme avait quelque chose d'un magicien. Il se montrait capable de réveiller en elle des sensations qu'elle avait repoussées de toutes ses forces et avait cru disparues à jamais. Elle était payée pour savoir que ces émotions ne menaient qu'à des souffrances inutiles. Mais si Mattia essayait de l'embrasser à nouveau, comment réagirait-elle ?

Elle regagna la cabine d'essayage.

— Non, n'enlève pas la robe, dit-il comme elle allait tirer le rideau derrière elle.

— Je ne peux pas la garder, voyons ! Aimée va la salir.

— Laisse-moi m'occuper d'Aimée. Ma chemise ne craint rien. Mais évidemment, si tu ne tiens pas à porter quelque chose de différent et d'original, c'est ton choix.

Vu sous cet angle, comment refuser ?

Pensive, elle fit glisser ses mains le long de sa taille et de ses hanches. Le regard dont Mattia suivit son geste dans le miroir la fit à nouveau rougir, elle qui ne rougissait jamais.

— Bon, d'accord. Merci. Sur ce, on y va ?

Mattia cligna les paupières et regarda autour de lui comme s'il se réveillait.

— Attends-moi ici, j'en ai pour une minute, dit-il en se dirigeant vers un comptoir discret au fond de la boutique.

Pendant qu'il réglait, elle observa une dernière fois son reflet, incrédule. Dans cette robe ravissante, elle se sentait armée pour affronter la famille de Mattia.

Était-ce pour cela qu'il s'était mis en frais ? Pour l'aider ?

Elle l'espérait. Ne lui avait-il pas dit qu'il ne l'abandonnerait pas seule face à sa famille ? De toute façon, elle était obligée de lui faire confiance. Par bonheur, elle n'était pas sa petite amie, et il ne la présenterait pas comme telle. Il serait essentiellement question d'Aimée.

Elle regagna la voiture, apaisée.

Tranquillité éphémère, car au bout d'une minute, Mattia lui jeta un coup d'œil qui n'augurait rien de bon.

— Qui a payé ton billet d'avion ? Sans parler des dépenses concernant Aimée. J'aimerais participer aux frais.

Aussitôt, le stress revint à la charge.

— Danielle m'a confié tout ce qu'elle avait pour subvenir aux besoins d'Aimée. Elle m'a expressément demandé d'utiliser cet argent pour le voyage.

— Je vois.

Il n'insista pas davantage, et la conversation en resta là. Pour le moment, du moins, car elle ne doutait pas une seconde qu'il la relancerait à la première occasion.

Mais à chaque jour suffisait sa peine, et aujourd'hui, elle risquait d'en avoir sa dose.

7

Aimée nichée dans ses bras, Mattia se retourna vers Elene qui ralentissait au moment de passer le portail de la propriété de ses parents.

— Détends-toi, voyons ! Personne ne va te mordre.

— C'est facile à dire pour toi, marmonna-t-elle, crispée.

— Pas du tout. Si ça peut te rassurer, c'est moi qui vais être sur le gril, pas toi.

Elle leva les yeux vers lui, et un sourire s'épanouit sur son visage, en ravivant l'éclat.

— J'aimerais bien voir ça.

Il lui sourit en retour.

— Allez, viens. Tu n'as rien à craindre.

— Ta nièce et ton neveu sont là ? J'entends des voix d'enfants.

— Apparemment, la tribu est au complet.

S'il avait pensé pouvoir mener les présentations dans le calme, il en était pour ses frais.

— Dans ma famille, le repas du dimanche est un rituel, mais deux de mes frères sont censés être à Londres pour une conférence d'affaires.

— Ils y sont peut-être encore, dit-elle avec espoir.

— Ça m'étonnerait.

Il posa une main ferme au creux du dos d'Elene, savourant la douceur de ce contact.

— J'aurais sans doute dû programmer cette rencontre un

autre jour, mais j'ai pensé qu'il valait mieux exposer les faits une bonne fois pour toutes devant tout le monde.

— Je comprends, mais ma présence était-elle vraiment indispensable ? J'aurais pu rester à Sorrente, non ?

— Vraiment ? Et si Aimée avait pleuré et que tu n'aies pas été là pour la réconforter ?

— Oui, tu as raison, marmonna-t-elle.

Il lui prit la main et la serra fort dans la sienne pour lui donner du courage.

— Viens, c'est par là.

Ils se dirigèrent vers la grande pièce qui résonnait d'un brouhaha de voix ponctué de cris d'enfants.

— *Ciao,* tout le monde.

Un silence aussi brusque qu'intense les accueillit. Tous les regards se braquèrent d'abord sur lui et l'enfant dans ses bras, puis sur la femme à ses côtés.

Une boule se noua dans sa gorge.

Jamais il n'avait été autant dans ses petits souliers en invitant quelqu'un chez ses parents. D'ordinaire chaleureuse et accueillante, sa famille observait la nouvelle venue avec une curiosité glaciale. Seules ses deux belles-sœurs, Alessia et Sofia, semblaient détendues et intriguées.

Quoi qu'il en soit, il était temps de leur présenter l'objet de leur visite. Il hissa Aimée dans ses bras en plaquant sa main sur elle comme pour la protéger. Mais la protéger de quoi, au juste ? Personne ici ne lui ferait du mal.

Il s'avança avec une assurance feinte.

— Papa, maman, vous tous, je souhaite vous présenter Aimée, ma fille, et Elene Lowe, la mère adoptive d'Aimée.

Elene enveloppa l'assemblée d'un sourire tremblant avant de déclarer dans un italien parfait :

— Bonjour à tous. Je suis ravie de faire votre connaissance.

Leonardo Ricco, le patriarche, s'avança avec un sourire cordial et fit claquer deux bises sur les joues d'Elene.

— Elene, soyez la bienvenue ainsi que ce bout de chou.

À ce signal, la glace se rompit. Le reste de la maisonnée l'imita, à l'exception de sa mère qui les salua avec une politesse glacée. L'attitude de cette dernière n'étonna guère Mattia, mais il en fut quand même blessé. Pour Elene d'abord, mais aussi pour lui. Elle les observait tous les trois avec une inquiétude inquisitrice qui le mettait mal à l'aise.

Elene l'avait-elle remarqué, elle aussi ? Si c'était le cas, elle ne le montrait pas.

Il s'efforça de faire bonne figure.

— Tu vois ? Ils ne mordent pas.

Elle esquissa un sourire timide qui lui serra l'estomac.

— Oui, on dirait... On dirait ma famille.

Son beau regard affichait des traces d'inquiétude, mais elle soutenait vaillamment l'assaut.

Par bonheur, les autres paraissaient les accueillir sans réserve. Des « oh » et des « ah » fusaient de toutes parts, et des mains jaillissaient, promptes aux caresses.

Intimidée, Aimée s'agita dans ses bras, soudain prête à pleurer. Elene, qui s'était jusqu'alors tenue en retrait, s'avança pour la prendre et la câliner.

— Chut, ma chérie. Je suis là. Tout va bien.

Soudain indifférente à leur environnement, elle se focalisait sur Aimée. C'était elle, sa priorité. Sans l'ombre d'un doute, elle ferait toujours passer les besoins de la petite avant le reste. Certes, elle n'était pas sa mère biologique, mais elle était sa mère de cœur.

Aimée ne s'y trompait pas. Nichée contre Elene, elle se calma aussitôt, non sans barbouiller sa belle robe d'une traînée de bave, ce dont Elene ne sembla pas se soucier.

Oui, Elene adorait cette petite, mais cet attachement compliquait la donne. Comment décider à qui revenait la garde d'Aimée ? Qui serait le parent à temps complet ?

Et pourquoi pas ensemble ? Il n'imaginait pas élever sa fille sans Elene. Pas seulement pour Aimée : pour lui aussi.

Mais alors, était-il en train de tomber amoureux ?

Pourquoi pas ? Elene était une fille bien, et depuis Sandy, il avait parcouru du chemin.

Des petites mains tirèrent sur son pantalon, coupant court à ses ruminations.

— Giulia, Marco ! Vous faites une bise à tonton Mattia ?

Il souleva les enfants à tour de rôle et fit claquer des baisers sonores sur leurs joues.

— Tenez, je vais vous présenter quelqu'un de spécial, dit-il en se tournant vers Elene. Vous voyez cette petite fille ? Elle s'appelle Aimée, et c'est votre cousine.

Voilà, les choses étaient dites.

Souriante, Elene tourna le bébé en direction des enfants.

— Aimée chérie, regarde, voilà Giulia et Marco !

— Tu veux jouer avec eux ? Giulia a des poupées, et Marco aime jouer avec des camions. Qu'en dis-tu ?

À la façon dont Aimée agitait ses petites jambes, il était clair qu'elle désirait être déposée par terre. Et de fait, une fois sur le carrelage, elle s'élança vers les jouets colorés. Giulia lui tendit une poupée, Marco s'accroupit pour caresser son visage puis ses boucles sombres, et des exclamations attendries jaillirent ici et là.

Mattia jeta un bref regard vers Elene.

Jamais elle ne lui avait semblé aussi émue. Son visage était lumineux, mais non dénué d'inquiétude.

Redoutait-elle d'être marginalisée, rejetée hors de la vie d'Aimée ? Craignait-elle de devoir repartir en Nouvelle-Zélande sans la petite ? Évidemment, la solution la plus simple consistait pour lui à la convaincre de rester en Italie et de vivre avec lui. Mais accepterait-elle ?

— C'est incroyable comme les trois cousins se ressemblent, remarqua-t-elle. Pas étonnant que tu...

Elle s'interrompit à temps, et il lui en sut gré. Il n'avait pas du tout envie que sa famille apprenne dans quelles circonstances il avait rencontré sa fille.

Indifférente aux adultes et à leurs problèmes, Giulia revint vers Aimée avec une brassée de poupées qu'elle laissa tomber à terre. Aimée en saisit aussitôt une, qu'elle porta à sa bouche. La tension qui avait pu présider aux présentations se dissipa alors et les conversations s'animèrent à nouveau, comme si de rien n'était.

Leonardo se dirigea vers la table où étaient dressés les verres à apéritif.

— Je vous sers quelque chose, Elene ?

Mattia le suivit des yeux, secrètement ému.

Sans réclamer d'explications ou de justifications, son père acceptait la présence d'Elene avec une générosité qui lui faisait honneur. Pas plus que lui, celui-ci n'avait oublié le précédent de Sandy, mais il était prêt à accorder à Elene le bénéfice du doute. Lui-même ferait bien d'en prendre de la graine. Jusqu'à présent, sa conduite envers Elene n'avait pas été dénuée de tout reproche.

S'il n'avait tenu qu'à Elene, elle n'aurait pas quitté Mattia d'une semelle. Comme elle aurait aimé pouvoir se cacher quelque part telle une petite souris ! Elle se rendit soudain compte que plusieurs regards étaient braqués sur elle.

Perdue dans ses pensées, avait-elle raté quelque chose ?

— Mattia et moi avons encore pas mal de questions à régler, dit-elle avec un sourire contraint. J'espère que vous serez patients avec nous.

Cette remarque était surtout destinée à la mère de Mattia, la seule à ne pas l'avoir accueillie sans réserves. Celle-ci devait certainement repenser à cette Sandy et se faire du souci pour son fils.

Toutefois, Maria Ricco esquissa un sourire, et ses épaules se détendirent légèrement.

— Vous devriez essuyer votre robe, *cara*, sinon les taches vont s'incruster.

— D'autant plus qu'elle vous va à ravir, ajouta derrière elle une voix amicale.

Un bras se glissa autour de sa taille : celui de Sofia, une des deux belles-sœurs de Mattia.

— Venez, je vais vous montrer la salle de bains. On peut se tutoyer, au fait ?

— Attendez, intervint Alessia. Moi aussi, je viens.

Sofia se tourna en riant vers le père de Mattia.

— *Papà* ! En plus du verre d'Elene, vous voulez bien nous servir, Ali et moi ?

Elene prit machinalement le verre qu'elle lui tendit.

— *Grazie*.

Oh ! là, là, dire qu'elle avait pensé profiter de cette minute de solitude pour mettre de l'ordre dans ses idées… À coup sûr, ces deux-là allaient lui faire subir un interrogatoire en règle. Pourvu qu'elle n'y laisse pas trop de plumes !

Mattia lui adressa un clin d'œil rassurant, et elle lui rendit son sourire avant de suivre les deux femmes jusqu'à une salle de bains monumentale comme elle n'en avait jamais vu. Elle contempla, ébahie, les installations en marbre, la robinetterie rutilante, les miroirs, et dans un coin de la pièce, un canapé. Un canapé dans une salle de bains ! On aurait tout vu…

Sofia éclata de rire.

— Impressionnant, hein ? Tu verras, on finit par s'habituer.

— C'est intimidant, en effet.

Elle aurait pu dissimuler sa réaction sous un masque d'indifférence, mais tant pis. Au moins, elle était sincère.

Sofia ouvrit un tiroir et lui tendit une serviette.

— Dis, c'est vrai que vous n'êtes pas amants, Mattia et toi ?

Dieu merci, Elene avait posé son verre sur le lavabo, autrement, il lui serait tombé des mains.

— Oui.

— Comment ça, « oui » ? Oui, vous l'êtes, ou oui, vous ne l'êtes pas ?

— On ne l'est pas.

Un certain baiser aurait pu présager le contraire, mais elle ne se faisait pas d'illusions.

Alessia prit la serviette de ses mains sans résistance et elle la passa sous l'eau.

— Sofia, arrête d'embêter Elene. Nous sommes amies, elle et nous, mais pas au point qu'on se raconte tout. Du moins, pas encore, ajouta-t-elle avec un clin d'œil.

— Vous êtes si proches que cela, toutes les deux ?

Et d'ailleurs, pourquoi Alessia désirait-elle qu'elles deviennent amies ? Espérait-elle voir Mattia trouver une compagne ? Elle n'avait pas l'intention de réfléchir à la question. Dans quinze jours, elle repartirait en Nouvelle-Zélande, et sa vie reprendrait comme avant.

Son cœur se serra.

Tu parles… Elle risquait de revenir pour qu'Aimée ne soit pas éloignée de son père. Mattia aimait sa fille d'un amour inconditionnel, et il comptait bien la garder dans sa vie. Accepterait-il de déménager en Nouvelle-Zélande ? Peu probable. Il ne pouvait pas plaquer du jour au lendemain sa famille, ses deux boulots. Du coup, quelle place cela lui laissait-il à elle ?

Elle, en revanche, pouvait exercer son métier en Italie.

Alessia lui tapota le bras pour attirer son attention.

— Oui, nous sommes très proches l'une de l'autre. Sofia était fiancée à Marco quand Jon m'a présentée aux Ricco. Si elle n'avait pas été là, j'aurais sans doute pris mes jambes à mon cou. Moi aussi, j'étais très intimidée. Plus que toi, peut-être.

— C'est le moins que l'on puisse dire, renchérit Sofia en riant. Un petit lapin apeuré, voilà ce que tu étais. Alors que maintenant, tout le monde file droit devant toi.

— Ne fais pas attention aux bêtises qu'elle raconte, Elene, répliqua Alessia en haussant les épaules.

— Et toi, Elene, tu n'as pas de questions à nous poser ? Tu sais, c'est la première fois que Mattia nous amène une femme. Depuis que je suis dans la famille, je ne l'ai jamais vu arriver accompagné à un repas de famille. Et voilà qu'il nous présente non seulement sa fille, mais aussi la belle Elene. Et...

Les yeux fixés sur Elene, Sofia s'interrompit pour ménager son effet.

— ... Je ne l'ai jamais vu regarder une femme comme il te regarde, toi.

Elene sentit un frisson la parcourir.

Comment Mattia la regardait-il au juste ? Elle brûlait de demander des précisions, mais elle ne voulait pas encourager la curiosité de Sofia. Elle revit le visage de Mattia juste après leur baiser de la veille. Il ne pouvait décemment pas la regarder de la sorte en présence des siens ?

D'une main tremblante, elle reprit son verre, et Sofia se pencha vers elle pour trinquer.

— À toi et à Aimée. Et à Mattia, ajouta-t-elle après avoir trempé les lèvres dans son vin. Sur ce, il est temps de rejoindre les autres, autrement *mamma* va nous enguirlander.

Elene les suivit vers le salon et s'assit à côté de Mattia sous le regard entendu de Sofia.

Malheureusement, songea-t-elle, le cœur serré, non seulement Mattia et elle n'étaient pas amants, mais ils avaient peu de chances de l'être un jour. Un baiser ne fait pas une relation. Tout au plus un bon début.

Sentant une chaleur lui monter aux joues, elle but une gorgée de vin pour se donner une contenance... Et avala de travers. Alors qu'elle tentait de réprimer une quinte de toux, Mattia lui tapota le dos. Elle prit le verre d'eau qu'il lui tendait et se contraignit à ne pas le vider d'un trait.

Au moins, elle avait une bonne raison d'être rouge !

Des plats de tortellinis, de légumes fumants et de viande tranchée circulèrent entre les convives, fournissant une diversion bienvenue. Elle se concentra sur son assiette. Les premières bouchées eurent du mal à passer, mais elle ne tarda pas à se détendre. Le père de Mattia se pencha alors vers elle pour attirer son attention.

— Votre italien est parfait. Vous avez séjourné ici ?

Et voilà : question numéro un, sans compter celle de Sofia.

— Ma mère est d'origine italienne. J'ai grandi dans les deux langues. Je pratique aussi bien la cuisine italienne que celle des antipodes, et j'ai passé beaucoup de temps à table en famille à discuter de tout et de rien. À l'italienne, quoi.

— Mais votre père est néo-zélandais.

Son père adoptif, oui. Pas son père biologique.

— Oui. Son aïeul a émigré de Grande-Bretagne. C'est fréquent chez nous. Nous avons tous des ancêtres originaires d'Irlande, d'Écosse, d'Angleterre…

— J'aimerais bien parler d'autres langues, moi aussi, remarqua Sofia. Pourquoi pas le japonais ?

Tout le monde se mit à rire.

— Toi, te mettre au japonais ?

— Sofia travaille comme chef dans un grand restaurant de Naples. Mais elle n'est pas familière de cuisines d'autres pays, encore moins du Japon, expliqua Mattia.

Sans doute, mais elle avait détourné l'attention de la tablée, et pour Elene, c'était l'essentiel. Le plat principal étant terminé, elle se leva pour aider à débarrasser la table et déposa une pile d'assiettes dans la cuisine.

— Vous n'êtes pas obligée de vous mettre en peine, lui dit Maria. Vous êtes notre invitée.

Hélas, oui. Elle aurait aimé être acceptée par cette tribu plutôt qu'être cantonnée à un rôle d'étrangère.

Elle sourit toutefois pour faire bonne figure.

— Ce n'est pas grave. Chez moi, tout le monde a l'habitude de participer.

— Dans ce cas, vous n'avez qu'à ranger les assiettes dans le lave-vaisselle.

Elle obtempéra et jeta un coup d'œil par la fenêtre.

— Votre jardin est magnifique. Qui s'en occupe ?

Maria se rengorgea avec fierté.

— Moi. J'adore cultiver mon potager. C'est très gratifiant de se nourrir de ce que l'on produit soi-même.

Mattia les rejoignit, apportant les couverts sales.

— Je t'amène de quoi t'occuper, dit-il à Elene avec un coup de coude de connivence.

— Pourquoi ? Tu as peur de te mouiller les mains ?

De nouveau, Maria les observait avec un air méfiant. C'était fatigant, à force.

— Avez-vous quelque chose à me dire en particulier ? lui demanda Elene sèchement.

Maria la considéra un moment avant de hocher la tête.

— Autant mettre les choses au point maintenant, en effet. Que cherchez-vous à obtenir de mon fils, au juste ?

Décidément, telle mère, tel fils.

— Rien, si ce n'est régler la situation d'Aimée de la manière la plus agréable pour nous trois.

— Vous n'auriez pas pu téléphoner à Mattia au lieu de débarquer comme cela sans prévenir ?

Maria jeta un bref regard à son fils.

— Car c'est bien ce qu'il s'est passé, n'est-ce pas ? Même si tu ne nous l'as pas dit clairement.

Elle reposa ses yeux acérés sur Elene.

— Vous vouliez le prendre par surprise, c'est ça ? Lui montrer que vous pouviez vous occuper d'Aimée sans lui ?

— *Mamma*...

— Non, Mattia. Ces choses doivent être tirées au clair. Je ne veux pas qu'on profite de toi une fois de plus.

Maria s'efforçait de protéger son fils comme elle, Elene, essayait de le faire pour Aimée. Quoi de plus normal ?

— *Signora* Ricco, je suis venue pour honorer une promesse faite à la mère d'Aimée. C'est Danielle qui m'a demandé d'amener la petite sans avertir Mattia. Mais je suis d'accord avec vous, il y avait d'autres manières d'agir.

— Alors, pourquoi avoir procédé de la sorte ?

— Parce que, comme je vous l'ai dit, Danielle me l'avait fait promettre avant de mourir.

Elene jeta un bref coup d'œil à Mattia, qui se tenait en retrait, attentif à la conversation.

Était-ce ainsi qu'ils allaient enfin se mettre à parler de l'avenir ? Au fond, peu importe, du moment qu'ils arrivaient quelque part. Et une explication ne ferait pas de mal à Maria.

— Danielle et moi étions très proches. Nous n'avions aucun secret et aurions fait n'importe quoi l'une pour l'autre. Si vous voulez tout savoir, je n'approuvais pas sa relation avec Mattia. Je pensais qu'il l'utilisait.

Ces paroles tombèrent dans un silence qui s'étira désagréablement. Maria se taisait, attendant la suite du récit. Mattia tendit à Elene un verre d'eau, dont elle but une petite gorgée avant de continuer.

— Danielle était enceinte lorsqu'elle a appris qu'elle avait un cancer. Dans ces conditions, vous comprenez, j'aurais fait n'importe quoi pour elle.

Maria ouvrit la bouche pour parler, mais Elene leva la main pour réclamer le silence. Il fallait qu'elle termine son récit avant que l'émotion ne lui casse complètement la voix.

— Un enfant a besoin d'avoir autour de lui des adultes capables de l'aimer et le protéger. Dans sa famille, personne n'était en mesure d'assumer ce rôle, donc elle s'est tournée vers moi, sa meilleure amie. Lorsqu'elle m'a demandé d'être la tutrice d'Aimée, je ne pouvais pas lui dire non. Elle a insisté pour que je ne contacte Mattia qu'après son décès.

— Mais pourquoi ne lui a-t-elle pas parlé directement ?

— Elle avait peur qu'il lui enlève Aimée. Elle voulait passer le peu de temps qu'il lui restait à vivre avec son bébé.

Elene se tut, la gorge nouée. Une larme s'échappa de ses paupières. Elle s'essuya les yeux du revers de la main et reprit son verre, qu'elle vida d'un trait.

Maria se taisait, comme abîmée dans ses réflexions.

— Je comprends, même si je ne suis pas d'accord, dit-elle

enfin. Mais elle aurait pu vous laisser une lettre à transmettre à Mattia. Mon fils le méritait...

Son regard redevint méfiant.

— À moins que vous ayez omis ce détail parce que vous y trouviez votre intérêt.

Elene la dévisagea, consternée.

— Tout ce que je demande à Mattia, c'est qu'il me laisse un rôle dans la vie d'Aimée. Croyez-le ou pas, votre fortune ne m'intéresse pas. Je suis satisfaite de ma vie telle qu'elle est. Je ne manque de rien. En revanche, je veux pouvoir continuer de m'occuper d'Aimée aux côtés de Mattia. Il nous reste encore à déterminer les modalités, mais cela nous appartient à Mattia et à moi, conclut-elle.

Sur ces mots, elle reposa son verre et sortit dans le jardin.

— Elene a raison, maman, fit la voix de Mattia derrière elle. C'est à nous de régler la situation, et à personne d'autre.

Enfin, il lui manifestait son soutien !

Certes, elle comprenait sa méfiance. Comment lui en vouloir, après ce que son ex avait fait ? Malgré tout, songea-t-elle en marchant au hasard des allées, elle s'était mis à dos sa mère. Au lieu de s'éclaircir, la situation se compliquait. Mais au moins, elle était restée sincère vis-à-vis de Mattia et d'elle-même.

— Elene !

Se retournant, elle vit Mattia accourir vers elle.

— Je te cherchais. Tu viens ?

Elle haussa les épaules, distante.

— Tu vois bien que ta mère ne m'apprécie pas.

— Pas du tout ! Au contraire, elle admire ta franchise. Elle dit qu'Aimée a beaucoup de chance. Allez, viens, ajouta-t-il en lui prenant le bras. Le dessert nous attend.

Elle le dévisagea, pleine de doute.

— C'est vrai ?

— Bien sûr ! À ton avis, pourquoi Sofia et Alessia auraient-elles bavardé avec toi si ce n'est pour faire ta connaissance ? Elles devaient avoir des tas de questions à te poser.

Elle hocha la tête avec un petit rire.

Sofia et Alessia étaient très liées face à cette famille exigeante, solidarité féminine oblige. Et elle avait tout intérêt à rejoindre leurs rangs.

8

Elene allait commencer aujourd'hui son nouveau travail.

Étrangement, elle n'éprouvait pas l'angoisse du premier jour. Au contraire, elle descendit d'un pas léger le chemin vers Sorrente. La journée s'annonçait magnifique, et la mer Tyrrhénienne brillait en contrebas d'un bleu éclatant. Mattia lui avait proposé de la conduire à la clinique, mais elle avait décliné son offre. Elle préférait s'imprégner des lieux, se mêler aux gens, bref, renouer avec ses origines italiennes.

Une délicieuse odeur de café l'attira dans une gargote où des habitués venaient prendre le petit déjeuner. Elle se commanda un cappuccino et bavarda avec ses voisins de comptoir, ravie de s'intégrer aussi facilement.

Elle se voyait bien vivre ici indéfiniment. Pourquoi pas ? Aimée grandirait près de son père, parlerait l'italien... D'ailleurs, son amie lui avait laissé entendre qu'elle ne verrait pas d'inconvénient à ce que sa fille vive en Italie.

Arrivée à la clinique, Elene se dirigea, très à l'aise, vers le bureau des admissions où officiait Colleen, l'infirmière en chef que Mattia lui avait présentée rapidement la veille.

— Suis-moi, je vais te passer ton uniforme, lui dit celle-ci. Tu veux bien t'occuper de Gino ? Depuis hier, il n'arrête pas de te tresser des louanges.

— Pas de problème. Il n'accepte toujours pas les béquilles ?

— Non, et c'est pour cela qu'on te le confie. Hier, tu es

arrivée à le faire marcher. Il faudrait continuer sur cette lancée. Tiens, enfile ça.

— Tu travailles ici depuis longtemps ? demanda-t-elle en revêtant l'uniforme.

— Depuis bientôt deux ans. Avant, j'étais infirmière à plein temps à l'hôpital, mais j'ai décidé de m'engager ici en tant que bénévole. Mon mari est chirurgien généraliste, il nous file parfois des coups de main. Nous sommes tous les deux Irlandais. Nous avons choisi de vivre ici pour le climat et la qualité de vie, et, crois-moi, nous n'avons pas la moindre intention de rentrer.

— Bien sûr, renchérit Elene, en souriant. Le pays est magnifique.

Non, vivre ici ne serait pas difficile. Elle pourrait louer un appartement près de la clinique, exercer à mi-temps et assurer des heures rémunérées à l'hôpital en complément.

— Tu habites chez Mattia, c'est ça ?

— Oui, se contenta-t-elle de répondre. On va voir Gino ?

L'homme l'accueillit dans sa chambre avec un grand sourire.

— Ah ! voici mon infirmière préférée.

— Tu vois, tu t'es fait un fan, dit Colleen en les laissant tous les deux.

Ça restait à voir. Du moins, c'était un bon début.

— Vous me suivez, Gino ? On va marcher un peu.

— Maintenant ? J'attends mon thé.

— Je vais vous en préparer un. On vous a pris votre tension, ce matin ?

Gino se rencogna dans son oreiller d'un air boudeur.

— Oui, oui... Elle était élevée, je crois.

Elle réprima un sourire. Qu'il le veuille ou non, il allait se lever et marcher, que diable !

— Pendant que je cherche le tensiomètre, asseyez-vous dans votre lit et balancez vos jambes sur le côté.

L'homme obtempéra à contrecœur, mais il exécuta sans

rechigner deux courtes promenades, ainsi que des exercices pour renforcer ses muscles et éviter les escarres.

Après l'avoir aidé à se recoucher, Elene eut la surprise de tomber sur Mattia en sortant de la chambre.

— Tu n'es pas censé être à l'hôpital ?

— Si, mais ma prochaine intervention est prévue pour 14 heures. Je voulais voir comment ça se passait pour toi. Et pour Gino, bien sûr. Alors, cette première matinée ?

— Comme sur des roulettes ! J'étais dans mon élément.

Un coup d'œil à l'horloge murale l'informa qu'elle aurait dû terminer une demi-heure plus tôt. Pas étonnant qu'elle ait l'estomac dans les talons.

— Tu rentres à la maison maintenant ?

— Oui. J'ai peur qu'Aimée ne s'agite ou fasse un caprice.

— Rassure-toi, elle s'amuse dans le bac à sable. Je viens d'appeler Anna, expliqua-t-il comme elle haussait les sourcils. Viens, on va grignoter un bout.

— Bon, d'accord...

Mais il avait déjà tourné les talons sans attendre sa réponse. Elle ne s'en formalisa pas et le retrouva dans le hall quelques minutes plus tard après s'être changée. Ensemble, ils empruntèrent une ruelle qui débouchait sur un petit restaurant et entrèrent dans une salle exiguë et sombre qui bourdonnait de conversations en italien, ponctuées par le claquement des pions de jeux de dames.

— J'ai joué aux dames durant toute mon enfance, dit-elle en souriant.

— Tu ne dois pas te sentir dépaysée, du coup. Tu veux manger quoi ?

Elle se décida pour un sandwich et s'installa à la seule table libre dans un coin de la pièce tandis que Mattia discutait avec deux hommes d'un certain âge. Elle le vit soudain s'interrompre pour porter son téléphone à son oreille. Il lui fit alors signe de le rejoindre et demanda à la serveuse d'emballer leurs casse-croûte dans un sac.

— Tant pis pour le café, dit-il. Gino vient de tomber. J'ai peur qu'il ne se soit luxé la hanche.

Elle saisit le paquet que lui tendait la serveuse et se hâta de rattraper Mattia, qui était déjà sorti de la gargote.

— Tu n'es pas attendu à l'hôpital dans une demi-heure ?

— Si, mais je devrais pouvoir m'occuper de lui entre-temps.

Pendant qu'elle trottinait derrière lui pour suivre ses grandes enjambées, il ressortit son portable et avertit son interlocuteur qu'il serait un peu en retard pour l'intervention.

— Je vais téléphoner à Anna pour l'avertir. J'espère qu'Aimée va rester calme.

— Pour ça, je ne m'inquiète pas. La petite ne pleure jamais avec elle. Anna la gâte toujours éhontément.

— Oui, c'est vrai, dit-elle, brusquement soulagée.

Dans la clinique, Mattia se dirigea tambour battant vers la chambre de Gino. Celui-ci était allongé dans son lit, le visage pâle et l'air hébété.

Il s'arrêta au chevet du patient et releva la couverture.

— Je vais devoir vous examiner, Gino. Si votre hanche est luxée, nous allons devoir procéder à une péridurale pour la remettre en place.

— Mais après, ça ira, docteur ? Je me suis fait ça en répétant les exercices de l'infirmière Elene. Je voulais lui montrer que j'étais capable de les réussir tout seul, mais quelqu'un m'a appelé, et je me suis retourné brusquement.

Elene prit dans la sienne la main tremblante de l'homme.

— Ça ira, Gino, ne vous en faites pas. Le Dr Ricco va vous réparer ça en un clin d'œil.

Mattia palpa délicatement la hanche de Gino, mais le diagnostic ne laissait guère de place au doute.

— C'est bien une luxation. OK, on file en salle d'opération, c'est plus sûr.

Sans perdre une seconde, ils se préparèrent pour l'intervention. Gino les attendait déjà lorsqu'ils entrèrent en salle d'opération, et Elene entreprit aussitôt de vérifier ses constantes.

— Tension à 13,5 et 8,5.

L'anesthésiste arriva précipitamment pour mettre Gino sous sédation. Une minute plus tard, ce dernier ronflotait paisiblement, et l'intervention débuta. En quelques manipulations rapides et sûres, Mattia replaça l'articulation dans son axe, puis il palpa les muscles autour de la hanche.

— Il risque d'avoir mal un certain temps.

— Sa convalescence va prendre plus de temps.

Mattia hocha la tête.

— Ne te presse pas de le faire marcher avec des béquilles. Demain, on reprend à zéro avec le déambulateur, et encore, seulement quelques allées et venues. Dans deux jours, on verra. Le pauvre, ajouta-t-il en soupirant. Tout à l'heure, il voulait à tout prix rester ici. À présent, je suis sûr qu'il fera tout pour pouvoir rentrer chez lui.

— La chute a dû être violente pour qu'il se luxe la hanche.

— Il s'est emmêlé les jambes, expliqua Colleen tandis qu'ils déplaçaient le lit mobile vers la chambre de Gino. Je l'ai entendu crier puis s'écrouler avec fracas. Quand je suis entrée dans sa chambre, il était étalé par terre.

Mattia fronça les sourcils.

— Personne ne lui avait dit qu'il ne devait pas pivoter sur lui-même ?

— Si, bien sûr, mais il arrive qu'on exécute certains gestes sans réfléchir, rétorqua Colleen d'un air ombrageux.

Visiblement, elle non plus n'était pas du genre à se laisser morigéner !

— Je vais m'asseoir à son chevet le temps qu'il se réveille, proposa Elene. Il faut aussi que je téléphone à Anna. J'espère qu'elle ne va pas refuser de garder Aimée par la suite. C'est mon premier jour, et je ne suis toujours pas rentrée à la maison.

— Je vais l'appeler, dit Mattia, avant de lui jeter un regard appuyé. « À la maison », tu as dit ?

Elle se sentit rougir.

— Oui, bon, façon de parler. C'est plus court que de dire « mon port d'attache temporaire ».

— Ah... Et moi qui pensais que tu commençais à t'habituer.

— Ne me fais pas dire ce que je n'ai pas dit. Ta maison est très agréable, et je suis contente d'y séjourner.

— Tant mieux. Je serais navré si tu ne t'y sentais pas bien.

— Prends garde, dit-elle en souriant, je risque de ne pas avoir envie de repartir.

— Pas de problème.

Elle le dévisagea avec étonnement.

— Tu suggères qu'on continue cette cohabitation indéfiniment ?

— Pourquoi pas ? Y vois-tu un inconvénient ?

Oui ! Et s'ils cédaient à la tentation d'un nouveau baiser, voire plus ?

— Je ne sais pas, finit-elle par répondre.

— Réfléchis-y.

Mattia la quitta sur ces mots.

Elle se rendit au chevet de Gino, l'esprit survolté.

Mattia était-il sérieux lorsqu'il lui proposait cela ? Quoi qu'il en soit, elle ne pouvait pas se laisser héberger gratuitement. Il faudrait au moins qu'elle paye ses repas et le gîte. Le problème, c'était que, en demeurant chez lui, elle renonçait à son indépendance.

— Mademoiselle ?

— Ah, Gino, vous êtes réveillé ! Vos jambes vont rester engourdies quelque temps, mais pas de souci, c'est une conséquence normale de l'anesthésie. En tout cas, interdiction formelle de vous lever aujourd'hui.

— Vous n'allez pas me faire marcher ?

— Non, pas jusqu'à demain. Et pour commencer, on va y aller en douceur, avec le déambulateur. D'accord ?

— Je suis désolé d'avoir causé du souci au Dr Ricco. Il ne m'en veut pas, j'espère ?

Occupée à enrouler le brassard du tensiomètre autour du bras de Gino, elle se mit à rire.

— Mais non, voyons ! Le Dr Ricco était inquiet pour vous, pas en colère. Mais vous allez devoir faire attention : à l'avenir, plus de geste brusque. Compris ?

Gino hocha la tête avec un sourire tremblant.

— Votre tension est presque normale. Reposez-vous pour que votre hanche se répare. Je suis juste à côté si vous avez besoin de quoi que ce soit.

— Merci. Vous êtes vraiment gentille pour un vieux bougre comme moi.

— Tout le monde mérite une deuxième chance, dit-elle avec un clin d'œil.

Pourquoi pensait-elle à Mattia en disant cela ?

Parce qu'il aimait régimenter son monde comme Craig, bien sûr. Mais contrairement à son ex, il ne l'obligeait pas à passer par ses quatre volontés. Avec lui, ça pourrait marcher... Pour peu, bien sûr, qu'il arrive à oublier son fiasco avec Sandy, ce qui n'était pas demain la veille...

Il fallait qu'elle s'active. De la sorte, elle parviendrait peut-être à endiguer le flot d'idées et d'images stupides qui flottaient dans sa tête.

— Je vous apporte une tasse de thé, dit-elle en se levant.

Et elle sortit sans même attendre la réponse de Gino.

Ce jeudi s'annonçait beau et chaud, mais Elene ne s'en souciait guère. Il était 5 h 30 du matin, et Mattia et elle venaient d'être appelés pour une urgence.

— Tu me donnes des détails ? demanda-t-elle dans la voiture.

— Notre patiente est une ado enceinte de six mois, sans domicile. Elle a été amenée par ses amis. Apparemment, elle est tombée dans l'escalier qui descend à la plage. C'est là qu'ils allaient dormir à la belle étoile : un euphémisme pour dire qu'ils n'ont nulle part où aller.

— Il n’y a pas de structures pour accueillir les SDF ?

— Si, mais ces jeunes évitent de s’y rendre par peur de devoir répondre à certaines questions ou d’être placés dans des foyers, dit-il en se garant.

— Pourquoi l’ont-ils amenée ici et pas à l’hôpital ?

— Ça, c’est une question à leur poser. En tout cas, on l’y transférera dès que possible. De toute façon, on nous a appelés pour un bras cassé et une hémorragie, ajouta-t-il en ouvrant sa portière. Pas pour un suivi de grossesse.

— Oui, mais il va quand même falloir lui faire un bilan complet et s’assurer que le bébé n’a rien.

— Je suis d’accord, mais chaque chose en son temps. La priorité, c’est l’hémorragie.

La jeune fille s’appelait Mica et s’était brisé l’ulna et le radius en tombant. D’après ses amis, elle était tombée sur le ventre, ce qui suscitait des craintes pour le bébé.

— Elene, je vais contacter l’obstétricien avant d’opérer le bras de Mica. Tiens-toi prête.

Tandis que Mica partait en radiologie, tout le monde se prépara pour l’intervention. Les clichés ne tardèrent pas à arriver.

— Bon sang, ce n’est pas une fracture, c’est pire, murmura Mattia. L’avant-bras est en mille morceaux.

Il se pencha vers la jeune fille pour attirer son attention.

— Mica ? Tu m’entends ? Je suis le Dr Ricco.

Elle entrouvrit les yeux et hocha la tête d’un air apeuré.

— Où as-tu mal, à part le bras ?

Son bras valide bougea, et elle toucha ses côtes.

— Ici.

— OK, il me faut une autre radio. On peut faire venir l’appareil mobile ? *Pronto.*

— Quelque chose t’inquiète, remarqua Elene en posant une intraveineuse sur le bras valide de Mica.

— Ces fractures révèlent une fragilité osseuse qui ne me plaît pas du tout.

— Tu penses à la maladie des os de verre ?

— C'est une possibilité... Mica, tu as des antécédents de fractures ?

— Oui, plein ces derniers temps.

Donc, il ne s'agissait pas d'un trouble héréditaire. C'était déjà ça.

— Elle est carencée, à ton avis ?

— C'est possible, répondit Mattia avant de prendre l'obstétricien à l'écart pour discuter du plan d'action.

Elene entendit un pleur étouffé.

— Tout va bien se passer, Mica, dit-elle, le cœur serré, en essuyant les larmes qui coulaient sur les joues de la patiente.

Quel âge avait-elle ? Seize ans tout au plus. Une gamine.

— Et mon bébé ?

— Il est sous surveillance constante. Son cœur bat, donc c'est bon signe.

Inutile de lui exposer les motifs d'inquiétude : le bébé restait immobile depuis un moment, comme si lui aussi était sous le choc.

— On va devoir t'endormir, le temps d'intervenir.

— Mon bébé... Faites qu'il aille bien. S'il vous plaît !

Elene se figea, bouleversée, revoyant tout à coup Danielle sur son lit d'accouchement.

Celle-ci avait fait une hémorragie du fait d'un taux de plaquettes très faible, et elle aussi avait pleuré, effrayée pour son enfant plus que pour elle-même.

« Prends soin d'Aimée, s'il te plaît... Protège-la ! »

Elle sentit la main de Mattia sur son épaule.

— Elene ? Concentre-toi. Tu es en salle d'opération avec Mica. Mica, tu te souviens ?

Il avait parlé en anglais.

Saisie d'un frisson, elle leva les yeux vers lui.

— Oui, oui. Désolée.

— Pas de problème. Tu peux assurer cette intervention ?

Elle hocha la tête avec conviction.

— Parfait. Dans ce cas, on y va, tout le monde.

D'un signe de la tête, l'anesthésiste lui donna le feu vert pour agir. Mattia saisit alors un scalpel, et l'intervention commença.

Elene s'était ressaisie. Calme, concentrée, elle lui présentait les instruments dont il avait besoin. Au bout d'une heure, l'hémorragie était stoppée et le bras remis en place.

Ils sortirent de la salle d'opération, laissant le champ libre à l'équipe obstétricale.

— Tu t'es bien débrouillée.

— Oui, grâce à toi. Si tu n'avais pas été là, j'aurais eu du mal à me reprendre. C'est la première fois que mes nerfs me lâchent au bloc.

Mattia passa un bras autour d'elle.

— C'est normal d'avoir du chagrin.

— Oui, mais pas en présence d'une jeune fille grièvement blessée qui s'angoisse pour son bébé.

Une larme roula sur sa joue, suivie d'une autre, et d'une autre encore.

Mattia s'arrêta de marcher et, l'attirant contre lui, referma ses bras sur elle.

— Chut. Ne te flagelle pas. Tu te débrouilles très bien dans une situation difficile.

Sa bouche effleura la sienne, et un délicieux parfum masculin masqua tout à coup l'odeur des antiseptiques et des anesthésiants. Les yeux fermés, Elene entrouvrit les lèvres et accueillit sa langue avec un gémissement. D'abord timide, leur baiser s'intensifia, au point qu'elle retint sa respiration de peur de rompre le sortilège.

Le bruit de quelqu'un qui s'éclaircissait la gorge la ramena à la réalité. Elle s'écarta d'un mouvement brusque et se retourna vers un homme qui les considérait avec amusement.

Mattia se redressa.

— Jeremy, bonjour. Tu connais Elene ? Elle effectue des heures dans l'unité. Elene, voici Jeremy, le mari de Colleen.

— Bonjour, Elene. Colleen m'a parlé de vous, mais je ne pensais pas vous rencontrer ici ce matin.

Et sans doute encore moins en train d'embrasser Mattia...

— Je vais me changer, dit-elle, embarrassée.

Mais Mattia resserra sa prise sur son bras.

— On prend le petit déjeuner ensemble ?

— Oui, pourquoi pas ? Donne-moi cinq minutes.

Mattia suivit du regard la silhouette fatiguée d'Elene.

— Colleen dit qu'elle est une excellente infirmière et quelqu'un de très bien, remarqua Jeremy.

Mattia acquiesça, absent.

— Oui, c'est vrai.

Ce n'était pas à son collègue qu'il allait se confier. Par ailleurs, qu'avait-il à raconter ? Elene était une belle femme qui avait eu besoin d'être consolée, voilà tout.

Il salua Jeremy d'un bref hochement de tête.

— À plus tard.

Jeremy n'était pas du genre à colporter des ragots, mais Colleen serait sans nul doute au courant de ce baiser avant ce soir. Au reste, quelle importance ? Embrasser Elene était une bonne façon de commencer la journée.

Après avoir enfilé des vêtements propres, Mattia se dirigea d'un pas léger dans le hall pour y retrouver Elene. Il l'aurait volontiers attendue ainsi tous les jours...

Quoi ?

À cette pensée, il se figea et regarda autour de lui.

Tout semblait comme d'habitude. Il était à Sorrente et s'apprêtait à partir à l'hôpital, son cerveau fonctionnait normalement... Pourquoi voulait-il autant vivre aux côtés d'Elene, la trouver chez lui au réveil, travailler avec elle, prendre ses repas avec elle… Il était en train de s'égarer dans un labyrinthe sentimental dépourvu de sortie.

Elene apparut au bout du couloir, si belle dans le pantacourt et le corsage sans manches qu'elle portait un jour sur deux. Quand ses yeux verts croisèrent les siens, il fut traversé d'un frisson. Comment se montrer insensible à ces formes si féminines, ces seins ronds, ces lèvres pleines ? Non, il n'était pas de force à lutter contre cette attirance.

Mais il était encore temps de reculer et de reprendre le contrôle de lui-même.

« Va-t'en tout de suite ! Tant pis pour le petit déjeuner ! »

— Désolé, Elene, je viens d'avoir un imprévu. On déjeunera ensemble un autre jour, OK ?

Elene ouvrit des yeux surpris, et il se hâta de s'éloigner pour ne pas avoir à se justifier davantage.

Désolé, mais il devait avant tout protéger son cœur. Personne ne pouvait le faire à sa place… En attendant, il passait pour le roi des imbéciles. Allait-elle lui en tenir grief ? Oh ! et puis au diable, Elene ! C'était à cause d'elle qu'il était dans cet état. C'était sa faute s'il était amoureux, et se mettait à caresser des idées de famille. Oui, sa faute à elle ! Il allait très bien avant qu'elle débarque avec Aimée.

Il se passa la main dans les cheveux, honteux.

Il s'était mis dans un beau pétrin. À quelles certitudes se raccrocher ? Certitude numéro Un : Aimée ne pouvait pas être séparée d'Elene. Certitude numéro Deux : Aimée avait besoin d'amour et d'un foyer stable. Dans l'intérêt de sa fille, il devait se décider sur la suite des événements, et vite. Deux possibilités s'offraient à lui : soit essayer de convaincre Elene de rester avec lui dans une relation platonique, soit partir à Wellington et tout recommencer à zéro… Ce qui impliquerait de confier à d'autres les rênes de la clinique.

Sauf que cette clinique n'était plus sa priorité. À présent, il avait une fille.

Pas de doute, Elene et lui devaient discuter une bonne fois pour toutes et mettre un terme à cette incertitude.

Elene passa la matinée en proie à l'énervement.

Mattia l'avait plantée sans excuse valable. Cette urgence de dernière minute qu'il avait invoquée pour ne pas déjeuner avec elle, c'était du pipeau. Autrement, Colleen ne l'aurait pas eu au téléphone un quart d'heure plus tard. Donc, en l'espace de quelques instants, il l'avait embrassée, lui avait proposé de partager le petit déjeuner et lui avait posé un lapin. Difficile de s'y retrouver !

Le soir venu, elle l'attendit pour obtenir une explication, mais il ne rentra qu'autour de minuit et partit tout de suite se coucher. Elle fut tentée d'aller le retrouver pour lui demander des comptes, mais elle se retint de peur de s'emporter et de dire des choses qu'elle regretterait par la suite.

Comme elle aurait voulu pouvoir parler à quelqu'un ! Sa collègue Colleen était adorable, mais elle travaillait pour Mattia. De ce fait, elle n'était pas la personne la mieux indiquée pour ce genre de confidences. Jamais sa famille ne lui avait autant manqué.

Le lendemain, après avoir enfilé sa blouse, elle sortit son téléphone pour consulter ses messages. Connaissant Mattia, il y avait peu de chances qu'il lui ait envoyé un texto d'excuse, mais elle voulait quand même en avoir le cœur net.

Non, Mattia n'avait pas cherché à la joindre. En revanche, elle avait bien reçu un appel, mais de la part de Maria.

Qu'est-ce que celle-ci avait à lui dire ? « Bas les pattes, pas touche à mon fils, poison » ? Certes, dimanche dernier, après lui avoir fait subir un interrogatoire en règle, elle avait été plus amène, mais de là à déposer les armes…

Enfin, il n'y avait qu'une façon d'en avoir le cœur net.

Elle prit une inspiration et appuya résolument sur le bouton d'appel.

La tonalité ne sonna qu'une seule fois.

— Elene, merci de m'avoir rappelée. Je sais que vous êtes au travail, donc je me demandais si vous auriez le temps de consulter votre téléphone.

— Je commence tout juste. Vous cherchiez à joindre Mattia ?

— Non, c'est à vous que je voulais parler.

Il y eut un silence au bout du fil.

— En fait, je... Seriez-vous d'accord pour que je passe du temps avec Aimée aujourd'hui ? Je ne quitterai pas la maison. Simplement, comment dire ? Elle est ma petite-fille, et je désirerais la connaître un peu... Si vous voulez être présente, je comprendrai très bien, s'empressa d'ajouter Maria. Elle pourrait s'énerver...

Elene se laissa tomber sur une chaise, ahurie.

— Non, c'est rarement le cas, et si jamais ça l'était, je suis sûre que vous trouveriez un moyen de l'apaiser.

— Autrement dit, vous êtes d'accord ?

— Bien évidemment. Vous êtes sa *nonna*.

— Merci, Elene. Si vous voulez, je peux aussi la garder ce soir pour vous permettre de sortir avec Mattia. Seul à seule, ajouta-t-elle avec un rire bref.

De mieux en mieux. Quand il s'agissait de son fils, Maria était une tigresse prête à sortir les griffes, et voilà qu'elle lui suggérait de sortir avec lui ! C'était à n'y rien comprendre.

— Vous vous trompez sur la teneur de notre relation, Maria.

— Vous croyez ? Moi, je pense que vous avez besoin de passer du temps ensemble, décréta Maria. À plus tard.

Sur ces mots, celle-ci raccrocha, laissant Elene perplexe.

Maria aurait-elle raison ? Après tout, la veille, lorsque Jeremy avait surpris leur baiser, Mattia n'avait pas eu l'air d'éprouver d'embarras, au contraire...

Son étonnement passé, elle envoya un SMS à Mattia pour lui annoncer la nouvelle.

Il répondit presque aussitôt.

Super. On sort au resto ce soir ?

Oui, bien sûr. D'autant plus qu'on a une baby-sitter. On pourrait passer pour un couple ordinaire…

Ce message la fit sourire.

C'est déjà un peu le cas, non ?

9

Mattia aurait été incapable de dire ce qu'il était en train de manger. Comment l'aurait-il pu, avec Elene assise en face de lui ?

Pour l'occasion, elle avait remis sa nouvelle robe orange, et ses cheveux dénoués tombaient librement sur ses épaules. Son maquillage était impeccable, bien qu'il préfère lorsqu'elle n'en portait pas. Sa peau sans défaut et légèrement hâlée était aussi belle au naturel.

— Donc, qu'allons-nous faire de toi, Aimée et moi ? demanda-t-elle.

Cette question aurait dû l'inciter à se concentrer sur ce qui était important, mais il n'en fut rien. Preuve qu'il était irrémédiablement atteint.

Il leva son verre comme pour porter un toast.

— J'espère que tu vas trouver la réponse à tes questions.

— C'est-à-dire ?

— Voyons... Tu ne te demandes pas ce que ça ferait de faire l'amour à la belle étoile avec moi ?

Elene blêmit. Sa main qui tenait son verre de vin se mit à trembler.

Il devrait avoir honte de la narguer. Mais pas du tout. Il adorait jouer au chat et à la souris avec elle. Même s'il ne savait pas trop lequel des deux était le chat.

— Pourquoi dis-tu cela ? souffla-t-elle, d'une voix rauque qui le troubla au plus profond de son être.

Marche arrière, vite ! Parler de la météo, de n'importe quoi, mais ne pas la laisser s'approcher trop près ! Ce chemin-là ne menait qu'au chagrin et à la désillusion… Mais c'était trop tard, il était pris, sans échappatoire possible.

Mû par un élan irrépressible, il lui ôta son verre de la main et couvrit ses doigts des siens.

— C'est à cause de notre baiser d'hier. Je ne peux pas m'arrêter là. J'en veux plus.

Un rose adorable monta aux joues d'Elene, ses lèvres s'incurvèrent et ses paupières frémirent. Il n'en fallait pas plus pour qu'il se lève, sa main dans la sienne.

— Viens, on rentre.

— Mais tes parents sont à la maison !

— Pas pour longtemps.

C'était le cas de le dire. Ses parents semblaient les attendre, et ils s'en allèrent sans s'attarder en leur disant qu'Aimée était couchée et dormait.

Aussitôt la porte refermée, il embrassa Elene comme un fou, la porta jusqu'à sa chambre, la déposa devant le grand lit et baissa lentement la fermeture Éclair de sa robe, exposant ses épaules et sa poitrine à son regard avide.

Le vêtement retomba en corolle autour de ses pieds chaussés des escarpins à lanières si sexy.

Impatiente, Elene commença à lui déboutonner sa chemise, mais, plus impatient encore, il passa celle-ci par-dessus sa tête et balança le reste de ses vêtements par terre, les yeux fixés sur elle. Tombant à genoux, il lécha ses mamelons à travers la dentelle de son soutien-gorge. Haletante, elle fit entendre un doux gémissement, puis elle cria lorsqu'il la mordilla. Ses mains s'agrippèrent à ses épaules, et elle se plaqua contre lui.

— Regarde-moi, lui dit-il. Je veux voir tes émotions.

Elle ouvrit lentement les paupières pour le fixer d'un regard troublé par le désir, et sa main glissa plus bas pour le caresser.

— Pas encore, implora-t-il.

Il la souleva dans ses bras, et ils tombèrent ensemble sur le lit, membres emmêlés. La suite se perdit dans un brouillard d'émotions et de sensations, jusqu'à ce qu'il entende Elene crier son nom en atteignant le plaisir ultime et qu'il la rejoigne, avant de sombrer dans une torpeur bienheureuse.

Un cri étouffé le réveilla.

Instinctivement, il allongea le bras pour caresser Elene, mais sa main ne rencontra que du vide.

Il se redressa brusquement.

Serait-elle retournée dormir dans sa chambre ?

Il rejeta les draps et se dirigea vers sa chambre. En chemin, il remarqua un filet de lumière sous la porte de celle d'Aimée. Il l'ouvrit doucement.

Aimée, en pleurs, était blottie dans les bras d'Elene, qui la berçait.

— Elle s'est réveillée quand ?

— Chut...

Il se surprit à retenir sa respiration. Tout doucement, il s'approcha et prit un petit pied dans sa main.

Aimée s'apaisait peu à peu, mais il aurait voulu que ce moment ne s'achève pas. Jamais il n'avait éprouvé une telle plénitude. À eux trois, ils formaient une famille. Peu conventionnelle, certes, mais unie par des liens plus forts de jour en jour.

— Elle t'a réveillée ? parvint-il à prononcer, la gorge serrée.

Elene hocha la tête, faisant danser ses cheveux ébouriffés.

— Il y a une demi-heure environ. Elle avait besoin de changer de couche, mais ça n'a pas suffi à la calmer. Avec un peu de chance, le biberon va l'aider à dormir.

— Oh ! là, là, je n'ai rien entendu. Je dormais.

— Moi aussi. Mais, apparemment, mon instinct maternel s'est développé.

Il hocha la tête.

Il comprenait à présent ses frères lorsqu'ils disaient que le fait d'avoir un enfant change la vie du tout au tout, même si tout reste pareil. Il aurait voulu se remettre au lit avec Elene, mais il ne se formalisait pas d'attendre.

— Je peux faire quelque chose ? murmura-t-il.

— Tu pourrais m'apporter une tasse de thé, s'il te plaît ?

— Bien sûr.

Il les observa encore un instant, ému.

— Tu sais quoi ? Je suis content qu'elle vive ici. Avec toi, ajouta-t-il. Vous n'allez pas l'une sans l'autre. Je suis heureux et soulagé de savoir qu'Aimée peut compter sur toi.

Une larme solitaire trembla au coin de l'œil d'Elene et roula sur sa joue.

— Je suis sincère, insista-t-il. Plus que sa tutrice, tu es sa mère. Il nous reste encore à trouver une solution satisfaisante pour nous trois, mais nous sommes sur la bonne voie.

Il effleura sa joue de ses lèvres, là où la larme avait coulé.

— Je te promets de faire de mon mieux pour y parvenir.

Elle le dévisagea avec une émotion manifeste.

— Merci, murmura-t-elle enfin.

— Je vais te préparer ce thé.

Comme Mattia se détournait pour s'éloigner, Elene lui toucha le bras.

— Mattia… Tu viens de me faire un énorme compliment. Il me va au fond du cœur, vraiment. Quand je suis arrivée à Sorrente, je m'attendais à devoir me battre avec toi. Je pensais que tu prendrais tes décisions dans ton seul intérêt, sans te soucier de moi et de mon attachement pour Aimée. J'ai eu tort, et je te demande pardon.

Il la gratifia d'un sourire lumineux.

— On avance bien, Elene. Très bien, même. Il nous reste du chemin à parcourir, mais jusqu'à présent, le voyage me plaît.

— Ça veut dire que tu aimes coucher avec moi, remarqua-t-elle, mutine.

— Il y a de ça, oui. Avant ou après, ta tasse de thé ?

Lorsque Aimée ouvrit les yeux et les regarda, Elene sentit son cœur se gonfler. Elle jeta un coup d'œil à Mattia et fut touchée par l'amour qui brillait dans ses prunelles sombres.

Si elle n'avait pas porté Aimée, elle l'aurait serré, lui, dans ses bras.

C'était fichu. Qu'elle le veuille ou non, elle aimait cet homme. À vrai dire, elle l'aimait peut-être depuis ce baiser qu'ils avaient failli partager, à Wellington. Il gérait la situation de main de maître, et il était moins réticent qu'elle ne l'aurait cru à accepter ces bouleversements dans sa vie. Alors, oui, pourquoi ne pas s'installer ici ? Entre eux deux, c'était Mattia qui consentait aux plus gros sacrifices.

Elle se leva pour l'embrasser.

— Oublie le thé. Je vais recoucher Aimée.

Oui, elle aimait Mattia, mais ce sentiment était-il réciproque ? Le serait-il jamais ? Mis à part Aimée et cette attirance purement physique, qu'est-ce qui les rapprochait ? Déjà, pour qu'il l'aime, il faudrait qu'il arrive à digérer son histoire avec Sandy : peu probable, du moins pour l'instant.

Elle en était donc réduite à l'aimer clandestinement, en espérant que cela suffise. En tout cas, elle comptait bien profiter de sa dernière semaine en Italie pour régler leurs problèmes au mieux. Ils avaient intérêt à bien s'entendre plutôt qu'à se perdre en récriminations.

Elle n'eut son thé qu'une heure plus tard, assise sur le lit de Mattia, percluse de fatigue.

Quoi qu'on puisse dire de cet homme, il savait faire l'amour. Il lui faisait perdre ses inhibitions et révéler son côté aventureux.

Allongé près d'elle, les mains sous la nuque, Mattia contemplait le plafond.

— S'il te plaît, ne prends pas mal la question que je vais te poser, dit-il soudain. Entre nous deux, ça peut marcher, tu ne crois pas ? À ton avis, tu pourrais t'installer ici, à Sorrente ? Pour de bon, je veux dire.

Elle se tourna vers lui, étonnée.

Elle avait envisagé la question, certes, mais de là à l'entendre de sa bouche à lui... Quoi qu'il en soit, elle y avait déjà réfléchi et avait peu d'arguments raisonnables à lui opposer. Son boulot, sa maison étaient remplaçables, sa meilleure amie n'était plus de ce monde, et la vie à l'italienne avait d'indéniables atouts. Seul bémol, elle serait loin des siens, mais ils trouveraient bien moyen de communiquer.

— Oui, je suis d'accord.

Une lueur d'espoir s'alluma dans les yeux de Mattia.

— Non, c'est vrai ?

— Oui.

Il s'assit dans le lit et l'enveloppa de ses bras.

— Merci. On décidera comment s'organiser au cours des prochaines semaines. Vive Skype et le téléphone, hein ?

Elle s'efforça de sourire et de repousser les doutes qui l'assaillaient.

— Oh ! ça ne vaut pas une conversation en tête à tête !

— Peu importe. L'essentiel, c'est que tu sois satisfaite de l'arrangement auquel on arrivera, quel qu'il soit.

Il avait raison, bien sûr. Et si, dans l'intervalle, ils agrémentaient l'ordinaire avec des parties de galipettes géniales, elle n'allait pas se plaindre. Même si, bientôt, il lui fallait faire une croix dessus, car Mattia n'était pas du genre à s'engager sur du long terme.

Le problème, c'était qu'elle était tombée amoureuse de lui. Ces derniers jours, l'idée n'avait cessé de tourner dans sa tête, et à présent elle s'imposait. Mais comment cohabiter avec un homme qu'elle aimait mais qui ne l'aimait pas ?

Elle se redressa si vite que du thé éclaboussa sa nuisette.

— Eh, fais attention !

Mattia lui tendit une boîte de mouchoirs en papier.

— Qu'est-ce qui te fait sursauter comme ça ?

— Rien, rien. Enfin, si : je pensais à la quantité d'affaires qu'il me faudra déménager.

Mattia lui saisit le menton pour l'obliger à le regarder.

— Mon œil ! C'est bon pour cette fois, mais essayons d'être sincères, d'accord ? Ça simplifie les choses.

Comme la fois où, soi-disant, il avait un empêchement pour le petit déjeuner ? Mais à quoi bon se disputer avec lui ?

Elle soupira.

— Excuse-moi. Je suis un peu nerveuse.

Elle posa la tasse sur la table de chevet et s'allongea en tirant Mattia par la main pour qu'il la rejoigne.

Puisque cette proximité physique n'allait pas durer, autant en profiter. Depuis quelques heures, elle y prenait goût, et le pire, c'est qu'elle devenait insatiable !

Le dimanche suivant, Elene redoutait déjà beaucoup moins la perspective de passer la journée avec la famille de Mattia. Ses parents l'avaient acceptée à bras ouverts, et ses belles-sœurs la considéraient déjà comme le troisième larron de leur petite bande. La veille, Sofia lui avait téléphoné pour discuter de tout et de rien, comme si elles se connaissaient depuis des années. Paradoxalement, Elene avait raccroché plus mélancolique que jamais. Elle aimait bien Sofia, mais c'était avec ses sœurs qu'elle aurait aimé avoir ce genre de conversation. Jamais celles-ci ne lui avaient autant manqué.

Pour le repas de famille hebdomadaire, elle ne résista pas au plaisir d'habiller Aimée d'une des jolies petites robes que Maria lui avait offertes. Cette dernière adorait visiblement jouer les mamies gâteau. Sa générosité était telle qu'Elene l'avait même soupçonnée de vouloir lui en mettre plein la vue et lui donner une idée de ce à quoi Aimée aurait droit si elle vivait en Italie. Mais Sofia lui avait assuré que Maria en faisait autant pour Giulia et pour Marco. Aimée ne faisait donc pas l'objet d'un traitement de faveur.

La journée se déroula sans incident, comme si elle faisait partie de la famille depuis des années. L'après-midi s'écoula en longues conversations paisibles tandis que les enfants jouaient dans le jardin. De temps à autre, Mattia, très sollicité par ses neveux, venait s'assurer qu'Elene et Aimée ne manquaient de rien.

— Il est aussi attentionné que mon Marco, remarqua Sofia en riant. Prends garde, Elene, il devient sérieux.

— Bah, ne va pas te faire des idées…

Sur le point d'en dire plus, Elene leva les yeux et aperçut Mattia sur le seuil du jardin.

À la façon dont il la regardait, il ne faisait aucun doute qu'il avait surpris cet échange de paroles. Or, le moins que l'on puisse dire, c'était qu'il ne paraissait pas se formaliser de sa réponse. Preuve évidente, qu'il ne l'aimait pas vraiment.

Elle sentit son cœur cogner dans sa poitrine.

C'était tout elle, ça : elle avait enfin réussi à tourner la page de son histoire avec Craig, mais c'était pour tomber sur un homme qui avait lui-même des comptes à régler avec son passé avant de partager ses sentiments… À supposer qu'il en soit capable.

— Elene ? Ça va ?

Elle tressaillit et se força à sourire.

Mattia et sa famille faisaient leur possible pour qu'elle se sente à l'aise, acceptée. Elle devait leur en être reconnaissante au lieu de se morfondre.

— Quel est le meilleur endroit pour acheter des chaussures à Naples ? Je me suis promis d'en acheter une paire ou deux avant de partir.

— Excellente idée ! clama Alessia. Je connais une petite boutique qui pourrait te plaire. Tu es libre quand ?

— Je travaille tous les matins, donc j'ai les après-midi, mais je dois aussi faire garder Aimée.

Sofia consulta son agenda sur son portable.

— On pourrait déjeuner tard. Je demanderai à Maria si elle peut s'occuper des petits. Je suis sûre qu'elle sera d'accord. Moi, j'ai un créneau mercredi.

— Ça marche pour moi. Et pour toi, Elene ?

— Pour moi aussi. On peut se retrouver à Naples. Je viendrai par le train.

— Pas la peine, Anna peut t'y conduire, dit Mattia derrière elles.

Elle se retourna, surprise.

Il les avait écoutées ? Depuis quand ?

— Bon, c'est réglé, alors. Enfin, si Anna est d'accord, ajouta-t-elle.

— Elle le sera. Vous venez ? Le repas est prêt.

Mattia attendit qu'elle se lève, et il lui prit le bras pour la conduire à l'intérieur.

Le mardi suivant, Maria était de nouveau venue à Sorrente pour garder Aimée, et Mattia avait emmené Elene dîner au restaurant.

— Ta mère ne peut pas se passer d'Aimée, remarqua-t-elle en souriant.

— Tu reprends l'avion samedi prochain. C'est un peu normal qu'elle profite le plus possible de sa petite-fille.

— Oui, c'est vrai.

Mattia posa sa fourchette sur son assiette.

— Elene, j'ai réfléchi. À ton retour, tu pourras vivre chez moi. Il y a largement assez de place pour nous deux.

Elene retint sa respiration.

Sous-entendu, ils feraient chambre à part ?

Manifestement, il se servait de cette séparation temporaire pour mettre un terme à leur relation. Car, inutile de se leurrer, c'était un homme à femmes, incapable de s'attacher.

— Merci, mais je préférerais louer un petit quelque chose. Un appartement, sans doute.

— Le problème, c'est que tu auras du mal à trouver ce genre de logement. Ils sont monopolisés par les touristes, surtout pendant l'été. Tu aurais davantage de chance à Naples, mais il me serait moins aisé de passer vous voir en fin de journée.

— Je comprends, mais la solution que tu proposes ne peut pas marcher à long terme. On a tous les deux besoin d'être libres d'aller et venir à notre guise sans avoir à nous rendre des comptes.

Mattia se figea, l'air égaré.

— Oui, tu as raison, dit-il enfin.

— Ça me coûterait combien d'acheter ici, en gros ?

— C'est inutile, Elene. Si tu tiens absolument à acheter, je peux m'en charger pour toi.

— Mattia, je ne veux pas me disputer avec toi, mais c'est moi qui décide de l'endroit où je vais vivre.

— Sauf que tu ne connais pas le système. Tu ne sais pas sur quels critères choisir une propriété.

— C'est bien pour cela que j'ai besoin de toi. Sinon, tu pourrais aussi me mettre en contact avec un agent immobilier de confiance.

— Oui, ou me charger de tes recherches. Il te suffirait de me confier une liste de desiderata.

Seigneur, cet homme était têtu !

Elle réprima un soupir.

— Non, Mattia ! Justement, tu ne sais pas ce qui va me donner un coup de cœur. Quand j'ai acheté mon cottage à Wellington, il avait un je-ne-sais-quoi qui le distinguait des autres : l'arbre au fond du jardin, la cuisine originale... Bref, des détails auxquels je n'aurais jamais pensé.

— Soit. Moi, j'aurais fait davantage attention au prix, à l'emplacement, ce genre de choses. Mais si tu viens t'installer ici, tu dois me permettre de te faciliter la tâche, même si ça passe par l'achat d'une maison.

Il leva la main pour faire taire ses protestations.

— De plus, je tiens à te remercier pour tout ce que tu fais pour Aimée et pour moi.

Elle le dévisagea, muette.

Mattia était évidemment bon et généreux, mais, sans doute à cause de ce que Sandy avait fait, il voulait garder le contrôle de la situation. C'était plus fort que lui.

— Je parie que tu ne t'imaginais pas dire un truc pareil il n'y a pas si longtemps, dit-elle en souriant.

— Oui... Que veux-tu, la vie te rattrape au moment où tu t'y attends le moins.

Si seulement il voulait partager avec elle davantage que la garde d'un enfant... Il se sentait sans doute proche d'elle, mais il ne l'aimait pas. Cela, elle devait l'accepter sous peine de vivre un enfer à ses côtés. Autant commencer maintenant.

— J'adore ces gnocchis et leur sauce aux quatre fromages. Ils sont presque aussi bons que ceux de ma mère.

Sa mère... Comme elle avait hâte de la revoir, de l'entendre pour de vrai, pas juste au téléphone ! Elle avait besoin de sa chaleur, de son amour.

Ses yeux se portèrent sur l'homme assis en face d'elle, celui dont elle aurait justement tant voulu l'amour.

Inutile de perdre son temps. Elle risquait d'avoir de nouveau le cœur brisé.

Mattia avala péniblement une bouchée de fruits de mer.

Lui, Mattia Ricco, sain d'esprit, il venait de proposer à Elene de lui acheter une maison !

Lui qui estimait les femmes incapables de l'apprécier pour ce qu'il était vraiment, il accordait en revanche une pleine confiance à Elene. Comment était-ce possible ? Serait-il réellement tombé amoureux ?

Mais non, c'était impossible, pas vrai ? Quel était le clown qui avait dit : « ne jamais dire jamais » ? Il aurait bien voulu avoir une petite explication avec lui. Et pourtant, comment le nier ? Ses sentiments pour Elene s'étaient épanouis telles des herbes sauvages dans son cœur en jachère. Il fallait qu'il résiste. Alors, sa vie retrouverait son cours normal.

Et sa solitude.

Il reporta son attention sur Elene.

Quelque chose la turlupinait, il le devinait à la façon dont son regard allait et venait de son assiette à la mer sombre en contrebas de la terrasse du restaurant. Certes, il l'avait perturbée en insistant pour lui acheter sa maison, mais ce n'était tout de même pas cela qui jetait cette ombre sur son beau visage ? Avait-elle des réticences à s'installer en Italie ? C'était dur de vivre loin des siens, loin de ses repères. Lui-même en avait fait l'expérience durant l'année qu'il avait passée à Wellington. À certains moments, il aurait donné n'importe quoi pour être avec ses parents et ses frères.

Il tendit la main vers la sienne et la pressa doucement.

— Tout le monde ici comprend ta situation. Ma famille t'adore et mes belles-sœurs te considèrent d'ores et déjà comme une amie.

Toutefois, ils ne remplaçaient pas sa famille à elle, et cela l'inquiétait. Si Elene avait le mal du pays et ne restait pas à Sorrente, ce serait à lui de s'expatrier en Nouvelle-Zélande. Lors de son séjour là-bas, il en profiterait pour recontacter ses anciens collègues de Wellington. Il n'y avait pas de mal à tâter le terrain, au cas où.

— Sofia et Alessia me facilitent beaucoup les choses, admit Elene avec un sourire mélancolique.

Pensive, elle traça des ronds invisibles sur la nappe avec son index.

— À mon retour, j'ai l'intention de reprendre un travail.

— Ce ne sera pas difficile. L'hôpital offre toujours des postes à mi-temps, surtout pendant les mois d'hiver.

— Qui te parle d'un temps partiel ? Encore une fois, c'est une décision qui n'appartient qu'à moi. Compris ?

Elle reprit sa fourchette, qu'elle piqua dans son dernier gnocchi pour le faire aller et venir distraitement dans son assiette.

Il sourit, amusé.

— À l'avenir, on devrait avoir des conversations intéressantes, toi et moi.

Et il s'en réjouissait. Elene était une femme de caractère, à mille lieues de ces écervelées minaudières prêtes à tout pour obtenir ses attentions.

L'image de leurs corps nus mêlés surgit dans son esprit.

L'amour avec elle était extraordinaire, c'était une expérience qui dépassait le simple plaisir physique. Chaque matin, il se réveillait avec le sourire, impatient de savoir ce que lui réserverait une journée de plus avec Elene et Aimée. Petit à petit, ses barrières affectives se fissuraient. Normalement, il aurait dû s'inquiéter de s'attacher aussi vite. Il aurait aussi pu trouver cela excitant, pour peu qu'il accepte de lui donner son cœur.

Il le ferait sans doute, mais pas aujourd'hui, et pas d'un seul bloc, en tout cas. Somme toute, cette manière de procéder en douceur était plus efficace à long terme.

— Voulez-vous un dessert, *Signor* ? *Signorina* ?

La question de la serveuse le tira de ses pensées.

— Qu'en penses-tu, Elene ?

— Non, merci.

— Moi non plus. On y va ?

Bonne question, mais où ? Dans le même lit, pour une nuit d'amour passionnée et sauvage, ou chacun dans leur chambre, pour réfléchir à ce qu'ils s'étaient dit ce soir ?

C'était tout réfléchi. Il perdait son temps à lutter sans cesse contre cette attirance, il était trop tard pour cela.

10

Elene était allongée tout contre Mattia, une jambe entre les siennes, un bras jeté en travers de son torse.

De nuit en nuit, elle aimait toujours plus faire l'amour avec lui. Il avait une sorte d'âpreté, de force à l'état brut qui la fascinait. Bien sûr, elle ne se faisait pas d'illusion. Depuis Sandy, il se méfiait de l'amour, et il faudrait un miracle pour qu'il ouvre son cœur. À certains moments, ils s'entendaient si bien qu'elle se prenait à espérer, mais à d'autres, c'était la douche froide. Comme ce soir, par exemple. Clairement, Mattia voulait avoir un droit de regard sur l'endroit où elle habiterait, le travail qu'elle exercerait... C'était hors de question. Jamais elle ne permettrait à quiconque de décider de quoi que ce soit à sa place. Elle était capable d'assumer ses propres choix de vie.

Mattia se redressa sur un coude pour la regarder.

— Qu'est-ce qui ne va pas, dis-moi ? Tu es tendue comme une corde.

Elle se dégagea et, étendue sur le dos, contempla le plafond.

— Je n'ai pas sommeil.

— Tu as un problème ?

« Oui, toi. »

— Non, juste des pensées qui me tournent dans la tête.

— Ne te fais pas des montagnes d'un rien, Elene, les choses

sont assez compliquées comme ça. Je sais que tu renonces à beaucoup en venant ici.

— Ah bon ? Tu crois vraiment ?

Elle se tut, mais comme Mattia ne disait rien, elle se jeta à l'eau :

— À mon retour, quelle sera notre relation ?

Le matelas bougea tandis que Mattia s'asseyait et s'adossait à la tête du lit.

— Pourquoi me poses-tu cette question ?

— Parce que j'ai besoin de savoir. Ces derniers jours ont été merveilleux, mais je ne pense pas que tu te projettes avec moi sur le long terme.

— Tu sais que je ne suis pas du genre à m'engager. Tu m'en faisais déjà le reproche quand je sortais avec Danielle.

Elle le considéra d'un regard dur.

— Oui. Et malgré ça, je couche avec toi.

— Je suis désolé, Elene. Vraiment désolé.

— Moi aussi. Donc, à mon retour à Sorrente, nous n'aurons qu'à faire comme si rien n'était arrivé entre nous.

— J'aurai du mal.

Elle tenta de scruter son visage, mais la pénombre le lui dérobait.

— Moi aussi, murmura-t-elle. Tu comprends donc que je ne puisse pas habiter chez toi, même le temps de me trouver un logement.

Elle s'assit à côté de lui et posa sa main sur la sienne, mais lorsqu'elle mêla ses doigts aux siens, il ne lui rendit pas son geste.

— Restons-en là, veux-tu ?

— Il reste beaucoup à discuter, pourtant, dit-il.

Elle retira sa main et s'allongea de nouveau.

— Oui, mais on fait des progrès.

Il émit un bref rire moqueur.

— Ah, tu trouves ?

— Oui. On arrive à discuter. On avance.

Mais pour devenir quoi l'un pour l'autre ? Des amis ? Des amants ? Des partenaires pour la vie ?

Dans tous les cas, ils devaient rester en bons termes, dans l'intérêt d'Aimée.

— Allez, viens, dit-il en se glissant à côté d'elle. Laisse-moi te câliner pour évacuer ces tensions.

Elle n'aurait pas demandé mieux, mais ces moments de tendresse auraient surtout attisé son désir. Et puis, autant être honnête : les couples se câlinaient, mais les amants de quelques nuits ? Non. Or, ne venait-il pas de lui manifester clairement ses intentions ? Ils resteraient au mieux amis, en tout cas liés par Aimée, mais ils ne pouvaient pas se câliner, nus sur un lit. Ce serait trop merveilleux.

— Ça ira, merci. Je vais lire un peu, histoire de me changer les idées.

Elle roula hors du lit avant de céder à la tentation de se nicher entre ses bras si accueillants.

— Elene ?

— Ça va bien. Dors.

Dans sa chambre, elle consulta ses messages sur son portable. Lorsqu'elle vit qu'elle n'en avait reçu aucun, une violente nostalgie lui serra la gorge. Elle composa le numéro de sa mère et pressa l'appareil contre son oreille, mais la tonalité résonna dans le vide. Celle-ci avait dû laisser traîner son téléphone quelque part, comme d'habitude. Elle attrapa un oreiller qu'elle serra contre elle, malade de solitude.

Dire que Mattia venait de la caresser, de l'embrasser...

Dans quelques jours, elle repartait pour Wellington, et cette parenthèse enchantée se refermerait définitivement. D'ici là, elle souhaitait continuer à faire l'amour avec lui, à partager ces moments d'intimité tellement précieux... Si elle ne prenait pas ses désirs pour des réalités après la discussion qu'ils venaient d'avoir. Lorsqu'elle reviendrait ici, elle ne pourrait plus quitter sa chambre en pleine nuit pour rejoindre Mattia. Ils ne feraient plus l'amour sur la table de la cuisine en attendant que la bouilloire chante. Comment pourrait-elle vivre au milieu de tous ces souvenirs ?

Mattia regarda Elene arriver de son escapade avec Alessia et Sofia.

Elle tenait d'une main plusieurs sacs tout en berçant de l'autre sur sa hanche Aimée qui pleurnichait. Elles avaient l'air toutes les deux absolument vannées.

D'un mouvement du menton, il indiqua les paquets qu'elle venait de laisser tomber sur la table de la cuisine.

— Alors, cet après-midi ?

— Je manque d'entraînement. Une fois que Sofia et Alessia sont lancées, rien ne les arrête. Il n'y a pas une boutique sur la Via Toledo qu'on n'ait pas visitée !

Tout en parlant, elle continuait de faire sautiller Aimée sur sa hanche, sans grand résultat.

— Passe-la-moi, comme ça, tu pourras te reposer un peu, lui dit-il en sortant du frigo une bouteille de vin. Tiens, sers-t'en un verre. Le dîner est prêt, on mange quand tu veux.

— Ou plutôt, quand cette demoiselle décidera de se calmer et de s'endormir.

— Je vais lui donner son bain.

— Bonne chance. Elle est énervée, la journée avec ses cousins l'a épuisée.

Elle se versa un peu de vin d'une main qui tremblait.

— Ça va ? lui demanda-t-il, inquiet. Tu es seulement fatiguée, c'est sûr ?

— Oui, oui. J'ai mal dormi la nuit passée.

— Tu n'as pas choisi le meilleur endroit.

C'était le moins que l'on puisse dire. Lorsqu'il s'était levé à 6 heures pour préparer le café, il l'avait trouvée affalée sur le canapé du salon.

— Pourquoi n'as-tu pas dormi dans ton lit ?

Elle haussa les épaules avec impatience.

— J'étais énervée.

Elle ne lui disait pas tout, il le sentait bien. Mais Aimée criait de plus belle, aussi laissa-t-il Elene pour s'occuper de Mademoiselle.

— Allez, ma belle. Au bain.

Aimée s'apaisa le temps de jouer dans l'eau tiède. Toutefois, dès qu'elle en sortit, les pleurs reprirent.

— Je vais lui réchauffer sa purée, dit Elene. Elle a peut-être faim.

Las ! Une fois son assiette terminée, Aimée se remit à crier dès que Mattia lui eut nettoyé la frimousse et les mains.

— Tu ferais une excellente sirène d'alarme, ma fille.

— Attends, laisse-moi la prendre. Je vais voir ce que je peux faire.

Elene la berça dans ses bras en allant et venant dans la pièce. Cette fois, les hurlements s'apaisèrent en quelques minutes.

— Impressionnant, dit-il.

Les épaules voûtées, Elene lui lança un sourire fatigué.

— Ça ne marche pas à tous les coups.

Mattia s'approcha d'elle et se mit à faire les cent pas à ses côtés.

— Tu ne veux pas me dire ce qui t'a tenue éveillée la nuit passée ?

— Ma vie va être complètement chamboulée, dit-elle au bout d'un long silence. Je me demande si je serai à la hauteur, comment je tiendrai le coup loin de chez moi, si Aimée saura s'adapter à la crèche… Ce genre de choses.

Qu'était devenue la femme au caractère bien trempé qu'il connaissait ? Elene n'était pas du genre à s'effondrer à la première difficulté.

Il l'attira contre lui, une main tendue devant lui, et leva le pouce.

— À la clinique, tu impressionnes les patients et l'équipe médicale par ton professionnalisme et ton empathie.

Il déplia l'index.

— Ma famille te trouve merveilleuse. Ils sont tous prêts à se mettre en quatre pour t'aider à t'installer.

Il déplia le majeur.

— Anna t'adore, elle refuse qu'on dise le moindre mot contre toi.

— Pourquoi ? Tu lui as dit quoi pour qu'elle prenne ma défense ?

— Rien… Enfin si, j'ai parlé de ce confit de canard.

— Ah, ça… C'était un accident de parcours.

— Si tu veux, dit-il en souriant.

Il ouvrit la main.

— *Last but not least*, tu peux toujours compter sur moi. Je veux que tu te sentes bien ici. Cette solution doit marcher pour toi comme pour moi, faute de quoi elle ira dans le mur. Donc, je ferai tout mon possible pour que tu sois heureuse.

Mais au lieu de s'éclairer, le visage d'Elene se ferma.

Pourquoi ? Qu'avait-il dit de mal ?

— Elene ?

Elle se dégagea de son bras et se dirigea vers sa chambre.

— Je vais essayer de coucher Aimée. Elle est presque endormie.

Il la regarda s'éloigner, interloqué. Sur le point de la suivre, il changea d'avis et se rendit à la cuisine pour mettre la table.

Mieux valait ne pas insister pour le moment. Après le repas, peut-être parleraient-ils ?

Toutefois, lorsqu'il la rejoignit pour lui dire que le couvert était mis, il la trouva au téléphone, en pleine conversation avec ses parents.

Quand elle arriva dans la cuisine cinq minutes plus tard, il lui jeta un regard inquiet.

— Tout va bien ?

— Oui, je leur ai annoncé ma décision. Comme tu peux l'imaginer, ils avaient beaucoup de questions, mais ils sont contents pour moi. Enfin, pour autant que je puisse en juger, puisque je ne peux pas voir leurs réactions.

— Tu leur parles presque tous les jours.

— Oui, mais ce n'est pas comme de les avoir en face, répliqua-t-elle, mélancolique.

Il eut l'impression de recevoir un coup à la poitrine. Le nœud du problème était là. Et si jamais leur arrangement ne fonctionnait pas ? Ils n'avaient pas le choix, de toute façon. Il n'y avait pas d'autre solution.

— Elene, je voudrais t'accompagner une semaine à Wellington.

Elle le regarda avec un sourire incertain.

— Pourquoi donc ?

— Pour t'aider à t'occuper d'Aimée pendant le voyage.

— La dernière fois, j'ai survécu.

— Tout à fait : tu as survécu. À ton arrivée, tu étais complètement lessivée.

— Mais, et ton travail ?

— Je me débrouillerai.

Il faisait un temps de chien. L'aéroport de Wellington avait dû être fermé pendant la nuit pour déblayer la piste encombrée par la neige et le verglas.

Jusqu'à présent, Mattia n'avait jamais eu peur en avion, mais cela, c'était avant de voyager avec un bébé. Là, il s'efforçait de ne pas se cramponner à son siège tandis que l'avion fendait les nuages pour atterrir sur la petite piste.

Loin de partager ses craintes, Aimée souriait avec innocence. Apparemment, elle trouvait très drôle d'être secouée et ballottée dans tous les sens.

— C'est amusant, hein, ma grande ?

À côté de lui, Elene grimaça.

— Tu trouves ?

Avisant ses phalanges blanchies, il lui prit la main et la serra dans la sienne.

C'était bizarre, mais il avait l'impression d'avoir besoin

d'un prétexte pour accomplir ce geste, alors qu'ils étaient encore amants. D'ailleurs, comment allait-elle le présenter à ses parents ? Et eux, comment allaient-ils l'accueillir ? À cause de lui, leur fille allait déménager à l'autre bout du monde. Évidemment, il n'aurait de cesse de les convaincre qu'il ferait tout pour la rendre heureuse. Car il l'aimait, même s'il n'avait toujours pas eu le courage de prononcer les trois petits mots. Heureusement, Elene ne pouvait pas le deviner, sinon elle trouverait cela ridicule. Mais à défaut de parler, il pouvait lui donner des preuves d'attachement. C'était somme toute mieux que rien.

Une secousse plus forte que les autres lui appris qu'ils avaient atterri.

Elene se passa une main sur le front.

— Ouf ! Sains et saufs. Dieu merci, j'ai pensé à emporter des blousons pour Aimée et pour moi.

— C'est vrai qu'il fait – 3. Ça change de la météo de Sorrente.

Elle avait allumé son portable, et, déjà, les messages affluaient.

— Papa nous attend au terminal. Les autres ont préféré rester à la maison à cause de la neige.

Tant mieux. Il n'était pas pressé de subir l'interrogatoire qui se profilait.

Il détacha sa ceinture de sécurité et se leva pour récupérer leurs bagages de cabine.

— Oui, c'est plus sûr.

— Détends-toi, voyons. Ils ne vont pas te manger !

— Facile à dire pour toi…

Après avoir récupéré leurs bagages, ils s'acquittèrent des formalités administratives et rejoignirent Jeff Lowe, qui les attendait dans le hall d'arrivée.

Mattia le vit étreindre sa fille avec un pincement au cœur.

Il demandait à Elene de renoncer à sa famille pour vivre avec lui. Évidemment, Aimée serait heureuse à Sorrente aussi bien qu'à Wellington, mais Elene ? Ce n'était pas si sûr.

Jeff Lowe lui broya la main d'une poigne de fer.

— Merci d'avoir accompagné Elene. Son voyage d'aller l'avait mise sur les rotules.

— C'est vrai, mais elle a vite récupéré. C'est une dure à cuire.

— Je sais. Allez, venez. Elles s'impatientent, à la maison.

Ce disant, il prit une valise dans chaque main sans y être convié et les conduisit jusqu'à la voiture. Elene parla non-stop pendant tout le trajet. Sans attendre que son père finisse de se garer, elle bondit hors de la voiture et courut à la rencontre de sa mère et de ses sœurs, sorties pour les accueillir malgré le froid.

Aimée dans ses bras, Mattia sentit de nouveau son cœur se serrer.

— Je ne peux pas lui imposer une chose pareille...

— N'allez pas croire ça, dit Jeff à côté de lui. C'est le choix d'Elene, et le sien seul. Elle ne fera toujours que ce qu'elle veut et ce qui est dans l'intérêt d'Aimée.

— Oui, mais si les deux sont antagonistes, justement ?

Jeff secoua la tête en souriant.

— Qui vous dit qu'ils le sont ? Je connais ma fille. Si elle avait eu le sentiment que vous n'êtes pas l'homme de la situation, elle ne vous aurait donné aucune chance.

— Pas faux. Elle se moque éperdument de mes attentes et de mes exigences.

— Mais vous adorez ça, ne me dites pas le contraire.

Mattia dévisagea Jeff avec étonnement. En quelques minutes, celui-ci l'avait percé à jour.

Rebecca Lowe s'approchait déjà, les bras ouverts pour accueillir sa petite-fille. Toutefois, à sa grande surprise, elle l'attira lui aussi dans son étreinte.

— Bienvenue, Mattia. C'est un vrai plaisir de faire enfin votre connaissance.

Il cligna vite les paupières pour éviter de se couvrir de ridicule.

— Je suis heureux de vous rencontrer, moi aussi.

Et ce fut tout : sans autre forme de procès, il avait été adopté par la tribu. Personne ne posa la moindre question sur la façon dont ils allaient vivre à Sorrente, ni pourquoi ce n'était pas lui qui déménageait en Nouvelle-Zélande.

— Je t'avais dit que tout se passerait bien, fit observer plus tard Elene, alanguie entre ses bras dans la chambre de son petit cottage, où ils s'étaient retirés.

Il devait reconnaître que, oui, tout s'était très bien passé. Y compris ces instants d'amour brefs mais intenses qu'ils venaient de partager.

— C'est vrai. Et moi qui pensais que ton père allait m'écorcher vif en apprenant que je partage ton lit !

— Ça peut toujours arriver, dit-elle en riant doucement.

— Comment vais-je faire pour transporter toutes ces affaires à Sorrente ? soupira Elene. J'en ai des tonnes.

La veille, pendant que Mattia était parti à l'hôpital retrouver d'anciens collègues, elle avait dressé l'inventaire de tout ce qu'elle souhaitait emporter dans sa nouvelle vie, et elle avait du mal à faire le tri.

— Justement, répondit Mattia, je voulais t'en parler.

Il avait dit cela d'un ton si sérieux qu'elle arrêta de plier sa lessive et se laissa tomber sur une chaise.

— Ne me dis pas que tu ne veux plus que je déménage en Italie ?

Mattia s'éclaircit la gorge.

— Hier, je n'ai pas été totalement honnête avec toi au sujet de ma visite à l'hôpital. J'avais rendez-vous avec Brend Underwood.

— Le responsable du service d'orthopédie ? Pourquoi ?

— Pour savoir s'il avait un poste libre ou susceptible de se libérer bientôt.

— C'est toi qui t'installerais ici, plutôt que moi en Italie ?

— Exactement...

Mattia se leva et fit les cent pas dans le petit salon avant de se tourner vers elle.

— J'ai vu à quel point tu es proche de ta famille. Pour toi, ce serait un arrachement de vivre à l'autre bout du monde. Je ne peux pas te laisser faire une chose pareille. Au bout d'une semaine, tu aurais le mal du pays.

— Et ta famille à toi ? Toi aussi, tu es très attaché à elle.

— C'est vrai, mais je tiendrai le coup. Brent m'a dit qu'un poste allait se créer en août et qu'il allait appuyer ma candidature.

— Mais ton travail à Sorrente ? Ta clinique ?

Il haussa les épaules.

— Personne n'est irremplaçable.

— Non, Mattia, je ne peux pas accepter. Tu ne peux pas changer chaque année de travail, de pays, surtout après t'être autant bagarré pour arriver là où tu es !

Elle se leva pour l'envelopper de ses bras.

— Ne fais pas ça.

Mattia la serra contre lui et posa le menton sur le dessus de sa tête.

— Je le fais pour Aimée et pour toi. Je ne veux pas te voir malheureuse à Sorrente.

Immobile entre ses bras, elle savoura sa chaleur masculine, tendre et puissante à la fois.

Pourquoi lui proposait-il une telle solution ? Par gentillesse seulement ? Par amour ? Cela y ressemblait. Quoi qu'il en soit, avait-il vraiment réfléchi à son offre ? En admettant qu'elle accepte, il finirait lui aussi par avoir la nostalgie du pays. Tôt ou tard, il lui en voudrait de l'obliger à vivre si loin des siens. Elle, en revanche, elle avait pris sa décision en son âme et conscience. Elle se sentait chez elle en Italie, et même si sa famille allait lui manquer, elle en formerait une autre avec Mattia et Aimée. Enfin, avec Mattia dans le rôle de père de sa fille, sinon dans celui de mari.

Elle se dégagea de son étreinte et leva les yeux vers lui.

— Non, Mattia. On a décidé que j'allais déménager à Sorrente. Tu ne peux pas tout chambouler quand ça t'arrange.

Il ouvrit la bouche pour parler, mais elle posa son index sur ses lèvres pour le faire taire.

— Écoute-moi.

Elle prit une inspiration avant de se lancer.

— Si nous formions un couple, toi et moi… Un couple marié. Serais-tu toujours décidé à vivre ici ?

— Qu'est-ce que ça change ?

— Tout ! Ça change tout, justement. Est-ce que tu tiens à moi ?

— Mais… Oui, beaucoup.

Beaucoup… C'était mieux que ce à quoi elle s'était attendue, mais pas suffisant pour ce qu'elle espérait de ses vœux. Tant pis si elle se prenait un râteau, mais il fallait qu'elle le lui dise.

Sa poitrine se souleva et s'abaissa tandis qu'elle rassemblait son courage.

— Mattia, je t'aime… Veux-tu m'épouser ?

La phrase tomba dans un silence assourdissant. Mattia la dévisageait comme s'il ne l'avait jamais vue de sa vie.

Elle sentit son ventre se nouer et fut prise d'une nausée.

Pourquoi lui avait-elle déclaré ses sentiments ? Il allait la repousser, il détestait qu'on le mette au pied du mur. Il aimait contrôler la situation, imposer sa partition… Oh ! pourquoi avait-il fallu qu'elle ouvre sa grande bouche ?

Furieuse contre elle-même, elle recula, les larmes aux yeux, se retenant pour ne pas s'enfuir en courant.

— Bien. Au moins, je sais où nous en sommes.

— Elene…

La voix de Mattia résonnait d'une telle tendresse qu'elle le regarda à travers ses larmes.

— Oui ?

— Viens là, s'il te plaît.

Lentement, il lui prit la main, la couvrit des siennes et s'éclaircit la gorge.

— Mademoiselle Lowe, merci pour cette déclaration, mais...

Elle sentit ses jambes trembler et crut s'effondrer.

— Mais je préfère garder l'initiative. Elene, je t'aime de toutes les fibres de mon être. Veux-tu m'épouser et accepter de vivre à mes côtés, à l'endroit que nous choisirons ?

Si elle avait été en état de parler, elle aurait répondu : « Oui, Mattia, je veux t'épouser, t'aimer pour la vie et vivre à Sorrente ». Mais sa langue était collée à son palais.

En guise de réponse, elle se haussa donc sur la pointe des pieds et se jeta à son cou.

— *Sì, sì, sì !*

Alors, Mattia la souleva dans ses bras et l'emporta dans la chambre pour lui faire l'amour lentement, tendrement, comme jamais encore auparavant.

Le soir venu, en route pour aller chez les parents d'Elene, Mattia s'arrêta dans un magasin de spiritueux pour acheter du champagne.

— Il faut fêter ça.

— Un peu, oui ! dit-elle, rayonnante de joie.

Depuis tout à l'heure, elle souriait non-stop, comme une idiote, et la réaction de sa famille ajouta à son bonheur.

— J'espère que tu as plusieurs chambres d'amis chez toi, Mattia. Attendez-vous tous les deux à nous voir débarquer souvent !

— J'y compte bien ! Ma famille est impatiente de vous rencontrer.

— Et le mariage, Elene ? intervint Georgie, sa petite sœur. Il aura lieu ici ou à Sorrente ?

— Ici, répondit-elle, de concert avec Mattia.

Ils n'en avaient pas discuté auparavant, mais la réponse de Mattia ne l'étonnait pas. Il tenait vraiment à ce que tout soit parfait pour elle.

— Et vous serez toutes les deux mes demoiselles d'honneur.

Georgie se mit à rire.

— Comme si tu avais le choix !

À son tour, Aimée prit part à la conversation.

— Pa-pa-pa-pa-pa !

Elle sentit son cœur exploser dans sa poitrine tandis que Mattia, ému aux larmes, serrait sa fille à l'étouffer. Puis, Jeff réclama le silence en faisant tinter son verre.

— Portons un toast à un couple heureux.

— Santé à Elene et Mattia ! Et à Aimée !

Mattia la prit par la taille et leva son verre de son bras libre.

— À ma belle fiancée.

— À l'homme de ma vie.

Ils savourèrent une gorgée, puis Mattia leva de nouveau son verre.

— Je souhaiterais porter un autre toast.

Elle se figea, émue, devinant à qui il pensait.

— À Danielle, sans qui je n'aurais jamais revu Elene. Sans toi, Danielle, nous n'aurions pas notre merveilleuse petite Aimée. Merci à toi.

Elene sentit les larmes lui monter aux yeux.

— Merci à la meilleure des meilleures amies. Merci pour ta confiance.

Pour la première fois depuis l'instant fatidique où elle avait dû lâcher la main de Danielle, elle se sentit soulagée de son chagrin. Il ne s'en irait jamais totalement, mais désormais elle saurait vivre avec.

Elle porta la main de Mattia à ses lèvres.

— Je t'aime.

En réponse, celui-ci se pencha et l'embrassa, insensible aux sifflets qui fusaient autour de la table.

— *Ti amo.*

LOIS FAYE DYER

Le destin du Dr Demetrios

Traduction française de
GENEVIEVE BLATTMANN

BLANCHE

HARLEQUIN

Titre original :
CINDERELLA AND THE PLAYBOY

Ce roman a déjà été publié en 2019.

1

— Ça va, ce matin, Jennifer ? Le Dr Demetrios arrive tout juste, lui aussi.

Jennifer Winkler remarqua le sourire entendu de son amie Yolanda avant de regarder par-dessus son épaule. Comme d'habitude, son cœur battit plus vite lorsqu'elle vit l'homme de haute stature, aux cheveux noirs, qui se dirigeait vers la section qu'elle servait au Coach House, un grand café situé au cœur de Boston, dans le Massachusetts.

Le Dr Yannis Demetrios, au moins un mètre quatre-vingt-cinq, était bâti comme un quarterback. Ses cheveux de jais étaient un peu plus longs que l'exigeait la décence et ses yeux d'un riche chocolat noir – des yeux chauds et charmeurs qui la faisaient fondre chaque fois qu'elle les croisait, autrement dit durant leurs brèves conversations matinales.

Elle le regarda s'installer dans son box habituel, le troisième en partant du fond, qui lui offrait une agréable vue de la rue ombragée et très passante. Il choisissait toujours cette place, là où il était certain d'être servi par elle qui, bien que flattée, en était aussi… contrariée. Non qu'il lui déplaise, au contraire, mais il lui faisait à son insu miroiter des choses qu'elle ne pourrait jamais avoir et, surtout, l'attirance qu'elle éprouvait pour lui ne pourrait jamais mener nulle part. Yannis était bien trop sexy, bien trop riche pour une simple serveuse dont les seules sorties consistaient en des virées jusqu'au marchand de glaces de son quartier avec sa fille de cinq ans.

Yannis venait presque tous les matins depuis six mois, et il lui aurait fallu être aveugle pour ne pas voir dans ses yeux l'intérêt qu'il lui portait. Toutefois, le sourire compréhensif avec lequel il acceptait ses refus systématiques à ses invitations à sortir avec lui avait peu à peu eu raison de sa méfiance instinctive envers lui. De plus, les bribes de conversation qu'elle avait saisies entre lui et d'autres clients n'avaient fait que renforcer la bonne impression qu'elle avait de lui. Le Dr Yannis Demetrios semblait être sincèrement intéressé par les gens, et en l'occurrence par les autres clients du Coach House.

De toute façon, même si sa vie lui permettait d'envisager une relation amoureuse, son choix ne se porterait certainement pas sur lui. On chuchotait dans son dos qu'il collectionnait les aventures comme d'autres les papillons ou les cartes postales. Alors, même s'il l'attirait énormément, Jennifer savait qu'il n'était pas pour elle. Si elle devait s'engager de nouveau, ce ne serait sûrement pas pour figurer au tableau de chasse d'un redoutable séducteur.

Glissant un menu sous son bras, elle prit un verre d'eau glacée et une cafetière puis se dirigea vers le box.

— Bonjour, docteur Demetrios, dit-elle avec un sourire radieux. Que souhaitez-vous manger, aujourd'hui ?

— Bonjour, Jennifer.

Il avait une façon bien à lui de prononcer son nom de sa voix grave qui provoquait chaque fois des crispations dans son ventre. Déterminée à ignorer la réaction de son corps, elle s'appliqua à maintenir son regard sur la tasse qu'elle remplissait avant de poser la cafetière. Puis, se redressant, elle sortit son carnet et son stylo et, enfin, se résigna à rencontrer son regard. Comme toujours, ce fut un choc. Ses yeux noirs étaient toujours aussi doux et indéniablement pleins d'un intérêt très masculin pour elle.

Puis il sourit, et Jennifer se sentit fondre.

— Comme d'habitude ? demanda-t-elle d'une voix qui, Dieu merci, ne trahissait rien du chaos qui régnait dans ses émotions.

— Oui, s'il vous plaît. Et aujourd'hui, il serait plus simple de me poser une intraveineuse de café bien fort...

— Oh ! La nuit a été courte ?

Une compassion sincère la gagna quand elle remarqua ses traits tirés, les cernes sous ses yeux et l'ombre bleutée de la barbe sur ses joues. Il avait l'air de sortir du lit – à moins qu'il n'y soit pas encore allé.

— Vous avez travaillé toute la nuit ?

Il haussa les épaules.

— Des urgences, et encore des urgences... Un défilé ininterrompu, et toute la nuit, oui.

— Vous travaillez trop dur..., soupira-t-elle.

— Ça fait partie du métier. Je savais que les horaires ne seraient pas de tout repos, quand je me suis lancé dans cette aventure..., ajouta-t-il en souriant.

— Peut-être, mais si vous ne dormez pas, comment pourrez-vous assumer votre rôle ?

Il jeta un coup d'œil à sa montre.

— J'essaierai de grappiller quelques minutes de sommeil sur le sofa de mon bureau avant mon premier patient.

— Bonne idée, commenta Jennifer qui tourna la tête en entendant le cuisinier l'appeler.

Elle bavardait depuis trop longtemps. C'était le problème, avec Yannis. Elle ne voyait jamais le temps passer...

— Je dois vous laisser. Je dirai à mes collègues d'être généreuses avec le café, ce matin.

— Merci.

Hypnotisée par son sourire, Jennifer dut se faire violence pour aller s'occuper des autres clients.

Yannis porta sa tasse à ses lèvres en la regardant s'éloigner. Sa tenue professionnelle – pantalon noir et gilet noir satiné sur chemise blanche – mettait en valeur ses longues jambes et sa silhouette fine et souple. Bien que toutes les serveuses soient vêtues de la même manière, Jennifer apparaissait parmi elles comme une rose dans un bouquet de marguerites.

Il y avait des mois qu'il l'invitait à sortir avec lui, mais sans le moindre succès. Six mois plus tôt, il se serait simplement tourné vers une autre. Mais, pour une raison qu'il ne pouvait s'expliquer, depuis qu'il avait rencontré Jennifer, toute envie de séduire d'autres femmes l'avait déserté.

Ses refus constants lui étaient insupportables, d'autant plus qu'il était certain de lui plaire. En dépit de son attitude réservée, quoique amicale, il ressentait une forte attirance entre eux. Sa légère rougeur, quand ils discutaient, ce trouble vite réprimé lorsqu'il la regardait avec un peu trop d'insistance dans les yeux… Non. Il en mettrait sa main au feu : elle était intéressée. Pourtant, elle persistait à opposer des refus polis mais fermes à ses invitations. C'était d'autant plus frustrant que, d'après ce qu'il avait pu comprendre au hasard des échanges entre les autres serveuses, il était clair qu'elle n'avait personne dans sa vie.

Un mystère qui contribuait bien sûr à affermir sa détermination : d'une manière ou d'une autre, il parviendrait à la convaincre de lui accorder un peu de temps – en dehors du Coach House.

Il étira ses jambes sous la table tout en se massant la nuque pour tenter de dissiper un peu sa fatigue. La banquette était confortablement rembourrée et, à l'instar de tout le décor du café, son box reflétait l'époque des années 50. L'effet en était chaleureux et Yannis s'y était senti à l'aise dès le premier jour où il avait franchi la porte de l'établissement. Étant donné que celui-ci n'était qu'à quelques minutes à pied de l'institut de PMA – Procréation Médicalement Assistée – où il travaillait, le Coach House était vite devenu son « annexe » où il venait régulièrement prendre son café, son petit déjeuner, son déjeuner et parfois même, s'il travaillait tard, un dîner sur le pouce.

Regardant autour de lui, il salua d'un signe de tête Fred qui avalait ses œufs au plat sur un des hauts tabourets du bar. Fred était un ingénieur des chemins de fer à la retraite qui, malgré ses quatre-vingt-quinze ans, continuait à se lever aux aurores. Yannis avait plus d'une fois pris son café à côté de lui au bar entre 5 et 6 heures du matin.

Il finit sa deuxième tasse et se frotta les yeux. Après une semaine éprouvante, Ted Claxton, son confrère, et lui-même avaient finalement réussi à démontrer la fausseté des allégations visant à discréditer leur travail.

Ted qui s'était marié récemment, ce qui l'avait fait réfléchir sur son propre style de vie... Pourrait-il lui-même se contenter un jour d'une seule femme ? Il en doutait. Il les aimait trop. Sauf que... pourquoi dans ce cas n'était-il sorti avec aucune depuis six mois ?

Il connaissait la réponse à sa question. Sans même qu'il s'en rende compte, il chercha Jennifer des yeux, et la repéra à l'autre bout de la salle, en train de rire avec les deux femmes d'affaires dont elle prenait la commande. Oui, c'était *elle* la raison de son célibat prolongé...

À moins que ce soit le travail. Je me surmène peut-être trop, songea-t-il, refusant d'accepter que cette superbe blonde soit responsable du désert de sa vie amoureuse.

En milieu de semaine, il avait passé deux longues nuits en salle d'opération. Son bénévolat au dispensaire d'un quartier défavorisé de Boston l'obligeait souvent à pratiquer des interventions d'urgence. Il avait en l'occurrence régulièrement affaire à des adolescents blessés au cours des rixes qui éclataient entre bandes rivales. D'ailleurs, cette semaine, ces urgences s'étaient succédées à un rythme infernal. Rien que cette nuit, il avait dû réparer une vilaine déchirure sur le bras d'un garçon de treize ans victime d'un coup de couteau, ôter une bille dans le nez d'une fillette de quatre ans et traiter deux cas de gastro-entérite dont un assez grave pour qu'il l'envoie à l'hôpital.

Je suis épuisé, songea-t-il. *Ce n'est pas bon pour mon moral. Huit bonnes heures de sommeil et la vie m'apparaîtra aussi belle qu'avant.*

Il se passa une main sur le visage puis avala une nouvelle gorgée de café. Il détestait ces introspections, détestait examiner ses sentiments à la loupe. Or, il avait l'impression d'avoir dernièrement consacré beaucoup trop de temps à passer sa vie au crible. Pour un homme qui, en général, ignorait la solitude, il aurait pu jurer qu'il se sentait par moments très... seul.

— Encore un peu de café ?

Yannis leva les yeux. La serveuse rouquine qu'il avait souvent vue discuter avec Jennifer se tenait près de sa table, une cafetière à la main et un sourire aux lèvres.

— Oui, merci, dit-il.

Elle lui remplit sa tasse puis s'éloigna aussitôt, le laissant à ses pensées moroses.

Il avait connu beaucoup d'aventures, mais aucune qu'il ait honnêtement pu considérer comme enrichissante.

Et c'est ce qui me convient, songea-t-il. *Alors pourquoi est-ce que je me demande aujourd'hui si j'ai eu tort de me contenter d'aussi peu ?*

D'un geste las, il se frotta les yeux et chercha son petit flacon de collyre dans la poche de sa veste, mais il n'y était pas. En revanche, il trouva un bristol qu'il ne se rappelait plus y avoir mis. Il le parcourut du regard et soupira. C'était sa carte d'invitation pour le bal annuel de l'Institut qui aurait lieu le week-end suivant.

Le front plissé, il se massa les tempes. Il n'avait personne pour l'y accompagner, et la perspective d'y aller seul ne le tentait pas. Sa présence était obligatoire et jamais, jusqu'à présent, il n'y était allé sans compagnie. Soudain une idée germa dans sa tête...

Et pourquoi pas ? songea-t-il. Étant donné que la seule femme avec qui il avait envie de sortir, en ce moment, était Jennifer, autant l'inviter, elle.

« Elle refusera sûrement. Jusqu'à présent, elle a décliné toutes mes propositions. »

Mais lui parler lui faisait toujours oublier ses soucis car elle pouvait les effacer d'un seul de ses sourires. Justement, elle arrivait vers lui.

— Et voilà, dit-elle en posant son assiette devant lui. Œufs pas trop cuits, toasts et bacon. Oh... Vous voulez que je vous apporte de l'aspirine, aussi ?

Sa question le prit au dépourvu.

— Pardon ?

— Vous fronciez les sourcils comme si vous aviez la migraine...

— Oh ! non, non, ce n'est pas cela ! Pas encore, en tout cas. C'est... cela, dit-il en lui tendant le bristol, l'invitant à le lire.

Elle y jeta un coup d'œil.

— Le bal de l'Institut ? Cela semble très prestigieux.

— Tenue de soirée exigée, répondit-il avec un haussement d'épaules désinvolte. L'Institut l'organise tous les ans. L'orchestre est excellent et le menu vaut la peine de supporter un smoking et un nœud papillon toute la soirée, mais y aller seul ne serait pas drôle du tout. Alors je vous supplie d'avoir pitié de moi et d'être ma cavalière.

Jennifer écarta une mèche de cheveux blonds de son front, luttant contre une terrible envie d'accepter. Le Coach House n'était situé qu'à quelques blocs de l'Institut Armstrong et beaucoup de ses clients travaillaient au centre médical ; en l'occurrence, les assistantes et les secrétaires qui ne parlaient que de ce bal depuis des semaines en discutant de robes, de bijoux et de coiffures...

Aussi tentante que soit l'idée de s'habiller en princesse pour aller danser avec Yannis, elle était cependant assez lucide pour se rendre compte que ce rêve ne deviendrait jamais réalité.

— Je regrette, mais je ne peux pas, dit-elle.

Elle reposa le bristol sur la table en prenant soin de ne pas lui effleurer la main. Elle avait commis cette erreur une seule fois et n'était pas près de recommencer. Elle avait eu la sensation de se brûler et ses sens soudain en ébullition avaient mis un moment avant de s'apaiser.

— Merci tout de même de me l'avoir proposé, ajouta-t-elle. C'est gentil.

— Ne me remerciez pas, répondit-il de sa voix chaude. Dites oui, tout simplement.

Elle secoua la tête avec un petit sourire désolé.

— Je vous le répète encore une fois, au cas où vous l'auriez oublié : je ne sors jamais avec les clients.

Il s'adossa au dossier rembourré de la banquette, la tête inclinée sur le côté, plissant les yeux pour mieux l'observer.

— Et si je n'étais pas un client ?

La question, visiblement, la surprit, et elle se mit à rire.

— Trop tard. Vous l'êtes déjà.

— Et vous ne sortiriez pas non plus avec un ex-client ?

De nouveau, elle fit non de la tête.

— Flûte..., soupira-t-il.

— Excusez-moi, mais d'autres clients m'attendent, dit-elle avant de tourner les talons.

Slalomant entre les tables, elle se dirigea vers le bar.

— Alors ? demanda Yolanda quand elle la rejoignit derrière le long comptoir. Quoi de neuf avec M. Irrésistible ?

— Apparemment, il a travaillé toute la nuit, répondit Jennifer qui s'avança vers la grosse bouilloire électrique dont elle vérifia le niveau.

— Et c'est tout ? dit Yolanda, sceptique, en l'observant avec attention. Mmm... À ton air, j'ai l'impression qu'il t'a invitée de nouveau, non ?

— Exact.

— J'espère que tu as dit oui, cette fois.

— Ça ne risque pas. Tu connais ma position : pas question de...

—... de sortir avec les clients, oui, je sais..., coupa Yolanda.

Jennifer avait improvisé cette excuse huit jours après avoir commencé à travailler au Coach House, lorsqu'un homme l'avait invitée à dîner. Comme, à sa grande surprise, il avait accepté ce prétexte avec une déception sincère, mais sans discuter, elle s'en servait désormais systématiquement pour repousser les avances des clients. Avec le même succès et sans l'avoir jamais regretté – jusqu'à Yannis.

— Franchement, Jennifer, tu pourrais faire une exception, insista Yolanda.

Discrètement, elle se tourna vers le box de Yannis et soupira.

— À ta place, je ne ferais sûrement pas autant d'histoires, c'est sûr...

Jennifer se mit à rire.

— Et ton mari n'en ferait pas non plus, bien sûr...

— Oh ! Heureusement que tu me le rappelles, j'avais oublié, plaisanta Yolanda.

Jennifer jeta le filtre usagé dans la poubelle et en installa un neuf à la place dans lequel elle versa une grosse dose de café en poudre.

— Je m'en doute ! répliqua-t-elle sur le même ton. En fait, tu serais obligée de refuser aussi, mais pour des raisons différentes. Le séduisant Dr Demetrios devra donc aller se trouver ailleurs une Cendrillon pour l'accompagner au bal.

— Au bal ? répéta Yolanda, les yeux écarquillés. Tu veux dire...

— Oui. Le bal de l'Institut Armstrong. Il m'a demandé d'y aller avec lui.

— *Quoi ?*

Le cri à peine réprimé de Yolanda attira l'attention des clients assis au bar et, d'un geste apaisant de la main assorti d'un sourire, elle les invita à retourner à leurs œufs brouillés ou sur le plat avant de se concentrer sur Jennifer.

— Je t'écoute, reprit-elle, baissant la voix. Je veux tous les détails.

— Je n'ai rien de plus à te mettre sous la dent, protesta Jennifer. Il m'a demandé d'être sa cavalière et j'ai refusé, point final.

— Non, mais c'est incroyable ! commenta Yolanda en secouant la tête. C'est une des soirées les plus courues de Boston !

Une troisième serveuse arriva pour prendre une cafetière pleine et Yolanda l'attrapa par la manche.

— Shirley, tu ne vas pas le croire...

La jeune femme rousse rangea son carnet de commandes dans sa poche et dévisagea Yolanda avec intérêt.

— Quoi ?

— Le Dr Demetrios a proposé à Jennifer de l'accompagner au bal de l'Institut et – tiens-toi bien – elle a refusé !

Les yeux bleus de Shirley devinrent ronds comme des soucoupes.

— Mais enfin, Jenny... Tu ne *peux pas* refuser ! Yolanda et moi n'aurons jamais d'invitation, alors tu n'as pas le choix : il *faut* que tu y ailles. Il n'y a pas d'autre solution si on veut savoir tout ce qui s'y passe.

Jennifer pinça les lèvres.

— Il n'est pas question que je sorte avec le Dr Demetrios, Shirley. À la moindre exception à ma règle, les clients qui m'invitent n'accepteraient plus mon excuse.

— Et pourquoi le sauraient-ils ? Tu aurais juste à faire jurer le secret au médecin, dit Yolanda. Il y a des mois qu'il insiste pour sortir avec toi, alors crois-moi, il sera prêt à jurer tout ce que tu veux si c'est la condition pour que tu acceptes.

Jennifer soupira avant d'avancer un autre argument.

— De toute façon, je ne pourrais pas y aller. Je n'ai rien à me mettre.

Shirley balaya cette nouvelle objection d'un geste de la main.

— Ma meilleure amie, que je connais depuis le lycée, est l'une des propriétaires d'une boutique de fripes. Mais attention, pas n'importe quoi : des fripes de luxe, et triées sur le volet. Elle a des bijoux, aussi. Tu trouveras sûrement ton bonheur, et ça ne te coûtera rien – je lui ai rendu service récemment et elle sera heureuse de me renvoyer l'ascenseur. Je lui demanderai de tout nous laisser emporter pour le week-end et je le lui rapporterai le lundi matin avant l'ouverture de la boutique.

Une quatrième serveuse, qui arrivait juste à temps pour entendre Shirley, s'approcha d'elles, l'air intrigué.

— Qui est-ce qui a la chance de se faire habiller gratis ?

— Jennifer. Le Dr Demetrios l'a invitée à l'accompagner au bal de l'Institut.

— C'est vrai ? dit Linda dont les yeux reflétèrent la surprise et le plaisir. Super, Jenny ! Tu y vas, évidemment ?

— Je ne peux pas... Tu connais ma politique avec les clients.

— Pas seulement avec les clients, objecta Yolanda, l'air sévère. Depuis que tu travailles ici, je suis prête à parier que tu n'es jamais sortie avec personne à part nous trois. Bon sang, Jenny, tu as vingt-sept ans, pas cinquante !

— C'est vrai, ça, commenta Shirley. Il va falloir que tu élargisses un peu ton horizon. On aime beaucoup que tu viennes avec nous après le travail ou le week-end, mais franchement...

Elle posa une main sur le bras de Jennifer et se pencha davantage vers elle avec un regard presque grave.

—... Tu as sérieusement besoin d'une compagnie masculine.

— Eh ! protesta Jennifer. Je ne cherche pas une aventure ! Je n'ai besoin de personne dans mon lit !

— Ne sois pas bête, dit Yolanda. Ce médecin est idéal pour passer un week-end de rêve. Tu le vois tous les jours depuis six mois et on peut avancer, sans trop risquer de se tromper, que ce n'est pas un tueur en série, qu'il s'intéresse sincèrement à toi et, en plus, il a la réputation de ne jamais s'engager à long terme.

Elle avait énuméré les arguments en comptant sur les doigts de sa main qu'elle posa ensuite sur l'épaule de Jennifer.

— Tu vas passer une super soirée et si elle se termine par une nuit fabuleuse - parce que je suis certaine que c'est un amant fantastique, ça se voit -, eh bien, c'est encore mieux. Tu vis depuis trop longtemps en recluse, Jenny, et Yannis est le candidat idéal pour mettre un terme à ton régime sec.

Jennifer, une fois encore, secoua la tête.

— Même si je le voulais, de toute façon, je ne pourrais pas passer le week-end avec lui - ni avec personne, ajouta-t-elle, atterrée de découvrir que l'idée d'une petite escapade avec Yannis lui paraissait de plus en plus tentante.

Le bal des Moissons, dans son petit village natal, au fin fond de l'Illinois, avait été une des rares occasions de faire annuellement quelques efforts vestimentaires. Puis elle avait rencontré Patrick, s'était mariée avec lui, et tous deux étaient partis pour la ville afin d'y suivre leurs études.

Un an plus tard, elle était divorcée et enceinte de six mois de leur fille.

C'était cinq ans plus tôt et, depuis, elle dormait seule dans son lit. Alors comment s'étonner qu'elle soit émoustillée à la perspective de cette soirée ?

Il lui fallut faire un effort pour trouver une autre raison de décliner l'offre de Yannis.

— En plus, je ne peux pas demander à Margaret de garder Annie toute une soirée et jusqu'au lendemain, ajouta-t-elle en désespoir de cause.

— Aucun problème, répliqua Linda. Mes filles seront ravies d'accueillir Annie. D'ailleurs, hier, elles me demandaient quand Annie pourrait revenir jouer avec elles. Nous viendrons la chercher avant que ton chevalier servant passe te prendre, et te la ramènerons dimanche après-midi.

À court d'argument, cette fois, Jennifer les regarda toutes

les trois tour à tour. Pouvait-elle réellement accepter ? Et, plus important, *devait-elle* accepter ?

— Allez..., insista Yolanda. Tu sais bien que tu en meurs d'envie.

— Je ne devrais pas..., commença Jennifer qui, se retournant, croisa le regard de Yannis fixé sur elle.

Elle frissonna. Rien de surprenant à cela ; elle avait toujours cette réaction, avec lui. Il éveillait en elle un désir qu'elle avait toujours cru bien enfoui et à jamais éteint – du moins jusqu'à ce qu'il surgisse dans sa vie.

Par ailleurs, elle savait que c'était quelqu'un de bien. Elle l'avait vu avec Fred, le retraité, et aussi avec la vieille Mme Morgenstern qui l'arrêtait toujours quand il passait dans l'allée pour lui demander quelque conseil médical qu'il lui donnait avec une patience et une gentillesse exemplaires.

Elle l'avait vu aussi repousser les avances pas toujours subtiles de certaines femmes, et jamais méchamment. Toujours avec un humour courtois – mais ferme.

Sa réputation de play-boy était-elle justifiée ? Sans doute que oui. Il paraissait réellement aimer les femmes, mais pas seulement pour les séduire. Son intérêt ne s'arrêtait pas aux plus belles, ni aux plus jeunes... Elle devinait, pour avoir souvent observé son attitude, qu'il les aimait pour ce qu'elles étaient vraiment, quels que soient leur âge et leur physique.

Ce qui, bien sûr, accentuait son attirance pour lui... et la rendait plus méfiante que jamais. Son ex-mari avait été séduisant et charmant, mais elle n'avait pas été longue à découvrir que ces attraits n'étaient qu'une façade. Ses belles paroles et son physique de séducteur avaient caché un cœur dur et déloyal.

Alors, naturellement, après cette expérience désastreuse, elle ne pouvait s'empêcher de douter de son propre jugement en ce qui concernait les hommes.

Tout, chez Yannis, la poussait à céder aux exigences de

son corps et à dire oui. Mais quelle certitude avait-elle que Yannis n'était pas un autre Patrick ?

Pouvait-elle sans risque oublier ses réticences, pour une fois ?

Avait-elle le droit de transgresser les règles qu'elle s'imposait à elle-même et de mettre provisoirement entre parenthèses son rôle de mère célibataire pour s'offrir quelques heures de plaisir ?

— Allez, dis oui, la pressa Shirley à voix basse.

Jennifer regarda ses amies et, chez chacune d'elles, découvrit la même affection sincère, le même encouragement.

— Tu es sûre que ça ne te dérangera pas d'avoir Annie tout le week-end, Linda ? demanda-t-elle.

— Certaine !

Alors, avec une soudaine détermination, Jennifer hocha la tête.

— Bon. C'est d'accord.

— Oui ! s'écria Yolanda à voix basse en lançant un poing en l'air.

Linda se pencha vers elle.

— Va lui dire, murmura-t-elle. Et tout de suite.

La prenant par les épaules, elle la fit se retourner et la poussa légèrement.

Prenant une profonde inspiration, Jennifer contourna le bar pour se diriger vaillamment vers l'allée menant au box de Yannis.

Dans son dos, elle entendit les trois femmes chuchoter avec excitation entre elles. Toutes trois étaient des amies sincères qui lui avaient à plus d'une reprise apporté leur soutien, et Jennifer ne doutait pas qu'elles exigeraient d'elle un rapport complet de son week-end avec ce médecin très sexy...

Yannis leva les yeux quand elle arriva devant son box.

— Si l'invitation tient toujours, dit-elle sans préambule, je serai ravie de vous accompagner au bal de l'Institut.

Le lent sourire qui étira les lèvres de Yannis était empreint d'une satisfaction toute masculine qui ne lui échappa pas.

Elle crut même déceler une lueur de triomphe dans ses yeux sombres.

— Elle est toujours valable, oui.

— C'est donc ce week-end, n'est-ce pas ? À quelle heure ?

— Je viendrai vous chercher à 8 heures, samedi soir. Il faudra me donner votre adresse, bien sûr.

— D'accord.

Elle l'écrivit sur une feuille de son carnet de commandes qu'elle arracha pour la lui tendre. Le sourire dont il ne s'était pas départi fit accélérer son cœur et monter une soudaine rougeur à ses joues.

— Bon..., dit-elle en s'éclaircissant la gorge. Je dois retourner à mon travail.

— Bien sûr.

— Alors... à samedi.

— À samedi, Jennifer. Et merci d'avoir accepté.

— De rien, marmonna-t-elle gauchement en retournant vers le comptoir avec l'impression de sentir son regard chaud et caressant sur sa nuque.

Lorsqu'elle se retourna, quelques minutes plus tard, le box de Yannis était vide.

2

Et voilà. Elle avait sauté le pas.

Pour la première fois depuis cinq ans, elle allait sortir avec un homme. Mais un homme... différent, avec lequel elle se sentait en étrange harmonie et dont elle percevait la présence sans même chercher à le voir ; au Coach House, elle savait quand il entrait et quand il repartait sans avoir besoin de se retourner. Affecter de l'ignorer n'avait pas résolu le problème, pas plus que ses efforts pour combattre son attirance pour lui.

Après son divorce, elle avait juré qu'elle n'exposerait pas sa fille à une succession d'hommes dans leur vie. Elle-même avait connu le défilé des amis de sa mère après la séparation de ses parents – sa mère qui entamait sa quatrième procédure de divorce... – et elle ne souhaitait sûrement pas faire vivre la même chose à Annie.

Grâce au rôle influent de ses grands-parents, elle n'avait matériellement jamais manqué de rien – elle avait toujours mangé à sa faim, eu une garde-robe que beaucoup d'adolescentes devaient lui envier, fréquenté d'excellentes écoles et vécu dans une belle maison.

Emotionnellement, toutefois, c'était une autre histoire ; elle s'était sentie seule et mal dans sa peau. Les déjeuners avec sa grand-mère au country club et tous les cadeaux qu'elle trouvait sous l'arbre de Noël n'avaient jamais compensé le manque de sécurité qu'elle avait éprouvé chez sa mère.

Elle était encore à l'université quand elle s'était mariée en croyant alors réaliser son rêve d'avoir un foyer et une famille, mais elle avait dû interrompre ses études pour travailler afin de soutenir son mari, Patrick, étudiant en médecine.

Six mois après leur mariage, elle se découvrait enceinte et Patrick avait accueilli la nouvelle avec une colère qui l'avait anéantie. Il l'avait accusée de lui avoir menti, et d'avoir volontairement cessé de prendre la pilule sans l'en avertir. Trois jours plus tard, il quittait l'appartement en claquant la porte et déposait une demande de divorce au prétexte qu'il voulait une épouse qui travaille et se consacre exclusivement à lui. Il n'avait pas de place pour un enfant dans sa vie. Il avait même accepté de lui laisser la garde exclusive et renoncé à tout droit de visite. En retour, elle avait consenti à ne pas lui demander de pension alimentaire.

Pour couronner le tout, il avait annoncé à leurs amis que c'était elle qui avait choisi de divorcer, si bien qu'ils avaient réagi en se détournant d'elle et ce soudain isolement avait achevé de la briser.

Trois mois plus tard, elle donnait naissance à Annie, une superbe petite rouquine de six livres et demie avec de grands yeux bleus.

Depuis cinq ans, maintenant, Jennifer se débattait pour respecter le vœu qu'elle s'était fait de donner à Annie une vie meilleure que celle qu'elle avait elle-même connue. Elle travaillait, suivait des cours du soir pour finir ses études, et passait tout son temps libre avec elle. Si elle suscitait régulièrement l'intérêt des hommes, elle les repoussait sans le moindre regret. Offrir une vie paisible et sécurisante à Annie était sa priorité absolue, même si c'était au prix de sa propre vie sociale. À ses yeux, son célibat était un maigre sacrifice pour assurer le bonheur de sa fille.

Heureusement, elle n'avait rencontré aucun homme qui fasse vaciller sa détermination – jusqu'à ce que Yannis franchisse la porte du Coach House...

Depuis, elle était assaillie par des fantasmes, aussi bien la nuit que tout éveillée.

Peut-être qu'une soirée avec lui me permettra de le sortir de ma tête, songea-t-elle.

Après avoir terminé son service à 14 heures, elle courut chercher sa fille chez la baby-sitter, Margaret Sullivan, leur adorable voisine de soixante-huit ans, puis traversa le hall vers leur appartement. Le jour même où elles avaient emménagé, Margaret était venue leur apporter une assiette de cookies sortant de son four, et quand la baby-sitter de Jennifer avait déménagé, quelques mois plus tard, Margaret avait tout naturellement pris le relais pour garder la fillette en l'absence de Jennifer. Toutes les trois étaient très proches ; Margaret était un peu une autre grand-mère pour Annie.

— Ça s'est bien passé, à l'école, aujourd'hui ? demanda Jennifer quand elles furent toutes les deux rentrées chez elles.

Elle posa la bouilloire et une petite casserole de lait sur le feu tandis qu'Annie plaçait trois assiettes sur la table.

— Oui, dit Annie tout en disposant soigneusement les cookies sur une des assiettes. Moi et Melinda, on a construit des niches miniatures pour nos chiens. On s'entraîne pour quand on aura nos *vrais* chiens.

— Tu sais, mon ange, il faudra attendre encore un peu avant que nous puissions avoir notre chien.

— Je sais.

— Ce n'est pas que je n'en aie pas envie, mais le propriétaire ne veut pas d'animaux, ici, poursuivit Jennifer.

— Oui, je sais, répéta Annie. C'est pas grave, maman. Je vais demander au Père Noël de m'apporter un chien pour Noël. Mais il faudrait qu'on habite dans une maison avec un jardin, tu crois pas ?

— Oh ! oui, bien sûr...

La bouilloire se mettant à siffler, Jennifer alla éteindre le gaz puis elle versa le lait dans la tasse de chocolat qu'elle avait préparée pour Annie avant de remplir la sienne d'eau dans laquelle elle plongea un sachet de thé.

Elle ignorait où Annie était allée chercher cette idée, mais Noël ne serait pas avant huit mois et, avec un peu de chance, elle l'aurait oubliée d'ici là. Encore que… Rien n'était moins sûr. Annie faisait preuve d'une obstination assez exceptionnelle pour son âge et il n'était pas certain du tout qu'elle renonce à son projet, que ce soit par simple désintérêt ou par oubli.

— J'ai une surprise pour toi, dit-elle, choisissant de changer de sujet. Que dirais-tu d'aller passer le week-end chez Jackie et Suzie ?

Les yeux de la fillette s'écarquillèrent.

— C'est vrai ? dit-elle, soudain tout excitée. Je pourrai emporter mes jouets pour jouer avec Suzy ?

— Bien sûr, répondit Jennifer en riant quand Annie sauta de sa chaise pour venir grimper sur ses genoux et lui exposer tout ce qu'elle voulait emporter.

Soudain, tandis qu'elle étreignait son petit corps chaud et vibrant, Jennifer fut assaillie par les doutes. Cet appartement tranquille où elles vivaient toutes les deux était son univers et elle l'aimait. Une soirée avec Yannis Demetrios – au luxueux bal de l'Institut, rien de moins – l'éloignerait considérablement de cette existence paisible qu'elle s'était construite.

Mais ses amies avaient raison. Parfois, sa solitude lui pesait ; elle avait besoin d'un rapport émotionnel – et physique – avec un homme. Il n'y avait pas de place pour une relation suivie dans sa vie pour l'instant, et il n'y en aurait pas avant longtemps. Mais juste pour une nuit, peut-être pourrait-elle revêtir le costume de Cendrillon…

Doucement, elle posa sa joue sur les boucles roux clair de sa fille, respira une bouffée de son shampooing et, heureuse, écouta les projets excités que la fillette formait déjà pour le week-end avec ses amies.

Yannis ne connaissait pas le nom de la rue que Jennifer avait inscrit pour lui sur une feuille de son carnet de commandes, aussi confia-t-il à son ordinateur le soin de la lui indiquer le soir même sur le plan de la ville.

La rue était en fait assez proche de celle où il donnait ses consultations gratuites, autrement dit dans un quartier pauvre mais respectable de Boston. Pas très loin à vol d'oiseau de sa propre adresse, mais à des années-lumière en termes de valeur immobilière.

Ce qui n'avait aucune importance pour lui, sinon celle de l'aider à prendre conscience qu'il ne connaissait vraiment rien de la vie que Jennifer pouvait mener en dehors du Coach House.

Il l'avait à plusieurs reprises remarquée qui étudiait dans un coin isolé de la salle pendant ses pauses ; comme il lui posait la question, un jour, elle lui avait dit qu'elle suivait des cours du soir à l'université. Mais en dehors de cela, il ignorait tout d'elle. Sauf qu'elle avait le même respect amical pour Mme Blake, la veuve âgée qui comptait scrupuleusement sa monnaie pour régler son café matinal et son *doughnut*, que pour le directeur de l'Institut Armstrong. Il avait aussi une autre information la concernant : jamais elle n'avait manifesté la moindre timidité devant les médecins ou les scientifiques qui fréquentaient le café, ce qui l'incitait à penser qu'elle avait dû, à un moment de sa vie, évoluer dans un milieu influent avant d'arriver au Coach House.

Toutefois, le nom de Demetrios lui était de toute évidence inconnu, et il en concluait que sa famille n'avait pas fréquenté le cercle des parents de Jennifer. Sa propre famille avait bâti un véritable empire dans le commerce maritime, faisant de lui, par conséquent, l'héritier d'une fortune considérable.

Yannis savait que son père avait le sentiment qu'il avait tourné le dos à l'entreprise familiale en choisissant la voie de la médecine, et ce choix avait creusé un fossé entre ses parents et lui. Mais malgré tout l'amour qu'il leur portait, il n'avait pu renoncer à ce puissant appel intérieur qui l'avait poussé à vouloir soulager les maux d'autrui.

Et Jennifer ? Ses parents étaient-ils heureux de voir leur fille étudier à mi-temps tout en travaillant comme serveuse ?

Une fois de plus, il s'interrogea sur la si secrète Jennifer Winkler.

Le mystère qu'elle était pour lui ne la lui rendait que plus attirante. Mais il ne devrait plus avoir à attendre trop longtemps...

Samedi soir, j'en saurai plus, songea-t-il.

À 19 h 30, le samedi, Jennifer eut l'impression qu'un coup de baguette magique l'avait transformée en une de ces princesses qui faisaient rêver sa fille.

Linda, Yolanda et Shirley avaient frappé à sa porte à 17 heures, toutes trois chargées de sacs qu'elles avaient abandonnés sur le lit pour aller boire un verre de vin blanc glacé accompagné de crackers avant de se mettre « au travail »...

Ses trois amies avaient joué avec Annie pendant qu'elle se douchait puis Yolanda avait commencé par lui faire un brushing.

— Parfait..., avait-elle déclaré après une demi-heure.

— Tu peux me le faire aussi, Yolanda ? demanda Annie.

— Oui, mon poussin. Shirley va aider ta maman à se maquiller et, pendant ce temps-là, on va te faire belle aussi pour aller chez Linda. Tiens, assieds-toi à sa place.

Dans la salle de bains, Shirley ouvrit une trousse de maquillage et installa plusieurs petits pots de fard à paupières et de brillant à lèvres sur l'étagère, puis, sur ses conseils, Jennifer commença à appliquer une crème transparente sur son visage.

— L'idéal, avec toi, c'est que tu as une peau parfaite. Pas besoin de fond de teint, dit-elle en lui souriant dans le miroir.

Jennifer entendait Annie rire avec Yolanda dans la pièce voisine. Se fiant à l'avis de Shirley, elle maquilla ensuite ses lèvres de brillant rouge foncé et ses paupières d'ombre mauve qui approfondissait le bleu de ses yeux et leur donnait un soupçon de mystère. Une très discrète touche de blush sur ses pommettes acheva de parfaire l'effet.

Inclinant la tête sur le côté, elle s'observa d'un œil critique, et se déclara très satisfaite du résultat. Elle adorait les petites boucles soyeuses qui lui caressaient la nuque.

— Superbe..., commenta Shirley derrière elle. Ne touche plus à rien, c'est parfait. Maintenant, il est temps de passer à l'étape suivante : l'habillage.

Une demi-heure plus tard, Jennifer sortait de sa chambre et Annie, qui avait attendu avec impatience dans le salon, battit des mains.

— Oh ! t'es drôlement belle, maman ! s'exclama-t-elle. On dirait une princesse.

— Merci, mon cœur, dit-elle en s'accroupissant devant elle pour la prendre dans ses bras. Maintenant il faut que tu partes. Sois gentille avec Linda, d'accord ? Et amuse-toi bien.

— Oui. Je te raconterai tout ce qu'on a fait quand je rentrerai dimanche.

— J'y compte bien.

Après lui avoir arraché la promesse de tout leur raconter, elle aussi, Linda, Shirley et Yolanda partirent avec Annie, la laissant seule dans son petit appartement, et encore un peu étourdie de toute l'attention dont elle avait été l'objet.

Finalement, elle retourna dans sa chambre pour prendre la pochette de satin assortie à sa robe.

Juste avant d'en ressortir, elle s'arrêta une dernière fois devant le miroir en pied. La femme qui lui faisait face lui semblait presque une étrangère. La robe rouge vif semblait avoir été coupée sur mesure pour elle. Le corsage en était audacieusement décolleté et la jupe, faite de plusieurs épaisseurs de crêpe vaporeux, tombait sur ses pieds aux ongles incarnats et chaussés de superbes sandales dorées aux talons incroyablement hauts.

Deux petits diamants ornaient ses oreilles et trois bracelets en or sertis d'éclats de diamant, eux aussi, tintaient discrètement à son poignet à chacun de ses gestes. Autour de son cou, elle avait gardé le médaillon en argent contenant la photographie d'Annie – même s'il dépareillait l'ensemble, elle avait refusé de s'en séparer. C'était le seul bijou qu'elle portait toujours sur elle.

Yolanda lui avait relevé les cheveux, qu'elle avait blond vénitien, sur la tête et les avait retenus avec une discrète pince dorée – une coiffure artistiquement « négligée » du meilleur goût qui lui dégageait le cou tout en laissant quelques mèches boucler sur sa nuque.

Ne restait plus à Cendrillon qu'à attendre son prince charmant pour qu'il la conduise au bal…

3

Un coup à la porte la fit se figer et parut réveiller de douloureuses crispations dans son ventre. Prenant une forte inspiration pour se calmer, elle se dirigea dans l'entrée pour ouvrir.

Elle avait toujours trouvé Yannis terriblement séduisant en jean et blouson de cuir, mais en smoking noir, il était… époustouflant.

— Bonsoir, dit-il.

— Bonsoir.

Jennifer sentit la brûlure de son regard alors qu'il l'étudiait avec une admiration qu'il ne cherchait pas à cacher.

— Prête ? demanda-t-il enfin.

Yannis n'avait pas été sans remarquer le désir qui avait brièvement brûlé dans les yeux de Jennifer dont la légère rougeur, sous son regard, avait attisé le sien.

— J'ai juste à prendre ma pochette, dit-elle.

Comme elle lui tournait le dos, il admira les ondulations de la robe qui accentuaient celles de son corps souple et mettaient en valeur la féminité de ses courbes.

Pendant les quelques secondes où il se retrouva seul, il put constater que son appartement, quoique vieillot, était aussi propre et bien tenu que l'immeuble lui-même. Il y avait même une chaleur qui manquait dans sa propre maison décorée par un professionnel.

Son regard passa sans s'arrêter sur un divan bleu, un rocking-chair, le poster d'une toile de Monet, une étagère remplie de livres de poche, ainsi que sur une télévision et un lecteur de DVD qui en occupaient deux rayons.

Sur le comptoir qui séparait le salon du coin-cuisine, il aperçut ce qui ressemblait à un livre de cours ouvert et dut réprimer l'envie d'aller voir de quelle matière il s'agissait afin de connaître un peu mieux cette femme qui serait sa cavalière pour toute la soirée.

— Voilà, je suis prête, dit-elle en revenant à cet instant. Nous pouvons y aller.

La nuit printanière était légèrement fraîche et Jennifer couvrit d'un grand châle de satin écru ses épaules nues et sa gorge.

— Vous avez froid ? demanda-t-il alors qu'il ouvrait la portière d'une Jaguar garée au bas de l'immeuble.

— Un peu, murmura-t-elle en s'installant sur le siège.

— Je vais mettre le chauffage.

Après avoir bouclé sa ceinture, Jennifer laissa courir le bout de ses doigts sur le luxueux tableau de bord.

— Jolie voiture..., remarqua-t-elle en respirant une bouffée de cuir et d'eau de toilette masculine.

— Merci, répondit-il avec un sourire en s'engageant dans la rue. Elle me plaît aussi.

— Où a lieu le bal ?

— Au même endroit que l'année dernière.

Il cita le nom d'un grand hôtel relativement récent, mais construit dans le style de la fin du XIXe siècle, et qui accueillait nombre de congrès, de grands dîners et de manifestations prestigieuses.

— Je n'y suis jamais allée, mais j'ai entendu dire que le décor était assez fantastique.

— La légende veut que le propriétaire ait été un comte fou venu d'Autriche et lointain parent de Dracula.

— Quoi ? dit-elle en se tournant vers lui pour constater

que ses yeux brillaient d'amusement. Oh ! Vous vous moquez de moi !

— Non.

Il leva une main avec un sérieux affecté.

— Je vous jure que quelqu'un m'a certifié que c'était vrai.

— Et vous l'avez cru ! s'exclama-t-elle en riant.

— Pas du tout.

— Ah bon, vous me rassurez ! J'ai craint un instant que vous ne soyez pas aussi... intelligent que vous le paraissez, plaisanta-t-elle.

— Oh ! mon intelligence n'est pas en cause. La nature n'a pas été trop avare de cette qualité avec moi. Par contre, question sagesse, elle m'a nettement moins favorisé...

Il accompagna sa remarque d'un demi-sourire qui accéléra singulièrement le rythme cardiaque de Jennifer.

— Mmm... Je ne crois pas raisonnable de vous demander de plus amples explications, remarqua-t-elle.

Quelques minutes plus tard, ils arrivaient devant l'hôtel et Yannis confia les clés de sa Jaguar au voiturier.

Comme ils traversaient le luxueux hall aux tons noir et or, Jennifer laissa retomber son châle sur ses bras. Yannis lui prit la main pour la glisser au creux de son coude, et elle ne chercha pas à s'écarter, bien qu'elle ait conscience de jouer avec le feu.

Elle connaissait sa réputation avec les femmes ; elle avait en l'occurrence surpris des bribes de conversations entre plusieurs employées de l'Institut et ne doutait donc pas que Yannis nourrissait le projet de finir la nuit avec elle.

Ce qui la confrontait à la question qu'elle se posait depuis qu'elle avait accepté son invitation : y était-elle prête ?

Il l'attirait, c'était indéniable, et pas seulement physiquement. Pourtant, elle n'était pas encore certaine d'attendre davantage de cette soirée que le simple plaisir de participer à un bal prestigieux en compagnie de cet homme séduisant.

Mais rien ne la poussait à décider sur-le-champ, aussi

choisit-elle de ne pas se poser la question et de se contenter de vivre pleinement ce que cette soirée avait à lui offrir.

L'ascenseur les déposa au dernier étage. Yannis posa la main sur le bas de son dos alors qu'ils sortaient, et cette légère pression chaude lui donna l'impression d'être liée à lui par une chaîne invisible.

— Le dîner devrait être fabuleux, murmura-t-il en se penchant vers elle. Je connais un des chefs, et il m'a dévoilé le menu. Nous ne devrions pas être déçus.

— Bonsoir, monsieur Demetrios, dit le maître d'hôtel qui accueillait les convives. Madame, ajouta-t-il à l'intention de Jennifer.

— Bonsoir, Frank, répondit Yannis. Dites à votre patron que je suis ravi que ce soit lui qui orchestre le repas. J'avais sérieusement envisagé d'avaler un sandwich chez moi avant d'apprendre qu'il serait le grand chef ce soir.

Un grand sourire aux lèvres, l'homme prit la carte d'invitation que lui tendait Yannis puis il consulta son plan de répartition des places.

— Madame et vous êtes à la table du sénateur et de sa femme. Joseph, ajouta-t-il en faisant signe à un serveur, conduisez ces invités à la table 4.

Jennifer était malgré elle impressionnée par le luxe de la salle magnifiquement décorée et où l'argenterie, sur les tables couvertes de nappes blanches damassées, reflétait l'éclat des lustres de cristal.

— Yannis ! appela un homme au visage bronzé et avec une étonnante crinière blanche assis à la table en question. J'avais demandé à Emily Armstrong de faire en sorte que nous soyons voisins. Je suis heureux qu'elle ait réalisé mon souhait.

— Bonsoir, Archie, répondit Yannis en serrant la main qu'il lui tendait. Archie, je vous présente Jennifer Winkler. Jennifer, le sénateur Claxton et sa femme Evelyn sont les heureux parents de Ted, mon meilleur ami depuis la maternelle.

— Bonsoir, dit Jennifer en leur serrant la main à son tour.

— Ravie d'avoir une alliée, Jennifer, intervint Evelyn. Nous ne serons pas trop de deux pour empêcher ces deux-là de parler politique, ce soir. Quand ils commencent, rien ne peut les arrêter.

— Comptez sur moi pour vous aider à les remettre sur la bonne voie s'ils s'égarent, plaisanta Jennifer en s'asseyant sur la chaise que Yannis avait tirée pour elle.

— Parfait. Il y a tellement de sujets plus intéressants, répliqua Evelyn. Tenez, par exemple… Cette starlette pas encore divorcée qui vient d'arriver au bras d'un certain magnat du bâtiment. Non, ne vous retournez pas, ils viennent vers nous.

— Evie ! la réprimanda sans conviction son mari. Comment parviens-tu à être au courant de tous les démêlés sentimentaux de chacun ?

— J'avoue que c'est pour moi une source constante d'émerveillement, ajouta Yannis qui, après s'être assis à son tour, posa négligemment le bras sur le dossier de la chaise de Jennifer.

Celle-ci frémit en sentant sa main lui effleurer le dos.

— La femme d'un sénateur doit bien s'occuper pendant que son mari vaque à ses affaires politiques, déclara Evelyn. Il se trouve que j'ai accès à un réseau de commérages très bien informé.

Charmée par l'humour de leurs voisins, Jennifer rit avec eux. Puis d'autres convives arrivèrent à leur table et, bientôt, une fois les présentations faites, elle n'eut d'autre choix que de participer aux discussions qui s'engagèrent autour d'elle.

Elle avait l'impression d'avoir remonté le temps et de se retrouver au country club de sa ville natale. Les Claxton lui rappelaient un couple d'amis de ses grands-parents, et elle riait de bon cœur à leurs plaisanteries. Il était clair qu'ils avaient beaucoup d'affection pour Yannis, ce qui la confortait dans l'opinion qu'il était assurément quelqu'un de bien.

Une fois le dîner terminé – Yannis avait raison, le chef s'était surpassé –, les larges portes furent ouvertes sur la salle de bal et les premières notes d'une valse retentirent.

L'orchestre était installé sur une estrade au fond de la vaste pièce haute de plafond.

Yannis s'était adossé au mur, les mains dans les poches, pour attendre Jennifer qui venait d'entrer dans les toilettes pour femmes, lorsqu'on lui tapota l'épaule.

— Salut, Yannis.

Il se redressa pour saluer Paul Armstrong, son frère Derek et leur sœur Lisa.

— Bonsoir tout le monde.

Paul et Derek, des jumeaux, portaient le smoking traditionnel et leur jeune sœur un fourreau crème et bronze sortant manifestement de l'atelier d'un grand couturier.

— Belle soirée, n'est-ce pas ? dit-il.

Lisa sourit.

— Oui, répondit-elle en se tournant vers la salle de bal où se dirigeaient les convives. Jusqu'à présent, personne n'a l'air de trop s'ennuyer.

— C'est sûr...

Yannis fit signe à un serveur et prit des flûtes de champagne sur son plateau pour en offrir une à chacun des Armstrong.

— Félicitations à tous les trois ! Je suppose que les coffres de l'Institut seront bien renfloués après ce soir... Au fait, je n'ai pas vu Olivia et Jamison, dit-il en cherchant des yeux leur autre sœur et son mari. Ils sont ici ?

— Bien sûr. Je discutais avec eux il n'y a pas cinq minutes.

— Oui, et ils nous parlaient de leur projet d'adoption.

— Un projet d'adoption ? répéta Yannis, surpris. J'ignorais qu'ils envisageaient d'adopter un enfant.

— *Des* enfants, rectifia Derek. Deux frères. Le plus jeune est autiste.

— Ah oui ?

Yannis était surpris. Adopter un enfant autiste était assurément admirable, mais représentait un énorme défi pour les parents – particulièrement lorsque l'un de ces parents était un jeune sénateur très ambitieux briguant la Maison-Blanche.

— C'est un engagement très lourd, remarqua-t-il.

— Je suis d'accord avec toi, approuva Lisa. Et je ne peux pas m'empêcher de me demander s'ils sont vraiment préparés pour faire face aux sacrifices qu'exigera l'arrivée d'un petit autiste dans leur vie.

— Je crois qu'Olivia en est consciente, dit Paul. Le temps nous le dira, mais je pense sincèrement qu'ils vont s'en sortir.

— Excusez-moi...

Une femme, une écritoire à pinces au creux du coude et un badge indiquant sobrement « personnel » au revers de la veste, les interrompit avec un sourire contrit.

— Le sénateur Claxton aimerait présenter tous les membres de la famille Armstrong à l'un de ses amis.

Elle baissa la voix pour ajouter :

— Le sénateur m'a demandé de vous préciser que cet ami est un donateur potentiel pour le programme de recherche de l'Institut.

— Dans ce cas, allons le saluer de ce pas, déclara Derek qui glissa la main sous le coude de sa sœur en invitant d'un signe de tête son jumeau à les suivre.

— Le devoir nous appelle, dit Paul. À plus tard, Yannis.

Yannis levait sa flûte dans leur direction pour répondre au signe que Lisa lui adressait quand une voix sensuelle derrière lui le fit frissonner.

— Qui est-ce ?

Il se retourna vers celle qui lui faisait toujours autant d'effet.

— Mes patrons - et collègues, répondit-il. Ils doivent aller rencontrer un donateur potentiel. Cette soirée, pour eux, est avant tout l'occasion de faire des affaires. Je vous les présenterai plus tard. Vous avez envie de danser ? ajouta-t-il en lui tendant la main.

Jennifer eut un petit sourire presque timide.

— Avec plaisir.

Il l'entraîna sur la piste qu'ils parcoururent en valsant sur *Le Beau Danube bleu*.

— J'ai l'impression d'être Cendrillon, murmura Jennifer dont la tête tournait légèrement.

Yannis la serra un peu plus étroitement contre lui.

— Et ce serait moi le prince ?

Elle leva les yeux pour rencontrer son regard.

— Je ne sais pas encore. Il faut voir…

— Flûte…, dit-il avec une contrariété affectée. Je fais pourtant tout ce que je peux pour bien me tenir.

La lueur amusée dans ses yeux la fit rire.

— Après vous avoir écoutés, vous et le sénateur, raconter vos frasques avec son fils et les blagues dont vos camarades de classe faisaient les frais, je ne suis pas certaine que vous connaissiez le vrai sens de « bien se tenir »…, le taquina-t-elle.

— C'était à l'époque du lycée ! Il y a prescription !

— Vous n'avez rien fait plus récemment ? Vous êtes sûr ?

— Certain. L'époque des blagues de potache est révolue, assura-t-il. Ted et moi sommes bien trop accaparés par nos recherches, malheureusement.

Le regard de Jennifer s'adoucit.

— Vous travaillez trop. Depuis quelque temps, j'ai remarqué que vous aviez l'air épuisé quand vous venez prendre votre café.

— J'ai traversé quelques semaines où le sommeil était une denrée plutôt rare, c'est vrai.

— Si ce n'est pas indiscret, que faites-vous exactement, à l'Institut ? s'enquit-elle avec un intérêt sincère.

— Je soigne les femmes qui ont des problèmes de stérilité, expliqua-t-il. Une partie de ma journée est consacrée aux patientes que je reçois en particulier. Le reste se passe au laboratoire avec Ted, mon associé et ami de longue date. Entre autres projets, nous cherchons une façon d'accroître le taux de réussite de l'implantation des embryons.

— C'est très louable, dit-elle, songeant aux épreuves que devaient vivre ces couples qui ne pouvaient pas avoir d'enfants. Rien n'est plus important.

Annie était ce qu'elle avait de plus précieux, et elle ne pourrait imaginer sa vie sans elle.

— C'est ce que je pense aussi, répondit-il. Je suis heureux que vous, au moins, vous compreniez, même si vous ne me connaissez que depuis quelques mois... J'ai commencé à soigner les chiens du quartier quand j'avais huit ans, mais mes parents ne comprennent toujours pas pourquoi j'ai choisi la voie de la médecine.

— Vraiment ? Mais pourquoi ? Le plus souvent, les parents sont au contraire ravis d'avoir un médecin dans la famille...

— Pas chez nous. Mon père, surtout, aurait voulu que je suive ses pas. C'est le directeur général et il comptait sur moi pour lui succéder.

Il haussa les épaules.

— Si j'avais eu au moins un frère, il aurait plus facilement accepté ma décision, mais malheureusement pour eux, je suis fils unique.

— Cela a dû être difficile pour vous de les décevoir, remarqua-t-elle en percevant la note de regret dans son ton.

— Oui... Et ça l'est encore, quelquefois.

— Mais votre travail est suffisamment gratifiant pour vous donner la force de continuer.

— Oui.

Puis il lui sourit.

— Parlez-moi un peu de vous, maintenant. Votre travail au Coach House vous plaît ?

— Oui. J'aime les clients, les autres serveuses, et même mon patron. Si tout va bien, j'ai l'intention d'y rester jusqu'à ce que j'obtienne mon diplôme.

— Que voulez-vous faire ?

— J'aimerais enseigner.

— Très bon choix..., commenta-t-il avec une admiration mêlée de respect. Et qu'étudiez-vous, pour cela ?

— Je suis des cours de littérature, que j'adore, et un autre de psychologie, qui ne me plaît pas autant, hélas ! J'ai pris un cours d'art en option.

— Pourquoi ? Juste pour le plaisir ?

— Pas seulement. J'aime les musées, surtout la peinture et les aquarelles, avec une affection particulière pour les impressionnistes, mais...

— Vous peignez vous-même ? l'interrompit-il.

— Non. Je n'ai malheureusement pas de dons artistiques, mais j'ai besoin d'obtenir la moyenne dans cette matière pour avoir mon examen.

Il fronça les sourcils.

— Vous travaillez toute la semaine, au Coach House, n'est-ce pas ? Comment trouvez-vous encore le temps d'étudier ?

Elle eut un sourire malicieux.

— Je ne sors avec personne. Et vous n'avez pas idée du temps libre qu'on peut avoir quand on est célibataire...

Il resserra les bras autour d'elle, la faisant frémir.

— Il va falloir que ça change, dit-il.

Elle se mit à rire pour cacher son trouble. Ainsi pressée contre son torse, ses cuisses dures contre les siennes, elle avait du mal à contenir l'excitation qui montait en elle.

Elle tenta néanmoins de donner le change en poursuivant leur conversation.

— Pas avant que j'obtienne mon diplôme, en tout cas. Je veux pouvoir enseigner un jour.

Il riva ses yeux aux siens un instant avant de répondre.

— Je vous imagine très bien avec des enfants. Quel âge choisirez-vous ?

— L'école primaire.

Il hocha pensivement la tête.

— Encore une chose que nous avons en commun, dit-il. Nous voulons tous les deux des carrières qui nous permettent d'aider les autres.

Elle soutint son regard, frappée par la justesse de sa remarque. C'était vrai qu'ils semblaient avoir de nombreux points communs et, avec chaque nouvelle découverte, ses sentiments pour lui devenaient plus… profonds. Plus vrais.

Ils continuèrent à danser, et leurs corps à onduler au rythme de la musique qui semblait tisser un lien toujours plus solide entre eux. Il fallut que l'orchestre fasse une pause pour qu'ils consentent à se séparer.

— Vous avez soif ?

— Oui.

Lui prenant la main, il l'entraîna vers les tables où des rafraîchissements étaient proposés, mais il délaissa les jus de fruits pour prendre deux flûtes de champagne.

— Bonsoir, Yannis ! Frank m'a dit que tu étais ici.

Jennifer se retourna pour se retrouver face à un homme mince aux cheveux clairs et aux traits séduisants, en tenue blanche de chef cuisinier. Sa blondeur offrait un contraste saisissant avec la masculinité sombre de Yannis.

— Jordan ! s'exclama Yannis avec un large sourire.

Les deux hommes échangèrent une solide poignée de main puis Yannis prit Jennifer par la taille.

— Jennifer, je vous présente Jordan Massey, le meilleur chef de tout le Massachusetts.

— Ravi de vous rencontrer, Jennifer, dit-il, une lueur d'appréciation toute masculine brillant dans le regard.

Jennifer sentit soudain la légère tension de Yannis. Serait-il jaloux ? Il était certain que son ami avait un indéniable charme, lui aussi… Elle préféra toutefois ignorer sa réaction et tendit la main au cuisinier.

— Heureuse de vous connaître, Jordan. Votre dîner était une merveille. Je ne me souviens pas avoir autant apprécié un repas.

— Merci, dit-il en gardant sa main dans la sienne quelques secondes de plus que nécessaire. Yannis, elle est belle et elle aime mes œuvres… Où l'avais-tu cachée ?

— Peu importe. Chasse gardée, dit Yannis sur le ton de la

plaisanterie, bien que Jennifer perçût dans l'intonation un avertissement des plus sérieux. Laisse tomber.

Jordan éclata de rire en adressant un clin d'œil à Jennifer.

— Le devoir me rappelle dans ma cuisine, mais nous reparlerons plus tard, Jennifer. Vous pourrez me raconter comment vous avez réussi le tour de force de rendre mon ami aussi possessif !

— Je la protège des loups comme toi, dit Yannis.

— Je vois... Eh bien, passez une bonne soirée, tous les deux ! lança-t-il avant de s'éloigner.

Jennifer le suivit des yeux un instant avant de relever la tête vers Yannis.

— D'où le connaissez-vous ? s'enquit-elle, curieuse.

— Sa sœur a été l'une de mes patientes. Il a donné une grande fête quand le bébé est né et une fois que tout le monde est parti, nous nous sommes retrouvés tous les deux à finir une bouteille de scotch en portant des toasts à sa nièce. Nous sommes devenus amis depuis.

Elle buvait son champagne à petites gorgées tout en observant l'orchestre qui avait repris sa place et les couples revenant sur la piste. Comme elle parcourait la salle des yeux, son regard s'arrêta sur l'un d'eux qui semblait presque isolé dans sa bulle de bonheur. Puis l'homme leva la tête et agita soudain la main dans leur direction.

— C'est Ted et sa femme, dit Yannis en levant sa flûte pour lui répondre.

— Ils ont l'air très amoureux.

— Ils le sont. Et je suis très heureux que Sarah ait enfin accepté de l'épouser. Je travaille avec Ted et il a été intenable et d'une humeur exécrable jusqu'à ce qu'ils arrivent à surmonter leurs désaccords. Venez, allons danser.

Il posa leurs flûtes presque vides sur la table et l'entraîna de nouveau sur la piste.

— Je suis content d'avoir eu raison, dit-il comme ils évoluaient parmi les autres danseurs.

— À quel sujet ?

— La cuisine. Vous avez vraiment apprécié le talent de Jordan, n'est-ce pas ? À moins que vous lui ayez menti pour ne pas le décevoir ?

— Non ! s'exclama-t-elle en riant. C'était vraiment excellent. Le homard et la mousse au chocolat étaient divins.

Tout en dansant, il les conduisit vers un grand balcon de pierre.

— Il a vraiment un don particulier. Sa cuisine est raffinée sans être frustrante. En aucun cas, il ne servirait ce genre de mini portions qu'on trouve dans les grands restaurants et qui vous donnent envie d'aller avaler un énorme hamburger à peine sorti de là.

Elle releva des yeux rieurs vers lui.

— J'ai l'impression qu'on vous a trop souvent puni en vous forçant à rester à table devant un sandwich au concombre et une tasse de thé...

Ce fut à son tour de rire.

— C'est arrivé, oui, mais le pire, c'était les dîners auxquels je ne pouvais pas échapper et où je me retrouvais devant une assiette de trois radis artistiquement agrémentés d'une branche de céleri et d'un filet de poulet caoutchouteux. Rien que d'y penser, j'en ai encore des crampes d'estomac, ajouta-t-il en faisant la grimace.

— Oui, j'imagine qu'il faut un peu plus que des radis pour nourrir un homme de votre gabarit !

— Oh ! oui ! *Beaucoup* plus. J'ai un appétit d'ogre, dit-il avec un clin d'œil.

Elle hésita, ne sachant que répondre à ce sous-entendu limpide.

— Et mon appétit ne s'arrête pas aux plaisirs de la table, ajouta-t-il en se penchant pour lui effleurer la joue de ses lèvres. Vous ne voulez pas savoir à quels plaisirs je fais allusion ?

— Je m'en doute un peu, répondit-elle, le cœur battant

la chamade. Mais je préfère ne pas poser de questions qui pourraient susciter de dangereuses réponses...

— Je serais heureux de satisfaire votre curiosité, Jennifer. Qu'elle nous mène ou non sur un terrain dangereux.

— Je suis d'une nature plutôt prudente. Ce n'est pas mon genre de flirter avec le danger.

Il se pencha de nouveau vers elle et son souffle chaud lui caressa la tempe.

— Avec moi, vous ne craignez rien, murmura-t-il. Je ne ferais jamais de mal à une femme, et surtout pas à vous.

Ses bras se resserrèrent un peu plus autour d'elle qui s'abandonna de nouveau à son étreinte.

— Je vous crois, chuchota-t-elle. Vous n'êtes sans doute pas dangereux physiquement. Mais vous êtes un homme très séduisant, Yannis, et vous ne devez avoir aucun mal à briser le cœur d'une femme, même sans le vouloir.

— Vraiment ?

— Oui. Et je ne veux pas avoir le cœur en miettes.

— Ce ne sera pas le cas, Jennifer. Venez chez moi, je vous en prie.

Ses doigts, doucement, glissèrent sur la joue de Jennifer, accrochèrent une mèche bouclée à son oreille puis descendirent sur ses lèvres.

— J'ai eu envie de vous dès la première fois où je vous ai vue.

— Je ne sors avec personne, dit-elle.

Ils avaient cessé de danser, mais restaient cependant enlacés. Au-delà de la balustrade, les lumières de la ville scintillaient dans la nuit et le grondement sourd de la circulation montait jusqu'à eux. Ils étaient seuls sur le balcon qui n'était éclairé que par les lumières de la grande salle où ils pouvaient voir les autres couples évoluer au rythme d'un slow.

— En fait, poursuivit-elle, je... Je ne suis sortie avec aucun homme depuis mon divorce, et c'était il y a plus de cinq ans.

Elle eut la sensation que le regard de Yannis s'assombrissait alors qu'un lent sourire sensuel montait à ses lèvres.

— C'est beaucoup trop long pour une aussi jolie femme. Vous méritez d'être aimée beaucoup, bien, et souvent...

Se penchant, il lui caressa les lèvres du bout de la langue.

— Viens avec moi, Jennifer. S'il te plaît...

Elle frémit en entendant ce tutoiement, prélude à une intimité bien plus excitante encore.

— Je ne veux pas compliquer ma vie, dit-elle, mais en éprouvant de plus en plus de mal à lui résister.

Le souhaitait-elle réellement, d'ailleurs ? N'avait-elle pas décidé, en acceptant son invitation, de faire une exception à sa règle d'or de ne sortir avec personne ?

— Il n'y aura rien de compliqué, murmura-t-il, lui réchauffant la gorge de son souffle. Nous ferons de cette soirée ce que nous souhaitons – ni plus... ni moins.

Un frisson courut le long de son dos, et elle sut qu'elle n'aurait pas la force de lui résister.

— D'accord... mais juste pour ce soir, alors... Ensuite, je redeviens la serveuse et vous le client.

— Oui.

— Vous pensez vraiment que c'est possible ?

Elle vit la contrariété dans ses yeux et la fugace crispation de sa mâchoire répondit pour lui.

— Je vous en prie, insista-t-elle, anxieuse de pouvoir se donner l'illusion qu'elle contrôlait encore la situation. Je ne peux rien vous promettre au-delà de ce soir.

Elle sentit les doigts de Yannis se resserrer sur sa taille, puis, visiblement à contrecœur, il acquiesça.

— Entendu. Si ce soir est tout ce que vous pouvez m'offrir, je m'efforcerai de m'en contenter.

Sa bouche s'empara soudain de la sienne avec une fougue qui chassa toute raison en elle. Et toute sagesse. Aussi n'opposa-t-elle aucune résistance lorsqu'il lui prit la main pour l'entraîner vers la sortie.

Après avoir attendu ce qui leur apparut comme une éternité que le voiturier aille chercher la Jaguar, Yannis se glissa dans la circulation fluide en gardant la main de Jennifer serrée dans la sienne puis il la posa ensuite sur sa cuisse pour conduire.

Le désir qui brûlait entre eux était presque tangible. Jennifer n'eut que très vaguement conscience des rues qu'ils empruntèrent ; tous ses sens étaient concentrés sur l'homme à côté d'elle.

Bientôt, Yannis franchit un portail qu'il avait ouvert avec sa commande à distance, et elle n'eut que le temps d'apercevoir la façade en pierre d'une maison ancienne avant qu'ils entrent dans le garage.

Après qu'il eut coupé le moteur, il se tourna vers elle.

— Si je te touche avant que nous soyons sortis d'ici, nous n'arriverons jamais jusqu'à ma chambre.

Elle hocha lentement la tête, le cœur battant très fort.

— D'accord.

Il sourit, et son sourire plein d'humour détendit sensiblement la tension qu'elle éprouvait.

— À moins que ton fantasme soit de faire l'amour dans une Jaguar...

— Euh... non, dit-elle en affectant de réfléchir.

Il soupira de façon exagérée.

— Dommage... Mais moi non plus, finalement, je ne voudrais pas que notre première fois se passe dans une voiture. Allez, viens...

4

Lui prenant la main, Yannis la conduisit vers l'escalier puis directement vers sa chambre au fond d'un couloir.

Le bruit de leurs pas sur le parquet réveilla manifestement un chien qui se mit à aboyer.

— C'est Butch, dit-il comme elle sursautait.

Les yeux de Jennifer s'écarquillèrent lorsqu'elle vit la taille du chien qui arrivait ventre à terre vers eux. Le doberman noir et feu s'arrêta net et s'assit, la langue pendante, en posant sur son maître un regard de pure adoration.

— J'ai l'impression qu'il est content que vous soyez rentré, remarqua-t-elle en se plaçant sans même s'en rendre compte derrière Yannis.

— C'est bien possible, dit-il en l'entraînant dans la chambre. Je vais lui redonner une gamelle et de l'eau dans la cuisine. Après, il devrait dormir tranquillement dans son panier. J'en ai pour une minute.

Il se pencha et s'empara de ses lèvres pour un baiser aussi brûlant que bref, puis disparut dans le couloir, le chien sur les talons.

Les jambes un peu tremblantes, Jennifer s'assit au bord du lit et aspira une longue bouffée d'air. Elle n'eut toutefois pas le temps de se ressaisir tout à fait avant le retour de Yannis qui, lui prenant la main, l'attira dans ses bras. Son châle tomba à ses pieds en un doux froissement de soie.

Yannis lui prit alors le visage entre ses mains en coupe et plongea son regard intense dans le sien.

— Tu ne peux pas imaginer le nombre de fois où je t'ai imaginée ici, dans ma chambre… et dans mon lit, dit-il.

Elle ferma les yeux tandis qu'il couvrait son visage, ses paupières, son cou de baisers. Incapable de subir passivement ce supplice, elle enfouit les doigts dans ses cheveux épais et l'attira à son tour contre elle jusqu'à ce que leurs lèvres s'unissent de nouveau.

Le désir les enflamma brusquement, et c'est avec des gestes presque précipités que Yannis ouvrit la fermeture Éclair de sa robe qui tomba lentement à leurs pieds.

Jennifer frissonna alors que les mains de Yannis se posaient sur ses seins nus, presque révérencieusement tout d'abord, avant que sa bouche s'empare d'une des pointes tendues. Le gémissement qu'elle ne put contenir parut exacerber le désir de Yannis qui promena ses lèvres sur son ventre palpitant, s'arrêtant un instant sur le bord de son string de soie ivoire.

— Tu es si belle, murmura-t-il.

S'écartant légèrement, et sans cesser de la regarder, il se releva pour ôter sa veste et son nœud papillon.

— Déboutonne ma chemise, dit-il d'une voix rauque de désir en lui prenant les mains pour les poser sur son torse.

Dès qu'elle se fut acquittée, avec une lenteur délibérée, de cette tâche, il la pressa contre lui, les mains glissées dans ses cheveux, et fit courir ses lèvres sur son cou tendu, sur ses épaules, et sur sa poitrine, encore…

Les muscles durs de son torse sous ses paumes, de ses cuisses contre les siennes, achevèrent de porter l'envie que Jennifer avait de lui à son comble, et son gémissement à demi inconscient fut une plainte que Yannis interpréta sans mal.

Sans plus hésiter, il la souleva dans ses bras pour la porter sur le lit et ôter l'ultime obstacle à sa féminité. Après s'être protégé, il l'embrassa longuement tandis qu'il venait en elle.

Les yeux fermés, Jennifer cria contre sa bouche, s'immergeant dans le plaisir qu'il lui procurait.

Il y avait si longtemps... *Trop* longtemps. Et Yannis porta bien trop tôt son plaisir à son comble.

Alanguie, étourdie, elle rouvrit les paupières et croisa son regard qu'éclairait un sourire sensuel.

— Je ne crois pas utile de te demander si tu as aimé..., dit-il.

Pour toute réponse, elle sourit à son tour en enroulant les bras autour de son cou avec un soupir d'aise.

— Et si nous reprenions depuis le début ? suggéra-t-il. Mais cette fois en prenant tout notre temps ?

Une suggestion contre laquelle elle n'aurait même pas eu la force de protester – si toutefois elle en avait eu envie – ce qui ne lui vint même pas à l'esprit. Ce fut même elle qui, prenant cette fois l'initiative, le repoussa pour le faire rouler sur le dos et se pencher sur lui, lui effleurant le torse de ses lèvres et de ses longs cheveux défaits...

Il était minuit passé lorsque, poussés par la faim, ils descendirent faire une incursion dans la cuisine. Vêtue en tout et pour tout de la longue chemise blanche de Yannis, Jennifer se percha sur un haut tabouret et s'accouda au comptoir tandis qu'il étudiait le contenu du réfrigérateur. Elle ne pouvait se lasser de le regarder et avait de nouveau envie de sentir son corps musclé et sa peau sous ses mains, sous ses lèvres...

— Spaghettis et cheese-cake, ça te tente ? proposa-t-il.

— Quel genre de cheese-cake ?

— Au chocolat.

— Mmm... Encore meilleur.

Il sourit.

— Tu aimes le chocolat ?

— J'adore. Pas toi ?

— Oh ! s ! On trouve des crêpes au chocolat au café du

coin qui sont à tomber. Je t'y emmènerai demain pour le petit déjeuner. Tiens… tu peux me donner un coup de main ?

Elle sauta du tabouret pour prendre le gâteau posé en équilibre précaire sur le plat de spaghettis qu'il glissa directement dans le four à micro-ondes avant de régler le minuteur.

— Et si on prenait une part de cheese-cake tout de suite ? proposa-t-elle, affamée.

— Pourquoi pas.

Attrapant un couteau, il se plaça derrière elle, l'enlaçant tandis qu'il coupait deux parts. Puis, reposant le couteau, il l'embrassa dans le cou alors que ses mains remontaient sous sa chemise pour se refermer sur ses seins.

— Eh ! protesta-t-elle sans la moindre conviction. Tu es insatiable !

Mais elle se retourna vite et chercha sa bouche avec l'avidité d'un voyageur égaré sans eau dans le désert devant une oasis.

Derrière eux, le four sonna la fin de la cuisson et Yannis s'écarta légèrement d'elle.

— Serais-tu prête à oublier les spaghettis et le cheese-cake pour faire l'amour sur le comptoir ? demanda-t-il d'une voix rauque de désir.

Jennifer hésitait quand son ventre répondit pour elle en protestant de façon audible. Tous deux éclatèrent de rire.

— D'accord. Je m'incline, déclara-t-il en se tournant vers le four. On s'occupe d'abord de nos estomacs. Viens, allons manger là-haut. Prends le cheese-cake, je m'occupe des spaghettis.

— Et les assiettes ? Et tu ne prends qu'une fourchette ?

— On partagera. En revanche, mieux vaut emporter des serviettes. Elles sont dans le tiroir de la table.

Après avoir pris deux serviettes de lin blanc, Jennifer le précéda dans le couloir et l'escalier menant à sa chambre.

Après que Yannis eut étalé sur le lit un drap de bain qu'il était allé prendre dans la salle de bains, il y posa le plat.

— Super…, dit-elle. J'adore les pique-niques.

— Et les pique-niques en chambre sont les meilleurs car le matelas est plus confortable que l'herbe. Une fois que nous aurons fini de manger, nous serons à pied d'œuvre pour refaire l'amour.

En riant, elle s'installa face à lui et posa délicatement le gâteau entre eux à côté des spaghettis.

— En plus, nous n'aurons pas à nous battre avec les fourmis, ajouta-t-elle.

Lui prenant la main, Yannis l'attira vers lui pour l'embrasser.

— J'aime ta façon de voir le bon côté en toute chose. Tu es facile à satisfaire.

Elle haussa un sourcil.

— J'aurais mauvaise grâce à me plaindre alors que tu m'offres un cheese-cake au chocolat ! Il faudrait être vraiment difficile...

— Détrompe-toi. Beaucoup de femmes auraient été vexées que je ne leur offre pas du caviar arrosé de champagne.

Elle secoua la tête.

— À mon avis, tu n'es pas tombé sur les bons numéros...

Sa remarque le fit rire.

— Tu as sûrement raison !

Une fois qu'ils eurent terminé les spaghettis, Jennifer se dirigea vers la grande étagère en chêne massif qui faisait face au lit et où des rangées de livres entouraient un large écran plat. Intéressée, elle passa les auteurs en revue.

— Oh ! Tu as le dernier Tom Clancy ? s'exclama-t-elle. J'ignorais qu'il était déjà sorti.

— Il ne l'est pas. C'est un ami qui travaille chez son éditeur qui m'en a confié un exemplaire avant la parution.

Jennifer continua d'explorer la bibliothèque.

— Tu as des romans policiers, des biographies, de la science-fiction... Tu as un genre préféré ?

— Pas vraiment. Je suis assez éclectique en littérature. Mais ce que je lis le plus, en fait, ce sont... les revues médicales. Je suis contraint d'avaler plus d'articles et d'études que tu ne pourrais imaginer. J'ai toujours du mal à rattraper mon retard.

— Je vois ce que tu veux dire. J'ai un peu le même problème avec mes livres de cours.

— Viens ici..., dit-il en tapotant la place à côté de lui sur le lit. Il nous reste encore du cheese-cake à finir.

Elle revint s'installer à son côté en tirant soigneusement sur sa chemise pour éviter de trop la froisser. Son geste le fit sourire.

— Je parie que tu étais une adorable petite fille, remarqua-t-il en coupant un morceau du gâteau à l'aide de leur unique fourchette.

— Pourquoi dis-tu cela ?

Elle ouvrit la bouche pour prendre la bouchée qu'il lui tendait.

— Parce que tu t'assois comme si ta mère t'avait appris à bien tirer sur ta jupe pour ne pas faire de plis.

— En fait, c'est ma grand-mère qui m'a enseigné les bonnes manières.

— Et tu étais sa petite-fille préférée, non ?

— Elle n'avait pas le choix : j'étais sa *seule* petite-fille, dit-elle presque distraitement, fascinée par le mouvement des muscles sur sa gorge alors qu'il mâchait sa bouchée.

— Et tu étais fille unique, aussi ? s'enquit-il.

— Oui.

Elle se força à sourire, choisissant de confirmer ce qu'il avait probablement déjà deviné – que son enfance et son adolescence avaient sans doute été très différentes de ce qu'il avait vécu.

— La seule enfant de mes parents divorcés. Ma mère avait décrété qu'elle n'en voulait plus. Elle était bien trop accaparée par toutes ses aventures, et ne voulait surtout pas s'encombrer d'une marmaille alors qu'elle passait d'un homme à un autre. Quant à mon père, j'ai entendu dire qu'il s'était remarié plusieurs fois et qu'il en avait eu d'autres, mais je n'en ai jamais rencontré aucun.

Le regard fixé sur le gâteau, elle en coupa une nouvelle bouchée avec un soin excessif.

— Je doute que mon enfance ait ressemblé à la tienne...

— Hé..., murmura-t-il en se penchant pour lui relever le visage.

Ses yeux sombres accrochèrent les siens.

— Si ce n'est que je regrette pour toi que tu n'aies pas grandi dans de meilleures conditions, je me moque de ce que tes parents ont pu dire ou faire, du quartier où tu vivais ou de l'école que tu fréquentais. Tout ce qui m'importe, c'est la femme que tu es devenue et qui est ici, dans mes bras, aujourd'hui.

L'émotion noua la gorge de Jennifer. Elle savait qu'il n'y avait aucun avenir pour eux deux. Tout son temps, pendant les quelques années à venir, serait consacré à son travail, à ses études et à Annie. Mais pour une nuit, elle pouvait oublier ses responsabilités, et si elle éprouvait des sentiments pour Yannis que jamais personne, avant lui, n'avait éveillés en elle, elle attendrait demain, aussi, pour s'en soucier.

— Tout ce que nous avons est le présent, murmura-t-elle, posant la fourchette dans le plat afin de pouvoir se presser contre lui. Alors ne perdons pas une seule minute de ce temps précieux.

Les yeux noirs de Yannis se firent brûlants. La gardant bien serrée contre lui, il repoussa le drap de bain et les restes du gâteau puis s'allongea avec elle sur le lit, faisant courir ses mains et ses lèvres sur elle.

Jennifer accueillit le plaisir qui la consumait en chassant toute pensée du lendemain. Seuls comptaient la seconde présente et le corps puissant de Yannis alors que la jouissance, irrésistible comme une lame de fond, montait en elle et la portait une fois de plus au-delà du temps et de l'espace.

Jennifer était à moitié réveillée, le lendemain matin, lorsque Yannis sortit du lit. Il se pencha, l'embrassa, puis disparut dans la salle de bains. Un sourire aux lèvres, elle roula sur elle-même dans le lit, remarquant que le soleil se déversait à flots dans la chambre par la fenêtre entrouverte.

Yannis, qui sortait visiblement de la douche, revint bientôt avec des vêtements sur le bras.

— Hé ! marmotte ! Debout ! Je t'ai promis des crêpes au chocolat pour le petit déjeuner.

Il jeta les vêtements au bout du lit.

— Ma mère a laissé quelques affaires dans la chambre d'amis, la dernière fois où elle est passée ici. Le pantalon sera peut-être un peu court, mais ce sera toujours mieux qu'un de mes jeans – ou ta robe. Elle est superbe, mais pas franchement adéquate pour le café du coin, plaisanta-t-il.

— Tu es sûr ? demanda-t-elle avec une fausse naïveté qui le fit rire.

Se penchant vers elle, il tira lentement le drap, laissant au fur et à mesure courir sa langue sur ce qu'il dénudait.

— Mmm..., gémit-il. Finalement, je ne suis pas certain que sortir d'ici soit une bonne idée...

Elle enfouit ses mains dans ses cheveux mouillés, pressa ses lèvres sur les siennes, puis le repoussa fermement.

— C'est une excellente idée, au contraire. J'ai une faim de loup.

— Pourquoi ne pas commander un repas au chinois du coin de la rue et le manger ici ? proposa-t-il.

— Non ! s'exclama-t-elle en riant. Tu m'as trop appâtée, avec tes crêpes.

Elle souhaitait aussi en connaître un peu plus sur sa vie. Savoir où il allait, qui il fréquentait, découvrir ce que cet homme faisait en dehors des petits déjeuners qu'il venait prendre au Coach House...

— D'accord, répondit-il. Nous allons emmener Butch pour lui faire faire un tour avant notre brunch au café. Et ensuite… nous revenons ici pour reprendre les choses où nous les avons laissées. O.K. ?

— O.K.

Elle attrapa les vêtements puis se dirigea vers la salle de bains où, adossée contre la porte, elle ferma les yeux en souriant, s'accordant quelques secondes pour savourer le pur bonheur qui coulait dans ses veines à cet instant.

Une demi-heure plus tard, douchée, ses cheveux relevés en queue-de-cheval, très légèrement maquillée, elle était prête. Le pantalon rose pâle, effectivement un peu court pour elle, était finalement du meilleur effet avec ses sandales à talons. Quant au débardeur de soie blanche, il dévoilait un peu trop à son goût sa poitrine nue, et elle avait choisi de le couvrir à demi d'une autre chemise empruntée à Yannis et dont elle roula les manches jusqu'aux coudes.

Tout compte fait, songea-t-elle en s'observant dans le miroir en pied de la salle de bains, cette tenue était plutôt chic. Grâce à la mère de Yannis, au moins était-elle correctement vêtue.

Elle le retrouva dans la cuisine, en train de lire le journal étalé sur le comptoir.

— Salut, dit-il.

Une lueur d'admiration brilla dans ses yeux comme il l'étudiait lentement des pieds à la tête.

— Salut, répondit-elle, soudain intimidée sous son regard. Tu es sûr que ta mère ne sera pas contrariée que j'emprunte ses affaires ?

— Certain.

Il referma le journal puis se leva pour venir la prendre dans ses bras et l'embrasser.

— Et si nous ne partons pas tout de suite, je ne réponds pas de moi… Viens. Tu as besoin d'avaler quelque chose si tu veux avoir de l'énergie à notre retour. En route, Butch !

Le gros chien réagit en remuant la queue et en se précipitant vers la porte. Yannis prit une laisse accrochée au portemanteau qu'il attacha au collier du doberman avant d'ouvrir le lourd battant de chêne.

Jennifer respira avec plaisir une bouffée d'air frais.

— Tu vis dans un quartier très agréable, dit-elle en observant les façades blanches des maisons sur lesquelles les fleurs, dans les bacs exposés sur les fenêtres, faisaient des taches de couleurs vives.

Fermant à demi les yeux, elle offrit son visage aux chauds rayons du soleil que filtraient les feuilles des arbres.

— Bonjour.

Elle rouvrit les paupières et sourit au couple qui les saluait en passant ; le petit garçon, dans sa poussette, agita les mains en direction de Butch.

— Bonjour, répondit Yannis qui laissa l'enfant caresser le museau du chien qu'il tira cependant en arrière avant qu'il puisse lui lécher le visage.

— Qui était-ce ? s'enquit Jennifer avec curiosité.

— Les Charmichael, répondit-il en manœuvrant Butch de sorte qu'ils évitent les trois adolescentes qui arrivaient en gloussant en face d'eux. Ils ont emménagé dans la maison voisine de la mienne juste avant la naissance de leur fils. Je les rencontre régulièrement quand je promène Butch.

— Tu dois faire beaucoup de connaissances, grâce à lui... Les gens sont souvent tentés de caresser les chiens quand ils voient qu'ils ne craignent rien.

— C'est vrai, dit-il en souriant.

Posant un bras sur son épaule, il l'attira plus étroitement contre lui.

— Personne ne peut résister à un gros chien affectueux.

Jennifer songea que la combinaison de la gentillesse du chien et du charme de son maître devait avoir un effet détonant...

— C'est ici, dit Yannis comme ils arrivaient devant un petit restaurant. Ça t'ennuie de t'asseoir dehors ? Les chiens ne sont pas admis à l'intérieur.

Plusieurs tables rondes surmontées de parasols colorés étaient alignées le long du café. Un client sortit de l'établissement et, par la porte ouverte, s'échappa une odeur irrésistible qui flotta jusqu'à eux.

— Hmm, si les crêpes sont aussi bonnes que le laisse supposer leur arôme, tu peux m'en commander une bonne douzaine, dit-elle.

Tous deux s'installèrent à une table libre à l'extrémité de la rangée et Yannis accrocha la laisse de Butch à l'accoudoir de son fauteuil.

— Couché, Butch, dit-il, et le chien s'exécuta docilement entre eux deux, à leurs pieds.

Une jeune et jolie serveuse vint prendre leur commande et Jennifer s'amusa de la voir dévorer Yannis des yeux.

— Tu viens de faire une nouvelle conquête, on dirait, plaisanta-t-elle quand elle fut repartie.

— Qui ? Carrie ? Non... Je donne un coup de main à son frère pour son examen d'entrée à l'université, c'est tout. C'est un garçon brillant, mais sa famille n'a pas les moyens de l'envoyer dans une école de médecine. Mais s'il a de bons résultats à son examen, il aura plus de chances d'obtenir une bourse.

— C'est très gentil à toi de l'aider, dit-elle. Tu es décidément plein de surprises, docteur Demetrios...

— Pourquoi ? s'enquit-il en s'accoudant sur la table pour plonger son regard dans le sien.

— Parce que tu as une réputation de play-boy, ce qui sous-entend un caractère superficiel. Mais plus j'apprends à te connaître, plus je découvre que tu es bien plus profond et compliqué que tu ne le laisses paraître.

Son lent sourire sensuel provoqua de drôles de sensations dans son ventre.

— Je ne suis pas compliqué, murmura-t-il d'une voix rauque. En ce moment, par exemple, je ne m'intéresse qu'à une seule chose.

— Et… je peux savoir quoi ? demanda-t-elle, hypnotisée par la chaleur dans ses yeux.

— Toi, répondit-il en se penchant pour l'embrasser.

Jennifer eut la sensation que le désir coulait comme du feu dans ses veines.

— Euh… excusez-moi…

Yannis releva la tête pour trouver la jeune serveuse, rouge comme une pivoine, qui attendait de pouvoir déposer leur commande sur la table.

— Ah, le café…, dit-il en se redressant pour lui permettre de décharger son plateau. Merci, Carrie.

Elle esquissa un sourire timide avant de s'éloigner.

Jennifer était étonnée de l'aisance avec laquelle Yannis passait d'un désir torride à une attitude purement amicale, et sans la moindre gêne. Déterminée à imiter son imperturbable flegme, elle l'observa par-dessus le bord de sa tasse tout en s'efforçant d'entretenir la conversation avec une désinvolture qu'elle était loin de ressentir.

— Tu as grandi à Boston ? s'enquit-elle en choisissant un sujet délibérément neutre.

— Non. J'ai passé mon enfance dans l'État de New York. Je suis arrivé ici quand j'ai pris le job à l'Institut Armstrong.

— Tu es venu exprès pour ça ?

— Oui. J'avais répondu à leur annonce en envoyant mon C.V. et obtenu un rendez-vous. Mon entretien a été concluant, et j'ai assez vite emménagé. Ce poste est exactement ce dont j'ai toujours rêvé. Je partage mon emploi du temps entre mon rôle de médecin et celui de scientifique. Ailleurs, j'aurais dû choisir entre l'un et l'autre. Or ces deux aspects sont essentiels et indissociables, pour moi. Mais je m'éloigne du sujet… Et toi ? Tu as toujours vécu ici ?

— Non. J'habitais dans une petite ville de l'Illinois jusqu'à l'année dernière où je me suis installée ici.

— Pourquoi Boston ?

— Une amie du lycée s'y était installée et elle m'a encouragée à la rejoindre. Elle adorait la ville, surtout les sites historiques.

— Et plus maintenant ?

— Si, mais Cindy a rencontré l'homme de ses rêves et ils se sont mariés trois semaines plus tard. Depuis, ils parcourent le monde car il est archéologue. En ce moment, ils séjournent en Amérique centrale où elle l'aide à faire des fouilles dans un temple maya.

— Oh ! C'est vrai ? dit-il, visiblement intrigué. Ce doit être une carrière passionnante.

Jennifer se mit à rire.

— C'est ce que disent tous ceux qui entendent parler du mari de Cindy. Il doit y avoir un aventurier frustré dans chaque homme de la planète !

— Possible, répondit-il en souriant.

Carrie revint avec leurs assiettes et Jennifer se régala avec ses crêpes tandis que Yannis dégustait une omelette aux champignons. Quand ils terminèrent l'un et l'autre, ils venaient d'aborder le sujet du cinéma.

— Je parie que tu aimes les films romantiques, comme toutes les filles...

— Pari perdu. Mon film préféré est *Jeremiah Johnson*. Il date des années 70 et n'est pas franchement romantique.

Il se redressa sur son siège.

— C'est vrai ? Je l'ai vu deux fois.

— Moi trois. Et je serais prête à le revoir quand tu veux. Redford est fantastique dans ce rôle.

— Ah, ah ! Donc, ce n'est pas pour le message, mais pour le charme de son acteur que ce film te plaît ?

Elle considéra sérieusement la question, puis hocha la tête.

— En partie, oui. Mais le film reste superbe tout de même.

L'amusement brilla dans les yeux de Yannis, et son rire attira l'attention des clients autour d'eux. Jennifer avait conscience que son propre sourire devait friser l'adoration, mais elle ne pouvait pas s'en empêcher. Le soleil brillait dans les cheveux noirs de Yannis, et ses yeux étaient comme deux pierres d'onyx.

Redevenant soudain sérieux, il posa une main sur la sienne.

— Viens, dit-il d'une voix plus grave. Rentrons.

5

Les paupières closes, Jennifer sourit en sentant la chaleur contre son dos. Un bras pesait sur sa taille, l'ancrant au corps pressé contre le sien.

Elle donnerait cher pour se réveiller ainsi tous les matins, songea-t-elle.

Ouvrant les yeux, elle aperçut, juste au-dessus du drap, sur la table de nuit, les chiffres lumineux du réveil et sursauta. Il était presque 16 heures, et Linda avait promis de lui ramener Annie à 18 heures.

Le week-end était terminé.

Elle n'était pourtant pas prête à y renoncer. Ils avaient si souvent fait l'amour qu'ils avaient tous les deux sombré, épuisés, dans un sommeil réparateur. Mais cette pendulette annonçait le retour à la réalité et, quoique consciente de ne pas avoir le choix, elle regrettait déjà de devoir se réveiller de ce rêve merveilleux que Yannis lui avait offert.

Très doucement, elle lui repoussa le bras et s'écarta de lui. Il protesta dans son sommeil, et elle s'immobilisa un instant en priant qu'il ne se réveille pas. Puis, dormant toujours, il s'allongea sur le ventre à la place qu'elle avait occupée.

Jennifer s'attarda un court instant pour regarder sa mâchoire qu'ombrait une barbe naissante, ses cils formant deux croissants noirs sur sa peau hâlée, le dessin sensuel de ses lèvres… Le drap saumon était baissé sur son ventre, exposant son torse musclé et ses bras nus.

Elle dut se faire violence pour s'arracher à sa contemplation et aller s'enfermer dans la salle de bains où elle s'habilla rapidement, renfilant les vêtements empruntés à la mère de Yannis qu'elle se promettait de lui retourner sitôt qu'elle les aurait récupérés chez le teinturier où elle les déposerait aussi vite que possible. Puis, sans bruit, elle sortit par la porte donnant sur le couloir et quitta la maison.

Comme elle remontait la rue vers l'arrêt du bus, elle fut assaillie par des images des instants merveilleux qu'elle venait de vivre avec Yannis – un homme dont elle pourrait aisément tomber amoureuse. Elle priait pour que ce ne soit pas déjà le cas, car ce serait aller au-devant d'une inévitable déconvenue.

Il n'existait aucun avenir pour eux.

Le bus arriva alors qu'elle atteignait l'arrêt et elle y monta en se promettant de sortir Yannis Demetrios de son esprit.

Le sortir de son cœur lui serait sans doute plus difficile…

À l'instant même où il ouvrit les yeux, Yannis sut que Jennifer était partie. La place, à côté de lui, était vide et le drap froid. S'asseyant, il se frotta le visage puis tendit l'oreille. Mais le silence lui confirma ce qu'il avait déjà pressenti.

En jurant, il laissa sa tête retomber sur l'oreiller. Il avait prévu de la raccompagner chez elle, mais avait présumé de ses forces et sous-estimé le besoin qu'avait eu son corps de récupérer.

Des griffes crissèrent sur le parquet du couloir et Butch poussa de son museau la porte entrouverte avant de venir lui souffler dans l'oreille en remuant furieusement la queue.

— Quoi ? soupira Yannis. Je suppose que tu as envie de sortir.

Le gros doberman approuva en aboyant avec une virulence qui fit grimacer Yannis.

— Pas si fort, mon vieux. Bon, d'accord, je me lève, dit-il en s'asseyant de nouveau.

Butch aboya de nouveau avant d'enfouir sa tête sous le drap.

— Mais qu'est-ce que tu fiches ? Arrête, Butch...

Repoussant le drap, Yannis découvrit alors une chaîne argentée, dépassant de sous l'oreiller, qu'il tira avant que Butch puisse l'attraper. Le chien gronda avec un air de reproche.

— Oh ! allez, Butch... D'accord, c'est toi qui l'as trouvée, mais tu sais bien que c'est à Jennifer, et que c'est à moi que ça revient.

Le doberman se contenta manifestement de cette explication que Yannis avait de plus assortie d'une caresse entre les oreilles, et il s'assit pour regarder le médaillon qui se balançait au bout de la chaîne que son maître tenait à hauteur de ses yeux.

Le bijou ovale avait un fermoir très délicat et Yannis l'ouvrit avec l'impression d'avoir des doigts de géant pour actionner le minuscule mécanisme. À l'intérieur, se trouvaient d'un côté la photographie d'une petite fille qui lui souriait, de l'autre une mèche de cheveux d'un beau blond vénitien.

« Jolie gamine. Qui est-ce ? », se demanda-t-il en effleurant du bout du doigt la boucle soyeuse.

Il n'avait aucune réponse, bien sûr, mais il en parlerait à Jennifer sitôt qu'il la reverrait. Il y avait encore tant de choses qu'il souhaitait apprendre sur elle. Ce trop bref week-end avec elle lui avait donné très envie de la connaître davantage.

Butch pressa sa truffe humide sur son genou en gémissant.

— O.K., le chien, dit-il en attrapant son jean. Donne-moi une seconde et je te sors.

Il descendit ensuite avec lui jusqu'à la cuisine dont il ouvrit la porte donnant sur le petit jardin à l'arrière de la maison, puis se prépara un café en se demandant si Jennifer pensait à lui comme il pensait à elle...

Jennifer s'attarda longuement sous la douche fraîche avant d'attraper un drap de bain pour se frictionner le corps. Puis elle libéra ses cheveux qui tombèrent sur ses épaules ; elle y glissa ses doigts et les souleva sur sa nuque, mais, ce faisant, elle eut la sensation qu'il manquait quelque chose. Son geste était purement machinal, mais, instinctivement, elle sut que sa chaîne n'était plus là.

Posant une main sur son cou, elle en eut la confirmation : elle avait perdu son médaillon.

Un médaillon contenant une photographie d'Annie ainsi qu'une mèche de ses cheveux et qui ne la quittait jamais.

Consternée, elle considéra son reflet dans le miroir. Elle savait qu'elle l'avait encore ce matin, quand elle s'était habillée pour sortir déjeuner avec Yannis. Elle passa ensuite en revue l'après-midi et se souvint d'avoir vu le médaillon pour la dernière fois après qu'ils étaient revenus à la maison.

Elle l'avait probablement perdu dans le lit. Du moins l'espérait-elle ; ce serait mieux que de l'avoir égaré dans la rue ou dans le bus.

Il lui faudrait appeler Yannis pour savoir s'il l'avait trouvé. Les doutes le disputaient au plaisir à cette perspective. Elle n'était pas certaine d'avoir le courage de le quitter une nouvelle fois après avoir repris contact avec lui…

Cette nuit passée avec Yannis relevait d'un véritable conte de fées, songea-t-elle plus tard ce soir-là. Après avoir couché Annie qui était rentrée ravie de son week-end chez Linda, elle revint dans le salon où elle se laissa tomber sur le sofa.

Vêtue d'un pantalon de jogging et d'un T-shirt, elle alluma la télévision, passa en revue plusieurs chaînes à l'aide de la télécommande avant de se fixer sur les informations. Mais ni les problèmes internationaux ni le dernier scandale provoqué par un représentant de l'État ne parvinrent à l'intéresser.

Yannis assiégeait son esprit. Elle ne pouvait penser à rien ni personne d'autre.

C'était un fabuleux amant, certes, mais tout la poussait vers lui : son sens de l'humour, ses goûts en matière littéraire, cinématographique ou autres si semblables aux siens. Tout comme cette humanité qu'elle ressentait en lui et qui la touchait profondément.

Jamais elle n'avait rencontré quelqu'un avec qui elle ressentait une telle harmonie, et qui lui inspirait des sentiments aussi forts... Encore qu'elle n'aurait su les définir, mais elle avait mal de savoir que rien ne pourrait jamais grandir entre eux.

Quel avenir pourrait-il y avoir entre une serveuse et un médecin de l'Institut Armstrong ? Même leur enfance leur éducation avaient été différentes. Ils vivaient dans des mondes trop éloignés.

Il fallait qu'elle se fasse une raison : elle ne le reverrait plus en dehors du Coach House. Mais l'idée de lui servir son café tous les matins en sachant qu'elle ne connaîtrait jamais plus ce qu'ils avaient vécu ensemble fit monter des larmes à ses yeux.

« Je le savais, se dit-elle en essuyant ses joues humides. Je savais, en acceptant de sortir avec lui, que ce serait pour une soirée, rien de plus. Inutile de bâtir des châteaux en Espagne... »

Après avoir éteint la télévision et la lumière du salon, elle gagna sa chambre où elle se glissa sous sa couette. La pièce était plongée dans l'obscurité, à l'exception de quelques rais de lumière filtrant par les interstices du store.

Elle s'endormit assez vite, mais ce fut pour rêver de Yannis...

À son arrivée à l'Institut, le lundi matin, Yannis eut à peine le temps d'enfiler sa blouse blanche que son téléphone sonna. La secrétaire de Paul Armstrong lui demandait de se rendre immédiatement dans le bureau de ce dernier.

S'interrogeant sur la raison de cette urgence, il sortit aussitôt dans le couloir pour aller frapper à la porte du directeur de l'Institut.

— Bonjour, Paul... Bonjour, Ramona, dit-il en entrant sans attendre d'y être invité.

— Bonjour, Yannis.

Paul était à demi appuyé contre son bureau, les mains enfoncées dans les poches de son pantalon. Ramona Tate, responsable des relations publiques de l'Institut et fiancée de Paul, lui adressa un sourire chaleureux.

Toutefois, Yannis remarqua leur expression soucieuse et se raidit intérieurement à l'idée de la mauvaise nouvelle qu'ils s'apprêtaient visiblement à lui annoncer.

— Tout va bien ? dit-il.

— J'ai bien peur que non, répondit Paul d'un air lugubre. Inutile de prendre des chemins de traverse pour t'annoncer la nouvelle, Yannis, je préfère être direct : une de tes ex-patientes veut t'intenter un procès pour l'avoir mise enceinte.

— Quoi ?

Yannis en resta quelques secondes comme assommé. Il s'était attendu à beaucoup de choses, mais sûrement pas à cela.

— C'est complètement fou, dit-il quand il recouvra la parole. Qui est-ce ?

— Georgina Appleby.

Yannis ravala un juron.

— Je sais..., dit Paul en grimaçant. L'Institut est cent pour cent derrière toi pour cette histoire, Yannis. N'hésite pas à t'appuyer sur nous. Nous ferons ce qu'il faut.

— Je suis vraiment désolée, intervint Ramona. Le moment est très mal choisi pour te retrouver de nouveau sur la sellette. Tu as tout juste eu le temps de respirer après avoir prouvé que ces accusations quant au financement de tes recherches avec Ted n'étaient que de purs mensonges.

— Je ne doute pas que tu gagneras ce nouveau procès aussi, déclara Paul.

— Merci, répondit Yannis avec un soupir.

Soucieux, il se passa les mains dans les cheveux.

— Je vais devoir appeler mon avocat. L'Institut a-t-il pu obtenir les copies des documents ?

— Oui. Ma secrétaire en a fait une pour toi.

Paul prit une chemise cartonnée à côté de lui sur le bureau et la lui tendit. Puis il se retourna pour prendre un exemplaire du *Boston Herald* qu'il lui donna également.

— Les journaux ont déjà les détails.

— Ils n'ont pas perdu de temps, comme toujours, commenta Yannis, amer, en prenant le journal ouvert à la page des chroniques mondaines.

Deux paragraphes y avaient été entourés d'un gros trait de feutre noir et il put y lire les citations de Georgina Appleby.

— C'est de la diffamation pure et simple, dit-il, les dents serrées.

— Tous ceux qui te connaissent n'y croiront pas un instant, répliqua Ramona.

— Possible…, remarqua Yannis qui relut le dernier paragraphe en sentant sa colère monter. Je voudrais emporter ça à mon avocat, aussi.

— Garde-le, dit Paul.

— J'aimerais aussi prendre quelques jours pour régler ce problème, ajouta Yannis. Ma réputation en sera sans doute salie, au moins temporairement, mais je refuse que l'image de l'Institut lui-même soit souillée à cause de moi.

— Prends autant de temps qu'il te faudra, dit Paul.

— Merci. J'espère que mon avocat pourra organiser rapidement un test de paternité typage HLA. Une fois que j'aurai les résultats, je pourrai prouver que l'accusation est infondée et revenir travailler sans être talonné par les journalistes de la presse à scandale, ajouta-t-il en secouant la tête.

— Ça semble un bon plan, commenta Paul.

— Je ne t'ai pas beaucoup vu au bal, samedi, dit Yannis, changeant délibérément de sujet.

— En revanche, nous, nous t'avons vu avec une ravissante

blonde, répondit Ramona. Mais vous êtes partis avant que nous ayons eu le temps d'apprendre qui elle était.

— J'aime autant que cela ne se sache pas, répliqua Yannis avec un demi-sourire en se félicitant que tous deux ne soient pas des habitués du Coach House.

— Ah oui ? dit Paul, intrigué.

— Oui.

Paul n'insista pas, et Yannis devina qu'il avait saisi la note de possessivité qu'il n'avait pu bannir de son ton.

— Comment va ta mère, Ramona ?

Le visage de la jeune femme s'épanouit.

— Ma demi-sœur, Victoria, a accepté de donner sa moelle osseuse, et nous avons donc bon espoir pour elle.

— Je suis heureux de l'apprendre, commenta Yannis, sincère. Très heureux.

— Docteur Armstrong ? appela la secrétaire de Paul en passant la tête par l'entrebâillement de la porte. Excusez-moi de vous interrompre, mais j'ai le sénateur Johnson en ligne. Il veut vous parler d'une éventuelle donation de la part d'un électeur.

Paul se retourna vers son téléphone.

— Désolé, Yannis, il faut que je prenne l'appel.

— Bien sûr. Je te tiendrai au courant de la suite de l'affaire, dit-il en quittant le bureau.

— Et n'oublie pas que nous sommes là si tu as besoin d'aide ! intervint Ramona.

— Merci, répondit-il avant de refermer la porte derrière lui et de regagner son propre bureau.

Après avoir ôté sa blouse, il enfila de nouveau son blouson de cuir et, la chemise cartonnée à la main, passa voir la secrétaire afin de lui demander de reporter les rendez-vous de ses patientes pour les trois jours à venir, puis alla trouver son confrère et ami. Celui-ci était plongé dans un rapport lorsque Yannis s'arrêta sur le seuil de la pièce.

— Ted ?

Son ami releva la tête.

— Je serai absent quelques jours, annonça Yannis, mais s'il y a le moindre problème, tu pourras me joindre sur mon portable.

Ted, surpris, cligna des yeux.

— Que se passe-t-il ? Tu as des ennuis ?

Pour toute réponse, Yannis sortit le dossier et, s'approchant, laissa Ted parcourir les titres du journal. Cependant, il referma la chemise avant que Ted ait pu en lire davantage.

— C'est une longue histoire. Je t'expliquerai plus tard, promit-il.

— D'accord. Tu sais où me trouver si tu as besoin de moi ! dit-il alors que Yannis s'apprêtait à ressortir.

— D'accord. Merci. À plus tard, Ted.

Yannis était réconforté de savoir qu'il pouvait compter sur ses amis. Non qu'il aurait besoin de leur aide pour cette affaire, songea-t-il.

Georgina Appleby était une jeune femme psychologiquement fragile. En conséquence, même s'il avait été prêt à transgresser ses principes professionnels pour avoir une aventure avec elle – ce qu'il n'avait jamais fait et ne ferait jamais avec aucune de ses patientes –, sa vulnérabilité émotionnelle l'en aurait dissuadé.

Son instabilité mentale l'avait inquiété dès qu'elle était venue le consulter la première fois pour des problèmes de stérilité. Ses doutes s'étaient accrus quand le comportement de la jeune femme était devenu imprévisible. Il l'avait alors adressée à un confrère spécialisé dans les patients présentant la combinaison particulière de difficultés à concevoir *et* de problèmes psychologiques.

Toutefois, bien que conscient de cette instabilité émotionnelle, il ne lui était à aucun moment venu à l'esprit qu'elle puisse être dérangée au point de vouloir l'assigner en justice.

Ce qui doit être le cas pour clamer que je l'ai mise enceinte alors qu'un simple test suffira à prouver la fausseté de son accusation, songea-t-il.

Il ne pouvait qu'imaginer le genre d'avocat acceptant de s'occuper d'une telle affaire...

Il composa le numéro de son propre avocat en se dirigeant vers sa voiture et, après avoir obtenu de le voir dans la demi-heure, se mit en route. L'adresse de l'homme de loi l'obligea à passer devant le Coach House.

Il pesta, exaspéré. Il n'avait pas imaginé devoir occuper sa journée à se démener pour battre en brèche cette nouvelle attaque contre son nom. Son programme, outre ses consultations, prévoyait une batterie de tests au laboratoire avec Ted, aujourd'hui. Ensuite, il avait prévu d'aller porter en personne une douzaine de roses chez Jennifer. La nuit qu'il avait passée avec elle avait bouleversé son univers, mais, étrangement, il n'était pas certain que ce soit le cas pour elle. Aussi éprouvait-il le besoin urgent d'aller consolider le lien fragile entre eux.

Il abattit furieusement son poing sur le volant. Mais d'abord, il devait se débarrasser de cette plainte déposée contre lui pour retrouver sa vie normale – et Jennifer.

Le rendez-vous avec son avocat se passa bien. L'homme lui conseilla de répertorier, dans le dossier de Georgina Appleby, tous les rendez-vous qu'il avait eus avec elle. Il insista aussi pour que Yannis garde profil bas tant que l'affaire ne serait pas classée, en l'occurrence qu'il ne sorte avec personne. Il serait regrettable, expliqua-t-il, de donner prise aux conclusions scabreuses que ne manqueraient pas de divulguer les journalistes de la presse à scandale qui allaient le filer.

Leur entretien convainquit Yannis qu'il devait protéger Jennifer de ce genre de publicité très malvenue, ce qui voulait dire qu'il devrait également rester à distance du Coach House.

Par chance, il obtint un rendez-vous pour faire le test HLA dans la semaine. Dès qu'il aurait les résultats, il savait qu'il serait disculpé – et donc libre de revoir Jennifer.

Il lui en coûtait de devoir reporter ses projets à plus tard, mais assurer la protection de Jennifer passait incontestablement avant sa frustration. Il décida malgré tout de la prévenir et composa son numéro de téléphone, mais il n'obtint que son répondeur. Ne souhaitant pas tout expliquer, il lui laissa un message succinct pour lui dire qu'un problème était survenu, et qu'il ne pourrait sans doute pas la contacter avant une semaine.

Déçu de n'avoir pu lui parler, il rentra chez lui. Bien qu'il ait choisi de vivre dans ce quartier pour sa tranquillité et sa verdure, il était aujourd'hui insensible aux feuilles vert tendre qui apparaissaient sur les hautes branches des érables et aux fleurs printanières s'épanouissant au pied des arbres. Le printemps, sans Jennifer, lui semblait tout à coup terne. Il avait envie qu'elle soit près de lui pour le voir à travers ses yeux. Il avait envie d'entendre sa voix.

De retour chez lui, il alluma la cafetière électrique. Juste au moment où le café était prêt, le heurtoir en cuivre de la porte d'entrée cogna contre le lourd battant de chêne et Yannis enfila le couloir pour aller ouvrir.

Un homme distingué aux cheveux argentés, en costume gris, se tenait sur le seuil ; une longue voiture noire, un chauffeur au volant, attendait le long du trottoir.

— Salut, papa, dit Yannis en s'écartant pour le laisser entrer. Je suis surpris de te voir… J'ignorais que tu étais en ville.

— J'ai un dîner d'affaires avec un groupe d'investisseurs, ce soir.

Jonathon Demetrios passa devant son fils et s'arrêta dans l'entrée.

— Comme j'avais une heure de libre devant moi, j'ai pensé que je pourrais passer te dire bonjour.

À qui espères-tu faire croire cela ? songea Yannis, s'interrogeant sur la *vraie* raison de la venue de son père à Boston. Quelle qu'elle soit, il savait d'expérience qu'il était plus facile de laisser Jonathon Demetrios vider son sac et le laisser repartir aussi vite que possible.

— Allons dans la cuisine, dit-il. Je viens de préparer le café.

Quand son père fut assis sur un des hauts tabourets, une tasse de café devant lui sur le comptoir, Yannis décida de ne pas tourner autour du pot.

— Et si tu me disais pourquoi tu es vraiment ici, papa ? suggéra-t-il en s'asseyant en face de lui.

— Très bien.

Jonathon sortit une coupure de presse de la poche intérieure de sa veste et la fit glisser vers lui sur le comptoir.

— Ta mère et moi nous inquiétons à propos de cette femme avec qui tu t'affiches.

Yannis étudia attentivement le cliché en noir et blanc. Le journaliste de la chronique mondaine du journal l'avait photographié en train de danser avec Jennifer. Il aurait été inutile de chercher à nier le désir qui circulait entre eux, visible même sur cette photo de qualité médiocre.

— Jolie photo..., ironisa-t-il.

— Là n'est pas la question, dit Jonathon avec impatience.

— Alors quelle est la question, papa ?

— Elle est que cette jeune femme est serveuse dans un café, et que ce n'est certainement pas le genre de relation avec laquelle mon héritier devrait s'exhiber à une soirée de cette importance.

Yannis ravala un juron. Il ne prit même pas la peine de demander à son père comment il s'était renseigné sur Jennifer. Sans doute s'était-il adressé à son agence de détectives habituelle, laquelle lui avait fourni un rapport détaillé sur la jeune femme dans les vingt-quatre heures qui avaient suivi la parution de la photographie.

Se passant en soupirant une main sur le visage, il observa son père avec lassitude.

— Ne me dis pas que tu es venu jusqu'ici pour me sermonner une fois de plus sur le comportement qu'il est attendu de l'unique héritier de la fortune des Demetrios, papa. Depuis le temps que tu essaies en vain de me réformer, je pensais que tu avais une fois pour toutes compris que je ne tiens de toute façon pas compte de tes conseils.

— La dernière fois que tu es sorti avec des femmes indignes de ta condition remonte à ton époque universitaire. Tu as des obligations, Yannis, que tu le veuilles ou non.

Il leva la main, paume en avant.

— Arrête, papa.

Puis il prit une profonde inspiration pour s'empêcher de hausser le ton.

— C'est à moi de décider avec qui je peux ou ne peux pas sortir, à personne d'autre. Par ailleurs, je ne choisirai jamais une femme sur la base des critères totalement dépassés que maman et toi avez établis. Ensuite, quand je me marierai - *si* je me marie un jour -, précisa-t-il en scrutant le visage empourpré de colère de son père, ce sera avec une femme que j'aime. Ne compte pas trop qu'elle soit d'une des familles que maman et toi considérez comme « digne de notre condition »...

— Tu dois respecter le nom de notre famille, Yannis. Pendant des années, ta mère et moi avons supporté tes frasques et ta rébellion en espérant qu'un jour tu t'assagirais enfin pour prendre la place qui est la tienne...

— Papa...

Yannis avait du mal à brider sa propre irritation.

— Ma place est auprès de mes patients. Je suis médecin, et je ne vivrai jamais la vie d'un héritier. Je vous l'ai dit, à toi et à maman, quand je suis entré à l'école de médecine : mon seul engagement sera envers mes patients.

— Je suppose que cette... serveuse est ravie d'avoir trouvé un bon filon, avec toi, répondit son père d'un ton méprisant. Non seulement tu es médecin, mais tu t'appelles Demetrios.

Yannis considéra un instant son père tout en s'efforçant de garder son calme.

— C'est drôle, dit-il finalement, mais je doute qu'elle ait

jamais entendu le nom de Demetrios avant de me connaître. Et même si c'était le cas, je suis sûr qu'elle n'y accorderait aucune importance.

Jonathon descendit de son tabouret en tirant nerveusement sur la veste de son costume.

— Allons donc... Tu auras du mal à me le faire croire. Les jeunes femmes comme elle ont toujours envie de s'élever socialement. Fais-moi confiance, Yannis, elle sait parfaitement qui tu es.

— Je vais oublier ce que tu viens de dire, rétorqua Yannis d'un ton égal. Mais à l'avenir, ne t'avise pas de faire des remarques désobligeantes sur elle.

Son père écarquilla les yeux.

— Ne me dis pas que tu as des vues sérieuses sur cette femme !

— Ce que je dis, c'est qu'il n'est pas question qu'elle souffre à cause des idées étriquées de ma famille.

— C'est ce que tu penses maintenant, mais j'ai plus d'expérience que toi en ce domaine, dit froidement son père. T'engager avec une femme d'une classe inférieure à la tienne te mènera tout droit au désastre. J'en ai eu de nombreux exemples autour de moi au cours de ma vie.

— Au moins, nous sommes d'accord sur une chose, papa : c'est que nous ne sommes *pas* d'accord, répliqua Yannis, aussi peu convaincu aujourd'hui qu'il l'était depuis qu'il avait été assez grand pour se forger une opinion personnelle. Au fait, c'est bientôt que maman et toi partez pour cette croisière que tu lui offres pour son anniversaire, non ?

Il fut soulagé que son père accepte ce changement de conversation et n'insiste pas davantage sur la raison qui avait motivé sa visite.

Une demi-heure plus tard, Yannis referma la porte derrière son père en soupirant avant de se diriger vers son bureau.

Il aimait ses parents, mais ils avaient le don de le faire sortir de ses gonds. Et encore pouvait-il s'estimer heureux qu'ils n'aient pas eu vent de la plainte déposée contre lui pour sa prétendue paternité non assumée...

Malheureusement pour lui, le cliché de Jennifer et lui au bal de l'Institut et les deux paragraphes dans la chronique mondaine ne furent pas les seuls articles à mentionner le nom de Demetrios.

Le lendemain après-midi, en ouvrant le *Boston Herald*, il put en lire un autre étiré sur un quart de page, bien en évidence dans les nouvelles locales, et accompagné d'une mauvaise photographie de Georgina Appleby accolée à un portrait de lui-même.

Furieux, il décida impulsivement de se rendre au Coach House, mais ce fut pour apprendre que Jennifer venait de terminer son service et qu'elle était rentrée chez elle.

— Vous pourrez lui dire que je suis passé ? demanda-t-il à Linda, la serveuse blonde qu'il avait souvent vue en train de discuter avec Jennifer.

— Bien sûr, répondit-elle en lui remplissant sa tasse. Mais pourquoi est-ce que vous ne l'appelez pas ? Vous pourriez même passer chez elle...

Yannis n'osa pas avouer que les quatre messages qu'il avait laissés sur son répondeur étaient restés sans réponse. Il commençait à croire qu'elle regrettait d'avoir passé la nuit avec lui. Si elle était tombée sur cette stupide histoire de procès que Georgina Appleby lui intentait, elle aurait toutes les raisons pour cela.

— Je ne peux pas aller chez elle. Je suis suivi par un photographe du *Boston Herald*. Je l'ai reconnu quand je me suis garé devant l'Institut, expliqua-t-il, et je ne veux surtout pas qu'il me suive jusque chez Jennifer. Mieux vaut qu'elle reste en dehors de son radar.

Les yeux de Linda s'arrondirent.

— Est-ce que c'est parce que vous l'avez emmenée au bal de l'Institut ?

— Non. C'est autre chose.

— Est-ce qu'il vous suit en ce moment même ? murmura-t-elle en regardant furtivement autour d'eux.

— Il est assis dans le box près de la porte.

Elle se hissa sur la pointe des pieds et tendit le cou pour voir au-delà du dossier.

— Un petit brun avec une casquette ? Il n'a pas l'air bien méchant.

— Lui, peut-être pas, mais son appareil photo est une arme redoutable.

Elle se pencha vers lui.

— Vous voulez qu'on l'occupe pendant que vous sortez par-derrière ?

— C'est gentil, mais il était devant chez moi, tout à l'heure, donc il sait où j'habite et il y retournera pour m'attendre.

— Mais qu'est-ce que vous avez bien pu faire pour que ce photographe ne vous quitte pas d'une semelle ? s'enquit-elle, manifestement rongée de curiosité.

— Rien, et c'est bien le pire ! répondit Yannis avec humeur. Mais il va falloir une bonne semaine au moins pour démentir ce dont on me *croit* coupable et, en attendant, je dois supporter d'être constamment filé par des journalistes.

— Dans ce cas, vous avez raison : n'allez surtout pas mêler Jenny à cela. Je ne pense pas qu'elle apprécierait. C'est une fille très secrète.

C'était bien ce qui le souciait le plus, songea Yannis qui garda néanmoins ses inquiétudes pour lui. Avoir peut-être involontairement placé Jennifer sous le feu des projecteurs médiatiques le consternait.

— Et je respecte son besoin de discrétion, répondit-il. Je ferai tout pour lui épargner d'être la cible des commérages mondains.

Linda lui sourit avec une chaleur dans les yeux qui le réconforta.

— C'est bien que vous cherchiez à la protéger.

Quelque chose, dans cette remarque, l'intrigua.

— Pourquoi ? Elle a eu des problèmes ? demanda-t-il.

Linda soupira avec un geste évasif de la main.

— Avec son mari, oui. Je ne l'ai jamais rencontré, mais d'après le peu que j'en sais, il avait l'air d'être un idiot de première catégorie. Si on devait découvrir que vous la traitez aussi mal que lui, on battrait le rappel de ses amies pour voler à son secours. Vous êtes prévenu...

Yannis hocha la tête avec sérieux.

— Si je la traitais mal, c'est ce que je mériterais...

Linda regarda derrière elle, vers le comptoir où le cuisinier l'appelait.

— Il faut que je vous laisse, dit-elle. Vous êtes sûr de ne rien vouloir en plus de votre café ?

— Oui, merci.

Elle se pencha de nouveau.

— Prenez soin de notre copine, docteur. C'est une fille vraiment super.

— Je m'en suis rendu compte, Linda.

Sa réponse parut la satisfaire et, après un rapide sourire, elle s'empressa de repartir vers le comptoir.

Yannis termina son café et se leva en sortant un billet de sa poche, qu'il posa sur la table, puis se dirigea vers la sortie.

6

Lorsque Jennifer arriva au Coach House, le lendemain matin, Linda et Yolanda l'attirèrent immédiatement à l'écart.

— Ton super docteur est venu hier, dit Yolanda. Il voulait te voir.

— Mais il a dit qu'un photographe le suivait et que, donc, il ne pouvait pas aller chez toi, ajouta Linda.

— On l'a vu, dit Yolanda, les yeux brillants.

— Qui ? Yannis ? Ou le photographe ?

— Le photographe, bien sûr. Et après, on a lu l'article.

Linda se baissa pour prendre sous le comptoir un journal plié. Les tabourets du bout étant inoccupés, elles purent étaler le journal sur la portion de zinc libre et propre.

Avec une sourde angoisse, Jennifer commença à lire l'article. Les photographies n'étaient pas de bonne qualité, mais l'homme était indéniablement Yannis – et le ton de l'article incontestablement accusateur. Le journaliste citait la femme qui se déclarait « *brisée par la trahison de l'homme qu'elle aimait et qui lui avait laissé croire que son amour était partagé* ». Elle poursuivait en déclarant que Yannis l'avait « *traitée injustement et abandonnée* ».

— Je n'y crois pas une seconde ! déclara Jennifer avec conviction en martelant l'article de son index. Cet homme que nous avons pu observer chaque matin depuis des mois n'est pas celui qu'elle nous décrit.

Elle referma le journal d'un geste autoritaire.

— C'est un tissu de mensonges, voilà tout...

— D'accord, Jenny, dit gentiment Yolanda, mais même les hommes respectables ne sont pas à l'abri d'un accident. Eux aussi peuvent mettre une femme enceinte, et on ne peut pas nier que Yannis a une sacrée réputation de dragueur...

Yolanda avait raison. Jennifer, atterrée, dut admettre que oui, il était possible que Yannis, par insouciance ou négligence, ait fait un enfant à une femme, et cette idée lui était insupportable.

« Il n'est pas à moi, se raisonna-t-elle. Et il ne le sera jamais, du moins dans le cadre d'une relation sérieuse. »

Alors pourquoi avait-elle la sensation que son cœur se déchirait ?

Déterminée à ne pas se mentir, elle se rendit compte alors que, malgré toute la lucidité avec laquelle elle avait cherché à envisager leur relation, elle n'avait pu s'empêcher de rêver secrètement que Yannis lui réserverait une place auprès de lui. Que tous les deux trouveraient le moyen de vaincre les obstacles pour bâtir une vie ensemble.

Quelle naïveté... C'était si pitoyable de sa part qu'elle eut envie de pleurer.

Encore heureux que je n'aie pas répondu à ses messages, songea-t-elle, se promettant de ne jamais céder à la tentation de le faire.

Une rupture nette était préférable et bien moins douloureuse.

Une semaine s'écoula avant que Yannis revienne au Coach House. Jennifer avait alors le dos à la salle quand elle entendit la porte s'ouvrir. Se retournant machinalement, elle sentit son cœur se serrer.

Le regard noir et chaud de Yannis s'arrêta immédiatement sur elle, mais un client arrivant derrière lui l'obligea à s'avancer dans l'allée pour aller s'asseoir.

Jennifer passa derrière le comptoir pour rejoindre Yolanda.

— Tu pourras dire au patron que je prends ma pause maintenant ?

— D'accord. Il y a un problème ? s'enquit son amie.

Regardant par-dessus son épaule, elle aperçut Yannis qui s'installait dans son box habituel.

— Oh ! je vois...

Yannis se leva brièvement quand elle le rejoignit puis se rassit dès qu'elle fut installée face à lui.

— Bonjour, dit-elle gravement.

— Bonjour, répondit-il d'une voix un peu rauque. Je t'ai laissé des messages sur ton répondeur. Tu ne m'as pas rappelé.

— Je trouvais préférable de ne pas le faire, expliqua-t-elle. Nous étions d'accord que notre... histoire ne dure qu'une nuit. Et qu'ensuite, nous retournerions à nos vies comme s'il ne s'était jamais rien passé.

— Oui, c'est vrai.

Un pli apparut entre ses deux sourcils alors qu'il la regardait avec intensité.

— Est-ce ce que tu souhaites ?

— Je pensais que c'était ce que *tu* souhaitais, Yannis. Et comme tu n'es plus venu ici, ensuite, j'en ai eu la certitude.

Il soupira en secouant la tête.

— Je ne pouvais pas t'approcher. Je voulais à tout prix t'éviter d'être entraînée dans un scandale.

— Tu parles de cette affaire de paternité ? s'enquit-elle calmement.

— Oui.

Il se passa une main dans les cheveux.

— Je suppose que tu as lu l'article dans le journal.

— Je pouvais difficilement le manquer.

— C'est sûr, commenta-t-il avec un sourire un rien cynique. Et, naturellement, le journaliste qui l'a écrit n'a pas cru utile de rétablir la vérité.

— La vérité ?

— J'ai fait faire un examen sanguin et, grâce à des amis

bien placés, les résultats sont arrivés hier. Ils prouvent sans la moindre équivoque que je ne suis pas le père de l'enfant.

Son soulagement fut tel que Jennifer en fut presque étourdie. Elle prit alors conscience que, dans quelque coin caché de son cœur, elle avait douté de son innocence. Ce qu'il venait de lui dire apaisait les dérangeantes incertitudes qu'elle avait pu nourrir envers lui et versait un baume sur une blessure au plus profond d'elle-même.

Impulsivement, elle se pencha pour couvrir ses mains des siennes sur la table.

— Je suis si contente que ce problème ait été aussi vite réglé pour toi, Yannis. Linda et Yolanda m'ont dit que tu étais suivi par un photographe. Cela a dû être pénible, pour toi.

— C'est à cause de lui que je n'ai pas essayé de te voir, répondit-il en retournant ses mains pour prendre les siennes. S'il nous avait vus ensemble, notre photo aurait été étalée dans le journal dès le lendemain. Ce genre d'intérêt malsain est très désagréable, et je ne voulais surtout pas que tu y sois exposée.

Emue, elle sourit.

— C'est une attention qui t'honore, Yannis. Et qui me touche beaucoup, ajouta-t-elle, songeant au drame que cela aurait été pour elle de voir sa vie avec Annie étalée dans un journal. Mais, cette femme... Pourquoi est-ce que... ?

Il secoua la tête.

— Elle a été ma patiente. Je ne peux pas violer le secret professionnel, bien entendu, mais je veux que tu saches que mon attitude avec elle n'a jamais dévié de celle qu'on attend d'un médecin. Comme je me suis rapidement aperçu qu'elle avait des problèmes de... disons d'équilibre mental, j'ai préféré l'envoyer chez un confrère plus spécialisé dans ce genre de pathologie. Je peux te jurer que je n'ai jamais eu le plus petit geste envers elle autre que celui d'un médecin avec une patiente.

— Je te crois, dit-elle.

Les traits de Yannis se détendirent, et elle comprit alors qu'il avait craint sa réaction.

— Yannis, je t'ai vu faire avec d'autres clients, ici ; je connais ta gentillesse et ton attention. Je ne t'ai jamais vu répondre autrement qu'avec une politesse amicale aux femmes qui avaient de toute évidence espéré davantage de toi. Je connais ta réputation de don Juan, ajouta-t-elle avec une once d'ironie. Les employées de l'Institut qui viennent ici passent la moitié de leur temps à spéculer sur tes nouvelles conquêtes…

— Je ne peux pas empêcher les gens de parler, répondit-il avec sérieux. Par ailleurs, j'avoue que j'ai eu jusqu'à présent une vie amoureuse bien remplie. Mais jamais je n'abandonnerais une femme que j'aurais mise enceinte. Les enfants sont trop importants, et je ne pourrais pas ignorer mes responsabilités si je devais être père.

Le cœur de Jennifer se serra. Son ex-mari, lui, n'avait pas voulu d'enfant et, en divorçant alors même qu'elle attendait le sien, il l'avait de fait abandonné. Aussi, découvrir que Yannis accordait une telle importance au rôle de l'homme auprès de la femme et de son enfant l'emplit-il de joie.

Peut-être y avait-il réellement dans le monde des hommes pour qui le sens des responsabilités n'était pas une notion abstraite, finalement. Il fallait que ce soit un play-boy notoire qui lui en fasse prendre conscience…

— La plainte contre toi sera retirée, maintenant que les analyses t'ont innocenté ? s'enquit-elle.

Il hocha la tête.

— Mon avocat y travaille en ce moment même, et il ne sera plus question de dédommagement, à présent.

— Parce que c'était pour de l'argent qu'elle n'a pas hésité à salir ta réputation ? dit-elle, choquée.

— Je suis certain que c'était sa vraie motivation, oui…, soupira-t-il avec un sourire ironique.

— Ce genre de chose t'est déjà arrivé ? demanda-t-elle, surprise de son ton désabusé.

— Oui, mais l'accusation de paternité, par contre, était une première. Je gagne bien ma vie, Jennifer, mais mes parents sont... plutôt riches, eux aussi. Au cours des années, plusieurs personnes ont tenté diverses manœuvres pour nous extorquer de l'argent, mais, jusqu'à présent, toutes se sont soldées par des fins de non-recevoir.

Atterrée, Jennifer en resta muette un instant.

— As-tu été directement attaqué? demanda-t-elle alors que d'horribles images d'enlèvement ou d'agression lui venaient à l'esprit.

— Non, jamais. Les tentatives se sont toujours bornées à des actions de criminalité en col blanc, genre procès et autres...

— C'est horrible...

— C'est surtout très ennuyeux. Mais notre famille a d'excellents avocats et j'ai appris à les laisser se charger de toutes ces situations.

Il pressa ses mains dans les siennes.

— Il ne sert à rien de trop se tracasser pour cela..., ajouta-t-il. Oh ! j'allais oublier...

Il plongea la main dans sa poche; une chaîne argentée se balançait entre ses doigts quand il l'en ressortit.

— Mon médaillon ! s'exclama-t-elle joyeusement. Où l'as-tu trouvé ?

Le prenant dans sa paume, elle l'accrocha aussitôt à son cou.

— C'est Butch qui l'a découvert... dans mon lit, ajouta-t-il en baissant la voix.

Elle sentit ses joues s'enflammer.

— Je... euh...

Elle baissa les yeux, soudain timide.

— Je veux te revoir, Jennifer.

— Tu me vois.

— Je veux dire en dehors d'ici. Je sais que nous avons conclu un accord, mais une nuit ne me suffit pas. Au contraire, cette nuit-là m'a convaincu que je veux en connaître d'autres... Beaucoup d'autres.

Jennifer avait une envie folle d'accepter, mais elle s'était juré, à la naissance d'Annie, de ne pas faire connaître à sa fille ce que sa propre mère lui avait fait vivre quand elle était enfant. Pas question qu'elle amène un homme chez elle.

Du moins pas tant qu'elle ne serait pas assurée du sérieux de la relation. Or, elle ignorait si Yannis envisageait réellement un avenir entre eux. Étant donné son passé avec les femmes, elle pouvait en douter.

Sans compter qu'entre son travail, Annie et ses cours du soir, il lui restait assez peu de temps libre.

Pourtant, cette unique nuit avec Yannis lui avait permis de découvrir qu'il était bien plus complexe, bien plus aimant, et certainement bien plus drôle qu'elle ne l'avait imaginé, et elle avait envie de le connaître mieux. Mais comment faire sans qu'Annie, son travail et ses études en pâtissent ?

— J'ai un cours ce soir que je ne peux pas manquer, dit-elle lentement. Mais nous pourrions prendre un café après, si tu veux.

— Je veux, répondit-il sans hésiter.

Ils décidèrent de se retrouver devant la bibliothèque du campus après son cours, puis Yannis quitta le Coach House. Dès qu'elle retourna derrière le comptoir, Linda l'interrogea sur l'affaire dont parlaient les journaux.

— Les analyses de sang ont prouvé que Yannis n'était pas le père, dit Jennifer avant d'aller remplir les tasses vides des clients.

Elle revint quelques secondes après pour lui murmurer :

— Et je prends un café avec lui ce soir après mon cours.

— Oui ! s'écria Linda à voix basse. C'est génial, Jenny !

— Je ne sais pas encore si ça l'est, mais je sais que j'ai très envie de le revoir aussi.

— Crois-moi, vous êtes faits pour vous entendre, tous les deux, assura Linda avec sérieux. Sortir avec lui te fera beaucoup de bien.

— Qui doit sortir avec qui ? demanda Shirley alors qu'elle les rejoignait avec Yolanda.

— Je prends un café ce soir avec Yannis, chuchota Jennifer, consciente de l'intérêt que commençaient à manifester les plus proches clients.

— Cool ! dit Shirley avec un sourire jusqu'aux oreilles.

— Tu deviens enfin raisonnable, intervint Yolanda. Et tu as fait le bon choix ; c'est un homme bien, ma fille, ajouta-t-elle en prenant l'air d'une mère anxieuse d'assurer l'avenir de sa progéniture.

Toutes quatre se mirent à rire, ce qui attira l'attention du patron dont le visage s'encadra soudain dans le passe-plat.

— Où vous croyez-vous, les filles ? Je ne vous paye pas pour rigoler. Au travail !

Elles se dispersèrent rapidement, et Yolanda leva le pouce en direction de Jennifer pour l'encourager avant de retourner à ses clients.

Lorsque Jennifer l'appela plus tard pour lui demander de garder Annie, Margaret fut elle aussi ravie d'apprendre qu'elle devait rencontrer quelqu'un après ses cours. Elle lui assura qu'elle pourrait même l'attendre très tard car elle lisait un roman policier palpitant.

Étant donné qu'Annie était habituée à dîner et à se coucher avec Margaret les soirs où elle avait des cours, Jennifer ne se sentait pas trop coupable de devoir rentrer plus tard que d'habitude. Annie ne verrait pas la différence, de toute façon.

Yannis était adossé contre le mur, face à l'entrée de la bibliothèque. Les mains enfoncées dans les poches de son jean délavé, il guettait les étudiants qui sortaient afin d'apercevoir Jennifer.

Ce fut ses cheveux qu'il repéra d'abord. Longs, d'un blond vénitien particulier, soyeux, relevés en queue-de-cheval. Et puis ses jambes interminables serrées dans un jean. Elle marchait derrière un groupe de jeunes filles qui discutaient avec animation. Une bouffée de pur désir monta en lui quand il la vit – quand il devina ses seins fermes sous le T-shirt blanc que couvrait à demi un pull lavande jeté sur ses épaules, et sa taille fine soulignée par une ceinture de cuir tabac.

Il avait envie de l'emmener directement chez lui, dans son lit. Mais, étrangement, il était heureux à la simple perspective de passer un moment à discuter avec elle devant un café, fut-ce dans un lieu public.

Toutefois, son estomac se rappela à son bon souvenir... Étant donné qu'il n'avait rien avalé depuis le matin, en dehors d'un maigre sandwich, il avait besoin de bien davantage qu'un café.

— Ça va ? dit-elle en arrivant devant lui.

— Oui. Et toi ?

Il ne put résister au plaisir de lui effleurer la joue de ses lèvres, juste au coin de sa bouche. Il put voir, même à la faible lueur des fenêtres de la bibliothèque derrière eux, la légère rougeur qui empourpra ses joues.

— Tu as faim ? s'enquit-il en la prenant par les épaules pour l'attirer contre lui. Parce que je viens de me rendre compte que j'ai un sérieux petit creux.

— J'ai pris une tartine de pain beurré avant de sortir, mais je crois que je pourrais manger quelque chose de plus consistant, c'est sûr. Tu connais un restaurant, dans le coin ?

— Il y a une très bonne pizzeria à deux pas d'ici. Tu aimes la cuisine italienne ?

— Les spaghettis, par exemple ?

Une chaleur excitante se répandit dans son ventre à ce rappel sans équivoque de leur nuit.

— Oui, J'adore.

Une demi-heure plus tard, assis de part et d'autre d'une petite table carrée couverte d'une nappe à carreaux rouges et blancs et éclairée d'une bougie, ils dégustaient de succulentes lasagnes arrosées d'un vin léger et accompagnées d'une salade verte craquante.

— Mmm..., soupira Jennifer après avoir bu une gorgée de vin. Ces lasagnes sont divines.

Son expression sensuelle mit de nouveau à mal les sens frustrés de Yannis et il dut arracher son regard des lèvres de la jeune femme avant de répondre.

— Oui. Tout est bon, ici. Je venais y manger au moins deux fois par semaine, à une époque.

— Il faut vraiment que tu aimes cette cuisine, remarqua-t-elle. C'est plutôt loin de ton quartier...

— J'ai donné quelques cours dans cette université avant que ma carrière de médecin prenne plus d'ampleur et m'oblige à y renoncer.

— Tu as enseigné, alors ? s'étonna-t-elle. Et cela te plaisait ?

— Beaucoup.

Il leva son verre, comme s'il portait un toast.

— Encore une chose que nous avons en commun, dit-il. Notre envie de transmettre.

— Je ne crois pas que j'aimerais donner des cours à ce niveau, dit-elle. Les jeunes enfants m'intéressent davantage.

— Un objectif très honorable, et les enfants sont bien plus drôles. Quel sujet en particulier aimerais-tu leur enseigner ?

Le temps passa sans qu'ils s'en aperçoivent tandis qu'ils discutaient à bâtons rompus tout en dégustant leur repas.

Le restaurant était presque vide lorsque Jennifer regarda sa montre.

— Quoi ? s'exclama-t-elle, surprise. Il est déjà si tard ? Oh ! flûte ! il faut vraiment que je rentre. J'assure le premier service, demain matin, et je dois être sur place à 5 heures. Je ne tiendrai pas debout si je ne dors pas assez.

— D'accord. Je déteste voir cette soirée se terminer, mais je ne voudrais surtout pas que tu tombes de fatigue demain à cause de moi.

Il appela le serveur pour régler l'addition puis ils quittèrent aussitôt le restaurant. Malgré l'heure tardive, Jennifer regretta que le trajet jusqu'à son appartement soit si court. Après s'être garé en double file devant l'immeuble, Yannis monta avec elle jusqu'à l'étage.

— Attends, dit-il alors qu'elle glissait la clé dans la serrure.

Elle s'immobilisa et se tourna vers lui qui se pencha pour l'embrasser. Un baiser si doux, si sensuel, que Jennifer se sentit fondre comme du chocolat chaud. Le désir courut dans ses veines et fit sourdement cogner son cœur dans sa poitrine.

Quand leurs lèvres se séparèrent enfin, elle se découvrit appuyée contre le mur, le corps dur de Yannis pressé contre le sien, et ne pouvait rien ignorer du désir que leur étreinte avait éveillé.

— J'ai beaucoup de mal à te laisser partir, murmura-t-il contre sa gorge.

Elle sourit, les yeux mi-clos, absorbée dans la caresse de sa bouche courant dans l'échancrure de son T-shirt.

— Je sais, dit-elle sur le même ton. C'est aussi difficile pour moi.

S'écartant légèrement d'elle, il releva la tête afin de rencontrer ses yeux. Elle lui sourit.

— Mais si tu ne pars pas, je ne pourrai pas dormir, et c'est la raison pour laquelle tu m'as raccompagnée, tu as oublié ?

Elle n'aurait su dire si c'était à lui ou à elle-même qu'elle devait le rappeler.

— Oui, je sais, répondit-il avec un soupir de frustration.

Il pressa une dernière fois sa bouche sur la sienne puis recula d'un pas. Aussitôt, elle eut envie de le rattraper pour sentir de nouveau sa chaleur et son poids contre elle…

Un lent sourire monta aux lèvres de Yannis.

— Je comprends, mon ange. Et si tu ne devais pas travailler tôt demain, je te kidnapperais pour te ramener de gré ou de force chez moi.

— De gré suffirait, à mon avis…, plaisanta-t-elle.

— À demain matin au Coach House, alors, dit-il.

— Oui. À demain.

Yannis venait à peine de redescendre l'escalier qu'elle entra et referma la porte derrière elle.

— Vous avez passé une bonne soirée ? demanda Margaret, l'obligeant à redescendre du petit nuage où elle flottait.

— Très bonne, merci.

Elle porta ses livres dans la cuisine et les déposa au bout de la table.

Les yeux de Margaret brillaient derrière ses verres épais.

— Tant mieux. Il était temps que vous rencontriez quelqu'un de bien.

Elle récupéra son tricot en cours qu'elle glissa avec une grosse pelote de laine dans son sac.

— Je vous laisse car vous avez sûrement besoin de dormir. Mais qu'est-ce que j'ai fait de mon livre ?

Elle le retrouva coincé entre les coussins du divan. Comme toujours, Jennifer la raccompagna ensuite jusqu'à sa porte, à deux pas de la sienne.

— Bonne nuit, dit-elle avant de retourner chez elle où elle ferma soigneusement les verrous.

Se déplaçant sans bruit dans l'appartement silencieux, elle éteignit les lumières du salon avant de se rendre dans sa chambre pour allumer la lampe de chevet. Puis, sur la pointe des pieds, elle entra dans celle d'Annie.

La fillette était allongée sur le dos, ses cheveux aux reflets dorés étalés sur l'oreiller. Jennifer remonta la couverture à moitié tombée du lit puis se pencha pour déposer un très léger baiser sur la joue rebondie de sa fille. Celle-ci gémit et s'étira avant de rouler sur le côté pour presser son visage contre la douce fourrure de son ours en peluche assis près de son oreiller.

Une fois de plus, Jennifer fut saisie par l'intensité de son amour pour sa fille. Annie était son trésor, et une source constante de surprises. La fillette avait enrichi sa vie, lui avait donné une dimension qu'elle n'aurait jamais pu concevoir avant de devenir mère.

De retour dans sa chambre, elle se déshabilla, prit une douche rapide puis se glissa dans son lit avant d'éteindre la lumière.

Son monde, désormais, lui apparaissait plus plein, et l'avenir bien plus souriant. Bien plus prometteur.

Un sourire flottait encore sur ses lèvres quand elle s'endormit.

7

Le bonheur de Jennifer dura moins de douze heures.

Parce qu'elle avait pris son service très tôt, elle avait eu droit à une longue pause, juste avant midi, qui lui avait permis de rentrer à l'appartement. Après s'être reposée, elle avait encore eu le temps préparer un plat pour le dîner d'Annie et de Margaret. Elle était presque habillée pour retourner au Coach House quand le carillon de l'entrée retentit.

Pensant qu'il s'agissait de sa voisine, elle s'empressa d'aller à la porte et, par habitude, regarda par le judas, mais elle se figea en reconnaissant l'homme posté sur son paillasson.

— Mais qu'est-ce qu'il fait ici ? murmura-t-elle pour elle-même.

Son visiteur pressa de nouveau la sonnette avec une impatience manifeste.

Agacée, Jennifer ôta la chaîne de sécurité puis ouvrit la porte.

— Patrick ? Que fais-tu ici ? demanda-t-elle sans préambule.

— Quel accueil..., ironisa son ex-mari avec le sourire auquel elle avait – dans une autre vie – eu la naïveté de succomber. Comment vas-tu, Jennifer ?

Son numéro de charme la laissa de glace. Elle était depuis longtemps vaccinée contre les atouts totalement illusoires du père de sa fille.

— Que fais-tu ici ? répéta-t-elle.

— Je voulais te parler. Mais si possible pas sur le palier. Tu ne veux pas m'inviter à entrer ?

Les yeux plissés, elle l'observa avec suspicion. Patrick attendait quelque chose d'elle, c'était évident, mais quoi ? Elle n'en avait pas la moindre idée. Il était sorti de sa vie avant même la naissance d'Annie et n'avait pas une seule fois cherché à reprendre contact avec elle depuis.

Cependant, leur discussion, quel qu'en soit le sujet, devait avoir lieu à l'intérieur et non sur le palier.

— Entre, dit-elle sèchement en s'écartant pour le laisser passer.

— Charmant..., commenta-t-il en laissant son regard errer. C'est vrai que tu as toujours été douée pour la décoration.

Elle l'ignora, ne connaissant que trop l'insincérité de ses compliments.

— Je dois aller travailler, Patrick, alors viens-en au fait, tu veux ?

Son regard se fit soudain plus dur et il haussa les épaules.

— Toujours aussi directe, n'est-ce pas, Jenny ?

— Je préfère considérer cela comme de l'honnêteté. Donc... ?

— Très bien.

De la poche de son blouson, il sortit une coupure de journal qu'il lui tendit. Elle la déplia et fronça les sourcils en découvrant une photographie de Yannis et d'elle-même en train de danser au bal de l'Institut. Leurs noms à tous deux étaient inscrits sous le cliché.

— Je crains de ne pas comprendre, dit-elle en relevant les yeux vers lui.

— C'est pourtant clair, dit-il. Tout porte à croire que tu sors avec le Dr Yannis Demetrios.

— Et même si c'était le cas ? dit-elle, ne comprenant toujours pas où il voulait en venir. En quoi est-ce que cela te concerne ?

— Eh bien, tu l'ignores peut-être, mais j'ai obtenu mes diplômes de médecin et je viens de terminer mon internat.

— Félicitations..., dit-elle froidement. Et alors ?

— Alors je pose ma candidature pour différents postes – y compris dans le service de recherche de l'Institut Armstrong de Procréation Médicalement Assistée.

Jennifer se figea, commençant à entrevoir le but de sa démarche.

— Et pourquoi me racontes-tu cela ?

— Le Dr Demetrios et son associé sont à la pointe de la recherche scientifique dans ce domaine, et je voudrais faire partie de leur équipe.

Jennifer sentit la colère monter en elle.

— Et qu'ai-je à voir dans cette histoire ?

Patrick secoua la tête avec un sourire qui l'horripila.

— Jennifer, Jennifer..., dit-il sur le ton que l'on prend pour réprimander gentiment un enfant obtus. Je suis sûr que tu as déjà compris. Je voudrais tout simplement que tu uses de ton influence sur ton petit ami pour placer mon nom en tête de de liste des candidatures.

— Non, dit-elle en froissant la photo dans sa paume avant de la jeter sur la table du salon. Et si c'est tout ce que tu as à me dire, tu peux sortir d'ici. Je ne veux pas arriver en retard au travail.

Elle s'avançait vers la porte d'entrée quand il reprit :

— Comment va Annie ?

Elle eut le sentiment que son cœur s'arrêtait un instant de battre. La main crispée sur la poignée de la porte, elle se tourna lentement vers lui.

— Je suis surprise que tu connaisses son nom.

— Évidemment que je le connais, rétorqua-t-il d'un air de reproche. Après tout, c'est ma fille.

Elle sentit un frisson de malaise courir dans son dos.

— Nous avons réglé ce problème quand tu as accepté de me laisser la garde exclusive d'Annie en échange de quoi je ne te réclamais aucune pension alimentaire. Et tu n'as jamais manifesté le moindre intérêt pour elle, de toute façon.

— C'est exact. Mais j'ai récemment reconsidéré mon rôle

de père, et je me disais qu'il était peut-être temps que je voie régulièrement ma fille afin de mieux la connaître...

— Tu n'as aucune envie de la connaître ! dit-elle, envahie d'une colère froide. Tu l'utilises simplement comme moyen de pression pour que j'intercède en ta faveur auprès de Yannis.

— J'ai toujours admiré ta faculté d'analyse, Jenny. Crois-moi, ça ne m'amuserait pas de devoir te traîner au tribunal pour obtenir l'autorisation d'avoir Annie un week-end sur deux. Mais ça peut peut-être s'arranger... Si je devais travailler dans un laboratoire de pointe, sans doute que je serais trop occupé pour la prendre avec moi.

— C'est du chantage, dit-elle, luttant contre sa fureur qui le disputait à son angoisse.

Il grimaça.

— C'est un très vilain mot, Jennifer... Je préfère appeler ça une... négociation avec bénéfices mutuels.

— J'oubliais que tu avais toujours eu le don d'enrober tes intérêts égoïstes dans de belles paroles, répliqua-t-elle avec amertume. Mais ne compte pas sur moi, Patrick. D'une part, Yannis et moi n'avons pas la relation que tu imagines, et même si c'était le cas, je ne lui demanderais pas d'engager quelqu'un comme toi.

Elle retourna près de la porte qu'elle ouvrit en grand.

— Maintenant, sors de chez moi.

— Je te conseille tout de même d'y réfléchir, dit-il en sortant sur le palier. Je t'appellerai bientôt.

— Ne prends pas cette peine. Ma décision est prise et je n'en changerai pas.

Refermant la porte, elle s'y adossa car ses jambes menaçaient soudain de ne plus la porter.

Elle avait compris depuis longtemps que le charme de Patrick n'était qu'une façade et qu'il cachait une personnalité sournoise et ambitieuse. Leur divorce lui avait assurément révélé des facettes de lui peu glorieuses. Toutefois, de là à menacer l'équilibre émotionnel d'Annie si elle ne l'aidait pas à promouvoir sa carrière... Elle ne l'aurait pas cru capable d'aller jusqu'à cette extrémité.

Un coup d'œil à sa montre lui apprit qu'elle avait perdu plus de temps avec lui qu'elle l'aurait pensé.

— Et en plus, je vais être en retard au travail, marmonna-t-elle en courant dans sa chambre pour enfiler ses chaussures.

Elle ignorait comment elle allait empêcher Patrick de nuire à Annie, mais elle était en revanche sûre d'une chose : c'est que jamais elle ne le laisserait faire.

Après la visite de son ex-mari, Jennifer était certaine que la journée ne pourrait que s'améliorer.

En plein après-midi, Yannis poussa la porte du Coach House, s'arrêta dans l'allée pour regarder autour de lui et pesta tant sa déception de ne pas voir Jennifer était grande.

Il se dirigeait tout de même vers son box habituel quand il s'arrêta net. Une petite fille était assise à la place où s'installait habituellement Jennifer pour étudier durant ses pauses. La fillette, aux longues boucles d'un superbe blond roux, était penchée sur un cahier de coloriage.

Tout à coup, elle releva la tête, et son regard s'arrêta directement dans le sien. Ces yeux... Il connaissait ces yeux. Il avait à cet instant l'impression étrange de plonger dans ceux de Jennifer – même bleu profond, même forme, même arc délicat des sourcils. Il eut alors l'image de la petite boucle roux clair dans le médaillon qu'il avait trouvé dans ses draps. La couleur exacte de ceux de l'enfant dont la frimousse, il s'en rendait compte à présent, était celle de la photographie.

Intrigué, il changea aussitôt de direction.

— Bonjour, dit-il. Tu permets que je m'asseye avec toi ?

La petite l'étudia avec sérieux et curiosité puis haussa les épaules.

— Si tu veux. Qui t'es ?

— Je m'appelle Yannis. Et toi ?

— Annie.

— Heureux de te connaître, Annie. Tu as les mêmes yeux bleus que mon amie, Jennifer. Tu la connais ?

— C'est ma maman ! s'exclama Annie dont le petit visage s'illumina. Je l'attends ; elle va venir me chercher quand elle aura fini son travail.

— Je vois.

Il s'y était attendu, d'accord, mais il ne fut pas moins choqué d'entendre la fillette confirmer ses suspicions. Jennifer avait une enfant et elle ne lui en avait jamais parlé. Pourquoi ? Il se pencha vers le livre ouvert sur la table devant Annie.

— Que fais-tu ?

— Je colorie.

Il inclina la tête pour mieux voir le dessin.

— C'est joli.

Elle avait choisi un rouge vif pour la robe de la princesse coiffée d'une couronne dorée.

— Qui est-ce ?

— Cendrillon. C'est une princesse ; ça se voit, non ? dit Annie d'un air désapprobateur. Tu sais pas reconnaître les princesses ?

— Euh...

Amusé et sous le charme, il haussa à son tour les épaules, un petit sourire étirant ses lèvres.

— Je croyais que si, mais en fait... je n'en suis plus si sûr.

— Moi, je sais, déclara Annie. Et si tu veux, je peux te dire comment on reconnaît qu'une dame c'est une princesse. C'est très important, les princesses...

Yannis s'accouda à la table et se pencha vers elle.

— Je suppose que tu en es une ? demanda-t-il sur un ton confidentiel.

— Quelquefois, admit-elle en hochant gravement la tête.

— Et ta maman ? Elle aussi, c'en est une ?

— Non. Elle, c'est une reine.

— Je suis d'accord, commenta Yannis qui vit en pensée ses cheveux d'or, ses longues jambes, son port royal et son regard sage et intelligent. Aucun doute. Elle, c'est une vraie reine.

8

De retour des toilettes où elle était allée se rafraîchir, Jennifer vit Yannis assis à la table d'Annie, laquelle bavardait avec lui tout en continuant son coloriage.

Oh ! non ! songea-t-elle, consternée. Une fois de plus, Yannis franchissait allègrement une des barrières qu'elle avait érigées dans sa vie. Il était comme une force de la nature – rien ne pouvait l'arrêter.

Elle se dirigeait vers eux avec la ferme intention de lui dire poliment de s'en aller, de rester en dehors de la petite sphère où évoluait Annie, mais elle fut accrochée par des clients en chemin. Elle n'y parvint qu'un quart d'heure plus tard, après avoir dû prendre plusieurs commandes.

— Maman ! s'exclama Annie avec un sourire ravi.

Les crayons de couleur étaient éparpillés sur la table – oubliés. La fillette, agenouillée sur la banquette, avait de toute évidence trouvé un autre centre d'intérêt en la personne de Yannis avec qui elle bavardait avec entrain.

— Tu sais quoi ? Yannis, il aime bien les chiens, lui aussi.

— Appelle-le « docteur Demetrios », Annie, la corrigea-t-elle alors qu'elle rencontrait le regard de Yannis.

Les yeux noirs de celui-ci pétillaient d'amusement.

— J'ai suggéré un doberman comme Butch ou un colley, mais Annie semble vouloir quelque chose de plus gros.

— Plus *gros* ? répéta Jennifer avec stupéfaction. Qu'est-ce qui pourrait être plus gros qu'un doberman ?

— Un terre-neuve ! répondit Annie avec conviction. Ils sont super, maman ! Ils sont beaux et ils ont des yeux très gentils – j'ai vu une photo dans un livre. La maîtresse, des fois, elle nous emmène à la biblo… blibi…

— Bibliothèque, dit Yannis, venant à son secours. Tu as de la veine d'avoir une bonne maîtresse, je vois.

— Oui. Et y'a beaucoup de livres avec des chiens.

Elle reporta son attention sur Jennifer.

— Moi, je crois qu'on devrait acheter un terre-neuve et on l'appellerait Sadie.

— C'est un beau nom, concéda Jennifer. Et c'est vrai que les terre-neuve sont connus pour être très doux et intelligents, ma puce, mais… le problème, c'est qu'ils sont très gros. Et je ne suis pas certaine qu'il y aurait assez de place pour lui, même dans une maison avec un jardin. Il serait peut-être plus raisonnable de choisir quelque chose de plus petit, comme un yorkshire ou un king-charles… Ils sont très mignons aussi.

— Moi, je crois pas, maman, répondit Annie avec, à cette seconde, un air presque trop grave pour ses cinq ans. Il vaut mieux qu'on ait un gros chien de garde, parce qu'on n'a pas de papa qui vit avec nous pour chasser les voleurs et ceux qui voudraient nous embêter.

Prise au dépourvu par cette remarque inattendue, Jennifer en resta un instant sans voix.

— J'ignorais que tu avais peur des voleurs, Annie, dit-elle enfin.

— Non, j'ai pas peur, mais tant qu'on n'aura pas de papa, on devrait avoir un chien, insista la fillette.

Malgré elle, Jennifer tourna la tête vers Yannis. Il la regardait, l'air apparemment impassible, mais une lueur rieuse dansait dans ses yeux noirs. Comme elle fronçait les sourcils, il lui sourit franchement en levant les mains pour décliner toute responsabilité en ce qui concernait la remarque d'Annie.

— Et quand as-tu décidé cela ? demanda-t-elle à Annie en se détournant de Yannis pour lui cacher son étonnement.

Elle ne voulait pas admettre qu'Annie l'eût prise de court, même si son attitude le proclamait clairement.

— Aujourd'hui, à l'école, expliqua Annie. Melinda a dit qu'elle voulait bien partager son papa, mais je pense qu'on devrait en avoir un pour nous toutes seules. Tu crois qu'on pourra en trouver un qui aime bien les terre-neuve ? ajouta-t-elle, un pli soucieux creusant son front.

Elle se tourna vers Yannis en s'appuyant sur son coude pour se pencher vers lui.

— Qu'est-ce que tu crois, toi, Yannis ?

— Je crois que tout homme digne de ce nom aimerait avoir un terre-neuve qui s'appelle Sadie.

Il sourit et se rapprocha d'elles.

— Et s'il gagnait une petite rouquine appelée Annie dans l'affaire, il serait le plus heureux des hommes.

Annie en rayonna de plaisir.

— Tu vois, maman, dit-elle en relevant la tête vers elle, on est une bonne affaire.

— Toi et Sadie le seriez certainement, répondit Jennifer en jetant un coup d'œil à sa montre. Mon service est terminé ; il faut rentrer, maintenant. Tu n'as qu'à ranger tes crayons pendant que je vais chercher mon sac.

— D'accord.

Elle s'apprêtait à saluer Yannis mais il fut plus rapide qu'elle.

— Ma voiture est dehors. Je vous raccompagne toutes les deux.

— C'est très gentil à toi, Yannis, mais Annie ne peut pas monter dans une voiture sans siège adapté et...

— Tu n'as qu'à emprunter celui qui est dans la mienne, intervint Linda qui passait près d'eux avec un plateau d'odorants pancakes.

Elle fouilla dans la poche de son pantalon pour en sortir les clés de sa voiture.

— Tenez, Yannis, c'est la Ford bleue garée directement en face du Coach.

— Mais..., protesta Jennifer.

Linda lui adressa un clin d'œil.

— Merci, Linda, dit Yannis qui se leva sans attendre. Je reviens dans une minute, ajouta-t-il à l'intention de Jennifer. Vous ne bougez pas d'ici, toutes les deux.

— Mais je...

Annie tira sur sa manche.

— S'il te plaît, maman... J'ai pas envie de prendre le bus, aujourd'hui. Je voudrais rentrer avec Yannis.

— Le Dr Demetrios, rectifia une fois encore Jennifer tout à fait inutilement. Bon, d'accord. Nous t'attendons, ajouta-t-elle à l'intention de Yannis.

Yannis n'eut pas besoin d'autre encouragement pour courir jusqu'à la voiture de Linda, y prendre le siège pour enfant et l'installer à l'arrière de sa Jaguar. Il ajusta la ceinture de sécurité en pensant à la fillette. Aussi adorable que sa mère, se dit-il avec un sourire. Elle l'avait conquis, avec ses histoires de chiens et de princesses. De plus, elle avait une habileté incroyable pour obtenir de lui des réponses qu'il ne lui aurait certes pas données si elle avait eu vingt ans de plus...

Annie semblait exercer sur lui le même effet que sa mère, songea-t-il alors qu'il retraversait la rue. C'était fou. Non qu'il n'aime pas les enfants, mais il ne s'y était jamais vraiment intéressé. Jusqu'à Annie...

— Avez-vous des projets pour dîner, mesdames ? demanda-t-il dix minutes plus tard quand tous trois furent installés dans la Jaguar. J'ai eu envie d'une pizza toute la journée.

— Oh ! oui ! s'exclama Annie, derrière eux. C'est drôlement bon, les pizzas !

— Donc, nous sommes déjà deux à voter oui. Et toi, Jennifer ? Aimes-tu les pizzas ?

Il eut droit à un coup d'œil oblique. L'expression de Jennifer était fermée. Méfiante.

— Oui, j'adore, mais j'ai préparé un plat qui attend dans le réfrigérateur. De plus, je dois être à mon cours à 6 h 30, alors je crains que...

— Oh ! si, maman, on y va ! intervint Annie. S'il te plaît. On pourra le manger demain, ce que t'as préparé.

— Mais je ne suis pas certaine que nous ayons le temps d'aller dîner, Annie. Il faut que je te ramène à la maison et, ensuite, que j'aille à mon cours...

— Je t'y conduirai, proposa Yannis. Ça me ferait plaisir.

Comme elle restait hésitante, il insista.

— Mais si ce n'est vraiment pas possible pour ce soir, alors je vous raccompagne toutes les deux, je t'attends pendant que tu déposes Annie et, ensuite, je te conduis au campus, proposa-t-il. La pizza, ce sera pour un autre jour.

Elle pliait et dépliait nerveusement la courroie de son sac entre ses doigts.

— Je... je ne sais pas...

Yannis eut soudain honte de la bousculer ainsi. Elle était clairement indécise et, même s'il ignorait pourquoi, son anxiété était dans l'immédiat focalisée sur l'invitation à dîner.

— Je ne veux surtout pas donner l'impression de te harceler, Jennifer, murmura-t-il en couvrant sa main de la sienne pour la rassurer. Ne t'inquiète pas. Dis-moi simplement ce que tu veux faire, et je n'insisterai plus.

Comme il s'arrêtait à un feu rouge, il se tourna vers elle pour rencontrer son regard fixé sur lui.

— La pizza, c'est très tentant, dit-elle enfin. Et Annie a raison, mon plat pourra attendre jusqu'à demain.

— Super !

Devant l'exclamation de joie d'Annie, derrière eux, elle secoua la tête en souriant ; il lui pressa la main avant de reposer la sienne sur le volant.

— Le restaurant de Giovanni n'est qu'à deux rues d'ici, dit-il.

Un quart d'heure plus tard, il avait trouvé une place pour

se garer et ils poussaient la porte du restaurant, accueillis par une irrésistible odeur de sauce italienne.

— Mmm, ça sent drôlement bon..., dit Annie alors qu'ils s'installaient à une table dans la véranda.

— Oui, et je crois bien que c'est une des raisons qui me font toujours revenir, dit Yannis.

— Moi, ça me plaît, ici, décréta Annie en promenant son regard sur la salle.

— Eh bien, voilà au moins quelqu'un qui sait ce qu'il veut, remarqua Yannis en échangeant un sourire amusé avec Jennifer. Elle est toujours aussi autoritaire ?

Elle leva les yeux au ciel.

— Toujours. Je ne serais pas surprise qu'elle finisse un jour par être la première présidente des États-Unis. À moins qu'elle choisisse plutôt d'être directrice de Häagen-Dazs pour pouvoir se gaver de glaces gratuitement.

Yannis se mit à rire, attirant les regards amusés des autres clients.

Ce repas imprévu dut être rapidement avalé, bien sûr. Après qu'elle eut confié Annie à Margaret, Yannis conduisit Jennifer au campus et, trop vite, il fut déjà temps de se séparer.

— Merci d'être venue dîner avec moi, dit-il. Tu as une fille fantastique et adorable. Je suis vraiment heureux de la connaître.

Un léger pli se dessina entre les sourcils de Jennifer.

— À propos d'Annie, Yannis...

Elle s'interrompit et, de son pouce, il lissa ce pli soucieux sur son front. Puis, du bout des doigts, il lui caressa la joue, descendit sur sa gorge. Sa peau était si soyeuse qu'il en éprouva une soudaine émotion. Ce n'était pas tant le désir – cela, il pouvait s'en accommoder – non, c'était autre chose. Un besoin impérieux de la protéger.

— Eh bien ? dit-il. Que veux-tu me dire, sur elle ?

— Si je n'ai jamais voulu amener d'homme à la maison, c'est surtout pour éviter qu'Annie s'attache à quelqu'un et soit ensuite déçue de ne pas le revoir. Je ne veux pas qu'elle en soit blessée.

— Je suis donc le premier qu'elle voit depuis ton divorce ?

— Tu es le premier qu'elle ait *jamais* vu avec moi, rectifia-t-elle. Son père et moi étions divorcés avant sa naissance et il ne l'a jamais rencontrée.

Yannis réprima un juron.

— Tu veux dire qu'elle n'a jamais vu son père ?

— Patrick était furieux quand je lui ai annoncé que j'étais enceinte. Il ne voulait absolument pas d'enfants. Il a déménagé le soir même et a rempli les papiers pour le divorce dans la semaine qui a suivi.

Il la regarda fixement un instant, essayant d'assimiler le drame qu'elle venait de lui révéler en si peu de mots.

— Quel...

Elle lui posa un doigt sur les lèvres pour empêcher le mot de les franchir.

— Oui, c'en est un, c'est certain, dit-elle.

— Jennifer...

Il lui prit le visage dans ses mains en coupe.

— Certains hommes sont de vraies brutes. Mais je ne suis pas comme cela, et jamais je ne vous ferai de mal – ni à toi ni à Annie.

— Je sais, dit-elle, les yeux embués de larmes.

Il l'embrassa, savourant la douceur de ses lèvres sous les siennes et gémit quand elle répondit à son baiser.

— Je peux t'attendre pour te raccompagner ? demanda-t-il.

— Non, merci. C'est le soir où nous sortons tôt, et une des étudiantes me raccompagne. Elle le fait avec un réel plaisir, et ça m'ennuierait de la décevoir en refusant.

À contrecœur, Yannis la laissa partir. Elle se retourna juste avant de franchir la porte pour lui adresser un signe de la main puis disparut dans le bâtiment.

Il était évident qu'elle n'était pas convaincue qu'elle et Annie ne craignaient rien avec lui, songea-t-il en s'éloignant.

« J'aurais pu lui dire que j'étais en train de tomber vraiment amoureux d'elle, se dit-il. Peut-être est-ce que cela aurait suffi à la rassurer. »

Mais il n'était pas encore certain lui-même d'être prêt à admettre qu'il avait enfin rencontré la femme qui pouvait bouleverser son monde. Quelque chose en lui persistait à renâcler à cette idée... Il lui fallait encore un peu de temps.

— Mets ton pyjama, Annie ! lança Jennifer en épongeant la mare dans la salle de bains, le lendemain soir.

Elle prit note d'acheter une ou deux serpillières qu'elle placerait au pied de la baignoire lors des bains d'Annie. Un dauphin ne provoquerait pas plus de remous qu'elle...

Tout en s'activant, elle se demandait si Yannis était encore à son bureau de l'Institut. Il avait appelé plus tôt pour lui dire qu'il devait travailler tard, ce soir, mais les invitait elle et Annie à pique-niquer, le week-end suivant. La force de sa déception de ne pas le voir avant samedi l'avait surprise, mais elle avait mis cela sur le compte d'une réaction tout à fait normale. Après tout, elle n'était sortie avec personne depuis si longtemps qu'elle ne se rappelait plus ce qui pouvait être considéré comme normal ou non...

Elle jeta les serviettes humides dans le panier à linge et ramassa le jean et le T-shirt d'Annie qu'elle posa sur le comptoir près du lavabo.

— Annie ! appela-t-elle. Dès que tu seras habillée, nous irons chez Margaret voir si elle va mieux.

— D'accord.

Annie apparut sur le seuil de la pièce, la voix étouffée par le haut de pyjama qu'elle enfilait par la tête. Ses boucles humides apparurent autour de son visage rougi par le bain.

— Margaret toussait cet après-midi, maman.

— Je sais, et c'est pour cela que nous allons la voir.

Annie courut devant elle, et attendit devant la porte que

Jennifer détache la chaîne de sécurité. Toutes les deux traversèrent le couloir puis Annie frappa à la porte de Margaret. Elles durent patienter un petit moment, et quand la vieille dame ouvrit enfin, Jennifer comprit pourquoi elle avait mis si longtemps.

— Margaret ! s'exclama-t-elle. Mon Dieu...

Elle lui prit aussitôt le bras pour la soutenir et la sentit trembler contre elle.

— Annie, entre et ferme la porte, dit-elle tandis qu'elle emmenait Margaret jusqu'au canapé du salon. Depuis combien de temps êtes-vous...

Interrompue par une quinte de toux de Margaret, elle lui tâta le front.

— Vous êtes chaude. Avez-vous pris votre température ? Vous avez de la fièvre ?

— Un tout petit peu, répondit Margaret d'une voix faible et rauque.

— Il faut appeler un médecin.

— Non, non, protesta Margaret, mais sans son énergie habituelle. Je suis sûre que c'est juste un petit rhume ; ce sera fini d'ici un jour ou deux.

— C'est possible, et je souhaite que vous ayez raison dit Jennifer sans conviction. Mais en attendant, on va demander à un des médecins du dispensaire de vous examiner. Votre toux ne me plaît pas, et la température non plus. Si vous avez besoin d'un antibiotique, plus tôt vous le prendrez, mieux ce sera.

Margaret n'avait visiblement pas la force de protester.

— Comme vous voulez.

Sa capitulation trop facile acheva d'inquiéter Jennifer. Margaret, d'une nature plutôt énergique, n'était pas dans son état normal, de toute évidence. Elle l'aida à s'habiller et même à lacer ses chaussures puis sortit son portable pour appeler un taxi.

— Il faut qu'Annie prenne un pull, expliqua-t-elle en repartant vers son appartement.

— Maman, je peux pas aller dehors en pyjama ! se récria Annie.

— D'accord. Alors va enfiler un jean, mais dépêche-toi.

— Prenez de l'argent dans mon sac pour le taxi, dit Margaret.

Consciente que Margaret serait contrariée si elle ne le faisait pas, Jennifer jugea plus raisonnable d'obtempérer sans discuter.

— Bien sûr, Margaret.

Après avoir attrapé sa veste posée sur le dossier d'un fauteuil, elle courut chercher son sac dans la chambre.

— Dépêche-toi, Annie ! Le taxi va arriver.

— Je suis prête, annonça la fillette en les rejoignant dans l'entrée.

Par chance, elles n'eurent pas à attendre. Le taxi s'arrêtait le long du trottoir alors même qu'elles sortaient dans la rue. Elle aida Margaret à s'installer à l'arrière et laissa monter Annie avant de s'asseoir et de donner l'adresse au chauffeur.

Le crépuscule tombait et les premiers réverbères s'allumaient lorsque le taxi les déposa devant le dispensaire. Annie, plus silencieuse qu'à son habitude, poussa la porte de l'entrée et la maintint ouverte pour laisser passer sa mère et Margaret.

L'endroit était presque désert. Seules deux personnes étaient assises sur des banquettes – une jeune femme avec un bébé en pleurs dans les bras, et un vieux monsieur mâchonnant le bout de sa pipe éteinte.

Jennifer aida Margaret à s'asseoir sur la banquette en vinyle et Annie prit place à côté d'elle en observant avec curiosité le bébé qui s'époumonait.

— Bonsoir, dit la réceptionniste quand Jennifer s'approcha d'elle. Je peux vous aider ?

— Oui. Ma voisine a une très mauvaise toux et de la fièvre. Il faudrait qu'elle voie un médecin rapidement.

Derrière elle, Margaret fut prise d'une nouvelle quinte.

— Ce devrait être possible, répondit la jeune femme. Le médecin est avec quelqu'un depuis déjà près de vingt minutes, et les autres personnes sont simplement venues chercher des résultats d'analyses, donc vous n'aurez pas à attendre longtemps. Vous devriez tout de même avoir le temps de remplir la fiche.

Elle lui tendit un formulaire que Jennifer emporta pour le remplir avec Margaret assise sur la banquette avant de le rendre à la réceptionniste.

— Ça ne devrait pas être long, Margaret, dit-elle. Le médecin devrait en avoir bientôt terminé avec son patient et nous serons les suivants.

La porte du cabinet médical s'ouvrit, et un jeune homme en sortit ; sa main était entourée d'épais bandages. Le médecin le suivait.

— La prochaine fois que vous faites un barbecue, arrangez-vous pour choisir un jour sans vent, dit-il au patient.

— Merci du conseil, docteur. Je crois que je ne risque pas d'oublier de si tôt.

Jennifer se figea. Cette voix qu'elle connaissait si bien, ce visage qu'elle voyait jusque dans ses rêves... Oui, c'était bien lui. C'était Yannis.

Mais qu'est-ce que Yannis Demetrios faisait ici, dans un dispensaire ? C'était le dernier endroit où elle se serait attendue à le voir.

— Regarde, maman ! C'est Yannis ! s'écria Annie, ravie, en courant vers lui.

— Hé ! m Annie ! dit Yannis dont le visage s'éclaira d'un large sourire. Mais qu'est-ce que tu fais ici ?

Son sourire s'effaça alors qu'il balayait la salle des yeux pour s'arrêter sur Jennifer.

— Jennifer ?

Elle le rejoignit.

— Je ne m'attendais pas à te trouver ici, dit-elle.

— Je travaille dans ce dispensaire. Mais toi ? Pourquoi es-tu ici ? Tu vas bien ? Et Annie ?

— Oui, nous allons très bien. C'est Margaret, notre voisine. Elle tousse et elle est fiévreuse.

Sur la banquette, Margaret releva la tête et s'efforça de se redresser.

— Je vois, dit Yannis en s'avançant vers elle. Bonjour, Margaret. Vous voulez me suivre dans la salle d'examen ?

Après avoir pris sa fiche que lui tendait la réceptionniste et y avoir jeté un coup d'œil, il l'aida à se lever en la prenant par le bras.

— Tu peux venir avec nous, Jennifer. Annie aussi, si tu veux. Si leur présence ne vous ennuie pas, madame Sullivan, cela va de soi.

Margaret fit signe que non et elles le suivirent dans un petit couloir jusqu'à son cabinet où Jennifer, sur son invitation, s'assit sur l'unique chaise de la petite pièce. Annie s'installa sur ses genoux, les yeux ronds et un peu impressionnée tandis qu'elle observait Yannis en plein travail.

— Alors, que vous arrive-t-il, Margaret ? demanda-t-il, en glissant le brassard d'un tensiomètre sur son bras.

— J'ai attrapé un rhume, docteur. Enfin, ça a commencé comme un rhume, en tout cas. Mais dans l'après-midi, j'ai remarqué que j'avais chaud. Alors j'ai pris ma température, et j'avais en effet un peu de fièvre.

— Il y a beaucoup de cas de grippe dans la région en ce moment, dit-il en gonflant le brassard.

Il glissa dessous le capteur de sons du stéthoscope puis libéra progressivement l'air.

— Mmm... Votre tension est un peu élevée, dit-il avant de lui ôter l'appareil.

Il lui prit ensuite la température et fit la moue devant le résultat.

— Un peu élevée aussi, commenta-t-il.

Margaret hocha lentement la tête.

— C'est bien ce que je pensais.

— Avez-vous des courbatures ?

— J'ai un peu mal dans les bras et les épaules.

— D'accord. Maintenant, je vais vous demander de prendre une forte inspiration. Oui, voilà… Est-ce douloureux ?

— Un peu, répondit Margaret en posant la main sur sa poitrine.

Jennifer parvint à contenir son inquiétude jusqu'à ce que Yannis ait terminé son examen.

— Elle a la grippe ? demanda-t-elle quand il commença à inscrire ses notes dans le dossier qu'il venait d'ouvrir sur son ordinateur pour Margaret.

— Je le crains, oui, répondit-il. Il ne s'agit pas d'un simple refroidissement, malheureusement. J'aimerais donc que vous passiez une nuit en observation à l'hôpital, madame Sullivan. Nous vous y réhydraterons et nous assurerons que votre état n'empire pas.

— Mais je ne veux pas aller à l'hôpital ! protesta-t-elle avec un soupçon de son autorité habituelle.

— Je vous comprends, Margaret, intervint Jennifer, mais une seule nuit est préférable à vous ramener chez vous, voir votre état empirer et être obligé de vous y conduire de toute façon, et cette fois peut-être pour plusieurs jours.

Margaret soupira avec résignation.

— Oui, vous avez sans doute raison. Alors va pour cette nuit…

— Vous faites le bon choix, intervint Yannis avec un sourire encourageant. Je vais demander qu'on organise votre transport jusqu'au City General. J'en ai pour un instant.

Il revint quelques minutes plus tard pour annoncer que l'ambulance l'attendait.

— Déjà ? Vous avez fait vite, remarqua Margaret.

Elle fronça les sourcils, l'observant avec une fausse méfiance.

— Vous êtes un magicien ?

Il se mit à rire.

— Hélas, non ! J'avoue que cela me faciliterait bien les choses, parfois ! L'ambulance était simplement dans le quartier quand la réceptionniste a lancé l'appel. Vous avez beaucoup de chance.

— Si vous le dites, marmonna Margaret, non sans une pointe d'humour.

Des voix retentirent dans le couloir et Yannis ouvrit la porte du cabinet.

— La patiente est ici, dit-il. Jennifer, Annie, l'équipe d'urgence va avoir besoin de place pour manœuvrer. Sortez avec moi.

— À demain matin, Margaret, dit Jennifer en déposant un baiser sur sa joue pâle. Essayez de bien dormir.

Annie enroula un bref instant ses bras autour de la taille de Margaret en se pressant contre elle.

— Guéris vite, s'il te plaît. Sinon, on pourra plus jouer aux petits chevaux.

— Promis, dit Margaret avec un faible sourire.

Jennifer prit la main d'Annie et toutes deux suivirent Yannis dans le hall de réception afin de laisser les deux infirmiers de l'ambulance passer avec leur civière. Moins de deux minutes plus tard, ils ressortaient avec Margaret étendue sur le brancard sous une couverture et allaient la glisser à l'arrière de l'ambulance.

Annie regarda le véhicule partir puis leva des yeux inquiets vers Jennifer.

— Elle va revenir, hein, maman ?

— Yannis a dit que oui et c'est un très bon médecin, mon ange, la rassura-t-elle en lui accrochant une de ses boucles derrière l'oreille.

Les yeux bleu vif d'Annie se reportèrent sur Yannis qui s'accroupit devant elle.

— Ton amie sera très vite guérie, Annie. Les infirmières à l'hôpital vont bien s'occuper d'elle cette nuit et lui donner des remèdes pour qu'elle puisse rentrer chez elle demain. D'accord ?

— D'accord, répondit la fillette avec un sourire.

La grande main de Yannis lui caressa gentiment la joue puis il se releva en se tournant vers Jennifer.

— À quelle heure prends-tu ton service, demain ?

— Je ne travaille pas.

— Très bien. Alors, je viendrai vous chercher vers 10 heures demain matin et vous pourrez venir à l'hôpital avec moi. J'ai plusieurs autres patients à voir et vous n'aurez qu'à rester avec Margaret jusqu'à ce que j'aie terminé. Ensuite, je vous remmènerai toutes les trois chez vous.

— Merci, dit-elle.

Elle aurait pu affirmer son indépendance en refusant, mais il serait préférable et bien plus rassurant pour Margaret que Yannis lui-même la raccompagne chez elle.

— Je vous aurais bien proposé de vous ramener ce soir, mais mon service ici se termine dans trois heures, ajouta-t-il. J'ai demandé à la réceptionniste de vous appeler un taxi ; il attend dehors.

Il fronça les sourcils.

— Je sais que vous auriez pu prendre le bus, mais il est tard et Annie semble déjà dormir debout.

Il avait raison. Jennifer sentait le poids de la fillette appuyée contre elle ; l'heure habituelle de son coucher était passée depuis déjà deux heures.

— Tu as bien fait, dit-elle.

Manifestement soulagé, il lui adressa un sourire qui la fit presque vaciller sur ses jambes.

— Merci, murmura-t-il alors qu'il les accompagnait jusqu'à la porte. Je serai plus tranquille de savoir que vous rentrez directement.

— Bonne nuit, Yannis ! dit Annie qui monta dans la voiture en bâillant.

— Bonne nuit et merci, Yannis, renchérit Jennifer.

— À demain matin, dit-il.

Elle crut un instant qu'il allait l'embrasser, mais il referma la portière et se pencha par la vitre ouverte.

— Prenez bien soin de mes filles, lança-t-il au chauffeur en lui tendant deux billets.

— Comptez sur moi ! répondit l'homme.

Ses filles ! Jennifer ne savait trop quoi penser du ton possessif dans la voix de Yannis. Mais l'affection qu'il leur manifestait ainsi que l'attention qu'il avait eue pour Margaret lui faisaient chaud au cœur. Il y avait si longtemps qu'elle ne s'était pas sentie aussi aimée, aussi protégée, et ce sentiment lui donnait envie de s'abandonner totalement à lui. Dangereux, sans doute, songea-t-elle en s'efforçant de relever les barrières derrière lesquelles elle avait pris l'habitude de se réfugier.

Devait-elle se méfier de la place toujours plus grande que prenait Yannis dans son cœur ? Un jour ou l'autre, il sortirait de leur vie, et comment s'en remettrait-elle, alors ?

Elle repoussa cette pensée, résolue à ne pas gâcher la joie qu'elle éprouvait aujourd'hui par une vision pessimiste de l'avenir.

9

Le lendemain matin, comme promis, Yannis vint les chercher et les emmena à l'hôpital. Une pluie battante tombait sans interruption depuis le milieu de la nuit et ils durent courir en s'abritant sous un ciré jusqu'à la grande porte vitrée de l'établissement. Il les laissa devant la chambre de Margaret avec la promesse de revenir les chercher une heure plus tard.

Margaret se sentait visiblement beaucoup mieux, mais le temps de s'acquitter des formalités administratives, il était midi passé quand ils purent rentrer et l'installer dans son lit.

— Margaret reste toute seule ? s'inquiéta Annie. Peut-être qu'on devrait lui faire une place chez nous jusqu'à ce qu'elle serait guérie.

— Jusqu'à ce qu'elle *soit* guérie, rectifia Jennifer machinalement. Non, il vaut mieux qu'elle reste chez elle ; elle se reposera mieux. De toute façon, nous avons juste à traverser le palier régulièrement pour nous assurer qu'elle a bien tout ce qu'il lui faut. Et puis elle a son téléphone pour nous appeler s'il y a un problème.

Annie grimpa sur une chaise et s'accouda à la table de la cuisine.

— J'ai faim, maman. Et peut-être que Margaret aussi.

— Elle venait de prendre son déjeuner quand nous sommes allées la chercher, lui rappela Jennifer. Mais pas nous, alors il est normal que tu aies faim. Qu'as-tu envie de manger ?

— J'ai remarqué un traiteur chinois au coin de la rue, tout à l'heure, intervint Yannis. Je pourrais aller chercher quelques plats.

— Oh ! oui ! s'exclama Annie.

Yannis s'accouda au comptoir.

— Et toi, Jennifer ? Tu aimes aussi ?

— Oui, mais sache qu'Annie prétend aimer *toutes* les cuisines exotiques, qu'elle y ait déjà goûté ou non, dit-elle, amusée.

— Tant mieux, ça simplifie les choses, répondit-il. Vous avez des préférences, toutes les deux, ou vous me faites confiance ?

Elles lui firent confiance et, une demi-heure plus tard, une douzaine de boîtes et de plats étaient exposés sur la table devant eux.

— C'est quoi, ça ? demanda Annie en mâchant une bouchée.

Yannis se pencha pour piquer dans son assiette un morceau de viande baignant dans une sauce claire et le porter à sa bouche.

— Poulet au gingembre, déclara-t-il.

— Eh bien, c'est drôlement bon.

Yannis se tourna vers Jennifer et lui adressa un clin d'œil.

— Test concluant : elle aime la cuisine chinoise.

— Je peux manger avec les baguettes ? demanda Annie.

Jennifer envisagea le pire.

— Tu sais, c'est plus facile avec une fourchette.

— Mais Yannis, il s'en sert, lui.

— C'est vrai.

Il se tourna vers elle pour obtenir sa permission et attendit qu'elle acquiesce pour sortir deux baguettes de leur sachet de plastique et les tendre à Annie. Cette dernière, après plusieurs essais infructueux – voire désastreux... –, se tourna vers lui avec un regard implorant.

— Comment tu fais, toi ?

Se levant, il vint derrière elle pour placer correctement les baguettes entre ses doigts, puis l'aider à attraper un morceau de poulet et le porter à sa bouche.

— T'as vu, maman ? Je mange comme une vraie Chinoise !

— J'ai vu, mon chat. C'est super ! commenta-t-elle en échangeant un coup d'œil amusé avec Yannis.

Ils passèrent l'après-midi à jouer et à regarder la télévision tout en rendant des visites régulières à Margaret, qui allait bien mieux. Après avoir terminé de dîner et fait la vaisselle, tous trois s'installèrent dans le salon pour disputer une partie de jeu de l'oie, accompagnés, en fond sonore, par Ella Fitzgerald dont Jennifer avait glissé un CD dans le lecteur.

Yannis lança ses dés et fit avancer son pion.

— Oh ! non ! T'es tombé dans le puits ! Tu peux plus jouer ! s'exclama Annie.

— Juste pendant trois tours, et après, je vais me rattraper. J'ai deux femmes contre moi, et c'est mon honneur d'homme qui est en jeu, ajouta-t-il d'un air faussement sérieux qui les fit rire toutes les deux.

« Bon sang ! se dit-il soudain. Je suis en train de passer un excellent moment à jouer avec une gamine et sa mère. »

Il était loin de ces réunions mondaines où il devait repousser avec tact et amabilité toutes ces jeunes filles rivalisant de minauderie pour le conquérir ! Était-il possible que sa conviction de n'être pas fait pour la vie de famille vienne simplement du fait qu'il n'avait pas rencontré la bonne personne ? Cette pensée le stupéfiait – et il la repoussa dans un coin de son esprit pour y réfléchir plus tard. Il s'amusait trop pour gâcher l'instant par des réflexions sérieuses...

Plus tard, une fois que Yannis fut parti et Annie couchée, Jennifer se glissa à son tour sous sa couette.

La lampe de chevet jetait un reflet doré sur le livre ouvert sur ses genoux relevés et le cahier ouvert à côté d'elle. Elle avait eu l'intention de travailler un peu, mais ne cessait de penser à l'après-midi.

Il y avait une telle disparité entre l'image de play-boy de

Yannis et l'homme qui s'était assis en tailleur par terre pour jouer au jeu de l'oie avec elles... Un sourire monta à ses lèvres alors qu'elle le revoyait pester quand il était tombé pour la deuxième fois dans le puits...

D'une certaine manière, pourtant, elle craignait de regretter un jour ces moments de pur bonheur car ils reflétaient ce dont elle avait toujours rêvé pour Annie : une vie où elle aurait un père qu'elle pourrait aimer et respecter...

Le téléphone sonna, la tirant brusquement de sa rêverie.

— Oui, allô ?

— Bonsoir, Jennifer.

Elle frissonna en reconnaissant la voix haïe de Patrick.

— Que veux-tu ? s'enquit-elle froidement.

— Eh bien, je voulais savoir si tu avais réfléchi à ma requête...

— Je n'ai pas eu besoin de réfléchir. Je te l'ai dit et je te le répète : je ne demanderai pas à Yannis de te donner un job.

— Oh ! c'est vraiment regrettable..., répliqua-t-il, mielleux. Peut-être pourrions-nous en discuter plus sérieusement devant un café, demain ?

— Non. Nous n'avons rien à nous dire.

— C'est là où tu fais erreur, Jenny.

Sa voix s'était faite insensiblement plus dure.

— Nous pourrions sans doute laisser nos avocats se débrouiller entre eux, mais je pense qu'il serait préférable – et moins cher – d'organiser entre nous mes visites à Annie.

— Tu ne t'es jamais intéressé à elle, protesta-t-elle, furieuse.

— Non, mais ça ne retire pas pour autant mon droit de garde. Si je choisis de l'utiliser, rien ne pourra m'en empêcher.

Elle prit une longue inspiration.

— D'accord, dit-elle finalement. Je te verrai avant de prendre mon service.

Elle lui donna l'adresse d'un café à deux pas de l'appartement puis coupa la communication. Sa main tremblait quand elle replaça le téléphone sur sa base.

Elle n'avait pas décoléré lorsqu'elle poussa la porte vitrée du café, le lendemain.

Son ex-mari était assis à une petite table ronde dans le fond de la salle. L'apercevant, il se leva en lui adressant un signe de la main. Elle se fraya un chemin parmi les autres tables pour la plupart encore vides à cette heure de la matinée.

Patrick lui tira galamment une chaise et lissa le pli du pantalon de son costume avec un soin maniaque qui l'exaspéra. Elle avait oublié ce genre de petit détail qui, lors de leur lune de miel, lui paraissait charmant. Elle n'avait pas été longue à déchanter…

— J'ai commandé un thé au lait pour toi, dit-il avec un sourire avenant. Tu aimes toujours ça, j'espère.

— Oui, merci, répondit-elle, déterminée à rester polie.

Elle voulait profiter de cette rencontre pour obtenir des informations et savoir jusqu'où Patrick était prêt à aller pour avoir gain de cause.

Il n'était toujours pas question pour elle de céder à ses menaces et de demander à Yannis de l'intégrer dans son équipe. D'un autre côté, il était tout aussi inenvisageable qu'il entame une procédure pour obtenir un droit de garde, dut-il l'exercer à titre occasionnel. Ce serait mettre en danger la stabilité émotionnelle d'Annie.

Elle avala une gorgée de thé en l'observant par-dessus le bord de sa tasse.

— J'avoue que je suis curieuse de savoir comment tu as trouvé mon adresse, Patrick. L'article, dans le journal, à part le fait que j'étais avec Yannis au bal de l'Institut, ne la précisait pas.

— Exact. Ce n'est pas par ce biais que je l'ai apprise. C'est le détective qui m'a donné les détails, y compris ton adresse.

— Le détective ? répéta-t-elle en s'efforçant de cacher sa surprise.

— Oui. Il ne me l'a pas spécifiquement dit, mais j'ai deviné qu'il avait été engagé par la famille Demetrios pour découvrir le milieu d'où venait la cavalière du seul héritier de la famille.

Il marqua un temps en l'observant avec attention.

— Tu sais qui est le Dr Demetrios, je suppose ?

Jennifer haussa les sourcils, mais se refusa à montrer la moindre réaction.

— Ah..., dit-il. Tu ne sais pas.

Il secoua la tête, visiblement amusé.

— Jennifer... Tu dois être la seule femme de Boston à ignorer que Yannis est l'unique fils – et donc l'unique héritier – du grand armateur Jonathon Demetrios.

Jennifer en resta stupéfaite un instant, puis les rouages de son esprit se mirent à tourner à toute allure alors qu'elle essayait de mettre bout à bout les indices qui auraient pu lui révéler que Yannis gagnait plus que ses honoraires de médecin et de scientifique. Ceux-ci lui auraient-ils permis de posséder une Jaguar, une maison, de s'offrir un superbe smoking ?

— Naturellement, quand le détective m'a posé certaines questions extrêmement personnelles sur toi, j'ai compris que la famille prenait la situation très au sérieux et que votre relation l'inquiétait beaucoup. Une relation qui, je dois l'avouer, est une aubaine pour moi...

— Ah oui ? dit-elle, ne maintenant son calme qu'au prix d'une grande maîtrise d'elle-même. Et pourquoi cela ?

Il eut un petit sourire horripilant de condescendance.

— Enfin, Jenny... Parce que, comme je te l'ai déjà expliqué, je viens juste d'obtenir mes diplômes de médecin et que j'ai posé ma candidature à l'Institut Armstrong. Et que, par un heureux hasard, toi – mon ex-femme –, tu sors avec un homme qui y a une influence prépondérante. Sans oublier que nous avons tous les deux une adorable petite fille qui ne mérite rien de moins que le meilleur.

— Une fois de plus, Patrick, ne compte pas sur moi pour te présenter à Yannis ou pour tenter de l'inciter à t'offrir un poste. Tu devras te fier à tes qualifications, rien de plus.

Annie et moi n'avons rien à voir avec ton engagement dans cet établissement.

— Peut-être que non, dit-il d'un ton onctueux qui l'inquiéta. Mais toi et moi, que tu le veuilles ou non, sommes liés par notre rôle de parents. Peut-être devrions-nous envisager ensemble s'il est dans l'intérêt de notre fille de me refuser mon droit de visite. Après tout, il serait bon qu'elle connaisse son père, non ?

— Je t'en prie, épargne-moi ton numéro ! dit-elle, furieuse, à voix basse. Tu n'as jamais eu le moindre désir de la voir, alors ne fais pas semblant de te rappeler aujourd'hui que tu as une fille !

— Comme tu veux. Mais n'oublie pas que si tu choisis de ne pas me rendre ce petit service, je demanderai à mon avocat de t'imposer ces visites auxquelles j'ai légalement droit. Et peut-être même que je pourrai obtenir la garde – purement et simplement.

Jennifer eut l'impression que l'eau glacée coulait soudain dans ses veines.

— Tu n'oserais pas, dit-elle entre ses dents serrées.

— Mais bien sûr que si, répliqua-t-il avec une amabilité que démentait la froideur de ses yeux. J'ai l'intention de décrocher une prestigieuse position au sein de l'équipe Armstrong – par n'importe quel moyen.

Il se pencha vers elle et baissa la voix de façon menaçante.

— Ne te mets pas en travers de mon chemin, Jennifer.

— Tu es méprisable, dit-elle d'une voix tremblante de rage.

Il s'adossa au dossier de sa chaise avec un haussement d'épaules nonchalant.

— Traite-moi de tous les noms que tu veux, je m'en moque du moment que tu fais ce que j'attends de toi. Et ne crois pas que je profère des menaces en l'air : si tu refuses, j'exercerai mes droits parentaux.

Incapable de supporter sa compagnie plus longtemps, elle se leva.

— Je vais y réfléchir. Mais je ne vois pas comment je pourrais influencer Yannis dans la mesure où je n'ai aucun rapport avec son travail. J'ignore même ce qu'il fait à l'Institut car il n'en parle jamais.

— Tu n'as pas besoin de le savoir, dit-il en se levant à son tour. Fais simplement en sorte qu'il accepte de me donner le poste. Je t'accorde deux semaines, peut-être plus s'il le faut, mais si tu n'as pas de résultat à m'offrir d'ici là…

Ignorant la menace, Jennifer tourna brusquement les talons pour sortir du café.

Il n'était pas question qu'elle donne satisfaction à Patrick. C'était un lâche, un vrai serpent. Mais d'un autre côté, comment pouvait-elle éviter qu'il fasse du mal à Annie ? Même Yannis ne pourrait l'aider à l'en empêcher.

Après cet après-midi pluvieux à jouer avec Jennifer et Annie, Yannis s'arrangea pour passer le plus de temps possible en leur compagnie.

Bien que le désir soit constamment lové dans son ventre chaque fois qu'il était auprès de Jennifer, il se refusait à insister pour qu'elle passe une nouvelle nuit avec lui. Instinctivement, il devinait qu'il devait prendre le temps de l'apprivoiser, de lui laisser celui de l'accepter dans leur vie à toutes les deux.

Il savait qu'elle considérait toujours la nuit qu'ils avaient passée ensemble comme une unique parenthèse dans son existence bien organisée. Mais lui était déterminé à en connaître d'autres… Et chaque jour qui passait le confortait dans sa conviction qu'il ne se contenterait pas d'être simplement de passage dans sa vie. Peu à peu, il prenait conscience que, peut-être, sa propre vie ne serait jamais complète si Jennifer et Annie ne s'y installaient pas à demeure…

Le samedi, Yannis arriva comme prévu juste avant le déjeuner, et avec Butch. Un sourire illumina le visage de Jennifer quand elle le vit. Butch pénétra dans l'appartement en frétillant de plaisir.

— Entre..., dit-elle en se penchant pour caresser le chien.

Le doberman lui lécha les mains en dansant sur place, ses griffes crissant sur le parquet.

— C'est quoi qui fait du bruit comme ça, maman ? demanda Annie qui s'arrêta brusquement sur le seuil de l'entrée, les yeux écarquillés par la surprise. Un chien !

— Je te présente Butch, dit Yannis. Butch, dis bonjour à Annie.

Butch s'assit devant la fillette, les oreilles pointées, ses grands yeux bruns fixés sur elle.

— Bonjour, Butch, dit Annie. Je peux lui faire un câlin ?

— Oui. Mais d'abord, tends ta main vers lui pour qu'il la renifle.

L'inquiétude qui traversa fugitivement l'esprit de Jennifer eut tôt fait d'être dissipée. Moins de dix secondes plus tard, Annie était agenouillée près du gros doberman, un bras passé autour de son cou, et lui murmurait des secrets dans l'oreille.

— J'étais en train de préparer les sandwichs, annonça-t-elle. Thon-mayonnaise avec tomates et cornichons. D'accord ?

— Parfait.

Elle le précéda dans la petite cuisine où, désormais familier des lieux, il se prépara lui-même un café instantané.

— Je vous emmène pique-niquer dans le parc près de chez moi, dit-il. Ça te convient ?

Jennifer leva la tête. Il était accoudé sur le comptoir, ses yeux doux fixés sur elle.

— J'apprendrai à Annie à lancer le Frisbee à Butch. Il est plutôt doué pour le rattraper, ajouta-t-il avec un sourire craquant.

— Elle sera aux anges. Tu es sûr d'être à la hauteur pour

suivre une petite fille très active dans un parc où elle peut courir à sa guise ?

— Suggérerais-tu que je suis trop vieux pour cet exercice ?

— Pas trop vieux, non, mais pas assez rapide, peut-être, dit-elle, amusée. Mais je serais curieuse de te voir relever le défi.

— Super !

Reposant sa tasse de café, il traversa la cuisine et, sans avertissement, la souleva dans ses bras pour l'embrasser sur la bouche.

— Je vais prévenir Annie et Butch, dit-il. Tu as besoin d'aide pour finir les sandwichs ?

— Non, ça ira.

Elle le poussa vers le couloir et, souriant pour elle-même, termina de préparer les sandwichs avant de les emballer.

Une demi-heure plus tard, Yannis garait la Jaguar dans son garage puis ils se mirent en route à pied.

— Il est loin, le parc, Yannis ? s'enquit Annie.

— À six pâtés de maison d'ici.

— O.K.

Le gros chien marchait d'un pas alerte au bout de sa laisse et répondait aux caresses d'Annie par des coups de langue et des jappements d'excitation partagée.

— Ils ont l'air de bien s'entendre, tous les deux, remarqua Jennifer. Je ne sais pas lequel des deux est le plus excité par cette promenade…

— Je crois qu'ils le sont autant l'un que l'autre…

Furtivement, elle jeta un regard vers lui. Une couverture rouge coquelicot jetée sur son épaule, il tenait la laisse d'une main et le panier du pique-nique de l'autre. Son jean moulant laissait apparaître le jeu de ses muscles à chacun de ses pas que rythmait le son mat de ses boots. Son polo marine découvrait ses bras bronzés.

Le voir, le savoir à ses côtés suffisait à la combler, songea-t-elle. Et cette révélation la fit sourire.

— Quoi ? demanda-t-il. Qu'y a-t-il ?

— Rien. Je suis simplement… heureuse.

Ses yeux sombres se firent plus doux.

— Tant mieux, répondit-il d'une voix plus grave qui la fit délicieusement frémir.

— Regarde, maman ! C'est le parc ! s'écria Annie avec excitation.

À une cinquantaine de mètres de là, en effet, une grande grille ouverte en annonçait l'entrée.

— C'est une des raisons pour lesquelles j'ai choisi de m'installer dans ce quartier, expliqua Yannis. Quand on veut un chien, il faut qu'il y ait un espace vert dans le coin. Ce qui n'empêche pas de faire provision de sacs plastique…

— Pour quoi faire ? demanda Annie.

— Pour nettoyer quand il fait ses besoins dans la rue.

— Beurk…, dit-elle en grimaçant.

— C'est le rôle du maître, Annie, dit Jennifer. Quand on a un animal, on doit s'en occuper correctement, et nettoyer derrière lui fait partie des choses que l'on doit faire.

Annie considéra Butch un instant puis elle haussa les épaules.

— D'accord, dit-elle gravement. Alors quand j'aurai mon chien, je le ferai.

— Elle te ressemble tellement, murmura Yannis à Jennifer, assez bas pour qu'Annie ne l'entende pas.

— Et ce n'est pas si mal que ça, non ? répondit-elle sur le même ton.

— C'est même très bien. Elle a ta volonté, ton intelligence, ta beauté… Que demander de plus ?

Ils franchirent bientôt le grand portail, quittant le bitume pour un chemin de terre, et le grondement de la circulation pour le bruissement des feuilles dans les arbres. Des odeurs d'herbe fraîchement coupée se mêlaient à celles des parterres de fleurs qui ornaient l'entrée du parc.

D'autres familles avaient aussi profité de cette superbe

journée printanière pour venir pique-niquer, et des enfants couraient un peu partout après des ballons ou des cerfs-volants.

— Où on va manger, Yannis ? s'enquit Annie.

— Il y a un coin très agréable à cinq minutes d'ici. C'est près d'un petit ruisseau.

— Un ruisseau ? Super !

Elle partit en courant pour rattraper Butch qui tirait sur sa laisse devant eux.

— Où trouve-t-elle toute cette énergie ? demanda Yannis en secouant la tête avec un sourire étonné.

— Aucune idée, mais je donnerais cher pour en avoir juste quelques miettes, des fois.

— Les enfants sont surprenants, non ?

— Je ne sais pas pour les autres, mais Annie l'est, en tout cas. Mais c'est ma fille, alors bien sûr je ne suis pas impartiale.

— Sûrement, mais si tu veux l'avis objectif d'un étranger… Elle *est* étonnante.

Impulsivement, Jennifer se haussa sur la pointe des pieds pour l'embrasser sur la joue.

— Mmm… Et pourquoi ce baiser ?

— Parce que, c'est tout.

Annie revint vers eux avec Butch et ce fugace instant entre eux se dissipa.

— On a faim, maman ! déclara-t-elle.

Dix minutes plus tard, ils étaient installés sur la couverture, à quelques mètres du ruisseau, et sous un saule dont les branches souples frémissaient sous la brise.

— Il peut manger de mon sandwich, Butch ? s'enquit Annie.

— Donne-lui en une bouchée pour qu'il ne soit pas frustré, mais pas plus, répondit Yannis. Il a eu sa pâtée avant de partir, et un chien ne mange pas comme nous. Beaucoup de choses qui sont bonnes pour nous sont mauvaises pour eux.

— Comme quoi ? insista Annie.

— Oh ! la liste serait trop longue… mais par exemple, il ne

faut jamais leur donner du chocolat. C'est très dangereux ; s'ils en mangent beaucoup, ils peuvent même mourir.

Annie eut l'air surprise, et il était clair qu'elle prenait à cet instant conscience qu'un chien n'était pas un humain et qu'il ne fonctionnait donc pas de la même manière...

— On peut aller jouer au Frisbee avec Butch, maintenant ? demanda-t-elle quand ils eurent terminé leurs sandwichs.

Couché près d'elle, Butch dressa les oreilles.

— Si ta mère est d'accord, bien sûr.

Il se tourna vers Jennifer.

— Pas de problème. Je garde le fort en attendant, plaisanta-t-elle en s'adossant au tronc du saule pour les suivre des yeux.

Un après-midi idéal, songea-t-elle en les regardant rire et courir avec Butch. Toutefois, elle avait du mal à ignorer le gros nuage noir qui stagnait, menaçant, au-dessus d'elle et d'Annie...

— Salut...

Yannis releva les yeux de son écran d'ordinateur. Ted s'était arrêté sur le seuil de la pièce, un café fumant à la main et les cheveux ébouriffés comme s'ils n'avaient pas vu de peigne depuis des lustres. Tous deux avaient fait leur médecine ensemble à Stanford et Yannis le connaissait assez pour identifier immédiatement chez lui des signes d'anxiété.

— Salut, répondit-il. Entre, ferme la porte et dis-moi ce qui ne va pas.

Ted s'exécuta puis vint s'installer dans le fauteuil face à lui de l'autre côté du bureau.

— Comment sais-tu qu'il y a un problème ?

— Tes cheveux et ta mine renfrognée. Alors ?

— J'ai appris des mauvaises nouvelles, confirma Ted.

— Les résultats de nos dernières recherches ne sont pas ce que nous espérions ?

Son esprit s'efforçait déjà d'anticiper les choix qui s'offriraient à eux au cas où il serait tombé juste. Il commençait à envisager que le pourcentage de grossesses viables consécutives à la procédure *in vitro* qu'ils utilisaient actuellement pourrait être augmenté en prescrivant certains minéraux et vitamines spécifiques afin d'optimiser la santé de la mère six mois avant la conception. Les tests, jusqu'à présent, tendaient à indiquer que le régime actuel était efficace, mais encore insuffisant.

— Si, si, au contraire.

— Ah...

Yannis se tut afin de laisser Ted en arriver au fait.

— Sarah m'a confié qu'un audit avait été fait en secret à l'Institut, expliqua enfin Ted. Et les résultats révèlent de sérieux problèmes financiers.

Yannis se redressa dans son siège.

— Oh ! flûte... Et c'est sûr ?

Ted hocha la tête.

— C'est Lisa qui le lui a dit.

— Ah... Une source sûre...

Lisa Armstrong n'était pas seulement membre de la famille fondatrice de l'établissement, elle était également l'administratrice en chef de la partie médicale. Si Lisa en avait parlé à Sarah, la femme de Ted, alors l'authenticité de l'information ne faisait aucun doute.

— Lisa a-t-elle dit autre chose ?

— Il est clair que les problèmes sont assez graves pour menacer la survie financière de l'Institut.

Yannis pesta de nouveau.

— Comment a-t-on pu en arriver là ? J'ai entendu dire que le bal avait été un succès en ce qui concerne les fonds et les donations. Alors pourquoi ? Que se passe-t-il ?

— Oui, c'est bizarre, hein ?

— Et ça vient à un moment critique de nos recherches, en plus ! ajouta-t-il, l'air sombre. Je ne veux même pas imaginer ce qui pourrait se passer si nous devions tout reprendre de zéro dans un autre labo.

— Je sais, compatit Ted. On perdrait des mois, peut-être même des années.

— Et puis, tous ces scandales qui ont miné la réputation de l'Institut, ces derniers mois... C'est incroyable qu'il n'ait pas déjà succombé sous le poids de ces calomnies.

Ted acquiesça avant de boire une gorgée de café.

— D'une certaine manière, c'est bon signe, dit-il. Ça prouve que nous avons les reins solides et qu'il ne faut pas baisser les bras trop tôt. Nous surmonterons cette nouvelle tempête.

— Je prie pour que tu aies raison..., soupira Yannis en se levant. En attendant, je suggère que nous allions au labo voir ce que donnent nos derniers tests.

Toute la journée, Yannis s'immergea avec Ted dans ces recherches qui exigeaient d'eux beaucoup d'énergie et leur valaient de nombreuses frustrations. Le travail méticuleux de laboratoire effectué grâce à un groupe important de patientes volontaires prenait une grosse partie de leur temps et se révélait bien souvent décevant, mais c'était un mal nécessaire s'ils voulaient prouver la viabilité de leur théorie. La possibilité d'accroître les chances pour chaque couple de concevoir et de mettre au monde un bébé sain valait la peine, à leurs yeux, de dépenser toute cette énergie et d'aller au-delà des échecs et des insatisfactions. Le succès était au bout du chemin, aussi rude soit-il, et ils s'encourageaient l'un l'autre pour ne jamais perdre cet objectif de vue.

Ce soir-là, il se rendit directement chez Jennifer, s'arrêtant en chemin pour acheter le DVD de *Ratatouille* et une pizza. Il ne lui avait pas échappé que, depuis quelque temps, chaque fois qu'il était confronté à des ennuis à l'Institut, il prenait automatiquement la direction de l'appartement de Jennifer...

— Tu vas bien ? demanda-t-elle quand il l'attira contre lui pour l'embrasser.

— Juste quelques ennuis au travail, dit-il. Mais je me sens déjà mieux rien que d'être ici.

Lui prenant la main, elle l'entraîna vers le salon.

— Annie ? appela-t-elle. Tu viens dire bonjour à Yannis ?

Le dîner fini, Annie était installée devant *Ratatouille* et Yannis aidait Jennifer à porter les assiettes dans l'évier quand le téléphone sonna.

Tout en débarrassant la table, il la vit se figer dès qu'elle eut décroché, puis répondre à voix basse, blême et manifestement très contrariée. Il ne pouvait entendre ce qu'elle disait, mais son corps, lui, manifestait clairement sa colère et... sa peur.

— Des ennuis ? demanda-t-il quand elle revint près de lui.

— Non, non, ça va. Viens, allons rejoindre Annie.

Il dut attendre que le film soit fini et qu'Annie soit couchée pour aborder le sujet qui le tracassait depuis deux heures.

— Parle-moi de ce coup de téléphone, Jennifer, dit-il.

Elle rencontra son regard ; ses yeux trahissaient cette peur qu'il avait ressentie en elle plus tôt.

S'asseyant près d'elle sur le canapé, il l'attira contre lui.

— Tu peux me dire que ce n'était rien, mais je sais qu'il y a un problème. Parle-moi, je t'en prie.

Elle garda un long moment le silence et il attendit patiemment qu'elle surmonte ses réticences.

— C'était mon ex-mari.

Yannis se raidit.

— J'ignorais que vous étiez encore en contact.

— Nous ne l'étions plus depuis le divorce, jusqu'à ce qu'il m'appelle. C'est la troisième fois depuis le mois dernier.

— Que veut-il ?

Elle baissa la tête, hésitante.

— Jennifer, tu peux tout me dire..., insista-t-il doucement.

Après un moment de silence, elle finit par tout lui révéler : la photographie du bal que Patrick avait vue, son désir d'entrer dans l'équipe de l'Institut, son chantage pour qu'elle intercède auprès de lui, Yannis, afin qu'il l'engage et, pire que tout, la menace qu'il faisait peser sur Annie.

Yannis n'avait pas de mots assez durs pour qualifier l'homme et sa conduite.

— Mais comment as-tu pu l'épouser ? Comment a-t-il fait pour séduire une femme aussi intelligente et honnête que toi ?

Elle secoua la tête en soupirant.

— J'étais très jeune et très naïve et il avait beaucoup de charme. Mais, finalement, ce mariage n'a pas été un échec total, puisqu'il m'a donné Annie.

— Je croyais qu'il avait légalement renoncé à ses droits parentaux, mais, de toute évidence, ce n'est pas le cas, n'est-ce pas ?

— Non. C'était un simple accord entre nous, rien de légal. Une erreur de ma part, je m'en rends compte aujourd'hui, mais jamais il ne m'était venu à l'esprit qu'il aurait un jour des raisons de revenir sur sa décision. D'ailleurs, il n'a pas changé d'avis quant à Annie ; pour lui, elle n'est qu'un moyen de parvenir à son but en me faisant chanter.

Elle se redressa brusquement, les mâchoires crispées.

— Qu'une chose soit bien claire, Yannis : je ne te demande pas d'aider Patrick à obtenir un job à l'Institut. Et j'espère qu'il laissera tomber ses menaces quand il se rendra compte qu'elles ne le mèneront nulle part.

Avec douceur, il l'attira de nouveau contre lui.

— Il ne m'est pas une seconde venu à l'esprit que tu accepterais de jouer son jeu. Ne t'inquiète pas ; nous trouverons le moyen de l'empêcher de nuire à Annie. S'il le faut, je ferai intervenir le cabinet d'avocats de ma famille. Ils n'ont encore jamais perdu le moindre procès.

Jennifer se pressa plus étroitement contre lui tandis qu'il l'embrassait tendrement. Bientôt, le désir flambait entre eux et Yannis, à un moment, dut s'écarter d'elle.

— À moins que tu m'emmènes dans ton lit, il vaudrait mieux que je rentre. Je crois avoir utilisé tout le contrôle que j'avais et, à présent, je ne réponds plus de rien...

— Yannis, je ne suis pas sûre que...

Il posa son index sur sa bouche pour la faire taire.

— Je sais. Tu n'es pas prête.

La prenant dans ses bras, il l'embrassa chastement sur le front puis l'entraîna vers l'entrée.

— Ferme bien les verrous derrière moi, dit-il.

— Oui. Bonne nuit, murmura-t-elle.

— À demain.

Avant même d'avoir regagné sa voiture, il sortit son portable et laissa un message à l'agence spécialisée dans les investigations en tout genre à laquelle avait toujours recours son père pour leur demander de lui trouver au plus vite les coordonnées du mari de Jennifer. Il rentra chez lui en échafaudant un plan pour débarrasser une fois pour toutes Jennifer et Annie de cet homme.

Quand il rentra sa Jaguar dans le garage, il savait exactement comment il allait procéder…

— Docteur Demetrios, votre rendez-vous de 15 heures vient d'arriver.

— Faites-le entrer, répondit Yannis dans l'Interphone.

La porte s'ouvrit et l'homme pénétra dans la pièce.

Yannis se leva, jaugeant l'ex-mari de Jennifer d'un œil froid. Taille moyenne, carrure solide, traits réguliers et sourire affable qui, il le devinait sans mal, pouvait aisément devenir charmeur avec les femmes.

Il le détesta d'emblée.

— Patrick Evans ?

— Oui, répondit ce dernier en s'approchant pour lui serrer la main. C'est un plaisir de vous rencontrer, docteur Demetrios. Je suis vos travaux avec un grand intérêt depuis plusieurs mois.

— Merci. Asseyez-vous, je vous prie.

Il reprit place lui-même dans son fauteuil et sélectionna le dossier de son visiteur qui apparut sur l'écran de son ordinateur.

— Votre candidature précise que vous venez de terminer votre internat. Qu'est-ce qui vous a décidé à vouloir travailler pour l'Institut Armstrong ?

— Vos recherches, répondit Patrick sans hésitation. Les nouvelles méthodes de procréation *in vitro* m'intéressent tout particulièrement.

— Je vois, dit Yannis. Vous avez été marié à Jennifer Winkler, n'est-ce pas ?

— En effet, répliqua Patrick dont l'expression fut teintée d'une ironie désabusée. Nous étions trop jeunes et ce fut un échec, malheureusement.

Cette réponse toute prête n'étonna pas Yannis.

— Hmm... Et vous avez une fille.

— Oui. Les circonstances m'empêchent de la voir aussi souvent que je le souhaiterais, hélas, mais à présent que je vais avoir une situation plus stable, j'espère pouvoir enfin m'en occuper correctement.

Yannis jugea que la comédie avait assez duré. Les réponses criantes d'hypocrisie de l'homme le confortaient dans l'opinion qu'il avait pu se faire à travers la description de Jennifer. Patrick Evans était un lâche doublé d'un menteur pour qui sa fille n'avait d'intérêt qu'en tant que moyen de chantage.

— Je suggère que vous reconsidériez votre relation avec Annie, dit-il d'un ton où perçait désormais une sourde menace.

Pris au dépourvu, Patrick fronça les sourcils.

— Excusez-moi, mais je ne comprends pas ce que...

— Mon avocat a préparé deux documents. Vous allez les signer, renoncer à tous vos droits parentaux envers Annie et accepter son adoption par un homme capable d'être un vrai père pour elle.

Comme mû par un ressort, Patrick bondit de sa chaise. Une bouffée de colère avait tout à coup coloré ses joues.

— Qu'est-ce qui vous fait croire que vous pouvez m'obliger à signer quoi que ce soit ?

Yannis se leva à son tour et posa ses deux poings sur le

bureau sans chercher à cacher le mépris que lui inspirait Patrick.

— J'ai le pouvoir de vous empêcher de trouver du travail dans tous les laboratoires de la côte Est, voire de tous les États-Unis.

— Vous n'avez pas le droit ! protesta Patrick.

— Vous voulez parier ? rétorqua Yannis. Et si vous essayez seulement de menacer encore Jennifer ou Annie, je ne perdrai pas de temps à appeler votre patron ou mon avocat – c'est directement à moi que vous aurez affaire.

— Le nom de Demetrios ne vous autorise pas à me forcer à renoncer aux droits que j'ai sur ma fille, répliqua Patrick dont le visage, alternativement, blêmissait et s'empourprait.

— Je n'ai pas besoin de mon nom ou de l'argent de ma famille pour m'occuper de vous ! Mais s'il le faut, je me servirai de tous les moyens dont je dispose.

Ouvrant son tiroir, il prit un dossier et en sortit les documents qu'il posa devant Patrick avec un stylo.

— Nous savons tous les deux que vous n'avez strictement rien à faire d'Annie et de Jennifer. Alors signez ces papiers.

Patrick soutint encore un instant son regard dans un ultime défi, puis il saisit le stylo et apposa son paraphe partout où il était requis avant de repousser les documents vers lui.

Yannis les parcourut pour s'assurer qu'ils étaient correctement signés, puis les remit dans le dossier.

— J'ai votre parole que vous ne me fermerez pas les portes des autres laboratoires ? demanda Patrick avec agressivité.

— Vous l'avez.

Patrick se dirigea vers la porte qu'il ouvrit avec brusquerie.

— Si vous deviez divulguer ce qui vient de se passer ici, je saurais d'où vient la fuite, ajouta Yannis. Et si je découvre que vous avez parlé, alors je prendrai un plaisir extrême à m'assurer que vous ne puissiez jamais pratiquer la médecine, conclut-il, le visage de marbre.

Livide, maintenant, Patrick quitta la pièce en refermant sans bruit la porte derrière lui.

Yannis relâcha l'air qu'il avait l'impression d'avoir bloqué dans ses poumons durant tout l'entretien et laissa la satisfaction d'avoir réglé cette affaire dissiper la répulsion que ce minable maître chanteur lui inspirait.

Un minable et un imbécile. Car il fallait vraiment être aveugle et borné pour avoir tourné le dos à une femme comme Jennifer et à son adorable petite fille. À sa place, il aurait été le plus heureux des hommes. Jamais il ne les aurait quittées.

Et je ne les quitterai jamais, songea-t-il soudain avec une détermination farouche. Il les voulait toutes les deux dans sa vie. Il voulait leur offrir une protection légale – ce qui signifiait le mariage et l'adoption d'Annie.

À présent que cette résolution avait pris forme dans son esprit, il était impatient de la mettre en application.

En espérant que Jennifer accepterait.

Incapable d'attendre sa réponse plus longtemps, il prit son dossier et sortait de son bureau quand sa secrétaire le rattrapa dans le couloir.

— Yannis, il y a un problème avec Mme MacQuillen. Son mari a appelé les urgences et l'ambulance l'a conduite directement à l'hôpital.

— J'y vais immédiatement, dit-il.

Alors même qu'il se dirigeait vers l'ascenseur, il composa le numéro des MacQuillen.

— Ralph ? Ici le Dr Demetrios.

Il parvint à calmer quelque peu le mari anxieux et lui demanda de le retrouver à l'hôpital.

Jennifer et Annie devraient attendre. Dans l'immédiat, la grossesse difficile de Mme MacQuillen avait la priorité.

10

Jennifer referma son portable après avoir une fois de plus eu la boîte vocale de Yannis. Elle avait espéré le voir ce soir ; depuis trois semaines, elle s'était habituée à ses visites lorsqu'elle ne travaillait pas en soirée.

Déçue, elle fit prendre son bain à Annie puis la laissa feuilleter un peu son grand livre sur les bébés animaux avant d'éteindre.

Seule dans la semi-obscurité du salon, elle alluma la télévision, mais rien, sur aucune chaîne, ne parvint à capter son intérêt.

Yannis lui manquait.

Elle avait fini par se fixer sur une rediffusion d'un vieux film de Fred Astaire quand des coups discrets retentirent dans l'entrée. Après avoir regardé dans le judas, elle ouvrit la porte en grand.

— Salut..., dit-elle.

Après avoir refermé derrière lui, Yannis l'attira dans ses bras.

— Je t'ai manqué ?

Elle se mit à rire.

— Nous nous sommes vus il y a moins de vingt-quatre heures. Mais oui, c'est vrai, tu m'as manqué. Je t'attendais plus tôt.

— J'avais à faire... En l'occurrence, m'assurer que ton ex ne vous menace plus, ni toi ni Annie.

— *Quoi ?* Yannis, qu'as-tu fait ? demanda-t-elle, inquiète. Tu n'as pas cédé à son chantage en lui donnant un poste à l'Institut, j'espère ! Tu ne pourras jamais te fier à lui. Si tu t'avises de lui tourner le dos…

— Je n'ai rien fait de ce qu'il attendait, la rassura-t-il en lui montrant le dossier qu'il tenait à la main. Tiens. Ça, c'est pour toi.

Ils allèrent s'installer dans le salon où, après leur avoir servi à tous deux un café léger, elle s'assit dans le rocking-chair pour lire les documents. Elle n'arrivait pas à le croire… Patrick renonçait à tous ses droits sur Annie et acceptait même qu'elle puisse être adoptée !

— Je… je ne sais pas quoi dire, murmura-t-elle quand elle eut terminé. Comment as-tu pu le convaincre de signer ?

— Très simple… Je l'ai menacé de lui faire une détestable réputation dans le milieu médical. J'y ai une certaine influence et il le sait. Donc il a choisi d'abandonner Annie, en échange de quoi je lui ai promis de ne pas divulguer les procédés douteux auxquels il avait recours pour brûler les étapes de son ascension sociale…

— Oh ! Yannis !

Ses yeux se remplirent soudain de larmes.

— Ne pleure pas, ma chérie, dit-il en l'attirant contre lui. Jennifer, je ne sais pas si tu es prête pour cela, mais je voudrais t'épouser et adopter Annie.

Elle releva la tête et, sans un mot, sonda son regard. La détermination brillait dans les yeux noirs de Yannis.

— Dis-moi oui, je t'en prie, insista-t-il. Je ne peux plus vivre sans toi.

— Je… je ne savais pas, dit-elle dans un souffle. Tu ne m'as jamais dit que… que tu m'aimais.

— Je ne pensais pas que tu étais prête à l'entendre. Et puis, c'est une première pour moi aussi. Jamais je n'ai aimé avant toi, et je croyais que c'était évident, que tu ne voyais que cela.

— Non. Mais peut-être parce que mon propre amour pour toi m'aveuglait...

Il rejeta la tête en arrière avec un énorme soupir de soulagement.

— Tu me rassures... Parce que si tu ne m'avais pas aimé, je ne sais pas ce que j'aurais fait.

— Et maintenant ? insista-t-elle en lui effleurant la gorge du bout des doigts. Puisque c'est oui, que veux-tu faire ?

Elle sentait son cœur cogner sourdement dans sa poitrine.

— Je voudrais que tu m'emmènes dans ton lit. Jusqu'à présent, je n'ai jamais insisté parce que je savais que tu ne voulais pas qu'Annie te découvre le matin avec quelqu'un sous ta couette, et que je respectais cette décision. Mais nous allons nous marier, et le plus vite possible, j'espère. Et je n'ai pas envie de rentrer seul chez moi ce soir.

— Et après ce soir ?

— Nous prendrons des vacances, tous les trois. Ensuite, vous vous installez toutes les deux avec moi. Il y a assez de place pour trois – et même pour cinq, pour dix si nous envisageons un jour de donner des frères et sœurs à Annie ! ajouta-t-il avec une lueur rieuse dans les yeux. Dis-moi oui, Jennifer, répéta-t-il. Je ne veux pas passer une seule nuit de plus sans toi.

Elle lui caressa le visage, lui lissa la bouche de ses pouces...

— Oui, dit-elle enfin, souriant à travers les larmes qui roulaient sur ses joues. Oui, je veux t'épouser, Yannis Demetrios.

Son visage s'illumina d'un sourire radieux.

— J'ai l'impression d'avoir gagné le super gros lot de la loterie ! s'exclama-t-il en pressant un baiser sur sa bouche. Annie sera ravie de vivre avec Butch, et lui aussi.

— Elle voudra même dormir avec lui.

— Pas de problème. On l'installera au pied de son lit !

Jennifer sentit ses ultimes craintes s'envoler. Lui prenant la main, elle se releva pour l'entraîner.

— Viens dormir avec moi, Yannis. Et reste jusqu'au matin.

Quand Annie se réveillera, nous déjeunerons ensemble et lui annoncerons la nouvelle.

Yannis la suivit dans la chambre et dans le lit confortable où elle dormait seule depuis la naissance d'Annie.

Mais plus maintenant. Désormais, Yannis serait auprès d'elle.

Comme il lui ôtait son T-shirt et se penchait pour s'emparer de sa bouche, elle se sentit la proie d'une vive émotion. Yannis lui offrait de vivre ce qu'elle n'avait jamais connu auparavant – le bonheur, la sécurité, l'amour...

Juste avant qu'ils aient fini de se dévêtir et qu'il la soulève pour l'allonger sur le lit, elle se jura de l'aimer jusqu'à son dernier souffle, elle aussi.

L'avenir, songea-t-elle encore alors qu'elle frémissait sous ses mains impatientes, s'annonçait plus ensoleillé et lumineux qu'elle avait jamais osé l'imaginer...

ANNIE O'NEIL

Un retour, un mariage

Traduction française de
CHARLINE McGREGOR

BLANCHE

HARLEQUIN

Titre original :
A RETURN, A REUNION, A WEDDING

Ce roman a déjà été publié en 2020.

1

Jayne aurait dû partager des tapes amicales, à l'heure qu'il était. Des pouces levés. Un bonheur collectif. Au lieu de quoi, elle assistait à un exode massif de sa salle d'opération : tout le monde filait sans demander son reste.

Que se passait-il donc ? Bon, d'accord, dix heures de transplantation cardiaque, c'était épuisant. Elle se nettoya les mains et le visage puis ôta sa tunique de chirurgien qu'elle jeta dans le bac à linge sale.

— Tout va bien, docteur Sinclair ?

Sana, l'infirmière de bloc préférée de tout l'hôpital pour enfants Merryweather de Londres, ne lui bloquait pas complètement la sortie, quoique…

Bizarre. Et ce regard qu'elle posait sur elle…

— La Jayne Sinclair que je connais ne fronce pas les sourcils…, reprit Sana. Alors, vous allez m'expliquer ce qui a effacé votre joli sourire ou est-ce que je vais devoir vous tirer les vers du nez ?

Sana était connue pour sa capacité hors du commun à faire avouer même aux plus résistants qu'ils avaient besoin de repos. Depuis cinq ans au Merryweather, Jayne n'avait jamais été confrontée au fameux « regard perçant de Sana ». Jusqu'à aujourd'hui.

Elle réprima un frisson. Déjà, ses six semaines de congés non utilisés lui revenaient à la mémoire, accusateurs. *Noooon !*

Les vacances, très peu pour elle. Le repos, idem. Elle, son passe-temps favori, c'étaient les opérations. Les gardes supplémentaires. Les coups de main quand l'hôpital était à court de personnel. Tout cela pour devenir le meilleur chirurgien cardiaque en pédiatrie possible. Ici, elle était heureuse, dans son élément. Ici, elle savait réparer les problèmes. Dehors... eh bien, l'association Londres et elle n'avait pas vraiment bien pris.

Elle se passa une main sur le visage et métamorphosa son front soucieux en un sourire.

— Non, non, regardez... Hop, et voilà le sourire !

Sana la contempla de la tête aux pieds avec l'air de celle qui ne s'en laisse pas conter.

— Vous avez fait du bon travail, commenta-t-elle.

— Quand je peux réparer un cœur, je considère que la journée a été bonne...

Si seulement elle pouvait réparer le sien...

Sana haussa un sourcil, à croire qu'elle avait lu dans ses pensées. Puis elle croisa les bras. Enfin, elle n'avait tout de même pas surpris la larme qui avait coulé sur sa joue, songea Jayne. Juste une larme ! Qui plus est, une fois qu'elle en avait eu fini avec sa patiente et alors que les autres chirurgiens refermaient la plaie sous sa supervision. Pas de quoi en faire un plat.

En apparence, du moins. Mais Sana ne pouvait pas savoir à quel point cette opération avait été dure pour Jayne.

Sa patiente, une adorable adolescente de quatorze ans, Stella, vivait grâce à un cœur artificiel depuis cinq mois. Sa famille n'en pouvait plus de faire bonne figure pour ne pas aggraver son état déjà compliqué. Sans parler de la peur constante qui allait de pair avec ce genre de problème.

Quand ils avaient appris qu'un cœur était disponible, tôt ce matin, Jayne et son équipe avaient été fous de joie et ils avaient fait tout leur possible pour qu'il leur soit attribué. Maintenant, il battait donc à nouveau dans la poitrine de

Stella. Bref, aujourd'hui aurait dû être une journée spéciale et heureuse.

Elle venait de passer plus de dix années de sa vie à étudier, à pratiquer la médecine, la chirurgie, à se préparer à devenir chirurgien cardiaque en pédiatre... Exactement comme sa sœur jumelle, Jules, avait imaginé le devenir elle-même un jour.

Son cœur se serra si fort qu'elle eut soudain du mal à respirer. Il fallait qu'elle sorte prendre l'air. Seulement Sana était toujours là, et son fameux regard aussi, rivé sur elle.

Quand un cœur leur arrivait, Jayne s'assurait que les informations vitales lui parviennent : la compatibilité, la viabilité, l'accessibilité du donneur. Elle lançait une batterie de tests : groupe sanguin, radios, IRM, échographie, tomographie, et bien sûr, l'angiographie coronarienne et la sonde cardiaque. Elle avait tout fait méticuleusement avec la précision scientifique requise. Et puis, comme toujours, elle avait demandé à ce que l'afflux d'informations s'arrête là.

Sauf que l'un des jeunes chirurgiens de son équipe n'avait pas compris. Au moment où Jayne prenait le cœur entre ses paumes, il lui avait raconté l'histoire du donneur.

C'était là qu'elle avait ressenti les premiers picotements. Des larmes qu'elle avait ravalées, bien sûr, mais avec tellement de difficulté.

Car le cœur en question avait une histoire qui avait rappelé à Jayne le pire jour de sa vie. Il appartenait à une jeune femme qui était sortie faire un tour de vélo sur un chemin de campagne.

Exactement comme Jules, la jumelle de Jayne.

Aucune des deux jeunes femmes n'était rentrée à la maison. Aucune n'avait entendu les cris de sa sœur, hurlant à la voiture de s'arrêter. Aucune n'avait réalisé ses rêves, été au bout de son destin. Car toutes les deux avaient été déclarées en état de mort cérébrale sur le lieu de l'accident.

Alors si Jayne ne souriait pas, malgré le succès de la

transplantation sur Stella, elle avait ses raisons. Et de bonnes raisons, bon sang…

Un « bip » résonna et la fit sursauter.

— Je parie que c'est la chambre de Stella, dit-elle en se tournant vers le couloir.

Mais Sana ne bougea pas.

— Doucement, doucement. C'est pour le Dr Lewis. C'est sa femme.

— Quoi ? Mais comment vous savez ça ?

Le visage de Sana se radoucit.

— Elle appelle toujours à peu près à la même heure pour savoir si elle peut mettre le dîner en route.

— Ah…

Une pointe d'envie fit s'échapper l'air des poumons de Jayne. Elle aussi pourrait avoir cela. Quelqu'un qui l'aime assez pour lui préparer à dîner. Pour l'attendre le soir quand elle rentrait.

Une image de Sam apparut dans sa tête ; elle l'effaça aussitôt. Inutile de pleurer sur le passé. Sur son visage, quand elle lui avait rendu sa bague…

— Allez, rentrez chez vous, prenez un bain, reprit Sana. Relaxez-vous et profitez vraiment du moment pour vous… Cela fait des mois que vous consacrez tout votre temps à Stella, alors maintenant, laissez l'équipe prendre le relais.

— Pas question. Je reste jusqu'à ce que son corps ait définitivement accepté son nouveau cœur.

— C'était quand la dernière fois que vous avez posé un congé ? Et je ne parle pas des deux jours par an que vous prenez pour acheter les cadeaux de vos parents… Je vous ai vue pleurer au bloc.

Jayne tenta de détourner la tête, en vain. Un voile de sueur perlait à son front sous le regard scrutateur de l'infirmière quand, tout à coup, elle perçut les avantages de quelques semaines de repos. L'occasion de recouvrer ses esprits. De reprendre le contrôle de ses émotions. Elle pourrait même... rentrer à la maison ?

Oui, Sana marquait un point. Tout le monde avait besoin d'équilibre dans sa vie. Or celle de Jayne était consacrée à cent pour cent à son travail. Elle n'avait pas de vie en dehors de l'hôpital. Elle avait bien essayé de sortir danser, de faire de l'escalade, de partir en week-end dans les capitales européennes, rien n'y avait fait. Même après des années, les folles soirées et les activités à fort taux d'adrénaline, la transplantation réussie d'un cœur... rien de tout cela ne lui ramènerait sa sœur.

Sana lui posa les deux mains sur les épaules et l'obligea à croiser son regard. Sa voix se fit gentille.

— Vous avez besoin de repos, Jayne. Et vos parents, ils habitent quelque part près d'Oxford, non ? Ils adoreraient sans doute que leur fille leur rende visite...

Jayne se libéra de son étreinte. Sa relation avec ses parents s'était altérée de façon irrévocable le jour où Jules était morte. Elle savait qu'ils l'aimaient, seulement Jules avait été l'une de ces rares personnes capables d'emporter le cœur de tous ceux qu'elle croisait. Belle, vive, folle, intelligente...

Risque-tout, instable, accro à l'adrénaline...

Tout ce que Jayne n'était pas.

— Mes parents s'en vont l'été, en général.

Cette année, c'était en Écosse. Dans un coin éloigné, en tout cas. Sans voitures. Sa mère, jadis si passionnée par la vie, s'était enveloppée dans du coton depuis l'accident.

— Des amis, alors ? insista Sana. Vous devez bien avoir des connaissances, à Whitticombe, quelqu'un qui aimerait vous voir ?

— Pas vraiment, mentit-elle.

Sa meilleure amie, Maggie, l'hébergerait sans hésiter.

Seulement voilà, elle avait deux bonnes raisons pour ne pas vouloir rentrer à la maison. *Primo*, elle ne parvenait pas à penser à Whitticombe sans penser à sa défunte sœur. À sa mort, qui jamais ne serait arrivée si elle n'avait pas demandé à Jules de revenir à la maison pour fêter ses fiançailles. Ce qui l'amenait à la raison numéro deux : le seul moment plus pénible que celui où elle avait vu la vie quitter le corps de sa sœur avait été de rendre sa bague à Sam.

Donc non. La suggestion de Sana était tout bonnement impossible. Six semaines à éviter « l'histoire qui aurait pu être », « le mariage dont elle avait toujours rêvé », « la vie qu'elle aurait pu avoir » ?

Impossible.

Elle avait raté ce train-là depuis longtemps. Et puis, si elle s'en tenait aux quelques nouvelles que Maggie lui envoyait par e-mail, de l'eau avait coulé sous les ponts dans la vie de Sam. Un mariage. Un divorce. La mort de sa mère.

Elle, en revanche, restait bloquée sur ce fameux jour.

Si elle fermait les yeux, elle pouvait tout revivre dans les moindres détails. Il faisait beau. Les touristes avaient commencé à envahir la ville pour admirer les cottages de pierre si pittoresques et, bien sûr, se promener le long de la rivière qui sinuait paresseusement à travers le village. On était début juin, comme en ce moment. Les fleurs étaient en pleine floraison.

Elle portait un diamant à son doigt. Un soir, elle était rentrée de l'école de médecine et Sam lui avait fait sa demande. Évidemment, elle avait dit « oui ». Il était l'amour de sa vie, et ce depuis ce baiser parfait qu'ils avaient échangé le jour de ses seize ans.

Jules, l'enfant chérie de la famille, avait tout lâché à Londres. Tout le monde l'adorait. Comme d'habitude, elle n'avait pas voulu se contenter d'un verre tranquille à la maison pour fêter la nouvelle. Alors Jayne avait suggéré qu'elles prennent leur vélo et qu'elles aillent boire un verre au pub.

Leur père avait agité la main, distrait, quand elles avaient pris la route. Leur mère avait ri derrière sa table à sculpter, avant de faire ce qu'elle faisait toujours : leur donner à chacune un baiser sur la joue en leur recommandant d'être prudentes. Puis elle avait ajouté, à son habitude : « Garde un œil sur ta sœur, tu sais comment elle est. »

Sauf que, cette fois-là, Jules n'avait pas écouté. Elle avait démarré en trombe : « On fait la course ! » Trois heures plus tard, une fois l'ambulance partie et alors que les voisins massés à la maison préparaient à ses parents tasse après tasse de thé au lait... Jayne avait fait glisser le solitaire à son doigt.

Quelques mois plus tard, elle l'avait ôté pour de bon et rendu à Sam.

Elle avait changé, au cours de ce laps de temps. Elle n'était plus la fille optimiste et sans soucis que Sam avait demandée en mariage. À sa place était née une femme déterminée à réaliser les rêves que sa sœur ne vivrait jamais.

Parmi les activités les plus folles qui faisaient vibrer sa sœur, il en était une qui n'avait aucun rapport, mais dont Jules rêvait par-dessus tout : effectuer une transplantation cardiaque sur un enfant.

À mesure que les jours puis les mois de chagrin s'accumulaient après la mort de Jules, Jayne s'était sentie tout aussi impuissante qu'en pratiquant le massage cardiaque sur la scène de l'accident en attendant les secours. Son incapacité à surmonter le souvenir des blessures mortelles de sa sœur avait allumé en elle un besoin qui l'avait définitivement détournée du chemin que la vie semblait lui avoir tracé. Un besoin féroce et incontournable de réparer ses torts. De vivre la vie dont elle avait privé sa sœur. De sauver les vies que sa sœur ne sauverait pas par la chirurgie cardiaque.

Aujourd'hui, c'était chose faite. Elle avait réalisé son rêve. Ce qui aurait dû être une date importante, lui faire relâcher la discipline qu'elle s'était imposée avec l'intensité stricte et déterminée qui lui avait permis d'atteindre ce but. Au lieu de quoi, il s'était passé ce qu'elle redoutait depuis le début : rien n'avait évolué.

La voix de Sana l'obligea à revenir à l'instant présent.

— Docteur Sinclair… Si vous ne faites pas plus attention à votre cœur, vous ne pourrez plus soigner vos patients avec ça, conclut-elle en désignant la tête de Jayne, cette fois.

Soudain, un son retentit, dont elles connaissaient toutes les deux la signification : code rouge.

Trois jours plus tard, quand Jayne entendit sa propre voix prononcer l'heure de la mort de Stella, elle le fit les yeux rivés à ceux de Sana. Où elle lut tout ce qu'elle avait besoin de savoir. Oui, il était temps de rentrer à la maison.

Sana avait raison, elle devait soigner son cœur avant de pouvoir s'occuper de ceux des patients. Ils méritaient son attention pleine et entière, et le décès de Stella l'avait ramenée sur la ligne de départ d'une course effrénée qu'elle croyait avoir enfin finie. Jamais elle ne pourrait échapper au passé.

Sam lut la dernière page du dossier puis il le reposa sur son bureau.

— Si je comprends bien, dit-il en reportant son attention sur sa patiente, c'est repos forcé pour les deux mois à venir. Pas vrai, Mags ?

— Une folie ! Je ne peux pas faire ça, gémit-elle. D'abord, il y a les enfants. Pour le salon de thé, il y a bien Dolly, mais sans mes talents de pâtissière… Et puis, il y a la fête du village, et je fais partie du comité d'organisation.

Sam sourit. Maggie faisait partie de tous les comités.

— Sans parler de la collecte de fonds pour le défibrillateur externe dont le village a désespérément besoin, reprit-elle. La foire aux arts, ensuite…

— Oh là, oh là, doucement ! Qu'est-ce qui est le plus important ? Toi et les bébés. Ceux qui sont là-dedans, ajouta-t-il en désignant son ventre généreusement rebondi. Pour tout le reste, on va se débrouiller, d'accord ?

Les yeux remplis de larmes, elle porta les doigts à sa bouche et hocha la tête.

C'était dans les moments comme celui-ci que Sam Crenshaw comprenait pourquoi certains médecins généralistes préféraient débuter leur carrière dans des endroits où ils ne connaissaient pas leurs patients depuis l'enfance. Annoncer de mauvaises nouvelles à une personne avec qui on avait fait des pâtés dans le bac à sable n'était pas facile.

Un peu plus tôt dans la journée, Maggie était allée à la maternité des faubourgs d'Oxford et elle en était revenue en larmes avec une liasse de papiers qui décrivaient en détail à quel point sa grossesse était devenue compliquée. Essuyer les larmes d'un ami, c'était dur, mais c'était aussi justement pour cette raison qu'il avait voulu devenir généraliste ici, à Whitticombe. Comme son grand-père avant lui.

Leur amour commun pour la médecine n'était pourtant pas génétique puisque Sam avait été adopté. Trop tôt pour se rappeler autre chose que la générosité des Crenshaw qui avaient accueilli dans leur maison déjà bien pleine un enfant inconnu. Leur credo, c'était : « Traite les autres comme tu aimerais qu'ils te traitent. » Il aimait bien cette devise.

L'amour, l'honnêteté et l'ouverture d'esprit de sa famille étaient ses fondations. C'était pour cela qu'il avait décidé de pratiquer la médecine dans le même bâtiment où son grand-père travaillait depuis une bonne quarantaine d'années et qu'il refusait d'ailleurs de quitter pour jouir d'une retraite bien méritée !

Il fit rouler son fauteuil jusqu'à sa patiente et lui prit les mains en la regardant droit dans les yeux.

— Maggie, je sais que tu es Wonder Woman, mais tu n'y arriveras pas seule. Une pré-éclampsie, c'est sérieux. Tu as besoin de quelqu'un qui sait comment t'aider. Avec tes parents en Australie, je ferai de mon mieux et on peut organiser un système de rotation pour les enfants. Je vais passer quelques coups de fil à tes comités...

— Tu crois que je n'ai pas déjà pensé à ça ? l'interrompit-elle. Tout est prêt, quelqu'un va venir me prêter main-forte. Elle devrait...

Elle prit son téléphone et donna quelques coups de doigt sur l'écran.

— Elle devrait être ici d'une minute à l'autre. J'espérais que tu pourrais la mettre au courant de tout. Avec Nate qui est absent et...

Maggie eut toutes les peines du monde à réprimer un autre sanglot et Sam en eut le cœur serré pour elle. Sa journée avait été parsemée de mauvaises nouvelles : la pré-éclampsie, le risque de naissance prématurée pour ses jumeaux, la nécessité de rester alitée. De plus, son pilote de mari était coincé au Moyen-Orient jusqu'à la date prévue de la naissance. Sans parler des deux petits dont elle devait aussi s'occuper.

L'amie qu'elle attendait avait intérêt à être pleine d'énergie.

Il se dirigea vers l'armoire pour en sortir une nouvelle boîte de mouchoirs non sans se morigéner au passage. Il devrait accorder plus de son temps à Maggie. Ce soir, il avait prévu de sortir prendre un verre avec la nièce de sa réceptionniste. Son divorce étant prononcé depuis un an, il était désormais célibataire et prêt à passer à autre chose. Du moins, sur le papier.

La mort de sa mère, quelques mois plus tôt, lui avait assené un méchant coup. Le cancer n'épargnait pas ses victimes, et le seul point positif était que, désormais, sa mère ne souffrait plus.

— Qui est donc cette amie, alors ? Dis-m'en plus sur elle. C'est bien « elle » ?

— Euh... oui.

Bizarrement, Maggie refusait soudain de croiser son regard. Un coup discret qui résonna à la porte la fit se redresser d'un coup.

— Ce doit être elle.

Sam traversa son bureau, ouvrit la porte...

Et là, tout aussi belle et parfaite que le jour où elle lui avait rendu son solitaire, se tenait Jayne Sinclair.

Elle lui adressa un petit signe timide de la main et, à croire qu'elles avaient répété leur entrée en matière, Maggie et elle lancèrent en chœur :

— Surprise !

2

Si l'un des patients de Sam était venu en consultation avec les mêmes symptômes que ceux qu'il ressentait en ce moment, il aurait aussitôt appelé une ambulance.

Le cœur qui cognait comme un fou. Le pouls qui avait grimpé dans la zone rouge. Le sang qui pompait partout où il ne devrait pas. Génial…

En un clin d'œil, sa fameuse théorie comme quoi la prochaine fois qu'il verrait Jayne Sinclair cela ne lui ferait aucun effet venait de lui exploser au visage.

Bon, elle l'avait pris au dépourvu, c'était l'explication. Car après tout, des obstacles, il en avait franchi plus d'un dans sa vie. Un mariage, un divorce et le décès de sa mère. Il avait eu du mal à traîner sa montagne de bagages émotionnels, mais à présent, il les avait déposés. À leur place, dans le passé. Il en avait peut-être retiré un peu plus de cheveux blancs que la moyenne pour un homme de trente et un ans, mais « ce qui ne nous tue pas… ».

Jayne aussi avait connu des hauts et des bas, pourtant le temps ne l'avait pas changée. Ses beaux cheveux étaient toujours aussi noirs, ses yeux bleus aussi brillants. Son teint rosé un peu pâle pour un début d'été. À cette époque de l'année, la Jayne qu'il avait connue aurait eu la peau hâlée par le soleil et une poignée de taches de rousseur sur le nez. Vingt-trois, si son souvenir était bon.

Seulement elle n'était plus cette femme. Cette Jayne-là avait disparu le jour où sa sœur était morte. La « nouvelle » Jayne ne venait en visite qu'à Noël. Elle passait une heure au pub, pas plus, et souvent même moins. Ils discutaient avec un peu de gêne – pas étonnant, face à la fille qu'il avait voulu épouser.

Lorsqu'elle lui avait rendu sa bague, il lui avait suggéré de la garder. De réfléchir. De peser le pour et le contre le fait d'abandonner tout ce dont ils avaient rêvé. Elle était en deuil, furieuse et triste de la mort injuste de sa sœur. Et puis, à la fin, il avait été à court d'arguments. Avec une clarté glaçante, il avait compris qu'elle avait choisi une autre voie. Qui ne l'impliquait plus, lui.

Au fil des années, leurs petites discussions embarrassées étaient devenues un simple signe de la main, de la tête. Trois ans plus tôt, quand il avait épousé Marie, leurs interactions s'étaient vues réduites à néant. À Noël dernier, il était resté à la maison, sa mère étant très malade. Il ne s'était pas laissé le choix de ne serait-ce qu'envisager de revoir Jayne si tôt après son divorce, craignant de rouvrir des blessures qu'il n'était pas encore capable d'examiner de trop près.

Aujourd'hui, le sourire qu'elle lui adressait paraissait aussi peu naturel que celui qu'il lui rendait.

— Salut, Sam. J'espère que ça ne te dérange pas que Maggie m'ait invitée ?

Les trois dernières années de sa vie revinrent à la mémoire de Sam comme une série de flashs.

Il avait cru que Marie et lui seraient heureux. Ils s'étaient fréquentés pendant sa dernière année à l'école de médecine puis ils s'étaient mariés. La première année, leur union avait été solide, mais pour la suivante, tout n'avait pas été aussi rose, et il avait cru pourtant qu'elle comprenait qu'il était très pris par son travail. Le cabinet à transporter dans le XXIe siècle. La grange à rénover. Le cancer de sa mère. Oui, il avait perçu quelques failles dans leur relation, pourtant, quand Marie lui avait annoncé qu'elle voulait divorcer, il était tombé de nues. Apparemment, elle ne voyait pas sa place parmi tous ses projets, toutes ses activités prioritaires.

Il avait reçu une carte de sa part après la mort de sa mère et, apparemment, elle avait déjà trouvé l'homme qu'il lui fallait. Le fait qu'il en ait été sincèrement heureux pour elle en disait long sur ses sentiments à son égard...

Ce qui le ramenait à l'instant présent, au fait que Jayne Sinclair était toujours placée, sur son échelle de Richter personnelle, à un niveau qu'elle ne devrait pas occuper.

Il se frotta la nuque et afficha ce qu'il espérait être un sourire crédible. Il devait se soucier de Maggie, pas de la débâcle qu'était sa propre vie sentimentale.

— Je t'en prie.

Il fit entrer Jayne, lui désigna un siège et inhala par accident l'effluve encore trop familier de pois de senteur et de muscade. Son cœur se serra. Comme avant.

L'effet Jayne.

Maggie et elle s'étreignirent. Par-dessus son amie, car elle la dépassait d'une bonne tête, Jayne croisa et retint son regard. Une énergie que Sam n'avait plus éprouvée depuis des années se déversa dans ses veines et à travers tout son corps.

— Tu as l'air en forme, dit-elle par-dessus la tignasse auburn de Maggie.

Elle aussi. Différente, mais en forme. Toujours mince, avec un style vestimentaire original qui indiquait la femme dont la vie tournait autour de son boulot dans un hôpital pour enfants : jupe brodée de pois, T-shirt orné d'une licorne et tongs avec des roses en satin rouge cousues sur les bandes.

Ses cheveux noirs étaient toujours longs, relevés en queue-de-cheval, mais elle avait une frange, maintenant. Une touche de mascara soulignait ses yeux, couleur océan une seconde, bleu de nuit la suivante, et rien d'autre sur les lèvres qu'une fine couche de gloss. Elles n'avaient pas besoin de plus.

Il se surprit à se demander si le gloss en question avait

toujours un goût de vanille et de menthe, mais se hâta de repousser cette pensée ridicule.

Ce genre d'instinct aurait dû disparaître depuis longtemps, le jour où elle lui avait rendu sa bague, en fait.

Jayne ferma les yeux une seconde avant de les rouvrir pour les poser sur lui. Que n'aurait-il donné pour y lire tous les secrets qu'ils renfermaient !

Avant, ces yeux pareils à des joyaux s'allumaient quand ils parlaient de leur mariage. Quand ils rêvaient de terminer les travaux dans la vieille ferme. Quand ils évoquaient l'envie de Jayne de se spécialiser en pédiatrie, celle de Sam d'opter pour la gériatrie. Ils s'allumaient aussi quand elle le voyait apparaître.

La mort de sa sœur les avait éteints. Malgré tout, il avait refusé de la croire quand elle avait prétendu qu'elle ne l'aimait plus. C'était le traumatisme.

Jayne aimait Jules comme Sam aimait sa propre famille. Fort. De façon protectrice. Il ne pouvait pas lutter contre un fantôme. Il l'avait compris, mais pensait que la douleur s'estomperait. Qu'il pourrait être là pour elle. Mais elle avait refusé son soutien, encore et encore.

Des mois s'étaient écoulés avant qu'il perçoive le changement qu'elle lui avait dit ressentir à son endroit. Le changement qui lui avait fait rendre sa bague de fiançailles. Ce jour-là, elle lui avait annoncé qu'elle allait devenir chirurgien cardiaque, qu'elle ne reviendrait pas à Whitticombe, qu'elle avait repris l'appartement de Jules à Londres. Qu'il était temps pour lui de trouver quelqu'un d'autre avec qui gérer le cabinet.

C'était le coup qui lui avait fait le plus mal. Car mieux que quiconque, Jayne savait la valeur qu'il accordait à sa famille, même si c'était sa famille adoptive, et l'importance que revêtait ce projet de reprendre le cabinet de son grand-père.

Alors il avait su qu'il devait aller de l'avant dans sa vie. Sans Jayne. Cela lui avait brisé le cœur, mais tout autre choix aurait été un mensonge.

Leur échange de regards intense fut interrompu quand Maggie se libéra des bras de son amie et que toutes les deux se tournèrent face à lui.

— Tu le crois ? Jayne m'a téléphoné il y a quelques jours en m'annonçant qu'elle prenait des congés. Alors moi, évidemment, je l'ai aussitôt suppliée de venir au village étant donné que Nate est absent, qu'on a le tournoi de cricket, la fête, le salon d'art... Elle était censée arriver demain, mais quand je l'ai appelée de l'hôpital ce matin pour lui parler de la prééclampsie, elle a tout lâché pour venir sur-le-champ.

Surprenant... En principe, Jayne ne « lâchait pas tout » quand il s'agissait de l'hôpital.

Sam inclina la tête afin de tenter de replonger dans ses yeux. De voir s'il n'y avait pas raté quelque chose. Mais elle détourna la tête.

— J'avais une tonne de congés accumulés à prendre, au point que la RH menaçait de me les supprimer, alors...

Elle haussa les épaules et esquissa un sourire que Sam jugea peu convaincant.

Un truc clochait. S'était-il passé quelque chose à l'hôpital ? Dans sa vie privée ? Quoi qu'il en soit, il était persuadé que ce n'était pas seulement une histoire de congés en retard. Elle était rentrée à Whitticombe parce qu'elle en avait besoin.

Elle était déjà revenue. Lors de ses visites annuelles pour Noël, d'abord, et puis pour l'enterrement de sa mère – il l'avait aperçue au fond de l'église, flanquée de ses propres parents. Elle avait filé dès la fin de la cérémonie, alors même que les parents de Sam la considéraient comme un membre à part entière de la famille – plus que Marie, songea-t-il.

Mais son passé compliqué avec Jayne n'était pas la priorité du moment. Il se tourna vers Maggie, qui riait et discutait sans cesse, à croire que tous ses ennuis étaient désormais oubliés.

— Je n'en reviens pas que tu arrives pile au moment où j'ai besoin de toi !

Perdu dans ses pensées, il l'entendit vaguement évoquer

le tournoi de cricket, mais ne parvint à se reconnecter qu'au moment où Jayne admonesta son amie.

— Pas question, jeune dame ! Tu dois te reposer.

— De quoi vous parlez ? demanda-t-il.

Elles tournèrent toutes les deux vers lui un regard aussi surpris que s'il avait raté un gorille entré dans la pièce en tutu. Jayne affichait une mine réprobatrice.

— Cette folle propose d'emmener les enfants au tournoi de cricket et de dîner sur place. C'est ridicule, n'est-ce pas ?

— Euh... Pas si on veut manger correctement..., ironisa Maggie.

Là, elle marquait un point. Malgré toutes ses qualités, Jayne n'était pas une grande cuisinière.

— Quoi ? dit-elle, faisant mine de s'offusquer.

— Eh bien, avec mon ventre, j'atteins tout juste le plan de travail, et en plus, je suis censée me reposer... Si je me rappelle bien, tes talents culinaires sont à peu près aussi épatants que ta capacité à t'installer à Whitticombe.

— Aïe ! Tu frappes une femme à terre...

Jayne tapota le bras de Maggie et jeta un bref coup d'œil en direction de Sam. Bref, mais assez long pour qu'il constate que le commentaire de Maggie avait touché une corde sensible.

Maggie s'en rendit compte aussi car elle commença à se confondre en excuses : c'étaient les hormones, c'était Nathan qui n'était pas là, c'était sa pré-éclampsie qui arrivait au moment le plus chargé de l'année.

Parlant en même temps, Jayne tentait de prendre sa part de reproches. Elle était trop sensible, elle savait que Maggie plaisantait, elle était là, Maggie pouvait compter sur elle.

— Maggie a raison, intervint Sam. Pour le dîner. Le club propose effectivement un barbecue tout à fait correct ce soir, et ce serait dommage de le rater. En plus, les enfants vont adorer. Ils organisent un match pour les petits en guise de lancement des festivités. Il y aura des saucisses, des burgers, même des guimauves, je crois.

Il résista à la tentation de tendre la main et de la lui poser sur l'épaule comme il l'aurait fait avant, pour la rassurer.

— Tu as fait une longue route et Maggie a effectivement besoin de se reposer. Mes sœurs font partie des cuisinières, et, ce matin, au petit déjeuner, j'en ai entendu une mentionner une salade de pommes de terre.

Il ne précisait pas ce détail au hasard : il savait que ses sœurs faisaient la salade de pommes de terre préférée de Jayne. À moins que cela aussi ait changé.

— Hum, c'est appétissant..., commenta-t-elle avec un sourire reconnaissant.

Plus il l'observait, qui s'affairait désormais à ramasser les papiers de Maggie sur le bureau, plus il détectait quelque chose dans son regard – ou plutôt l'absence de quelque chose dans son regard. Cette étincelle. Elle avait l'air un peu fatigué, certes, mais c'était autre chose. Or cette étincelle n'avait disparu qu'une fois : quand Jayne avait été au plus bas dans sa vie.

Il en était convaincu : ce retour aux sources spontané était motivé par plus qu'un simple besoin de repos. Car enfin, elle avait réussi à éviter le plus possible le village pendant des années, alors pourquoi y revenir maintenant ?

— Ça te va si je repasse plus tard pour en discuter ? demanda-t-elle en agitant la liasse de papiers de Maggie.

— Oui, oui, absolument.

Il se surprit à sourire. Ils avaient toujours aimé parcourir ensemble les dossiers des patients. En l'occurrence, ce serait l'occasion de se rendre compte à quel point elle avait changé.

Seulement il ne devait pas oublier une chose, cette fois : sa présence n'était que temporaire. Jayne avait été on ne peut plus claire : son avenir n'était pas à Whitticombe. Et pas avec lui.

Alors que cette dernière entraînait Maggie vers le couloir, Sam s'avança machinalement pour lui poser une main au bas du dos. Il la vit remarquer son geste et se ravisa. Ce qui était ridicule. Ses doigts n'allaient tout de même pas prendre feu au contact de Jayne !

Il s'accorda quelques secondes avant de sortir accueillir son patient suivant, Tommy Stark. Un garçonnet de dix ans dont l'œil droit semblait avoir croisé un poing.

— Aïe, ça a l'air douloureux, commenta Sam en faisant entrer l'enfant et sa mère.

— Non, répondit bravement Tommy. Je l'ai fait par amour, alors ça ne fait pas mal.

Sa mère expliqua comment il s'était interposé entre un garçon et la championne d'échecs de sa classe, une fillette assez timide que Tommy révérait. Sam esquissa un sourire. Si seulement c'était aussi facile.

Agenouillée devant Maggie, Jayne lui prodiguait un massage des pieds – seul moyen qu'elle avait trouvé pour obliger son amie à rester assise, tant cette dernière était surexcitée à la perspective de leur sortie.

— Aïe, pas si fort. On va au match de cricket !

— Tu es censée te reposer, Mags. Et puis, il n'y a pas que le cricket qui m'ennuie. Il y aura tout Whitticombe.

— Et alors ?

— Alors... c'est bizarre.

Elle n'avait pas envie que tout l'univers soit au courant de son retour. C'était déjà assez difficile de se retrouver ici, surtout à cette époque de l'année. À seulement deux semaines de l'anniversaire du jour de la mort de sa sœur.

— Pourquoi ? Tu es d'ici. C'est bien normal que tu soutiennes l'équipe. Tu représenteras tes parents aussi. Comment vont-ils, d'ailleurs ?

Une lame de culpabilité s'enfonça dans la conscience de Jayne.

— Ils vont bien...

Elle leur avait envoyé un SMS pour leur annoncer qu'elle séjournerait chez Maggie et avait reçu un bref message en retour. Tout allait bien. C'était calme. Ils travaillaient beaucoup.

C'était leur unique moyen de communication depuis la mort de Jules : quelques brefs messages impersonnels. Comme si sa jumelle avait été le lien qui les retenait tous ensemble. Jayne était restée quelques mois après l'accident, mais chaque fois qu'ils la regardaient, elle ne voyait que du vide dans leurs yeux. Tout le monde savait, mais jamais personne n'osait exprimer la vérité.

Si Jayne n'avait pas appelé Jules... Si Jayne ne lui avait pas proposé d'aller au pub à vélo... Si elle avait crié assez fort... Sa sœur serait encore en vie.

La voiture de sport était arrivée si vite, à l'angle de la rue, que les cris étaient restés coincés dans la gorge de Jayne. Quand sa sœur avait été annoncée en état de mort cérébrale, ces mêmes cris s'étaient mis à hurler sans jamais s'arrêter à l'intérieur de sa tête.

Elle parvint à afficher un sourire de façade et reboucha le tube de crème de massage dont elle fit pénétrer le résidu dans ses mains.

La touche mentholée de son odeur lui rappela ce qu'elle avait ressenti quand, tout à l'heure, Sam avait tendu le bras pour poser la main au bas de son dos pendant juste une fraction de seconde. Le feu puis la glace.

— Apparemment, l'été n'est pas encore arrivé jusqu'à eux, reprit-elle. Ils sont tout au nord, dans les îles écossaises.

Maggie fit une grimace.

— Je ne pourrais pas vivre là-haut. Remarque, étant donné la météo, les gens doivent se serrer les coudes. Je parlais avec les McTavish...

Jayne haussa un sourcil interrogateur.

— Ce sont les gens qui ont échangé leur maison avec tes parents. Un couple adorable... Ils adorent mes enfants et n'ont pas de petits-enfants à eux, du coup ils sautent sur toutes les occasions de jouer avec eux. Mme McTavish a même appris à Connor à dessiner !

Voilà justement le genre de choses que le père de Jayne

aurait fait avec ses enfants. Si elle s'était installée dans la vieille grange avec Sam, comme ils l'avaient projeté.

Quand elles étaient petites, son père les prenait sur ses genoux, Jules ou elle, et dessinait avec elles. Jules adorait, mais Jayne était déjà plus attirée par tout ce qui était scientifique.

Pourtant, elle n'avait jamais envisagé de devenir chirurgien. C'était la médecine générale qui la tentait, avec une spécialisation en pédiatrie. Sam s'occuperait des « vieux », elle des « petits », et ils se partageraient les autres patients. Le projet parfait pour une vie parfaite.

— Ouh-ouh ? La Terre à Jayne ! Dis donc, tu ne serais pas un peu bizarre à cause de Sam, par hasard ? reprit Maggie, les yeux écarquillés. C'est pour ça que tu traînes les pieds pour venir au cricket ?

Jayne lâcha un « pfff » assez bien rendu.

— N'importe quoi.

— Oh ! bien sûr, c'est ça !

Pas si bien rendu, apparemment.

Ce qu'elle ressentait pour Sam n'était qu'une pièce d'un immense puzzle. Quelque chose s'était déchiré en elle quand elle avait dû prononcer les mots constatant la mort de Stella. Quelque chose qu'elle avait cru guéri.

— Tu ne serais pas encore amoureuse de lui, par hasard ? insista Maggie, les deux mains sur son ventre rond.

Jayne ne prit pas la peine de répondre. Bien sûr, une partie d'elle aimait Sam. L'aimerait toujours. Leur amour était si profond que jamais il ne pourrait s'effacer. Malgré ce qu'elle lui avait dit à l'époque de leur séparation.

— Jayne... Si tu es venue reconquérir le cœur de Sam, fais très, très attention. Cet homme a traversé de nombreuses épreuves. Son divorce ne remonte qu'à un an et, bien sûr, il y a eu la mort de sa mère. Il est fort, certes, c'est Sam, mais...

— Ce n'est pas pour ça que je suis ici, l'interrompit Jayne, un peu trop sèchement.

Elle plongea dans les yeux de Maggie et y vit vingt années

d'amitié. Pourquoi mentait-elle ? Pourquoi elle était là, elle le savait. C'était parce que prononcer le décès de Stella lui avait donné l'impression qu'elle avait tué sa sœur une seconde fois.

La souffrance. L'angoisse. La culpabilité.

Des sentiments qu'elle ne devrait pas éprouver. Pas en tant que chirurgien confirmé, en tout cas. Elle avait cru que transplanter ce cœur à Stella ferait disparaître les tourments qu'elle endurait depuis toutes ces années. Mais quand le corps de sa patiente avait rejeté le cœur, elle, Jayne, s'était sentie rejetée aussi.

Conclusion : si elle ne parvenait pas à trouver le moyen de se pardonner vraiment la mort de Jules et la débâcle émotionnelle qu'elle avait laissée dans son sillage, jamais elle ne pourrait opérer à nouveau. Or c'était un avenir qu'elle était tout à fait incapable d'imaginer.

— Bref, quelle que soit la raison qui t'a ramenée... Je veux juste que tu saches que je suis contente de t'avoir. Et si jamais tu as envie ou besoin de parler...

Cette proposition, Maggie la lui avait faite un nombre incalculable de fois. Mais la seule personne à qui Jayne avait failli tout avouer, c'était Sam. Elle avait beau se sentir proche de Mags, il avait toujours été la table d'harmonie dont elle avait besoin. Même jeune, il était sage, plus intelligent que la moyenne, capable de lui ouvrir des perspectives sur les choses sans lui donner l'impression qu'elle était bête.

Quand elle lui avait rendu sa bague, elle avait vu passer toutes sortes d'émotions dans ses yeux.

Le chagrin.

La colère.

La douleur.

La frustration.

L'incrédulité.

Pourtant, au lieu de s'emporter, il lui avait donné un baiser sur la joue.

— Peu importe ce que tu traverses en ce moment, lui

avait-il dit. Sache qu'il y a toujours une lumière au bout du tunnel. Tu ne la vois peut-être pas encore, mais tu trouveras la voie. Tu survivras à tout ça. Crois-moi, tu es bien plus forte que tu le penses.

Si elle l'avait cru, seraient-ils ensemble maintenant ?

À l'époque, cela lui avait paru impossible. Car la seule voie à emprunter, c'était de suivre les rêves de sa sœur. Et il n'y avait la place pour personne d'autre dans sa vie.

Il avait fallu la mort de Stella pour qu'elle comprenne : rien ne ramènerait Jules.

Elle s'obligea à afficher un sourire et frappa dans ses mains.

— Honnêtement, ça va. C'est juste... juste un peu bizarre de revoir un ex, d'accord ?

Maggie inclina la tête, l'observa longuement, puis elle lança :

— Bon, alors, on va les manger, ces burgers ?

3

Une demi-heure plus tard, la magnifique pelouse du terrain de cricket bouillonnait d'activité. Jayne ne voyait Sam nulle part, elle pouvait donc souffler, et les McTavish étaient aussi charmants que Maggie l'avait annoncé. Ils avaient emmené Connor et Cailey au match des petits avant que l'équipe principale de Whitticombe affronte celle du village voisin.

Les villageois se montraient aussi agréables qu'à chacune de ses visites pour Noël, distribuant les « bonjour » et les sourires ravis et surpris.

Les parents de Sam étaient bien connus pour leur grand cœur et leur âme charitable. D'ailleurs, ils avaient adopté Sam alors qu'ils avaient déjà trois filles, mais la mère, une travailleuse sociale, était sur place lors de l'intervention des pompiers sur un incendie au cours de laquelle ils avaient secouru le petit bébé abandonné. Jayne savait, malgré leur discrétion sur les conditions de l'adoption, qu'il leur en gardait une infinie reconnaissance et tout autant d'amour. À tous. De son grand-père aux enfants de ses sœurs désormais adultes.

Quand Jayne et Sam étaient en couple, les Crenshaw l'avaient traitée comme un membre de la famille. Qu'en serait-il aujourd'hui ?

Le club-house était rempli de monde. Des papas qui s'occupaient des énormes barbecues. Des groupes d'enfants qui ne participaient pas au match des jeunes pousses et jouaient à chat.

Jayne se surprit à trouver cela agréable. Peut-être au fond que la tristesse du passé avait commencé à se dissiper ?

— Jayne Sinclair ? C'est bien toi ?

Kate, la sœur de Sam, apparut devant elle, un énorme saladier de pommes de terre entre les mains. Et derrière elle, le reste du clan Crenshaw : Jess et Ali, les maris, leurs enfants, M. Crenshaw et son père, Ernest – le grand-père de Sam. Cette famille, elle aurait pu, elle aurait dû en faire partie.

Aussi vite qu'elle était apparue, la sensation de bien-être de l'instant d'avant s'envola. Instinctivement, elle chercha Sam des yeux dans la mêlée. Son chien-loup irlandais, Elf, veillait de près sur son maître qui soulevait l'un de ses neveux pour le prendre dans ses bras. Un geste simple, mais qui décrivait parfaitement le genre d'homme qu'il était.

Aimant. Attentif aux petits détails comme aux grands. Le cœur de Jayne manqua d'exploser quand elle songea que cet homme représentait tout ce qu'elle avait toujours recherché chez un homme et le seul qu'elle ait jamais voulu.

Mais il n'y avait aucun moyen de revenir en arrière et il était trop tard pour présenter des excuses, à présent, même si plus de six années s'étaient écoulées et que l'eau avait coulé sous les ponts… du moins pour elle.

— C'est un plaisir de te voir en dehors de tes visites habituelles, ajouta la sœur de Sam.

— Oui, euh… Je suis venue soutenir Maggie. Je reste quelques semaines, en fait.

Toutes les deux se tournèrent vers Maggie qui organisait une sorte de gigue à trois.

— Dire qu'elle est censée se reposer… Je ferais mieux d'aller l'installer sur un plaid ou quelque chose comme ça.

Et échapper à cette conversation gênante.

— Oui, oui, dit Kate avec une tape sur le bras de Jayne.

Vas-y. Mais… je voulais te dire… Sam commence à envisager de sortir à nouveau avec des filles, alors…

Elle plissa le nez et esquissa un sourire difficile à interpréter.

— Fais attention si tu comptes rester un peu, d'accord ? Il a déjà traversé beaucoup de choses.

Une mise en garde. Aimable, mais une mise en garde tout de même.

— Ne t'inquiète pas, j'ai compris.

Puis elle fit ce pour quoi elle était très douée : elle tourna les talons et s'en alla.

— Coucou ! Tout va bien.

Sam la rattrapa tandis qu'elle escaladait d'un bon pas la petite colline qui surplombait le terrain. Elle fit volte-face et croisa son regard. Y plongea. Le retint. L'électricité craquait entre eux comme pendant un orage.

— Ma sœur m'a dit que tu paraissais perturbée. Qu'est-ce qui se passe ?

— Quoi ? Non, ça va.

Elle ponctua sa phrase d'un coup de poing joueur dans le bras. Comme au bon vieux temps.

Quand il fronça les sourcils, l'air peu convaincu, elle sentit une vague de chaleur malvenue monter dans son ventre alors que la chair de poule lui parcourait les bras.

Comment avait-elle pu oublier la beauté de ses yeux verts ? Sa tignasse épaisse couleur paille, un peu bouclée mais pas trop. Ses joues parsemées d'un début de barbe et sa mâchoire qui appelait les doigts des filles pour en caresser le contour avant de rejoindre ses lèvres remarquablement dessinées.

Jayne crispa les doigts sur le tronc dur d'un arbre en priant pour que cela suffise à l'empêcher de se jeter sur lui. Sans crier gare, le froncement de sourcils sexy se changea en une sorte de sourire. Un sourire méfiant. Et pourtant sexy. Le même sourire qui avait le don de l'enflammer à l'intérieur.

Il n'avait jamais réparé ce léger espace entre ses deux dents de devant. Bizarrement, cette petite imperfection le rendait encore plus parfait.

Il passa les pouces dans la ceinture de son chino, qu'il portait assez bas sur les hanches pour laisser apparaître une bande de peau déjà un peu bronzée.

La version adulte de Sam était... hum... délicieuse. Les petites pattes d'oie au coin de ses yeux, les quelques fils blancs dans ses cheveux au niveau des tempes réveillèrent un feu d'artifice dans le ventre de Jayne.

Un feu qui s'éteignit aussitôt. Ces ridules, ces cheveux blancs, il ne les avait pas avant la fin désastreuse de leur relation. Le temps avait fait son effet. Ou plutôt, la vie. Un divorce. La perte de sa mère. Des coups pour lesquels il n'existait pas de consolation, surtout quand ils survenaient de façon aussi soudaine et rapprochée.

L'envie la tenaillait de le prendre dans ses bras. Mais leur passé commun la retenait.

— Désolée pour ton... tes... enfin, tu sais.

Il planta dans le sien son regard vert qui sembla s'enfoncer directement dans son âme. Mais il ne gratifia sa tentative d'aucune réponse.

Elle avait assisté aux funérailles avec ses parents, mais n'était pas restée pour présenter ses condoléances. Chose qu'elle regrettait parce qu'elle était triste pour lui. Pour bien plus de choses qu'elle n'avait pu l'écrire dans une carte : « Je pense à toi en cette période difficile. »

— Tu prévois de te cacher ici jusqu'à la fin du match ou tu vas aller aider Maggie ?

La lueur de défi qui s'allumait dans les yeux de Sam coupa le souffle à Jayne. Il y avait chez lui une dureté, un côté à fleur de peau auquel elle ne s'était pas attendue. Puis il changea d'attitude et lui offrit un regard presque respectueux.

— Je suis impressionné que tu sois venue. Ça doit être dur, surtout à cette époque de l'année.

À quinze jours et environ huit heures du choc, pour être précis.

Il avait été son amour de jeunesse. Son premier baiser. Sa première danse. Son premier amour. Elle avait dit « oui » quand il était tombé sur un genou pour lui offrir un diamant, un solitaire parfait. Et elle avait pleuré, toute seule, après le lui avoir rendu. Non, décidément, Sam Crenshaw n'était pas le premier venu, il n'était pas un simple copain.

Elle avait eu beau se répéter un nombre incalculable de fois que le quitter avait été la meilleure chose à faire, son cœur la suppliait de changer d'avis chaque fois qu'elle le voyait.

Un sourire pour lequel Jules l'aurait félicitée plaqué sur les lèvres, elle désigna d'un signe de tête la table où était assise Maggie, entourée de toute l'attention et la commisération des villageois maintenant que la nouvelle de ses soucis de grossesse s'était répandue.

— J'ai jeté un coup d'œil au dossier que tu m'as donné. Ça paraît pire sur le papier que ce qu'on voit dans son comportement. Comment elle va, en réalité ?

Sam entreprit d'énumérer les diagnostics sur ses doigts.

— Pré-éclampsie, diabète gestationnel, grossesse gémellaire ; pour être honnête, elle marche sur la corde raide. Pour l'instant, ça va, mais... ça ne durera pas, si elle ne commence pas à se reposer vraiment. Tu sais aussi bien que moi à quelle vitesse ces symptômes peuvent empirer.

Effectivement. Il y avait dans son hôpital une unité spécialisée pour les mères qui vivaient des grossesses à risque. Trop souvent, ses collègues avaient été obligés de prononcer des décès et Jayne se prenait à regretter de n'avoir pas effectué plus de remplacements dans ce service. Peut-être passerait-elle un coup de fil à l'un de ses collègues. Il n'était pas question une seule seconde que la grossesse de Maggie tourne mal sous sa supervision.

— Je vais les garder à l'œil, ses bébés et elle. Tout en

m'assurant que les deux autres mangent autre chose que du pain grillé... brûlé de surcroît.

Sam la regardait avec l'air de celui qui ne la croyait pas vraiment. Et quand il se pencha pour lui parler à voix basse, elle s'efforça de ne pas respirer son odeur. Juste une inspiration de sa peau chaude et épicée et ses genoux se mettraient à flageoler malgré elle.

— Elle a besoin de toi, Jayne. Si tu la laisses tomber, je...

— Tu feras quoi ? marmonna-t-elle, le défiant.

— Je devrai ramasser les morceaux, compléta-t-il d'une voix dure. Mais toi, je ne te soutiendrai pas.

Elle voulut protester, dire qu'être ici n'était pas chose facile pour elle. S'il avait la moindre idée de la pénibilité...

Pourquoi ne pas le lui avouer ?

Non. Si Sam apprenait que leurs fiançailles avaient conduit à la mort de sa sœur... Pas question qu'il porte ce chapeau-là aussi. La mort de Jules, c'était sa faute à elle et à elle seule. C'était elle qui avait proposé à Jules d'aller au pub à vélo ; elle qui n'avait pas apporté son casque à sa sœur à temps ; elle qui n'avait pas hurlé assez fort pour l'avertir que cette voiture de sport arrivait dans le virage.

— J'ai promis de l'aider, dit-elle, le regard dans le sien. Alors je vais l'aider.

Les petites rides au coin de ses yeux s'accentuèrent. Assez pour envoyer un seau d'eau glacée dans les veines de Jayne.

— Tu ne me fais pas confiance ? ajouta-t-elle doucement.

Il ne répondit pas. Il n'avait pas besoin. Le nombre de fois où elle avait vu cette lueur dans ses yeux correspondait au nombre de fois où elle avait eu le cœur brisé.

Il finit tout de même par briser le silence gênant.

— Je suppose que tu es au courant ?

Elle réfléchit une seconde avant de se rappeler la nouvelle la plus récente qu'elle avait entendue concernant Sam.

— Oui ! Oui, ta sœur m'a informée de... euh... enfin... que tu sortais à nouveau !

Il haussa les sourcils et lâcha un rire sec.

— Non, je ne parlais pas de ça. Je pensais à une autre nouvelle : Kate est à nouveau enceinte. J'ai vu que vous discutiez toutes les deux.

Aïe... Non, Kate lui avait juste conseillé de bien se tenir vis-à-vis de Sam. Alors qu'elle l'observait en quête d'une éventuelle trace d'affection résiduelle, une blonde qu'elle ne connaissait pas s'approcha, deux verres de vin à la main.

— Ah, te voilà, Sam ! Je me demandais où tu étais passé. Je croyais qu'on devait s'asseoir près du terrain ? Je me suis permis de t'apporter un verre de pinot du bar, j'espère que tu ne trouveras pas ça trop... Hum, il est délicieux et je suis assoiffée... Une amie à toi ? ajouta la petite blonde en posant ses yeux fauve sur Jayne.

— Quelque chose comme ça, répondit Sam en fixant Jayne. Un souvenir du passé.

Un nouveau feu d'artifice explosa dans le ventre de Jayne. C'était effectivement une façon de le dire.

— Jayne Sinclair, reprit-il. Jayne, je te présente Nell Pace.

Son cœur sombra immédiatement. Apparemment, Sam ne faisait pas qu'envisager de fréquenter quelqu'un... Il voyait bel et bien cette fille. Le feu d'artifice s'éteignit brusquement.

— Salut ! dit-elle d'une voix trop aiguë. Enchantée.

Sam lui jeta un drôle de regard tandis que Nell se lançait dans une explication.

— Ma tante travaille avec Sam. Je suis nouvelle dans le village et elle a pensé qu'on s'entendrait bien, alors quand j'ai entendu parler du match de cricket, je me suis dit que j'allais passer lui dire bonjour.

Sam semblait aussi mal à l'aise que Jayne l'était. Alors elle fit la seule chose qui lui vint à l'esprit pour y remédier. Elle s'esquiva. En commençant par agiter la main en direction de Maggie.

— Je dois vous abandonner, Maggie m'attend.

Elle était mortifiée. Son cœur, tout à coup, pesait une

tonne. Apparemment, Whitticombe n'était pas la machine à remonter le temps qu'elle avait cru.

Jayne claqua la porte des toilettes pour dames et se dirigea directement vers le lavabo pour s'asperger le visage d'eau froide dans l'espoir d'apaiser un peu la chaleur qui lui brûlait les joues. Elle savait que revenir serait dur, mais en relevant les yeux vers le miroir, elle vit des choses à travers les failles de son armure qu'elle osait à peine s'avouer à elle-même. La solitude. La perte.

Elle ravala un grognement de frustration et tapa du pied. Non, elle vivait la vie qu'elle voulait, celle dont sa sœur avait été privée, et si cela impliquait de s'imposer Londres et les activités folles que Jules aurait dû la supplier de faire en temps normal, eh bien, soit.

Elle n'aimait pas le saut à l'élastique ? Tant pis. Le bourdonnement constant de la ville ? Tant pis. Les sorties en boîte de nuit ? Idem.

Mais elle adorait son travail, en revanche. La mort de Jules l'avait amenée à développer un amour pour la chirurgie pédiatrique dont elle ignorait tout auparavant. Raison de plus pour se demander ce qui l'avait poussée à revenir à Whitticombe, au lieu de rester à l'hôpital pour perfectionner ses techniques.

Elle ravala les larmes qui menaçaient de couler et s'efforça de se ressaisir. La perte de Stella était un drame… mais pas un échec. D'un point de vue intellectuel, elle le savait. Oui, mais perdre Stella avec ce cœur-là en particulier, et puis pleurer ensuite… était bien la preuve, si elle en avait besoin, qu'elle n'avait toujours pas surmonté la mort de Jules.

Elle releva les yeux et se contempla dans le miroir. Parfois, elle faisait semblant de regarder Jules quand elle voyait son reflet. Notamment quand elle se préparait à une opération. Elles étaient jumelles, après tout. Sauf que, récemment, c'était devenu de plus en plus difficile de considérer cette version pleine de vie et d'énergie d'elle-même. Et en cet instant, elle ne savait pas qui elle regardait. Presque sept ans à conserver un fantôme en vie, c'était long. Elle tira la langue à son reflet puis s'obligea à sourire. Elle était là pour Maggie, c'était sa chance de prouver qu'elle pouvait faire quelque chose de bien.

Elle avait six semaines. Tout pouvait arriver, en six semaines.

Elle poussa la porte, déterminée à tenter le tout pour le tout, et se heurta à un torse. Un torse qui sentait l'herbe et le bois avec une touche de pamplemousse. Bref, un torse qui sentait Sam Crenshaw.

D'une voix qu'elle s'efforça de rendre légère, voire amusée, elle plaisanta, les yeux dans les prunelles vertes :

— Écoute, Sam, je sais que je n'ai pas toujours été très douée pour m'attarder quelque part, mais je t'assure que tu peux compter sur moi, et que je n'envisageais pas de m'enfuir par la fenêtre des toilettes.

Son regard perplexe l'enveloppa.

— Je voulais juste vérifier que tu allais bien. Tu paraissais bouleversée.

Elle ne pouvait accepter sa compassion, encore moins sa pitié. Pas avec ses émotions qui jouaient au yoyo.

— Oh… Tu voulais vérifier si je n'avais pas le cœur brisé parce que tu sors avec une fille ? Ne te tracasse pas, je ne suis pas jalouse.

Il haussa un sourcil, sa marque de fabrique.

— Pardon, pardon…, reprit-elle en évitant soigneusement son regard. Je suis heureuse pour toi. Tu mérites d'être heureux.

— Et pas toi ?

Voilà une question chargée de sous-entendus… Le sourcil s'était replacé, le sourire adouci. Il leva une main puis, du dos des doigts, lui caressa la joue, et contre tout ce que son cerveau lui hurlait, elle s'abandonna à ce contact.

Son sang s'enflamma et son cœur s'emballa si fort que la licorne sur son T-shirt devait donner l'impression de galoper.

Mais impossible de le vérifier car elle était incapable de détacher les yeux de ceux de Sam.

— Je t'ai manqué ? demanda-t-il d'une voix douce.

— Oui..., répondit-elle avec effort. Affreusement.

Et c'était vrai. Depuis toujours. Plus qu'elle ne l'aurait jamais avoué. Du moins, à lui. Chaque Noël au pub, elle cherchait des yeux son chien, Elf, pour le lui chuchoter à l'oreille, et le chien lui léchait le nez en guise de réponse.

Sam s'avança d'un pas supplémentaire.

— À quel point ?

Le cœur de Jayne manqua un battement. Puis quelques autres. Elle n'avait plus vu Sam de si près depuis des années. Qu'il la touche... le désir de se trouver un tout petit peu plus proche brûlait son corps... Ce n'étaient là que quelques-unes de la myriade de raisons pour lesquelles elle n'avait jamais envisagé de rentrer à la maison.

Elle sentit diminuer l'espace entre eux deux.

Peut-être était-ce l'échec de son opération. Peut-être le fait de l'avoir vu avec une autre femme. Ou alors, plus simplement, le fait qu'elle aimait Sam Crenshaw depuis toujours et que vivre sans son contact était quasi impossible.

Ils allaient s'embrasser. Elle le voyait à la position de son menton. Le sentait au contact de ses doigts sur elle. Mais alors qu'elle se haussait sur la pointe des pieds, alors que leurs bouches étaient si proches qu'elle avait l'impression de flotter, Sam recula. Il se passa les mains dans les cheveux, l'air aussi perdu qu'elle.

Qu'est-ce que cela voulait dire ? Encore un test ?

S'il s'agissait d'une expérience destinée à voir s'il y avait encore cette étincelle entre eux, ils avaient la réponse.

Mais elle émit une série de petits bruits comiques comme pour lui indiquer qu'elle voulait bien faire semblant de rien. Il s'éclaircit la gorge et se frotta la nuque. Apparemment, il ne savait plus où poser les yeux. Nulle part sur elle, en tout cas.

— Bon. Euh… J'étais en chemin pour aller passer commande au bar. Tu veux quelque chose ?

— Non, il ne vaut mieux pas. C'est moi qui ramène Maggie et les enfants en voiture.

Quand il pivota, elle s'effleura les lèvres de l'index, comme si elles étaient gonflées du baiser qui n'avait pas eu lieu. Elle le suivit des yeux tandis qu'il se dirigeait vers le bar, notant les signes de la main et les tapes dans le dos qu'il recevait sur son passage.

À l'instar de son père et de son grand-père avant lui, Sam était aimé. Respecté. Protégé.

Tout à coup, le bourdonnement du terrain de jeu se changea en une série de cris d'effroi, rapidement suivis par des appels : on appelait Sam.

Sam courait le plus vite qu'il pouvait. Surtout quand il se rendit compte que c'était son grand-père qui était allongé à l'autre bout du terrain de cricket. Sitôt qu'il s'agenouilla au-dessus de lui, il ordonna que tout le monde s'écarte pour le laisser respirer.

— Tout va bien, Sammy, dit Ernest en essayant de se redresser. C'est juste une cheville foulée.

Son grand-père n'était pas gravement blessé, toutefois sa grimace et sa respiration rapide et courte lui indiquaient que la chute avait été rude. À soixante-dix-huit ans, ce n'était jamais bénin.

Ernest plia délicatement son poignet d'avant en arrière, signe qu'il faudrait y jeter un coup d'œil aussi. Il y avait de grandes chances pour qu'il ait tenté d'atténuer sa chute en se protégeant avec les mains par terre.

— Eh bien, grand-père, qu'est-ce que c'est que cette cascade que tu as encore tentée ? dit Sam avec un sourire. Tu croyais que tu jouais pour l'équipe d'Angleterre ou quoi ?

Son grand-père fronça les sourcils et remonta son pantalon.

Les genoux n'étaient pas tachés d'herbe, ce qui signifiait qu'ils n'avaient pas heurté le sol avec violence. À cet âge, il fallait aussi se soucier du bassin, et de la possibilité d'une infection osseuse s'il y avait fracture. D'éventuels dommages causés aux nerfs ou aux vaisseaux sanguins. De l'arthrite.

La liste était longue.

Sam s'apprêtait à entamer la série de questions usuelles en cas de blessure de ce genre quand il sentit plus qu'il ne vit Jayne s'agenouiller à son côté et glisser un kit de premier secours entre eux.

Le regard de son grand-père s'illumina.

Malgré l'intensité du moment qu'ils avaient partagé plus tôt, il trouvait étrangement rassurant de la savoir là, près de lui. Certes, il ne s'agissait pas d'une blessure critique, mais il se rappelait les jours difficiles de la période où il s'était occupé de sa mère pendant qu'elle se mourait du cancer. Encore un rappel qu'être le médecin des gens auxquels on tenait, ce n'était pas forcément une bonne chose.

Ce qui lui fit penser que Jayne avait été seule quand sa sœur avait été heurtée par cette voiture de sport. Quelle terreur elle avait dû éprouver. Pour sa part, il avait revécu le scénario maintes et maintes fois dans sa tête et, chaque fois, cela se terminait de la même façon : avec une bague en diamant dans sa paume.

Avait-il été si aveuglé par le chagrin qu'elle l'ait quitté pour ne pas avoir senti combien elle était vulnérable et seule ?

Pendant la maladie de sa mère, la famille de Sam s'était encore plus rapprochée. Pour Jayne, cela avait été l'inverse. Pas étonnant, ils n'avaient pas eu le temps de se préparer au drame. Si atroce que cela ait été de voir décliner et souffrir sa mère, eux avaient eu le temps de se préparer à l'issue fatale. De se faire leurs adieux, de se dire qu'ils s'aimaient. L'univers de Jayne et de ses parents avait changé en un instant, et pour le pire.

— Jayne ? Qu'est-ce que tu fais ici ? demanda Ernest avec un clin d'œil, suivi d'une grimace de douleur. Ils ne t'ont quand même pas lâchée en hélicoptère, si ?

— Oh non, ça, c'est plutôt le genre de choses que ma sœur… Bon, j'ai apporté le kit de premier secours. Quelqu'un a parlé de civière. Je suggère qu'on commence par la glace, poursuivit-elle en tendant un sachet à Sam. Je joue l'infirmière et toi le médecin ?

La question aurait pu être lourde de sous-entendus, après tout elle était chirurgienne et lui généraliste. Mais Sam la connaissait suffisamment pour savoir qu'elle se fichait pas mal des questions de préséance.

Son grand-père avait beau avoir été élevé pendant la Seconde Guerre mondiale et être un dur de dur, il devenait de plus en plus blême. Il était urgent de l'emmener à l'hôpital pour un examen complet.

— On applique le protocole PRGCE ?

Sam hocha la tête. Protection, Repos, Glace, Compression et Élévation. Le processus le plus efficace en cas de blessure mineure des tissus.

— Il n'y a pas de fracture visible, a priori. Tu veux bien vérifier la cheville une deuxième fois ?

— J'espère que vous n'oubliez pas que je suis aussi médecin, tous les deux…, lança Ernest.

— Pas du tout, répliqua Jayne. C'est grâce à vous que j'ai voulu l'être au départ.

Souriant, Sam prit un bandage élastique pour en envelopper le poignet de son grand-père. Il se rappelait l'histoire que lui avait racontée la mère de Jayne à propos de la poupée de chiffon qu'elle avait emportée chez le médecin étant petite fille. La poupée avait été la victime d'une querelle entre les deux sœurs et Jayne, inconsolable, était allée au cabinet d'Ernest pour qu'il la soigne. Son grand-père avait installé la blessée sur la table d'examen, lui avait posé une intraveineuse tout en questionnant sa petite propriétaire. Puis, ayant tiré le rideau de la salle, il avait rapidement recousu la main arrachée avant de rendre la poupée à Jayne.

— À voir la façon dont ton poignet a enflé, grand-père, je crains qu'il te faille une radio, annonça-t-il en reportant son attention sur l'instant présent.

— La cheville aussi, ajouta Jayne, qui soulevait le pied du blessé.

— Aïe ! s'exclama Ernest. Bon... d'accord pour la radio.

Quelques hommes arrivèrent avec un brancard où ils installèrent son grand-père. Ernest se remit à rouspéter, signe encourageant s'il en était que ses lésions n'étaient pas graves.

— J'ai tout un tas de patients qui vont m'attendre, marmonna-t-il. Alors on fait vite, les gars.

Sam éclata de rire.

— Tu ne verras aucun patient d'ici au moins une semaine.

— Quoi ? Tu ne pourras jamais t'occuper du cabinet tout seul !

Sam s'apprêtait à se lancer dans son discours bien rôdé expliquant, entre autres, que cela faisait trois ans qu'il s'y préparait, en omettant toutefois que le cabinet avait été prévu pour deux médecins à la base. Mais avant qu'il ait le temps de prononcer un mot, la voix de Jayne s'éleva par-dessus le brouhaha général.

— Je pourrais aider.

On aurait dit que le village tout entier retenait son souffle.

— Tu as déjà Maggie dont tu dois t'occuper... et les enfants.

Jayne haussa les épaules. Manifestement, elle n'était pas décidée à saisir sa perche.

— Certes, mais Maggie vit à trois maisons du cabinet. Je pourrais facilement accourir quand tu auras besoin de moi. Je crois que ces appareils servent à ça, conclut-elle en sortant son téléphone de sa poche.

Sam cherchait autre chose à arguer, mais elle leva les mains.

— Pas de souci. Je propose... tu disposes.

Puis elle s'en alla.

Lui offrant une vue qu'il connaissait. Pourtant, le balancement de ses hanches, le mouvement de ses cuisses et de ses fesses sous le tissu de sa jupe...

Il n'aurait jamais dû la toucher. Le doux contact de sa peau avait éveillé des souvenirs. Des bons, en pagaille, alors qu'il aurait dû se focaliser sur les mauvais. Sur les raisons pour lesquelles ils n'étaient pas faits pour être ensemble.

— Ça va aller, grand-père. Je peux tenir le fort quelques semaines si nécessaire.

Son grand-père secoua la tête.

— Tu viens de recevoir une offre d'aide, fiston. Tu serais bien bête de la refuser.

Il était difficile d'admettre qu'il avait besoin de soutien, mais, parfois, il fallait s'y résoudre.

Si seulement Jayne avait accepté ses offres, à lui, il serait peut-être moins compliqué d'en faire autant aujourd'hui... parce qu'elle serait déjà à ses côtés.

4

Seulement quelques heures s'étaient écoulées dans sa journée de travail et, déjà, Sam regrettait d'avoir refusé l'offre de Jayne. Son grand-père, qui avait une fracture du poignet et une cheville foulée, serait empêché de travailler pendant quelques semaines, qu'il le veuille ou non. Greta, la réceptionniste du cabinet, réorganisait déjà le planning d'Ernest, et les patients non urgents devraient attendre.

Sam tourna le moniteur vers sa patiente qui avait la soixantaine.

— Eh bien, madame Greenfield, on dirait bien que les cachets pour la tension font leur effet. Voyez vous-même.

— Oh, pour y voir, je vois bien, Sam ! Oh, pardon, docteur Crenshaw. Je suis tellement habituée que ce soit votre grand-père, le Dr Crenshaw.

— Cela fait tout de même trois ans que je suis généraliste, lui rappela Sam en souriant.

— Je sais, mais vous êtes aussi le petit garçon qui tondait ma pelouse.

— Je suis toujours le petit gars qui tond votre pelouse.

Elle sourit à son tour.

— Oui, vous avez été adorable depuis que j'ai perdu mon Daniel, dit-elle avec un soupir attristé.

Son époux était mort depuis quinze ans et elle portait encore son... Mais où était son alliance ? Comme si elle avait lu dans ses pensées, Mme Greenfield baissa les yeux vers ses doigts croisés sur ses genoux.

— Docteur Crenshaw, est-ce que vous pensez que, plutôt que les cachets, l'amour peut faire baisser la tension ?

— L'amour !

Sans croiser son regard, la vieille dame hocha la tête. L'amour comme antidote à la tension sanguine ? En tout cas, sa tension à lui avait grimpé en flèche quand Jayne était entrée dans le cabinet la veille. Et quand ils avaient failli s'embrasser. Il ignorait quelle intervention divine lui avait permis d'éviter cette erreur, d'ailleurs, mais... Mieux valait ne pas trop y songer.

— Je déduis de votre silence, docteur, qu'il n'existe pas de preuve scientifique suggérant que l'amour soit un moyen de faire baisser la tension ?

— Pardon, madame Greenfield, dit-il en griffonnant quelques notes sur un carnet pour retrouver une contenance. Votre question m'a pris au dépourvu.

— Ça vous a donné des idées, hein ? le taquina-t-elle. On devrait peut-être prendre votre tension ? D'après ce qu'on m'a dit, la soirée a été particulièrement animée hier...

Voyant où la conversation se dirigeait, il tenta d'éteindre immédiatement le feu.

— Jayne est revenue pour Maggie. Rien à voir avec moi.

— Jayne ? Jayne Sinclair est de retour ? Non, moi je parlais de la nièce de Greta, Nell. Elle m'a raconté que vous aviez rendez-vous.

Super... Greta était la contributrice la plus assidue du moulin à ragots de Whitticombe. Et apparemment, Nell n'avait pas transmis à sa tante le « Je ne suis pas vraiment prêt pour une relation » qu'il lui avait répondu quand elle avait proposé un second verre. Un pieux mensonge, mais qui aurait au moins le mérite de les protéger tous les deux.

— Cette pauvre Jayne..., reprit Mme Greenfield. En pensant

à elle, je ne peux m'empêcher d'entendre à nouveau cet atroce crissement de pneus.

Les accidents mortels n'étaient – heureusement – pas légion à Whitticombe, alors celui de Jules avait laissé des traces. Indélébiles pour ce qui concernait Jayne. Pour sa part, Sam n'en gardait pas de souvenir puisqu'il était absent, mais il avait rencontré assez de soldats à la retraite pour savoir que voir mourir quelqu'un n'était pas une chose qui s'oubliait.

Soudain, une idée lui vint : quelques mois après la mort de Jules, Jayne avait annoncé son désir de devenir chirurgien cardiaque en pédiatrie et que le seul moyen de réaliser ses rêves était d'aller s'installer à Londres. Il en avait été d'autant plus dévasté qu'elle avait toujours affirmé vouloir être généraliste, et dans ce cabinet qui plus est.

Whitticombe offrait tout ce qu'ils avaient toujours valorisé : la famille, les amis, une communauté forte et soudée. Il y avait même des hôpitaux pas loin si Jayne souhaitait poursuivre une carrière plus avancée en pédiatrie. Des centres de recherches à Oxford.

Jayne avait envoyé balader tout cela au moment où, selon lui, elle devait en avoir le plus besoin. S'était-il trompé, toutes ces années, quant aux motivations de son choix ? Jayne avait-elle fui un cauchemar plutôt que de poursuivre un rêve ? Ce regard de douleur dans ses yeux quand il lui avait demandé si elle pensait mériter le bonheur... Jayne se punissait-elle depuis le drame ?

Comment avait-il pu être assez aveugle pour ne pas voir l'évidence ?

— Pardon, madame Greenfield, dit-il en chassant ses pensées pour se concentrer sur sa patiente. Parlez-moi donc de votre théorie de l'amour.

Elle lui jeta un regard timide et ses joues rosirent.

— Eh bien, je reçois la visite d'un certain monsieur, depuis quelque temps. Rien de coquin, je vous assure, ajouta-t-elle en hâte en le voyant hausser les sourcils.

Loin d'être inquiet, il était au contraire ravi pour elle. Il l'avait prise pour la femme d'un seul homme, comme son père et son grand-père. Apparemment, les Crenshaw étaient du genre à choisir une femme et à déposer leur cœur à ses pieds pour l'aimer tout le reste de leur vie.

Il se frotta la mâchoire. Bon, pour sa part, il était moins efficace que ses prédécesseurs. Sans doute la théorie fonctionnait-elle mieux quand la femme en question était consentante.

— Et puis-je connaître le nom de ce monsieur ?

À la façon dont la voix de sa patiente s'était adoucie, à son expression, Sam devinait qu'elle était amoureuse.

— Oh, nous avons été très proches par le passé !

— Ah bon ? Je croyais que Daniel avait été votre premier et votre seul amour ?

— Oh non, pas du tout. Enfin, ça n'était pas grand-chose, juste un petit coup de cœur dans la cour de l'école. Il s'appelle Colin... Il était ambitieux, à l'époque. Il avait de grands projets, de grands rêves, il ne voulait pas rester dans le petit village où il avait grandi, contrairement à moi. Alors... il est parti faire fortune ailleurs.

— Et il est revenu à Whitticombe retrouver son amour de jeunesse ?

— Quelque chose comme ça, dit-elle en battant des cils. Il a effectivement fait fortune, et puis il l'a perdue. Tout comme sa famille... Apparemment, son épouse a moins aimé le Colin pauvre qu'elle n'aimait le Colin riche. Bref, il a tout recommencé du début. Nouvelle affaire. Nouveaux choix de vie et... nouvelle petite amie ! ajouta-t-elle en se désignant.

Sam aurait aimé poser mille questions à Mme Greenfield. Notamment sur la confiance. Car il était là, le problème entre Jayne et lui : il ne croyait pas qu'elle pouvait rester. Hélas, son créneau de dix minutes par patient était déjà dépassé depuis longtemps.

— Eh bien, alors merci, Colin, conclut-il en déchirant l'ordonnance qu'il avait commencé à rédiger.

Le ventre noué, Jayne parcourait le couloir carrelé de style victorien qui la menait à la deuxième porte sur la droite, comme indiqué par Greta. Elle était là pour des raisons professionnelles, pourtant tout ici lui rappelait la maison.

La maison.

Quel mot chargé en sous-entendus.

Elle sursauta en entendant cette voix si familière à travers la porte. Aussitôt, elle porta les doigts à ses lèvres qu'il n'avait pas embrassées et, faisant un effort pour oublier le désir qu'elle avait éprouvé, elle les humecta de la langue pour en apaiser la chaleur.

Elle frappa.

— Entre, Maggie. Pourquoi est-ce que tu… Ah, c'est toi, dit Sam en croisant son regard.

Pas vraiment la réaction qu'elle espérait, mais sans doute ferait-elle mieux de s'y habituer. Il allait de l'avant, il passait à autre chose et elle n'était qu'un mauvais souvenir du passé.

Sam croisa les bras sur son torse. Son beau torse chaud et solide.

— Qu'est-ce que tu fais ici ?

Sympa, comme accueil.

— J'apporte du gâteau pour ton grand-père. Ne t'inquiète pas, ce n'est pas moi qui l'ai fait.

— Jayne, je suis débordé, tu aurais pu le déposer à la maison. Pourquoi es-tu ici ?

Elle ravala la réponse qui lui brûlait la langue : *Je t'ai proposé mon aide, mais tu l'as refusée devant tout le monde.*

— Je voulais revoir avec toi le dossier de Maggie, à sa demande, mais si tu es débordé, je peux appeler quelqu'un à l'hôpital pour me renseigner.

Il la fit entrer.

— Pardon, dit-il d'une voix qui exprimait tout le contraire. Le rendez-vous était pris au nom de Maggie, j'ai été surpris, voilà tout.

Il avait l'air fatigué, n'était pas rasé. Ce début de barbe

mi-roux mi-doré lui allait bien, pourtant elle devinait à la façon dont il se frottait les joues qu'il n'y était pas habitué.

— Comment va ton grand-père ?

— Ça va… Enfin, il a des ecchymoses et est un peu endolori, et il rend déjà mes sœurs dingues, mais… Il a une fracture du poignet et une foulure à la cheville. Et s'il mange tous les gâteaux qu'il reçoit, il va tripler de volume !

Jayne réprima un rire à la pensée des sœurs de Sam voletant autour d'Ernest et s'occupant de lui avec le même soin que leur mère savait prodiguer à tout le monde. C'était une qualité de famille. Contrairement à la sienne qui avait préféré lécher ses blessures en privé.

Elle s'assit sur le siège que Sam ne lui avait pas encore proposé. Il s'installa à son bureau et entreprit de taper sur le clavier de son ordinateur. Sans croiser son regard. Le cœur de Jayne se serra lorsqu'elle comprit : la voir débarquer sans crier gare devait être affreux pour lui. À sa place, elle aurait probablement pris la fuite.

Comme tu l'as fait après la mort de Jules.

Non, elle n'avait pas fui. Elle avait changé. Concentré toute son énergie, sa détermination… son chagrin, aussi, sur un seul et unique but : devenir le meilleur chirurgien cardiaque en pédiatrie possible. Pour être en mesure d'agir, cette fois.

Une nausée l'envahit à la pensée des parents de Stella, la patiente qu'elle n'avait pas pu sauver. Elle aurait tant aimé en parler avec quelqu'un. Pas avec n'importe qui. Avec Sam. Lui, il comprendrait. Quand ils avaient commencé leurs études de médecine, ils discutaient au téléphone pendant des heures. Le cruel hasard de la maladie. Les limites de la médecine. Le pouvoir ou l'impuissance des médecins.

Il ne veut pas te parler.

Elle ferma les yeux afin de se ressaisir et les rouvrit juste à temps pour le voir se passer la langue sur les lèvres. Dieu qu'il était sexy. Elle croisa les jambes et se redressa sur sa chaise.

— Jayne… J'ai une salle d'attente pleine de patients. Qu'est-ce que tu veux ?

Elle sortit un carnet de son sac.

— J'aimerais avoir ton avis sur tout ce que traverse Maggie. J'ai lu les notes de l'hôpital, mais je me suis dit que tu la connaissais mieux que son médecin à mi-temps là-bas.

— Ou que son amie à mi-temps ?

Aïe ! Les mots avaient touché leur cible. Cette conversation s'annonçait compliquée, décidément.

— On échange des SMS. Et des mails.

Sam pinça les lèvres.

D'accord… Elle aurait pu être meilleure en tant qu'amie. Rentrer à la maison de façon plus régulière. Les questions s'accumulaient à la place des réponses qu'elle était venue chercher. Et si elle était restée ? Si elle s'était enfin ouverte à ses parents, à Sam, à tout le monde, en avouant ce qu'elle et elle seule savait ? Qu'elle était responsable de la mort de sa sœur ?

Si elle avait avoué cela, et que par miracle elle ait été pardonnée, elle serait peut-être mariée aujourd'hui. À Sam. Ils auraient peut-être même des enfants. Oui, mais avec des « si »… Avant le pardon devait venir le courage d'avouer ses échecs. Ceux-là mêmes qui taraudaient sa conscience chaque jour que Dieu faisait.

Elle était en vie. Sa sœur, non. Et personne d'autre qu'elle ne pouvait réaliser les rêves de Jules.

Elle porta les mains à son visage et observa Sam à travers ses doigts. Si seulement elle avait le courage de lui révéler son secret le plus sombre, le plus enfoui.

Si elle voulait surmonter son problème, rester ici, aider Maggie, il lui fallait en passer par là. Elle baissa les mains, tâchant de contrôler les vagues d'émotion qui ricochaient en elle.

— Sam… Je sais que je t'ai fait mal…

Il lâcha un rire sans joie.

— On ne parle pas de moi, là.

— Je pense que si, répliqua-t-elle. Si tu ne me fais pas confiance pour faire ce qu'il y a de mieux pour Maggie, alors ça va être très difficile.

Le regard de Sam s'alluma et elle comprit ce qu'il lui disait : non, il ne lui faisait pas confiance, il se préparait mentalement à ce qu'elle reparte.

Du plus profond d'elle-même, si profond qu'elle s'accordait rarement le droit d'y regarder, un sentiment remonta jusqu'à son cœur qui se serra.

Une envie. Celle de ramener ce regard doux qu'il arborait quand il la voyait. Le clin d'œil complice qu'il lui lançait et qu'elle seule comprenait. Le sourire qui n'était que pour elle. Instinctivement, elle porta les doigts à sa bouche.

Sam s'agita sur son siège et détourna les yeux.

— Tu peux éviter de faire ça, s'il te plaît ?

— Quoi ?

— Toucher tes lèvres comme ça.

— Tu n'aurais pas dû essayer de les embrasser, en tout cas, rétorqua-t-elle, regrettant aussitôt sa saillie.

Les traits de Sam se durcirent.

— Je pensais que c'était l'inverse, en fait.

C'était elle qui s'était haussée sur la pointe des pieds, mais c'était lui qui était venu la chercher. S'efforçant de ne pas prendre un ton défensif, elle plongea le regard droit dans le sien.

— Concentrons-nous sur Maggie, d'accord ? Je suis là aujourd'hui, je serai encore là demain. Et le jour d'après et encore d'après. Jusqu'à ce qu'elle accouche et plus s'il le faut.

Sam secoua la tête et leva la main pour la faire taire.

— Jay...

Son cœur bondit dans sa poitrine. Il ne l'avait plus appelée Jay depuis des années.

— Oui ?

Quand il croisa son regard à nouveau, elle découvrit tout le chagrin qu'elle avait causé et puis, en un clignement d'yeux, tout avait disparu.

— Tu as en partie raison. Au sujet du « moment » d'hier.

Au moins il admettait qu'il y avait eu « un moment ».

— Je n'aurais pas dû venir te trouver, poursuivit-il, les yeux baissés vers son bureau. Tu avais l'air mal, mon instinct a pris le dessus, mais... j'aurais dû te laisser tranquille. Tu es ta propre patronne, maintenant.

Ses paroles lui firent l'effet d'un coup de poing en plein ventre. Waouh, cela faisait mal... Elle arrivait trop tard pour regagner son amitié. S'était-il produit quelque chose entre hier et aujourd'hui qui l'avait rendu aussi dur ?

Eh bien, oui, idiote : le « moment ».

— Pourquoi tu m'as suivie, alors ?

— Je voulais savoir si c'était encore là.

Au moins, c'était honnête. Seulement, selon son expression, il regrettait déjà son aveu. Puisqu'ils en étaient aux aveux, autant y aller franchement. Quitte à ne pas apprécier sa réponse.

— Et alors, c'était encore là ? insista-t-elle.

Sam se frotta le menton, puis il fixa sur elle un regard que jamais elle n'oublierait. Dur, impitoyable et froid.

— Non. Plus rien.

Puis il reporta son attention sur son ordinateur et imprima les contacts de quelques personnes à l'hôpital d'Oxford, lui tendit le papier et lui suggéra d'appeler l'obstétricien de Maggie à l'avenir.

Bon, songea-t-elle en quittant son bureau, au moins elle savait à quoi s'en tenir.

Trois jours plus tard, Sam enrageait toujours d'avoir été aussi affreux avec Jayne. Certes, elle lui avait brisé le cœur. Mais c'était il y avait longtemps, elle s'en était d'ailleurs excusée. À moult reprises. Sauf qu'il n'avait jamais cru qu'elle agissait vraiment selon son cœur, à elle.

Peut-être s'était-il trompé. Si les revues médicales sur lesquelles il était tombé « par hasard » étaient exactes, elle avait atteint des sommets en matière professionnelle. On ne travaillait pas au Merryweather de Londres par miracle, mais parce qu'on était le meilleur dans son domaine.

Une image de la peine causée par ses propos reflétée dans les yeux de Jayne lui revint à l'esprit. Son cœur se serra douloureusement. Il avait voulu être clair, il n'avait pas besoin de se montrer aussi cruel pour ça. Ni de mentir.

Car si, il avait ressenti quelque chose. Évidemment. Le même désir, la même envie irrépressible de presser ses lèvres sur les siennes, de la toucher, de l'étreindre. N'empêche, tout cela n'excusait pas son attitude.

Raison pour laquelle il se tenait devant chez Maggie, un panier de croissants de la paix à la main. Les préférés de Jayne. Du moins, dans le temps.

Il sonna, à deux doigts de laisser le tout sur le pas de la porte, avant de se rappeler que les adultes ne fuyaient pas les conflits qu'ils avaient eux-mêmes engendrés. Son plan était clair : offrir le cadeau, s'excuser, accepter de passer à autre chose, retourner au cabinet où une pile de paperasse l'attendait. Reprendre le cours de sa vie. Facile...

Pourtant, à la seconde où Jayne ouvrit la porte, il comprit que son plan était faillible. Très faillible. Car la Jayne qui se tenait devant lui était celle dont il était tombé amoureux.

Ses cheveux d'un noir de jais retombaient de deux vagues chignons noués de part et d'autre de son crâne. Ses yeux bleu vif étaient maquillés façon « smoky », mystérieux. Son nez était peint en noir et elle arborait une paire de moustaches de chat sur les joues, ainsi que des lèvres vermillon. Pour parfaire le tout, elle portait une combinaison moulante de Catwoman, avec une fermeture Éclair qui partait du creux de sa gorge jusqu'en bas de son ventre.

— Intéressant, le look, commenta-t-il faute de trouver mieux.

Elle parut un instant perplexe, puis :

— Ah oui, on s'est entraînés avec les enfants ce matin. J'avais oublié.

Derrière le ton cordial, elle semblait nerveuse. Comme si elle se préparait à une répétition de leur dernière entrevue.

— Et tu prévois de passer l'été en chat domestique ?

Dieu, qu'elle était adorable. Et tellement sexy...

— On prépare une saynète pour Maggie, expliqua-t-elle en se désignant, elle, puis la table de la cuisine où gisaient pêle-mêle des costumes d'enfants. Ils m'ont déguisée ce matin pendant qu'elle se reposait. Je pensais préparer leurs costumes pendant qu'ils étaient à l'école.

— Vous préparez *Cats* ?

— Oh non, je pense que tu te rappelles que ma voix n'a rien de mélodieux. Maggie est la seule douée de talent, dans ce domaine.

Elle ouvrit la partie basse de la porte de style fermier et s'écarta sur le côté pour lui laisser le passage tout en baissant la tête pour passer sous la grosse poutre qui servait d'encadrement à la porte de la cuisine.

— Ça, dit-elle en pointant du doigt son visage maquillé, c'est l'œuvre de Cailey. Histoire de combattre l'ennui.

— Celui de Cailey ou de Maggie ?

Elle se mit à rire.

— De Maggie.

— Elle s'ennuie déjà ? Je croyais qu'elle serait ravie de regarder quelques séries.

Non, en réalité, il connaissait assez Maggie pour savoir qu'elle était toujours en mouvement. Essayer de nouvelles recettes de gâteaux pour le salon de thé, organiser la fête du village, encourager son mari lors du match de foot annuel. Quand son obstétricien avait appelé Sam pour lui recommander de la mettre au repos forcé pendant les semaines restantes de sa grossesse, il avait su que ce ne serait pas une tâche aisée.

Jayne esquissa un vrai sourire, cette fois, du genre qui

ferait des envieuses chez les stars de cinéma. On ne pouvait pas résister à pareil sourire. Impossible.

— Hier soir, elle a regardé des tutos pour apprendre le crochet parce qu'elle a déjà tricoté trois couvertures pour bébés.

— Quoi ? Depuis la semaine dernière ?

Jayne s'adossa au plan de travail en bois.

— Tu es peut-être au courant qu'elle n'est pas très douée pour la relaxation.

Sam se retint de répliquer qu'effectivement il connaissait Maggie mieux qu'elle étant donné qu'il la voyait presque tous les jours. Il était là pour tendre un rameau d'olivier, pas pour relancer la querelle. Ni pour reluquer ses lèvres, qu'elle mordillait en ce moment.

Inspire.

Expire.

Trois jours à faire semblant que Jayne n'était pas de retour avaient mis à mal son calme légendaire. Il l'avait blessée avec sa remarque – aussi peu nécessaire que vraie – qu'il n'avait rien ressenti quand ils avaient failli s'embrasser.

Car la vérité était tout le contraire. Il avait ressenti quelque chose. Il avait tout ressenti. Et c'était précisément pour cette raison qu'il avait nié. Parce que pour chaque once de plaisir qu'il éprouvait avec Jayne, il y avait une mesure égale de douleur.

— Alors, reprit Jayne, qu'est-ce que tu portes dans ton panier, Boucle d'Or ?

— Crois-le ou pas… C'est pour toi.

Elle lui adressa un regard incrédule en acceptant le panier dont elle inhala le fumet.

— Ah bon ? Hum, ça vient de chez Vanilla Bean ?

— Y a-t-il un autre endroit où acheter des croissants à Whitticombe ?

Il ne lui parlerait pas du haussement de sourcils de Carla quand il les avait commandés. À l'époque, il faisait quasiment tourner la boulangerie à lui seul, tant il envoyait de paquets de croissants à Jayne à l'école de médecine. Une fois leurs fiançailles rompues, les ventes avaient sacrément chuté.

Elle fit courir ses doigts sur le panier, choisit une viennoiserie et mordit dedans.

— Ooh, aux amandes. Mes préférés…. Tu t'en es souvenu ? ajouta-t-elle en rosissant.

Bien entendu. Il se souvenait de plein de choses.

La première fois qu'ils étaient allés au cinéma et qu'elle avait fait semblant d'avoir peur pour qu'il lui prenne la main.

Leur premier baiser.

La première fois qu'ils avaient fait l'amour.

Quand elle avait fait ses valises pour partir dans une autre université.

Quand il s'était tenu derrière elle aux funérailles de sa sœur.

À peu près toutes les premières fois qui comptaient dans sa vie, il les avait vécues avec Jayne.

Il se retint d'essuyer une tache de sucre glace sur sa joue.

— J'espérais qu'on puisse repartir sur de bonnes bases, dit-il simplement. Oublier l'autre jour sur le terrain de cricket, faire comme si ça s'était passé de manière plus… platonique. Ça m'a fait un choc de te voir débarquer au cabinet le lendemain. Je…

— Tu as eu comme un contrecoup ? dit-elle d'une voix douce.

Elle avait compris. Elle ressentait la même chose.

Elle se lécha la commissure des lèvres puis, comme si elle venait de prendre une décision, elle se lança :

— Je mets de l'eau à bouillir ?

— Tout dépend si tu es d'accord pour qu'on signe un traité.

Pourquoi rallumait-il cette flamme ?

Jayne se raidit.

— Je croyais que tu étais venu t'excuser.

— Oui. J'essaie…

Il faisait vraiment des efforts, pourtant. Celui de ne pas

s'arracher le cœur pour le lui tendre sur un plateau, par exemple, comme il l'avait fait toutes ces années passées.

À la place, il sortit son téléphone de sa poche. Manifestement, il allait falloir plus de temps que prévu.

— Vas-y, mets l'eau à bouillir.

5

Jayne essaya de ne pas trop écouter le coup de fil de Sam à Greta au cabinet, mais difficile de résister à la tentation de l'écouter lister tout un tas de détails complexes sur des patients, et ce sans la moindre note sous les yeux.

Quand il s'enquit d'une femme avec qui ils étaient tous les deux allés à l'école et qui venait de découvrir qu'elle était atteinte d'un cancer, Jayne alla à la salle de bains se passer de l'eau sur le visage pour ôter son maquillage de chat.

La façon dont il s'occupait de tous ceux qu'il connaissait depuis l'enfance, avec un tel professionnalisme et en même temps une telle compassion, c'était… Eh bien, c'était tout lui. Ce métier, il l'avait dans le sang, enfant adopté ou pas.

Elle inspecta son visage dans le miroir. Hélas, la fille de Maggie avait utilisé un marqueur indélébile pour les moustaches et le nez. Super… Elle retourna à la cuisine au moment où Sam remerciait son assistante qui avait promis de passer voir son grand-père afin qu'il ait son après-midi de libre. Jayne sentit son ventre se serrer : elle pensait qu'ils allaient discuter un moment, pas qu'ils passeraient le reste de la journée ensemble. Surtout s'il avait du travail.

Son cabinet, c'était sa joie et sa fierté. Il n'avait jamais caché son envie de suivre les pas de son grand-père, d'autant que c'était pour lui le meilleur moyen de montrer à sa famille adoptive combien il les aimait. Il ne faisait pas cela par devoir.

Ni par punition. Non, c'était par amour. Et c'était là l'une des qualités les plus aimables de Sam : sa capacité à aimer, sa fidélité en amour.

Quand il la vit revenir encore barbouillée, il eut une grimace comique. Les battements du cœur de Jayne s'apaisèrent un peu : au moins, il était d'assez bonne humeur pour plaisanter. Cependant, si elle voulait se tirer des griffes du passé, elle devait admettre une chose : la situation avait changé. Sam avait changé.

Certes, il avait quelques cheveux blancs aux tempes, mais cela ne s'arrêtait pas là. Quand ils avaient rompu, il avait protesté, arguë qu'il ne croyait pas qu'elle ne l'aimait plus. Mais quand elle avait répliqué que son objectif était de devenir chirurgien dans un hôpital pour enfants, il avait lâché prise. Pas de gaieté de cœur, mais il comprenait l'idée de vocation.

La sienne était de travailler au cabinet. De rester auprès de sa famille, d'aider sa communauté. C'était le Sam qu'elle connaissait. Mais le Sam qu'elle avait face à elle avait vécu un divorce et la mort de sa mère. Le Sam adulte. Et cet adulte-là lui demandait de se confronter à leur affaire laissée en suspens.

D'une façon ou d'une autre, il semblait déterminé à en finir.

— C'est bon ! lança-t-il en raccrochant.

En la rejoignant à la cuisine, il remarqua son rire nerveux tandis qu'elle posait les tasses de thé et un plateau de croissants sur la table.

— C'est un peu formel, non ? demanda-t-elle en le regardant s'asseoir face à elle.

— Disons que je te dois sans doute un peu plus que quelques croissants.

Elle secoua la tête.

— Sam, tu ne me dois rien du tout.

— Si. Je n'aurais pas dû essayer de t'embrasser et je n'aurais surtout pas dû mentir quant à l'effet que tu me fais.

— Ah… Et donc ?

Il prit une profonde inspiration. Cet instant, cela faisait près de sept ans qu'il le préparait.

— Et donc, il est temps que nous passions tous les deux à autre chose.

— Quoi ? Tu veux que je m'en aille ?

— Non, pas du tout. J'ai mal choisi mes mots. Mais il reste manifestement…

Il chercha le mot qui décrirait la myriade d'émotions qui l'assaillait en la voyant.

— Une histoire non résolue. On doit trouver le moyen de laisser le passé de côté. D'avancer.

Son téléphone tinta et, étant le seul médecin de garde, il s'excusa tout en baissant les yeux vers son écran.

— C'est grave ?

Il releva sur elle un sourire amusé.

— Ça dépend : tu as envie de déjeuner avec mes sœurs ?

Elle haussa les sourcils.

— Vraiment ? Elles veulent parler ? Avec moi ? Comment elles savent que tu es ici, d'ailleurs ?

— Greta…

— Évidemment. Je ne sais pas, reprit-elle en secouant la tête. J'ai vu Kate, l'autre jour, et elle ne m'a pas donné l'impression de vouloir discuter.

Sa sœur lui avait avoué à demi-mot qu'elle avait « peut-être lâché par accident ou exprès » qu'il envisageait de nouveau des rendez-vous, le soir du cricket. La grande sœur protectrice par excellence.

— Regarde, insista-t-il en lui montrant le message sur son portable : « Est-ce que Jayne serait partante pour un dej entre filles un de ces jours ? » Elle a même ajouté un smiley et pas des couteaux. Jay, ce n'est pas pour une séance d'inquisition…, reprit-il en la voyant toujours crispée. Elles ne t'ont pour ainsi dire pas vue depuis des lustres, elles ont envie de savoir comment ça se passe pour toi. Dans ta vie.

Comme lui, d'ailleurs.

— Bon... Mais toi, Sam, qu'est-ce que tu attends ? demanda-t-elle tout à trac. De moi ?

Plus que tout, il aurait voulu que le passé n'ait pas influencé son présent. Il aurait voulu être heureux et marié, aller voir ses enfants jouer pour la kermesse de l'école. Il aurait voulu vivre sa vie, pas effectuer des va-et-vient entre le passé et le présent chaque fois que Jayne était en ville. Avait-il souhaité faire tout cela avec elle ? Oui, bien sûr ; il y avait bien longtemps. Donc...

— On doit trouver un moyen de devenir amis.

En voyant sa grimace et son froncement de sourcils, il devina qu'elle venait de se mordre l'intérieur de la joue. Sa réaction quand elle était stressée. Finalement, elle relâcha les épaules.

— Je suis désolée, Sam.

Ce n'étaient pas des excuses ordinaires.

— Pour quoi ?

— Tout... Je le pense vraiment. Tu es l'un des hommes les plus gentils, courageux et généreux que j'aie connus. La dernière chose que je voulais, c'était te faire du mal, pourtant...

Sam esquissa un sourire triste. Du mal, elle lui en avait fait. Plus que quiconque.

— C'est assez vaste, comme excuses.

Elle souffla sur quelques mèches de cheveux échappés devant ses yeux. La bouche ouverte, elle semblait sur le point de répondre, mais aucun son ne sortit. Alors il prit un croissant qu'il contempla avant de le reposer.

— Comment ça se passe à Londres ? Tout va bien ?

Une drôle de lueur assombrit son regard.

— J'ai eu une opération qui a mal tourné à l'hôpital.

Voilà qu'enfin ils avançaient. Il savait depuis le début qu'elle n'était pas revenue en vacances.

— Quel genre d'opération ?

— Une greffe cardiaque.

Jayne ne fut pas étonnée de voir les sourcils haussés de Sam. Il ignorait qu'elle avait atteint son objectif. Atteint et échoué, plutôt.

— Impressionnant... Tu étais chirurgien en chef ?

— Pour la première fois, oui. Comme tu le sais, j'ai étudié la cardiologie pédiatrique. Je souhaitais ajouter la corde « transplantation » à mon arc, ajouta-t-elle avant qu'il tire de fausses conclusions. Alors j'ai pris des gardes en chirurgie générale, en pédiatrie, en néonat...

Quand elle marqua une pause pour reprendre son souffle, Sam poursuivit à sa place :

— Six mois en transplantation, en hépato-biliaire, en cardio-vasculaire...

Puis il continua d'énumérer chaque spécialité sans en oublier aucune. Un médecin généraliste n'était pas censé savoir tout cela.

— Samuel Crenshaw ! Tu as suivi ma carrière ?

Il esquissa un haussement d'épaules nonchalant.

— J'ai lu les revues médicales, et il se peut qu'à l'occasion je sois tombé sur ce qui se passait dans ton hôpital pour enfants. Tout ça pour me tenir à jour d'un point de vue médical, bien sûr, pour mes patients...

Elle voyait une étincelle dans son beau regard, maintenant. De l'humour. Une bouffée de chaleur la parcourut.

— Et donc, qu'est-ce qui s'est passé durant cette opération ? reprit-il.

Elle le dévisagea longuement. Avant, Sam était LA personne à qui elle pouvait tout dire. Jamais il ne portait de jugement. Il écoutait, c'est tout. Et à l'occasion, il donnait un conseil judicieux. Attentif.

Alors elle s'ouvrit à lui. Et une fois qu'elle commença à parler, elle ne put plus s'arrêter. Elle lui raconta tout dans les moindres détails. Le problème cardiaque de Stella, comment elle l'avait gardée en vie pendant des mois avec un cœur artificiel. L'opportunité, enfin, de la greffe. La proposition de se charger de l'opération.

— Et quelque chose est allé de travers ? Ou bien les parents cherchent un coupable ?

Toujours aussi rapide à la déduction.

— Non. Ce n'est pas à cause des parents que j'ai décidé de faire un break.

Au contraire, ils avaient été incroyables, allant même jusqu'à la remercier d'avoir accordé quelques mois de sursis précieux à leur fille.

— Y a-t-il eu quelque chose qui te pousse à penser que tu aies commis une erreur ? demanda-t-il.

À contrecœur, elle hocha la tête.

— Enfin, pas d'un point de vue technique, non. Mais en tant que chirurgien, oui, j'ai échoué.

Il parut perplexe.

— Comment ?

— L'un des jeunes chirurgiens m'a raconté d'où venait le cœur greffé.

— Ça ne fait pas partie du protocole ?

— Si, seulement là, il m'a raconté toute l'histoire du donneur. C'était une jeune femme qui faisait du vélo sur une route de campagne et avait été heurtée par une voiture.

Sam émit un long sifflement.

— Eh bien, Jay... Sacrée coïncidence.

— Que de tous les chirurgiens du monde, ce cœur ait fini entre mes mains, à moi...

Il ne comprenait donc pas ? Le fait d'avoir été autant affectée signifiait qu'elle n'avait peut-être pas la trempe pour faire l'opération. Il y aurait d'autres cœurs, d'autres accidents horribles.

— Stella est morte pendant l'intervention ?

— Non, l'opération s'est parfaitement déroulée. Elle est morte trois jours plus tard. Un rejet...

Sam se leva de table, comme si l'affaire était réglée.

— D'accord, un simple rejet. Il n'y a rien que tu aurais pu faire. C'est triste, mais ça arrive.

— Ça n'aurait pas dû m'arriver à moi. Pas avec cette fille ! Pas avec ce cœur !

Les larmes qu'elle contenait péniblement se mirent à couler. Sam la prit dans ses bras avant qu'elle ait compris ce qui se passait et, inévitablement, la sensation fut parfaite. Se laisser réconforter par quelqu'un, elle qui avait pris l'habitude de repousser les gens. De repousser Sam. Elle pleura, pleura et pleura encore, accepta mouchoir après mouchoir, colla son cœur contre le torse qu'elle connaissait si bien jusqu'à ce que le bruit de ses sanglots se calme et qu'elle n'entende plus que les battements de son cœur. À lui.

— Salut, vous deux !

Maggie apparut dans l'encadrement de la porte.

Ils s'écartèrent brusquement, comme pris en faute, mais le regard de Maggie brillait d'une lueur malicieuse.

— Oh, excusez-moi si j'interromps quelque chose ! Qu'est-ce qui se passe ici ?

Jayne n'avait pas la moindre idée de la réponse à donner. Elle était censée veiller sur son amie, pas se liquéfier dans les bras de son ex.

Sam lui coinça une mèche de cheveux derrière l'oreille.

— Je crois que notre amie ici présente a peut-être autant besoin qu'on s'occupe d'elle que toi, Mags.

Sam s'apprêtait à passer son sac par-dessus son épaule quand il entendit un petit coup frappé à la porte, aussitôt suivi d'un « Ouh-ouh, Sa-mu-el ? » qui ne pouvait appartenir qu'à sa sœur Kate.

Il sortit dans le couloir pour la trouver déjà entrée et occupée à son inspection habituelle de grande sœur. Un doigt passant sur la poutre de chêne encadrant la cheminée, un redressement de la pile de magazines sur la table de la salle de séjour…

— Tu bois toujours cet horrible café le matin ? demanda-t-elle sans préambule, le nez plissé.

— Si par « horrible » tu entends le café vietnamien pour lequel je vendrais mon bras gauche, oui.

— Sammy, ce truc va…

— Me garder éveillé tout le jour, finit-il à sa place.

— Tu n'as pas bien dormi ? Je t'ai dit d'embaucher quelqu'un pour t'aider au cabinet.

— Ce n'est pas un souci. J'adore mon boulot. Du coup, le double de travail signifie le double de bonheur.

Au son qu'émit sa sœur, il devina qu'elle ne le croyait pas. Ce qu'on pouvait appeler l'intuition féminine. Cela dit, elle n'avait pas tort. Lui aussi, son instinct lui soufflait quelques bricoles qu'il tentait d'ignorer.

— Grand-père en a encore pour cinq semaines de plâtre, Sam. Plus longtemps s'il ne fait pas plus attention. Sois honnête, Sam. Comment ça va au cabinet ?

— Super, mentit-il.

Il était déjà bien occupé, mais avec le début de la saison des rhumes des foins, l'arrivée imminente des touristes, les beaux jours et leur lot de blessures sportives… Sans parler des classiques toux, bilans, otites des enfants, plaies et autres bosses…

— Mon petit doigt me dit que tu es passé voir Maggie après le travail.

Et par Maggie, elle entendait Jayne.

— Oui, dit-il en fourrant une liasse de papiers dans sa sacoche, histoire de signifier à sa sœur qu'il devait vraiment y aller. Son état est sérieux, tu sais.

— Je suis au courant que tu la joues médecin de campagne avec visites à domicile, Sam, mais Maggie a un chirurgien qui vit sous son toit, si je ne m'abuse, non ?

— Oui, eh bien…

Sa sœur leva les yeux au ciel.

D'accord, il était passé chez Maggie pour voir Jayne aussi. Et la façon dont elle lui avait parlé, leur échange et leur étreinte, leurs rires... Pour la première fois, il se demandait depuis quand il ne s'était pas senti aussi complet. Et s'il se montrait honnête, il avait l'impression que la vie lui proposait peut-être une seconde chance.

Par sur l'aspect romantique de la relation – il ne savait même pas quoi faire de cette alchimie, de cette électricité qui subsistait entre eux –, mais quelque chose de plus profond se mettait en place. Quelque chose qu'ils n'avaient jamais eu l'opportunité d'explorer par le passé.

— Tu n'essaies pas encore de jouer ton chevalier blanc, j'espère ? demanda sa sœur.

— Quoi ?

Kate désigna un siège et s'assit dans l'autre. Oh non, la conversation sérieuse entre frère et sœur.

— Sam !

— Kate...

— Tu sais aussi bien que tout le monde au village que la raison pour laquelle tu t'es mis avec Marie, c'est que tu voulais la secourir.

— De quoi tu parles, bon sang ?

— Oh, ça va ! Elle était super, je ne dis pas le contraire, mais... Elle avait un ex atroce, a quitté la ville pour le fuir, est venue se réfugier à Whitticombe pour recommencer de zéro. De ton côté, tu menais une vie parfaite avec ta maison, ton travail au cabinet, et il ne te manquait qu'une femme pour compléter le tableau.

— À t'entendre, je passe pour un rustre.

— Ne sois pas bête. On sait que tu l'aimais. Mais on sait aussi que tu ne t'es jamais vraiment remis de ton histoire avec Jayne.

Pas étonnant que Jayne ait manifesté de l'inquiétude à la

mention du « dej entre filles ». Une seule frangine suffisait à le faire tourner en bourrique, alors toutes ensemble...

— Jayne et moi, c'est de l'histoire ancienne.

Kate pinça les lèvres.

— Tu sais que je n'ai pas pour habitude de dire des gros mots, mais là, c'est de la connerie en barre, Samuel Crenshaw. On adorait Marie, tout comme toi, mais vous deux... ça n'a jamais été pareil que Jayne et toi. Tu es le seul à ne pas le voir. Bon, personne ne peut te reprocher quoi que ce soit, Sam. Tu as fait tout ce qui était en ton pouvoir pour l'aider.

— Merci du rappel. Tu dois aussi te rappeler qu'elle m'a conseillé de vivre mes rêves parce qu'elle voulait vivre les siens. Seule...

Il avait essayé de la raisonner. Elle n'écoutait pas. Il lui avait dit qu'il était là pour l'écouter. Elle n'avait rien à dire. Pendant les premiers mois, elle était un zombie, d'où le choc quand elle lui avait annoncé qu'elle partait poursuivre ses études à Londres.

Par la suite, au cours de ses brèves visites à Whitticombe, seul un imbécile aurait manqué de remarquer qu'elle était devenue une autre femme. Une femme différente de celle dont il était tombé amoureux.

Avec un soupir, Kate lui prit la main et la serra.

— Après la mort de Jules, Jayne était comme une âme en peine. Elle n'avait pas la moindre idée de ce qu'elle voulait vraiment. Toi, tu savais exactement ce que tu voulais. Et à cet âge, c'est dur de renoncer à ses rêves.

Il n'en revenait pas.

— Tu es en train de sous-entendre que j'ai choisi ma vie ici plutôt que Jayne ?

— Pas du tout. Je dis que tu étais jeune, que tu avais décidé de vivre la vie dont vous aviez toujours rêvé à deux. Seulement, pour Jayne, cette vie n'existait plus.

Là, elle marquait un point. Après la mort de Jules, Jayne

était si choquée qu'il n'avait pas su comment aider quelqu'un qui vivait un tel chagrin.

Pas surprenant qu'elle ait revécu le traumatisme quand elle avait dû effectuer une greffe d'un cœur provenant d'une femme victime d'un accident similaire. Cependant, il avait perçu autre chose. Quand elle lui avait parlé de la mort de Stella, elle semblait… hantée. Comme si, en choisissant la chirurgie pédiatrique, elle avait cru pouvoir éradiquer les accidents de vélo. Ou… ramener sa sœur à la vie chaque fois qu'elle réparait le cœur d'un enfant.

— Qu'est-ce qui te fait froncer les sourcils comme ça ?

Sans répondre, il attira sa sœur dans ses bras pour un câlin.

— OK, je vais réfléchir à tout ça. Promis.

— Tu sais que j'ai raison, n'est-ce pas ?

Il allait répliquer, mais s'abstint. C'était Kate qui l'avait poussé à passer son examen de médecine alors que la boîte contenant la bague de Jayne était toujours au fond de son sac. Il l'avait encore, d'ailleurs. Il n'avait pas jugé correct de faire sa demande à une autre avec la bague de Jayne.

Dieu du ciel, Kate avait raison. Il avait tenté de reproduire avec Marie la vie rêvée qu'il avait prévue avec Jayne. Marie avait souvent dit qu'elle avait l'impression de vivre avec un fantôme, dans cette maison.

Ce fantôme, c'était Jayne.

C'était elle qui avait un jour contemplé la vieille bâtisse de brique et dit : « Elle ferait une jolie maison. » Elle avait eu raison : les hauts plafonds voûtés, les fenêtres de deux mètres de haut qui voyaient le lever du soleil dans la chambre et le coucher dans la pièce à vivre ouverte.

Sa sœur tendit la main par-dessus l'îlot de la cuisine et piocha un grain de raisin dans un bol.

— Sammy… Fais attention.

— À Jayne ? Tout va bien. On est seulement amis.

En théorie, c'était la vérité. Si ce n'était ce « truc » qui bourdonnait entre eux.

— D'accord, dit Kate. Si tout va si bien entre vous, alors pourquoi ne pas lui demander de t'aider au cabinet ? On l'a tous entendue te le proposer.

— Les bandages, les gorges rouges, les nez qui coulent, je ne pense pas que ce soit son truc..., ironisa-t-il.

— Pourquoi ? Elle est médecin, non ?

Le problème, ce n'était pas le choix de carrière de Jayne, c'était de l'avoir à quelques mètres de lui, de l'autre côté du couloir, dans le cabinet où ils avaient prévu de travailler ensemble. Ce serait comme jouer à être celui qu'il n'était pas.

Kate posa sur lui un regard pareil à un rayon X.

— Pourquoi ne la laisses-tu pas en décider ? Si vous êtes vraiment amis, elle aura à cœur de t'aider. Et sinon, elle repartira comme elle est venue.

Puis elle fit le geste de s'essuyer les mains, tel celui qui vient de résoudre l'un des grands mystères de l'univers.

— Organise-toi pour qu'elle reçoive les enfants, par exemple. Vas-y, Sam, ajouta-t-elle en avalant un autre grain de raisin. Du nerf !

En arrivant au cabinet et en voyant la liste interminable des patients qui viendraient le consulter en une journée, il sut que sa sœur avait raison. Il avait bel et bien besoin d'aide. Et Jayne se trouvait à quelques portes de là.

Le moment était peut-être venu de prendre ce risque.

6

— Tout va bien se passer.

Sam lui tendit une tasse de café bien fort, bien noir, avec deux morceaux de sucre, comme elle l'aimait.

Jayne était stressée. Pas par rapport au fait de recevoir des patients, mais de le faire ici, dans le cabinet de Sam.

— Greta va t'envoyer tous les rendez-vous pédiatriques, mais comme ta formation a couvert toutes les bases, tu pourras aussi gérer tout le reste.

Elle grimaça.

— Je ne connais pas les gens aussi bien que toi.

Il haussa les épaules.

— Parfois, c'est mieux. Il arrive souvent que les parents te cachent la vérité s'ils te connaissent trop bien.

Elle détourna les yeux. Savait-il qu'elle lui cachait des choses, depuis toutes ces années ?

— Je sais que vous êtes amies, reprit Sam après avoir bu une gorgée de son café, mais peut-être que la distance explique pourquoi Maggie a fait appel à toi plutôt qu'à moi. Elle adore tes massages de pieds, entre parenthèses.

Jayne masqua son soulagement derrière un geste désinvolte de la main. Ouf, il ne parlait pas de cela...

Il l'emmena ensuite dans la salle d'examen de son grand-père. Les murs étaient couverts de photos de familles et de cartes de remerciements. Et à la place d'honneur, au centre de son bureau, un grand portrait de famille avec tous les Crenshaw, épouses, enfants, etc. Un seul coup d'œil suffit à Jayne pour se rendre compte de tout ce qu'elle avait raté en s'expatriant.

— Je serai juste à côté. Si tu as besoin de moi, appelle ou frappe ou...

Lui aussi, il semblait un peu stressé. Il s'approcha et lui donna une solide poignée de main.

— Bonne chance, docteur Sinclair.

Puis il lui adressa un clin d'œil et sortit. Le clin d'œil, leur clin d'œil ! Juste le coup de fouet dont elle avait besoin. Sans se laisser le temps de réfléchir plus avant, elle sonna Greta et demanda qu'elle lui envoie son premier patient.

Deux minutes plus tard, une petite Poppy lui racontait tout sur son ongle de pied légèrement incarné.

— Maman dit que je ne peux pas porter mes chaussures préférées pour le concert ! gémit-elle.

La mère de Poppy adressa à Jayne un sourire las.

— Elle est comme ça depuis deux jours. De mauvaise humeur... J'en déduis donc que son orteil la fait plus souffrir qu'elle ne me le dit. Et c'est assez enflé.

— Non, ça ne fait pas mal. Je veux juste porter mes jolies sandales ! insista Poppy.

Jayne plaça un petit escabeau près de la table d'examen.

— Tu veux bien monter là-dessus et me parler de ce concert ? Tu joues de quel instrument ?

Distraire les enfants qui souffraient, c'était la base.

— Je chante, répondit fièrement Poppy, qui entreprit de lui offrir un panel de ses plus belles prestations.

Jayne en profita pour lui retirer sa chaussure et examiner l'orteil gonflé. L'ongle était effectivement un peu incarné, mais pas au point de l'envoyer chez un pédicure.

Quand Poppy termina une version particulièrement puissante de *Matilda*, Jayne applaudit.

— C'était super... Alors, voici la bonne nouvelle : tu n'as pas besoin d'une opération, ni de voir un spécialiste. En revanche, tu vas devoir bien t'occuper de cet orteil.

Elle nota une liste de traitements recommandés, tout en les expliquant à la mère et la fille. Les enfants étaient souvent plus malins que la plupart des adultes le croyaient, il valait donc mieux les inclure à la conversation si possible.

— Vous voulez que je mette du vinaigre de cidre sur mon orteil ? s'étonna Poppy en grimaçant.

— Inutile de le verser directement sur l'orteil. Si tu le trempes dans de l'eau tiède savonneuse ou de l'eau tiède avec du vinaigre de cidre, ça aidera à stopper l'infection.

— Et si ça empire ? demanda sa mère.

— Dans ce cas, revenez et je vous enverrai voir un pédicure. Tenez-moi au courant si jamais elle fait de la fièvre, car alors il lui faudra des antibiotiques.

Elles la remercièrent et, après ce bon départ, la journée fila à la vitesse de l'éclair. Un nez ensanglanté suite à un accident de scooter. Une profonde entaille qui nécessita quelques points de suture. Un petit garçon qui présentait de sérieuses allergies et qu'elle envoya consulter un spécialiste à l'hôpital le plus proche.

Quand arriva la pause déjeuner, elle avait l'impression que la petite partie d'elle qui s'était fermée le jour de la mort de Stella recommençait à s'ouvrir.

— Tu sembles bien contente de toi.

Jayne prit la tasse à café vide des mains de Sam pour la laver avec la sienne dans la petite cuisine au fond du cabinet. Installé dans une ancienne maison, il jouissait d'une vraie cuisine, avec assez de place pour une table qui avait manifestement vu passer son lot de déjeuners pris à la hâte.

Sam sortit une boîte en plastique du réfrigérateur.

— Paella..., dit-il en la lui tendant. Ma sœur est passée la déposer ce matin. Tu en veux ?

— Non, je pensais rentrer chez Maggie pour lui préparer à manger.

— Oh-oh… Elle te laisse accéder à sa cuisine ?

— Hé ! Je ne suis pas si nulle que ça…, dit-elle, faisant mine de s'offusquer. Oui, bon, je lui ai dit que je ferais un détour par le salon de thé, où Dolly prépare des sandwichs.

— Je suis étonné que Maggie n'ait pas installé des caméras cachées partout au salon de thé.

— Tu plaisantes ? Si elle pouvait, elle en aurait fait installer dans tout le village. Plus ça va, plus elle devient curieuse. Il faut qu'elle surveille tout le monde. Enfin, pour ce qui est des repas, je pense qu'on a fait le tour de tous les plats à emporter disponibles au village.

Sam se mit à rire de bon cœur.

— Et si je venais vous préparer à dîner un soir ?

Une vague de chaleur la traversa tandis que leurs yeux se croisaient.

— Maggie adorerait. Les enfants aussi.

— Et toi ?

Se rapprocher de Sam, c'était risquer de retomber amoureuse de lui, forcément. Non, elle ne pouvait pas se le permettre. Elle aurait toujours des sentiments pour Sam, mais tomber amoureuse… Il y avait trop de démons et trop de culpabilité dans la balance, et…

— Je pourrais vous préparer mon poulet rôti.

— Avec de l'ail ?

— Des tonnes d'ail.

Elle ne pouvait pas dire « non » à cette proposition.

— Ce serait très bon pour la pré-éclampsie de Maggie, non ? dit-elle sur un ton faussement professionnel.

L'ail recelait tout un tas d'autres avantages pour les femmes enceintes. Il boostait le poids du bébé, réduisait le cholestérol de la mère, aidait à prévenir le cancer et les protégeait tous les deux des infections et autres rhumes.

Sam prit les tasses et les essuya.

— Je ne suggérais pas cette recette pour ses propriétés médicinales, Jayne.

Leurs yeux s'aimantèrent, mués par le même souvenir. Sam lui avait préparé du poulet rôti à l'ail le soir où ils avaient fait l'amour pour la première fois. Ses parents étaient absents tout comme ses sœurs et il vivait dans un petit appartement au-dessus de leur garage. Sam et elle avaient dix-huit ans et ils s'apprêtaient à partir chacun dans une université différente.

Après moult rires sur le plaisir d'embrasser quelqu'un qui avait mangé de l'ail, ils étaient devenus très sérieux. Ils s'étaient promis de se rester fidèles malgré la distance. Cette nuit-là, ils avaient commencé à planifier leur avenir ensemble, ici à Whitticombe.

Un souvenir doux-amer s'il en était.

— Ce serait très sympa, Sam, dit-elle.

Il parut aussi surpris qu'elle.

— Oh, super ! J'irai faire des courses après le rush de l'après-midi et te retrouverai chez Maggie.

— Parfait.

Puis, sur un sourire, elle se faufila dehors, en direction du chemin qui conduisait chez Maggie.

C'était peut-être ainsi que commençait le pardon. On revisitait l'histoire en y ajoutant de nouvelles couches à mêler au tissu de leur passé partagé. Petit pas par petit pas.

Son pouls accéléra à la pensée qu'elle pourrait peut-être faire la paix avec le passé ainsi, et avec tous les gens qu'elle avait fait souffrir sur son passage pour rebâtir une forme d'équilibre dans sa vie.

Les patients n'étaient pas des doublures de sa sœur. Ils étaient des individus qui méritaient son respect et ses soins. Pas le naufrage émotionnel qu'elle avait vécu des années auparavant.

Comme Sam. Quand elle était revenue au village, il aurait pu renoncer à se montrer aussi ouvert et gentil qu'avant. Pourtant, c'était le cas et il faisait un véritable effort pour recommencer depuis le début.

Avec cette pensée en tête, elle se jura de dire « oui » plus souvent. À Sam. À des amitiés qu'elle avait laissées faner. À la vie. Même si cela faisait peur. Même si cela impliquait de tester les limites de son cœur.

Sam regarda par la fenêtre et sourit. Ce soir, il avait rendez-vous avec Jayne. Non, pas un rendez-vous car il y aurait aussi Maggie, Connor et Cailey.

Il passait en revue le dossier de sa dernière patiente de la journée avant de la faire entrer quand on frappa à la porte.

— Sam ? Je pense que tu devrais venir vite. Greta appelle une ambulance.

Le ton de la voix de Jayne le fit bondir de son fauteuil et, en trois enjambées, il l'avait rattrapée dans le couloir et courait vers la salle d'attente.

— Que se passe-t-il ?

— Mme Maynard, il semblerait qu'elle fasse un AVC.

L'épicière était venue le consulter une fois ou deux au cours des mois écoulés, se plaignant de symptômes qui ressemblaient fort à un AIT. Les accidents ischémiques transitoires n'étaient pas aussi graves qu'un AVC, mais constituaient un indicateur qu'un AVC se préparait peut-être. Il l'avait envoyée consulter à l'hôpital, mais peut-être avait-elle oublié.

À la seconde où il la vit, assise sur une chaise devant laquelle sa nièce Deanna, il sut que Jayne avait raison.

L'acronyme américain FAST lui vint aussitôt à l'esprit, moyen mnémotechnique pour savoir comment réagir. *Face*, pour visage ; *Arms*, pour bras ; *Speech*, pour langage et *Time*, pour le temps.

À la confusion peinte sur le visage de la patiente et la drôle de manière dont elle se tenait, Jayne avait eu raison de ne pas attendre pour faire appeler une ambulance.

Sam adressa un sourire rassurant à Deanna et s'agenouilla devant Mme Maynard.

— Madame Maynard ? Comment vous sentez-vous ?

Elle tenta de répondre, mais ses paroles étaient inaudibles et un côté de son visage s'affaissait.

— On rentrait de son rendez-vous régulier pour sa tension et la vérification de son diabète quand elle s'est mise à se comporter bizarrement, intervint Deanna. Elle se disait nauséeuse, et puis elle a trébuché. Heureusement, on n'était qu'à deux pas d'ici, mais en arrivant... Ça va aller ?

Instinctivement, Sam aurait voulu la rassurer, mais les AVC étaient un domaine complexe. Certains étaient bénins, d'autres plongeaient leur victime dans le coma. Voire pire.

— Il semble qu'elle ait fait un AVC. Difficile de dire de quelle gravité, mais les secours arrivent. Essayez de répondre à mes questions, madame Maynard. Sans stress. Sans pression.

Elle hocha vaguement la tête puis sa main glissa de ses genoux, tel un poids mort, ce qui indiquait peut-être une paralysie.

— Vous pouvez sourire, madame Maynard ?

Elle obtempéra, et un côté de son visage parut encore plus affaissé.

— OK. Maintenant, essayez de tendre les mains devant vous, à plat.

Elle leva un bras, mais celui qui était tombé de ses genoux ne bougea pas. Une lueur paniquée s'alluma dans son regard.

Sam lui tapota l'épaule. Pauvre femme... L'afflux de sang était interrompu vers une partie de son cerveau, ou juste réduit, et l'empêcher de paniquer était essentiel.

Jayne apparut à son côté.

— Tenez, de l'aspirine et un peu d'eau.

— Super, merci. Vous pensez pouvoir avaler ça ?

La prise d'aspirine dans les premières quarante-huit heures était toujours utile. Avec un peu d'aide, la patiente fut en mesure d'avaler son cachet.

Sam lui prit sa tension, qui était haute mais pas au-delà de la norme. Son taux de sucre dans le sang était un peu bas. Il lui fallait un scanner afin de déterminer s'il y avait ou pas un saignement à l'intérieur du cerveau. Et si tel était le cas, elle aurait besoin de médicaments. D'ici trois heures à partir des premiers signes, selon les recommandations.

Environ dix minutes plus tard, ils entendirent la sirène et peu après les ambulanciers chargeaient la patiente sur un brancard. Sam leur décrivit ses symptômes et leur tendit les chiffres qu'ils avaient. Il lui fallait un neurologue en urgence. Quand Deanna expliqua qu'elle devait aller chercher ses enfants à l'école, Sam se proposa pour accompagner Mme Maynard aux urgences.

— Je vais me charger des enfants de Maggie, je les fais manger et je viens te récupérer, lui annonça Jayne.

Elle arborait le calme d'une femme qui gère des situations de stress intense au quotidien. Le genre de médecin que l'on voulait à ses côtés quand le sol se dérobait sous vos pieds.

— Parfait, merci. Dis à Deanna que je lui enverrai des nouvelles par SMS.

Elle hocha la tête et lui sourit. Leur connexion était magnétique, et alors que les portes de l'ambulance se refermaient, Sam sut qu'il avait eu raison d'envisager leur dîner comme un rendez-vous.

Parce que tout ce qu'il faisait avec Jayne impliquait son cœur. La manière dont il le gérait, c'était une tout autre histoire…

Ayant été informée que Mme Maynard n'avait eu qu'un AVC mineur, Jayne arriva à l'hôpital quelques heures plus tard, stupéfaite de découvrir le bâtiment récemment rénové qu'elle n'avait jamais vu. À l'intérieur des murs de style géorgien, l'endroit recelait tout le matériel moderne dont un médecin pouvait rêver. Il y avait un service d'urgences, une maternité et un service de pédiatrie, une aile pour la cancérologie et un hospice.

Elle se gara devant et entra sans perdre de temps.

Sam était adossé à un comptoir de réception central et

discutait en riant avec des médecins en tunique bleue. Elle aimait le voir ainsi. À l'aise. Il se tourna au son des portes qui s'ouvraient et sourit. Ce fut le premier sourire vraiment détendu et paisible qu'elle recevait de sa part depuis des années et il l'emplit de... tout un tas de choses.

Il ajouta quelque chose à l'attention des médecins et les salua.

— Des amis à toi ? demanda-t-elle.

— En quelque sorte. Dans ce coin perdu, tout le monde finit par se connaître.

Elle balaya les lieux du regard. Le couloir éclairé aux néons, l'aire de jeux pour les enfants, les salles de part et d'autre du couloir où les familles apprenaient souvent les pires nouvelles. Elle s'était assise dans une salle de ce genre avec les parents de Stella. Et aussi quand les médecins urgentistes avaient demandé à ses parents si Jules était donneuse d'organes.

Elle se détourna, mais pas assez vite pour que Sam ne voie pas le voile qui obscurcissait soudain ses yeux. À sa surprise, il lui passa un bras autour des épaules pour la serrer doucement contre lui. Ses câlins étaient semblables à une couverture moelleuse par une journée d'hiver. Parfaits...

— Tu as été efficace aujourd'hui. Tu as perçu les signes immédiatement, appelé l'ambulance. Je suis juste désolé qu'on doive reporter notre poulet à l'ail. Je n'ai pas eu le temps de faire les courses.

— C'était le protocole standard, dit-elle. Il faut agir vite. FAST, comme on dit !

Ils se mirent à rire et Sam ôta la main de son épaule pour la poser brièvement au creux de son dos tandis qu'ils quittaient la zone d'attente pour sortir dans la tiédeur du soir.

Jayne regrettait encore la chaleur de son contact quand il écarta les bras et inspira profondément.

— Tu ne trouves pas ça trop bon ?

— Quoi, exactement ?

Son regard captura le sien et son sourire s'adoucit. Et là, soudain, il apparut. Ce regard qu'elle avait cru ne jamais revoir.

Cela signifiait-il que Sam éprouvait la même chose qu'elle ? Cette attirance inévitable, associée à un profond respect mutuel ?

— L'été, bien sûr, répondit-il, les yeux toujours rivés aux siens. Tu n'aimes pas ?

— Si, murmura-t-elle. J'adore.

7

Maggie lâcha un soupir frustré.

— Si je stérilise mes gants à vaisselle, tu voudrais bien les enfiler pour sortir ces bébés de mon ventre ?

— C'est ce que tu me conseillerais si j'envisageais de sortir un gâteau du four aux trois quarts de son temps de cuisson ? ironisa Jayne.

En réalité, avec le beau soleil qui brillait, elle ne pouvait blâmer son amie pour son impatience. Tout le monde était dehors et, en temps normal, Maggie aurait été occupée à un million d'activités au village.

Le salon de thé lui manquait, elle craignait que le chiffre d'affaires baisse, et quand on lui annonçait qu'il n'en était rien, bien au contraire, elle était triste que tout tourne parfaitement sans elle. Ce matin, c'était Nate qui lui manquait atrocement. Elle n'avait pas vu son homme depuis plus de deux mois, et elle craignait de ne pas survivre un jour de plus sans un baiser.

Cela aussi, Jayne le comprenait parfaitement. À présent que Sam et elle avaient décidé d'un commun accord de « donner une chance à leur amitié », elle avait toutes les peines du monde à convaincre son corps de s'en tenir là.

Travailler au cabinet, c'était génial, seulement, chaque fois que leurs mains se frôlaient ou que leurs chemins se croisaient, elle éprouvait des envies… coquines. Cet homme réveillait toutes sortes de besoins qu'elle avait oubliés.

Ce qui constituait un rappel frustrant du temps qui s'était écoulé depuis sa dernière relation sexuelle. Une ou deux aventures à Londres, peut-être trois, mais... rien n'avait tenu. Personne n'avait eu ce petit truc spécial.

Sauf Sam.

La vérité était claire : elle le désirait, lui.

Refermant la machine à laver, elle tourna les yeux vers le cabinet médical. Était-ce si mal, de le désirer ?

Oui, si vous devez être amis.

Elle se surprit à passer les doigts sur ses lèvres en repensant au moment où ils avaient failli s'embrasser. Elle se sentait pareille à une adolescente.

Son regard se porta malgré elle sur le calendrier. Deux jours. Dans deux jours, cela ferait sept ans que sa sœur était morte. Bon, mieux valait s'occuper. Au travail !

Le moment était venu de dévoiler à Maggie la surprise qu'elle lui avait préparée. Puisqu'elles ne pouvaient pas vraiment se déplacer, elle avait décidé de faire venir la surprise à la maison.

Quelques minutes plus tard, elle poussait une Maggie, yeux bandés, dans la chambre d'amis.

— Qu'est-ce que tu as fait ? demanda son amie avec un petit rire. Tu as installé tout le magasin de déco ici ?

— Presque. Et je suis passée chez papa et maman. Les McTavish m'ont laissée farfouiller dans leur atelier en quête d'aquarelle et... ta-ta ! Leur pistolet à colle !

Maggie ouvrit de grands yeux. Jayne s'abstint de lui raconter combien c'était bizarre de se retrouver là-bas sans ses parents, partis en Écosse.

— Tu les as appelés ? demanda Maggie.

Jayne secoua la tête, honteuse. Peut-être pour le jour anniversaire ? Ou après.

— Donc voilà : opération artistique, annonça-t-elle pour changer de sujet. Qu'est-ce que tu en penses ? Je me suis dit qu'on pouvait se lâcher pour ta Foire aux arts.

Maggie rayonnait. Pas étonnant car Jayne n'y était pas

allée de main morte sur le matériel : paillettes, sequins, toiles, piles de tissu, rouleaux de papier de couleur, ciseaux, peinture. Tout y était.

— Génial ! J'ai déjà une idée avec le pistolet à colle…

Maggie s'interrompit et se plaqua les mains sur le ventre.

— Une crampe ?

— Mmm… Rien de grave, je pense.

— Tu as eu des saignements, aujourd'hui ?

— Pas plus que d'habitude.

Les saignements n'étaient pas chose inhabituelle durant une grossesse. Mais à trente-deux semaines, plus elle présentait de symptômes, plus le risque que les bébés soient prématurés augmentait. Il y avait peu de risques qu'elle les perde, mais plus elle les garderait au chaud, mieux cela vaudrait.

Une fois sa crampe passée, Maggie se munit du pistolet et, au bout de quelques minutes de silence concentré et créatif, elle montra son œuvre à Jayne.

— Qu'est-ce que tu en penses ? Tes parents pourraient le faire passer pour l'une de leurs œuvres ?

— Tu sais bien qu'ils sont davantage dans les paysages et les sculptures.

Et la désertion à cette époque précise, et pleine de souvenirs, de l'année. Toutefois, Jayne devait admettre que son retour était sans doute facilité par l'absence de ses parents. Car chaque fois qu'elle les regardait, c'était la perte de leur fille qu'elle voyait dans leurs yeux, et sa décision de devenir chirurgien en pédiatrie n'avait rien changé. Au contraire, ils étaient devenus encore plus distants.

Contrairement aux parents de Sam qui l'avaient soutenue après la mort de Jules. Et traitée comme un membre à part entière de la famille – ce qu'elle était encore censée devenir, à ce moment-là.

Comme si ses pensées l'avaient appelé, Sam frappa à la porte à moitié ouverte de la maison. À cet instant, Jayne se rendit compte qu'elle ne portait qu'une robe d'été hyper légère. Dès qu'elle croisa son regard, elle sentit la chair de poule lui courir sur les bras.

— Mmm, ça sent…

Jayne leva les yeux au ciel.

— Je sais, je sais, le pain brûlé. Nous sommes tous au courant que je ne remporterai jamais le concours de la meilleure cuisinière. Grâce à vous, je me rends compte qu'à Londres je me nourrissais quasi uniquement chez le traiteur du coin de la rue.

— Tu ne cuisines pas du tout ?

— Je ne suis pas souvent à la maison, en fait. Et quand on a toutes les cuisines du monde à portée de main…

Maggie et Sam la regardaient comme si elle était folle. Ils avaient raison, sa vie privée était pitoyable. La preuve, l'appartement qu'elle occupait était quasiment comme Jules l'avait laissé. Frigo vide. Deux ou trois conserves dont la date avait expiré dans un placard très peu rempli. Deux assiettes, deux tasses, deux fourchettes…

« Pourquoi m'installer puisque je n'ai qu'une idée en tête : m'en aller ? » disait Jules. Puis elle désignait les lumières du centre de Londres avec la même lueur dans les yeux que Jayne quand elle envisageait d'emménager dans l'ancienne grange avec Sam un jour.

Pas étonnant qu'elle n'ait jamais appris à cuisiner. Elle vivait dans l'appartement de Jules. À essayer de vivre la vie de Jules. La seule chose qu'elle avait réussi à faire sienne, c'était son travail.

Maggie tenta en vain de s'extraire de la chaise longue que Jayne avait apportée à la cuisine afin que son amie puisse diriger les opérations confortablement installée.

— Je vais faire un tour, annonça-t-elle.

— Quoi ? Et tes œuvres d'art ?

Jayne et Sam se précipitèrent vers Maggie. Sam lui prit le pouls, pas très discrètement, et Jayne s'agenouilla pour l'aider à enfiler ses pieds enflés dans la seule paire de tongs qui lui allaient encore – celles de Nate.

— J'en ai assez de vous deux, je vais au salon de thé. Si je n'ai personne à enguirlander dans les minutes qui viennent, ça va vous retomber dessus. Alors aidez-moi à me lever pour que j'aille passer ma mauvaise humeur sur Dolly.

— Il fait chaud, dit Sam. Tu devrais peut-être prendre une ombrelle ou quelque chose comme ça.

— On n'est plus au XIXe siècle ! La seule personne qui pourrait me calmer, c'est Nate, et il n'est pas là...

Le front plissé, elle fit la même moue que sa fille quand elle ne voulait pas finir ses légumes. Sam et Jayne échangèrent un regard dans son dos. L'absence de Nate commençait vraiment à lui peser. Or plus elle était stressée, plus elle était en danger.

— OK, mais vas-y doucement avec Dolly, intervint Jayne alors que Maggie s'éloignait. Je viens te récupérer dans une heure si tu n'as pas réapparu !

Sitôt qu'elle eut disparu, Sam se lança dans une série de questions : où en était sa tension, avait-elle saigné, comment évoluaient ses maux de tête, ses nausées, était-elle enflée ?

Jayne sortit son téléphone portable.

— Je suis connectée avec l'un des meilleurs obstétriciens du monde, au Merryweather de Londres, dont tout le personnel se consacre aux femmes vivant une grossesse à problèmes. Je les harcèle. Appels vidéo, revues médicales... Je ne fais que ça de mes nuits.

À ce stade, elle commit l'erreur de plonger dans les yeux verts de Sam. Oui, bon, d'accord, elle fantasmait aussi un peu sur lui la nuit. Mais elle essayait de faire en sorte que ce monde-là n'entre pas en collision avec le vrai.

— Bref, si quoi que ce soit tourne mal, j'ai une hotline des meilleurs médecins du pays, conclut-elle en rempochant son téléphone.

— Londres est bien plus éloigné qu'Oxford.

Elle posa une main sur le bras de Sam.

— Sam… Quand et si Maggie a besoin d'un hôpital, elle y sera. On a rendez-vous là-bas chaque semaine, à compter de maintenant, je vais donc pouvoir chronométrer les temps de trajet. Je te promets que je serai là pour elle.

Les lignes soucieuses se détendirent sur son beau visage et il promena les yeux à travers la cuisine, ou plutôt le chaos général qui y régnait. Puis il se tourna vers elle avec un large sourire.

— Alors comme ça, tu ne fais jamais à manger, à Londres ?

Sur un ton plus aguicheur qu'elle ne l'aurait voulu, elle répliqua :

— Je n'ai personne à impressionner, à Londres.

Sam s'accouda au comptoir en secouant la tête.

— Je n'en crois pas un mot.

Elle hésitait à se montrer complètement honnête. Une amie pourrait témoigner de la vacuité de sa vie sociale…

— C'est pourtant vrai…, lança-t-elle en riant.

— Une belle femme comme toi ? Les hommes doivent se presser devant ta porte.

En la voyant rougir, Sam se donna un coup de pied aux fesses mental. Pourquoi questionnait-il Jayne sur sa vie amoureuse ? Il voulait l'entendre parler des hommes avec qui elle était sortie à peu près autant qu'elle de son ex-femme.

— Je suis sortie avec un gars ou deux, dit-elle sans le regarder. Surtout des rencards arrangés, du genre la copine qui t'invite pour être la quatrième parce qu'elle ne veut pas aller à un premier rendez-vous seule. Pas vraiment mon truc… Mon but, à moi, c'était d'en arriver où j'en suis dans le domaine professionnel, alors…

— Idem…

Elle écarquilla les yeux.

— Quoi ? Je croyais que tu maîtrisais parfaitement l'équilibre vie personnelle et vie professionnelle ?

— Pas tant que ça, non. Je pense que mon ex-femme ne serait pas de cet avis.

C'était la première fois qu'il évoquait ouvertement sa femme devant elle. Jayne la connaissait, l'avait aperçue à Noël, mais…

— Ça la rendait dingue, le temps que je passais au cabinet.

— C'est un peu injuste ! Tu venais de t'installer !

Il sourit de la voir prendre sa défense. Puis, comme si elle venait de s'en aperçoive, elle ajouta :

— Elle ne se rendait pas compte que ça prenait du temps, de voler tous les patients de ton grand-père ?

Il éclata de rire.

— Pour dire la vérité, je réalise avec le recul, qu'on s'est mariés trop vite.

— Trop vite ? murmura-t-elle.

— Trop vite après toi.

Il vit ses joues se creuser tandis qu'elle assimilait l'information : il n'était pas guéri d'elle quand il s'était marié. Sa sœur avait raison, et son ex aussi. Il ne s'en était pas rendu compte, à l'époque, croyant vraiment être passé à autre chose. Mais non. Et son cœur, qui battait comme un fou en ce moment même, lui disait qu'il aurait dû le savoir depuis le début.

Jayne Sinclair était l'amour de sa vie.

Peut-être qu'il ne s'en remettrait jamais ; en tout cas, une chose était sûre : il devait trouver le moyen de vivre avec cette prise de conscience.

— Eh bien… Elle aurait dû comprendre que tu ne fais pas les choses à moitié. C'est dommage qu'elle n'ait pas insisté. Ça prend du temps de surmonter les moments difficiles.

Elle se tut, comme si elle aussi avait compris que ses paroles pouvaient s'appliquer à elle. À eux.

— Et toi, ça a marché le « travail travail et puis c'est tout » ?

— Je pense que tu connais la réponse. Ma première greffe de cœur s'est achevée sur mon effondrement, donc… Je déteste l'admettre, mais oui, j'avais effectivement besoin d'une pause. Histoire de prendre un peu de recul…

Elle se passa la langue sur les lèvres tout en le fixant droit dans les yeux. Les émotions que Sam tâchait de contrôler s'envolèrent à cette seconde.

— Sam, je... Je sais que toi et moi on a un passif et ça complique un peu tout. Mais je te dois un « merci ». Tu es génial depuis mon retour. Plus que je ne le mérite...

Il baissa les yeux vers sa robe en tissu vert parsemé de cerises. Avec des bretelles toutes fines qui appelaient sa main pour les faire glisser sur les épaules laiteuses...

Une vague de désir le submergea. Un tsunami qui traversa allègrement toutes les défenses qu'il avait pu ériger. Il releva les yeux vers les siens. Ses longs cils battirent et, sans détour, elle soutint son regard.

L'atmosphère venait de changer. L'air crépitait. Les instincts prirent le dessus. Avant d'avoir eu le temps de réfléchir, il prit le visage de Jayne entre les paumes et l'approcha si près qu'il sentit son odeur. Coton. Pois de senteur. Sucre.

— Qu'est-ce que tu veux de moi, Jayne ?

Au lieu de lui répondre, elle se haussa sur la pointe des pieds et accepta le baiser qu'il brûlait de lui donner. Ce qui suivit fut doux, charnel et très agréable. Le cerveau de Sam avait tout juste le temps de suivre ce que faisait son corps. Embrasser. Goûter. Toucher. Et Jayne répondait à chacun de ses gestes. La même attirance qui les avait unis se réveilla. À croire qu'il ne s'était pas écoulé un seul jour depuis la dernière fois qu'ils avaient fait l'amour.

Il glissa les doigts dans ses cheveux à la base du cou pour l'attirer encore plus près. Son corps était consumé par le besoin de la goûter. Les lèvres, la langue, le petit creux à la base de sa gorge. Il déposa une ligne de baisers le long de son épaule et lui mordilla le lobe de l'oreille jusqu'à l'entendre gémir. L'évidence de son plaisir se manifesta dans le bas de son ventre.

Il savait comment la faire réagir, quels endroits titiller

pour lui faire serrer les cuisses et coller son bassin contre le sien. Même proche, ce n'était pas assez. Il lui fallait sa peau.

Il se recula, juste le temps de lui montrer la chaleur qui lui embrasait les yeux. Puis il saisit l'une de ses minuscules bretelles et la fit tomber sur son bras, et l'autre suivit. À peine la robe avait-elle glissé au sol que, déjà, il prenait les seins de Jayne au creux de ses mains qu'il promena ensuite sur son ventre, ravi des frissons qui lui répondaient. Sans attendre, le slip rejoignit la robe.

C'était de la folie, mais tellement bon à la fois. Un rappel torride et intense de la magie qu'avait été l'alchimie sexuelle qui les avait unis. Il le voyait dans ses yeux. Elle le désirait tout autant que lui.

Le téléphone sonna.

— Ne réponds pas, marmonna Jayne.

— Ce n'est pas le mien, répliqua-t-il.

Elle tâtonna sur le plan de travail pour trouver et sans doute pour éteindre l'appareil, mais elle le saisit et le tendit derrière son épaule tandis qu'il écartait une pile de tissus pour faire de la place aux fesses de Jayne.

Il défit sa ceinture. De sa main libre, elle caressait son pénis en érection quand elle se figea brusquement.

— Tout va bien ? demanda-t-il contre ses lèvres.

— C'est l'hôpital. Ils veulent que je les rappelle.

Tout à coup, la chaleur du volcan se changea en glacier.

Jayne sursauta en entendant des pas. Elle avait cru avoir le petit cimetière pour elle seule, mais quand elle releva les yeux, son souffle se bloqua dans sa gorge.

Sam.

Ils ne s'étaient pas vraiment parlé depuis le moment de folie et de désir auquel ils avaient failli succomber chez Maggie, avant qu'elle prenne l'appel de l'hôpital. Un réflexe machinal chez elle. Même si elle avait tenté de se justifier, affirmé qu'il aurait fait pareil... il était parti sans un mot.

Ce matin, elle s'était rendue au cabinet comme prévu, mais quand son dernier patient était reparti, elle avait ressenti le besoin de venir rendre visite à sa sœur. Pour lui demander pardon.

— Je pensais te trouver là.

La voix de Sam l'enveloppa telle une couverture en cachemire. Chaude et douillette. Protectrice.

Elle posa sur lui un regard reconnaissant. Malgré le ping-pong émotionnel qui l'agitait, entre son cœur, sa tête et son instinct, voir arriver Sam lui faisait plaisir.

C'était la première fois qu'elle était à Whitticombe le jour anniversaire de la mort de Jules, et malgré son envie première de le passer seule, elle était contente de constater que d'autres personnes pensaient à sa sœur.

Cela ferait-il du bien à ses parents de voir combien sa tombe était fleurie par tous ceux qui l'avaient connue ? Sam déposa une plante en pot à la base de la dalle et s'assit à côté d'elle, à même le sol.

— Je peux me joindre à toi ?

— Bien sûr. Elle est belle, cette fleur.

— C'est un aster. Ça veut dire astre, et en grec, c'est le symbole de la variété. Je me rappelle que Jules aimait ça.

— Oui, effectivement, admit Jayne en riant malgré elle.

Le rire de Sam vint se mêler au sien et alors que leurs yeux se croisaient, elle sut qu'il était là pour toutes les bonnes raisons.

Jambes croisées, il s'appuya en arrière sur les mains, ses longs doigts disparaissant dans l'herbe.

— Elle aurait apprécié une patiente que j'ai eue aujourd'hui.

— Ah oui ?

Jayne arracha une jonquille et retira les pétales un à un.

— Une fillette de huit ans aussi obsédée par son trampoline que Jules par la course à vélo sur les chemins. Une véritable accro à l'adrénaline...

— Elle est venue consulter pour quoi ? demanda Jayne d'une voix qu'elle espéra calme.

— Fracture tibia-péroné, suite à un saut périlleux particulièrement énergique.

Jayne prit une brusque inspiration.

— Ses parents n'avaient pas installé un filet de protection autour du trampoline ?

— Si, si. Ils l'avaient même fixé dans le sol. Ils avaient aussi mis un revêtement mou tout autour, mais Carlee est intenable. Elle va sans doute devenir une habituée de l'hôpital Grandpont.

— Celui d'à côté ?

Il hocha la tête et elle se prit à se demander si c'était ainsi que son grand-père avait considéré Jules. Un électron libre qui, malgré la surveillance et les soins de ses parents, allait forcément se mettre dans des situations dangereuses.

Un silence s'installa, que Sam interrompit enfin :

— Désolé que ça se soit un peu échauffé, l'autre jour.

— Tu n'as pas à t'excuser, j'étais là aussi, je te rappelle.

Même s'ils ne se regardaient pas, elle sentait l'énergie qui crépitait entre eux.

— Je suis content que tu sois là, ajouta-t-il. Je sais qu'il y a pas mal de questions à résoudre, mais avec le travail qu'on a au cabinet et Maggie qui a besoin de toi, c'est un cadeau de Dieu.

— J'ai l'impression qu'on s'est parlé plus honnêtement au cours des deux semaines écoulées que pendant des années.

Il sourit.

— Pour être franc, on n'avait pas vraiment parlé depuis qu'on s'était séparés.

Exact. Car elle avait peur d'avouer à Sam que c'était elle la responsable de la mort de Jules. Pourtant, elle aurait dû lui faire assez confiance pour le lui dire. À présent, elle le savait.

Au bout de quelques minutes de silence, elle se leva et s'étira.

— Bon, il faut que j'aille voir si tout va bien pour Maggie. Et les enfants ne vont pas tarder à rentrer de l'école.

Le regard de Sam s'alluma.

— Hé, tu veux passer jeter un coup d'œil à la vieille grange en chemin ?

Un sentiment étrange gonfla le cœur de Jayne.

— Oui, avec plaisir !

Sam n'en revenait pas d'être aussi nerveux. La maison, que son père architecte et lui avaient passé des années à concevoir, était belle, il le savait. Ils avaient accordé une attention toute particulière au moindre détail. Les tuiles comme ci, les boiseries comme ça, les fenêtres qui devaient être parfaites.

La maison avait d'ailleurs été un vrai sujet de dispute avec son ex-femme. « Tu aimes cette maison plus que moi. » Il protestait, arguant qu'elle était ridicule. Pourtant, quand elle était partie, la maison n'avait pas semblé plus vide. Et là, bien sûr, il avait compris que jamais elle n'avait été *leur* maison.

Quand ils tournèrent à l'angle de l'allée pavée menant à la grange, Jayne porta la main à sa bouche. Il la vit admirer chaque détail. Le toit pointu. Les poutres sombres qui ressortaient sur les murs de calcaire doré.

— Oh ! Sam... Elle est parfaite. Exactement comme je l'avais imaginée.

8

Sam entra au cabinet en sifflotant.

— Eh bien, quel bel enthousiasme..., commenta Greta.

— Couché tôt et une tasse de bon café ce matin, ma recette miracle.

Après le départ de Jayne, la veille, il s'était fait un dîner léger et avait fini la soirée en lisant des magazines médicaux. Pour une fois, rester à la maison ne lui avait pas fait l'effet d'un vide en attendant de retourner au travail. Non, il avait apprécié.

Il avait aussi adoré voir la maison à travers les yeux de Jayne. Ce qui le ramena à la conclusion qui lui serrait le cœur : jamais il n'avait éprouvé pour son ex-femme les sentiments qu'il avait pour Jayne. Cette pensée lui pesait, et il fut soulagé quand Greta lui tendit la liste des patients de la journée. Elle serait bien remplie. Comme Jayne emmenait Maggie à son rendez-vous à l'hôpital, il ne bénéficierait pas de son aide.

Quelques heures, une pile de papiers et une dizaine de patients plus tard, Greta le bipa.

— Je peux vous envoyer un patient supplémentaire qui vient juste d'arriver ?

— Absolument !

— Docteur Sinclair...

— Ah, monsieur Sedlescombe, dit-il en accueillant le vieux professeur de maths. Entrez donc, venez, que je vous approche un siège.

Il prit l'une des cannes de son ancien professeur et lui soutint le coude tandis qu'il s'installait.

— Alors, monsieur Sedlescombe, que puis-je pour vous ?

— Eh bien, c'est un peu embarrassant.

— Rien n'est embarrassant ici. Vous savez comme moi que rien ne sortira de cette pièce.

Le vieil homme, dont les prunelles aqueuses brillaient un peu, s'appuya sur l'une de ses cannes et jeta un bref regard en direction de la porte.

— Je suppose que tu as entendu parler de la fête pour ma retraite, bientôt ?

— Absolument. Elle sera donnée en même temps que la fête du village, c'est ça ?

— Voilà, oui. Et ils dévoileront une plaque ainsi que le nouveau défibrillateur automatisé externe. Un vieux et un défibrillateur, c'est gai..., ironisa-t-il.

— Je suis sûr que c'est une coïncidence, dit Sam en souriant.

— Enfin, ma question, c'est plutôt...

Il fouilla dans sa poche et en sortit une tablette de petites pilules bleues.

— Oh !

Sam n'en revenait pas. Après une matinée de cas d'arthrite, d'otites et de tests de tension, il ne s'était pas attendu à cela.

— Dois-je en déduire que vous envisagez une soirée à deux après votre fête de retraite ?

— Quelque chose comme ça. seulement, ils disent ici qu'il y a des risques de crise cardiaque, ajouta-t-il en montrant une coupure de journal à Sam.

Sam lut l'article en diagonale.

— Dans le cas décrit ici, la personne a apparemment dépassé la dose prescrite. Montrez-moi vos comprimés.

À première vue, les pilules avaient été commandées sur Internet mais étaient conformes. Sam aurait pu lui en prescrire à acheter à la pharmacie, seulement M. Sedlescombe semblait lui cacher quelque chose.

— Y a-t-il quelque chose qui vous tracasse concernant ces cachets ?

Le vieil homme se caressa le menton et finit par croiser le regard de Sam.

— En vérité, ils sont pour Vera...

— Votre épouse ? Pourquoi ?

Ancienne professeur de littérature, Vera avait souffert d'un AVC quelques années auparavant, mais au vu de ses examens réguliers, tout était rentré dans l'ordre.

— Elle pense que ça pourrait l'aider.

Soudain, Sam comprit.

— Vous n'auriez pas consulté Internet au sujet de la perte de mémoire ?

M. Sedlescombe parut soulagé. Manifestement, il n'était pas très à l'aise de mentir sur l'objet de sa visite.

— D'accord, on parle des essais cliniques qui ont été faits sur la démence vasculaire, c'est ça ?

Lui aussi, il avait lu des articles. On faisait des tests sur des quinquagénaires et des sexagénaires qui avaient souffert d'un AVC ou de pertes de mémoire.

— Si je me rappelle bien, le but est d'augmenter l'afflux de sang en dilatant les vaisseaux sanguins ?

— Oui. Vera a commandé ça. Comme elle l'a fait à mon nom, c'est moi qui ai ouvert le paquet et je voudrais donc que tu la dissuades de prendre ce truc.

— Le mieux serait peut-être de la faire venir ici, qu'on en discute. Car ce ne sont pas les mêmes pilules qu'ils utilisent pour les tests cliniques et puis... ce ne sont que des essais.

Terry Sedlescombe opina du chef.

— C'est ce que je lui dis, mais elle n'en démord pas. Sans vouloir vous offenser, ton grand-père et toi, elle a décrété qu'elle préférait en parler avec une femme.

Il y avait une généraliste femme dans le village voisin qui venait ici une fois par semaine pour ce genre de cas, mais son époux et elle étaient partis en Mongolie pour l'été. Avec tout le travail qui l'avait assailli, Sam n'avait pas pris le temps de chercher une remplaçante.

— Vous vous souvenez de Jayne Sinclair ? On était dans la même classe.

Terry fronça les sourcils.

— Bien sûr. La jumelle qui a perdu sa sœur. Ses pauvres parents..., ajouta-t-il en tournant les yeux vers la flèche de l'église, visible par la fenêtre. Je me demande comment ils ont pu rester ici, après ça.

Sam hocha la tête. Les gens du coin faisaient souvent cette réflexion. Par ailleurs, il était frappé par le fait qu'ils se rappelaient Jayne comme « la pauvre sœur qui avait survécu ». Quelle croix à porter ! Pas étonnant qu'elle ait voulu vivre ailleurs. Le passé la menottait à la période la plus pénible de sa vie.

D'ailleurs, peut-être avait-il fait pareil. Focalisé sur son sentiment de rejet, il avait omis de prendre du recul et de considérer les choses du point de vue de Jayne. À sa réaction après la mort de Stella, il était évident qu'elle prenait son travail très à cœur. Se retirer pour être sûre d'offrir le meilleur à ses patients avait dû lui demander beaucoup de courage et de force.

C'était une fierté pour lui aussi : ne donner que le meilleur à ses patients. Comment se faisait-il qu'il n'ait pas pu en faire autant avec sa vie privée ?

La réponse lui apparaissait soudain clairement.

Il avait essayé de consoler Jayne en insistant pour qu'ils poursuivent leurs rêves. Les fiançailles, le mariage, le cabinet, la vieille grange... Oubliant au passage que tout avait changé pour elle.

Il s'agita sur son siège et sourit à Terry.

— Jayne est au village pour quelques semaines. Elle n'est pas généraliste, mais c'est un médecin très respecté et je suis sûr qu'elle serait heureuse de parler à votre femme. Je peux l'appeler, si vous voulez.

Nouvelle vague de soulagement visible sur les traits de son ancien professeur de maths.

— Tu ferais ça ?

— Avec plaisir.

Après avoir vérifié que tout allait bien côté santé, Sam raccompagna le vieil homme, rasséréné et satisfait.

— Tout s'est bien passé à l'hôpital ?

Jayne hocha la tête.

— Oui, aussi bien que possible. Maggie ne se repose pas autant qu'ils voudraient, mais les bébés sont toujours bien accrochés. Je l'ai scotchée dans un fauteuil avec une téléréalité sur la pâtisserie de l'extrême, avec l'espoir fou que ça la tienne occupée une heure ou deux.

— Scotchée dans un fauteuil ? répéta Sam.

— Oui, dit-elle avec un haussement d'épaules. C'est comme ça qu'on fait à Londres. Alors, parle-moi de Mme Sedlescombe…

Bizarrement, elle était nerveuse. Discuter avec son ancienne professeur de littérature anglaise de l'opportunité ou non de prendre des pilules contre les dysfonctionnements érectiles, c'était plutôt… intime. Un peu comme fouiller dans le tiroir à culottes de sa grand-mère.

À croire que Sam percevait sa gêne car il lui pressa l'épaule. Elle mit de côté les réactions de son corps à ce simple contact et se concentra sur les mots qui sortaient de sa bouche. Cette bouche qu'elle avait embrassée quelques jours plus tôt. Mmm, cette bouche…

Concentre-toi !

— Ne te tracasse pas, ils savent que tu n'es pas spécialiste des accidents cérébraux. Mme Sedlescombe pensait juste qu'il lui serait plus aisé de parler avec une femme. Je pense qu'elle a plus honte qu'autre chose.

Chose que Jayne comprenait. Ce n'était pas une conversation qu'on avait tous les jours.

— Et tu dis que M. Sedlescombe vient aussi ?

Son professeur de maths qui lui avait appris les fractions, l'algèbre, tout ce qui ferait les fondations de son goût pour les sciences.

Sam se tourna en souriant vers la salle d'attente.

— Ils sont mariés depuis toujours, alors il est inquiet. C'est adorable, je trouve. Il veut s'assurer que la femme qui vit à ses côtés reste elle-même le plus longtemps possible. Quitte à passer par un rendez-vous gênant chez le médecin.

Eh bien... Si cela n'agissait pas sur les ficelles émotionnelles, rien n'y parviendrait. C'était la vie dans un village... On se soutenait du mieux qu'on pouvait.

— Il vous faut une généraliste femme au village.

Sam lui jeta un regard. Aïe ! C'était elle qui était censée devenir cette personne.

— Nous en avons une qui vient de Farmstone une fois par semaine, mais elle est en congé longue durée. Tu as raison, cela dit. Avec le départ de grand-père, il nous faudra quelqu'un d'un peu plus permanent.

Jayne évitait son regard, et Sam pressait ses mains l'une contre l'autre, manifestement embarrassé aussi.

— Bon, je les fais entrer ?

— D'accord. Je vais attendre dans la salle d'examen.

Elle entra dans la pièce et s'assit. Puis se releva. Puis prit une pause qu'elle espérait naturelle près de la table d'examen. Pourquoi était-elle aussi mal à l'aise ? Ses patients londoniens avaient été tout aussi importants à ses yeux. Oui, mais ils ne l'avaient pas connue quand elle portait des tresses. Et ils n'avaient pas assisté aux funérailles de sa sœur.

Elle ravala la boule dans sa gorge. Nombre des patients de Sam étaient présents aux obsèques. Aider Mme Sedlescombe était le moins qu'elle puisse faire.

C'était peut-être aussi ce que ressentait Sam. Il était reconnaissant à ses parents adoptifs et à cette communauté qui l'avait accueilli. Les aider n'était pas une pénitence, c'était un plaisir.

La vérité la frappa avec la violence d'un coup de fouet. Si elle s'était mis tellement de pression pour l'opération de Stella, c'était dans l'espoir de faire enfin pénitence. Comme si cela pouvait suffire à remettre son monde à l'endroit. Mais sa mission avait échoué car elle s'était fixé le mauvais but.

Sam arriva sur ces entrefaites, fit asseoir le couple, et, comme par enchantement, tout rentra dans l'ordre. À croire qu'elle avait eu ce genre de conversations toute sa vie. Elle montra à Mme Sedlescombe que les pilules qu'elle avait achetées sur Internet n'étaient pas identiques à celles utilisées pour les tests cliniques. Elle lui fit aussi remarquer que les résultats de la deuxième vague de tests n'était pas encore connus. Et, argument final, elle mit en avant les effets secondaires potentiels, à savoir une perte de mémoire soudaine et drastique.

Le couple se regarda, sous le choc. Et un peu soulagé.

— J'ignorais que la perte de mémoire était un effet secondaire possible, dit Vera en pressant la main ridée de son mari. J'aurais pu aggraver les choses, si tu n'avais pas insisté pour que je vienne consulter.

— Mais ça n'est pas arrivé, chérie. On est venus et le Dr Sinclair nous a remis sur la bonne voie.

— Je me sens bête.

— Non, votre réaction était humaine, intervint Jayne. Qui n'a pas envie de soigner quelque chose qui vous échappe ? Je peux vous donner quelques astuces que je donne à mes patients en pédiatrie si les pertes de mémoire vous inquiètent vraiment.

— J'ignorais que ça pouvait arriver aux enfants, commenta Terry, la main toujours dans celle de Vera.

Jayne leur expliqua que n'importe qui pouvait souffrir d'accident cérébral.

— Le truc, c'est de garder votre cerveau stimulé. J'imagine

le choc qu'a dû être l'AVC de Vera, mais j'espère que ça n'a pas changé votre vie en termes de stimuli mentaux.

— Non, je lis toujours autant qu'avant.

Jayne sourit au souvenir de la classe de Vera. Remplie de livres.

— Vous jouez aux échecs ?

Vera opina du chef.

— Il nous arrive de sortir le plateau au pub.

Jayne se rappelait effectivement qu'ils avaient tout un tas de jeux de société.

— Super, continuez comme ça... Fréquenter des gens aide aussi. Tenez, ajouta-t-elle après avoir imprimé une liste qu'elle tendit à Vera. Ce sont juste des conseils que l'on donne à tous les...

— Les vieux croulants ?

Jayne sourit.

— Je n'allais pas le formuler comme ça, mais... en gros, oui. Avec les années, il faut faire un peu plus attention à soi.

— Eh bien, j'ai de la chance d'avoir celui-ci à mes côtés, alors, déclara fièrement Vera en aidant Terry à se relever.

Il prit ses deux cannes dans une main et passa son bras libre sous celui de sa femme. Jayne les raccompagna dehors, fière et rassurée. En revenant, elle remarqua que le couloir était orné de quelques toiles de son père représentant des champs de fleurs sauvages.

Elle devrait appeler ses parents. Leur donner des nouvelles de Whitticombe, pour une fois, et pas l'inverse.

— Comment ça s'est passé ? demanda Sam en apparaissant à la porte du bureau.

— Super ! Quel couple adorable ils forment !

— C'est un vrai gentleman, commenta-t-il en les suivant des yeux par la fenêtre.

— Toi aussi, Sam.

Il s'avança dans la pièce et passa le dos des doigts sur sa

joue. Un courant électrique la traversa en même temps que son cœur effectuait une petite danse de joie.

Puis il revint s'adosser à l'encadrement de la porte. Ses cheveux blonds effleuraient le bois et elle ne parvenait pas à quitter des yeux ses avant-bras musclés. Les mêmes qui l'avaient soulevée pour la poser aussi facilement que si elle pesait une plume sur le plan de travail.

Avant de pouvoir s'en empêcher, elle demanda :

— Tu veux qu'on se voie plus tard ?

Sa voix rauque ne laissait aucune place au doute. En un clin d'œil, l'atmosphère entre eux bourdonnait à nouveau de la même alchimie sexuelle qui les avait assaillis dans la cuisine de Maggie.

Le regard de Sam, sur elle, était si intense que cela aurait pu être ses mains. La peau de Jayne picotait, son sang bouillonnait dans ses veines et battait à ses oreilles.

— Et si je t'emmenais quelque part, plutôt ? proposa-t-il. Un bon vieux rencard à l'ancienne ? Dîner ? Ciné ?

— Quoi ?

— On n'est pas très doués pour le truc « on est juste copains », mais… (Il inclina la tête vers l'endroit où les Sedlescombe s'étaient assis.) En matière de relation, je veux avec toi la même chose que les Sedlescombe. J'ai cru le vouloir avec Marie, mais depuis le début c'était toi. Alors… Bon sang, je n'en reviens pas d'être en train de te dire ça…

Il écarta les paumes, comme pour lui ouvrir son cœur.

— Je ne veux pas être ton pansement anticrise avant que tu rentres à Londres. Je veux plus et cela implique de reprendre du début : être honnête, discuter. On est humains, on a commis des erreurs, et on doit découvrir si elles sont surmontables, si on peut se les pardonner. Alors, tu en dis quoi ? Un rencard ce soir, ça te tente ? conclut-il avec son fameux clin d'œil.

Elle se mordit l'intérieur de la joue. Fort. Son cœur vibrait sous l'effet des bombes que Sam venait de lâcher tout autour d'elle.

Elle aussi rêvait d'une seconde chance avec lui. Sans l'ombre d'un doute. Seulement, cela ne fonctionnerait pas si elle ne lui disait pas tout sur Jules.

Voudrait-il encore d'elle alors ?

Il n'y avait qu'un moyen de le découvrir. Les mots qui franchirent ses lèvres étaient différents, mais elle espérait qu'il verrait qu'elle essayait de dire « oui ». Oui, elle était d'accord pour essayer.

— Maggie va avoir besoin d'aide pour le dîner et le coucher des enfants...

Sam inclina la tête et sourit, de ce sourire heureux qui était le sien.

— Et si on leur préparait à manger ensemble ? Ce serait la première partie du rendez-vous, et, ensuite, je t'emmènerais au Golden Acorn.

— Quoi ? dit-elle avec un rire nerveux. Le pub au milieu du village ?

Celui où ils s'évitaient consciencieusement tous les Noël passés ?

— Oui. Ils font de super burgers. On se danse autour depuis des années, Jay, et j'en ai assez.

Soudain, la chaleur de son corps se changea en un froid glacial. Elle recula et se heurta au mur.

— Non, ne fais pas ça. Ne fuis pas, dit-il, ses yeux verts brillant de détermination. Je tiens à toi, Jay. Profondément... Je suis sûr que tu ressens la même chose, sauf qu'on ne se connaît plus, toi et moi. Alors, à partir de maintenant, si tu me veux... tu vas devoir sortir avec moi et parler. On a sept années à rattraper.

Avant qu'elle puisse arguer que c'était trop, trop tôt, que son ultimatum ne tiendrait pas, il fit courir un doigt le long de sa mâchoire.

— Je ne te demande pas de m'épouser, juste de faire ce que font les gens normaux. On n'est plus les gamins qu'on était avant.

— Si ça se trouve, on a tellement changé qu'on n'est plus faits pour être ensemble, répliqua-t-elle sans trop y croire, mais… c'était une possibilité.

— Si nos rendez-vous se passent bien, on pourra peut-être passer au stade supérieur, Jayne. À quelque chose de plus… intime.

Jayne se liquéfia.

Il ne le formulait pas, mais elle comprenait le sous-entendu : elle allait devoir tout déballer. Expliquer pourquoi elle avait rompu leurs fiançailles. Et ensuite, ils décideraient s'ils continuaient ou pas.

— Et que se passera-t-il une fois que Maggie aura accouché et que mon congé prendra fin ?

— On aura tout le temps de penser à ça le moment venu. Moi, j'ai ma vie ici avec mes amis, ma famille. J'aimerais que tu les voies. C'est ici que je veux vivre, ici que je suis le plus heureux. Si tu décides de retourner à Londres et que ta vie est là-bas, eh bien, on ira chacun de notre côté. Pour de bon…

Elle était tendue comme un arc. Sam, au contraire, paraissait extrêmement calme. Maître de son destin. Il passa le gras du pouce sur les lignes qui lui plissaient le front comme pour les lisser. Comme s'il avait tout le temps devant lui. Elle arrivait tout juste à respirer quand il se pencha pour murmurer :

— J'ai besoin de vivre une bonne fois pour toutes avec ou sans toi, Jayne Sinclair. Faire comme si tu n'existais pas n'a pas fonctionné et être copains non plus, alors essayons une thérapie en immersion, d'accord ?

C'était la proposition la plus folle qu'on lui ait jamais faite. Et la plus irrésistible. Impossible de dire « non ».

— D'accord, murmura-t-elle.

— D'accord quoi ?

— Faisons-le. Le dîner, le rendez-vous. Tout.

Elle se mordit la lèvre inférieure, tentant de juguler sa panique.

— Tu es sûre ? Il faut penser à Maggie. Si tout ça te fait fuir à nouveau, oublie. C'est tout ou rien.

— Absolument. Je veux sortir avec toi et je resterai pour Maggie quoi qu'il arrive.

La seule question, c'était : aurait-elle le courage, la force de s'ouvrir complètement à lui sur le passé ?

Mais le sourire de Sam valait tous les efforts du monde. De prendre ce risque. Le genre de risque qu'aurait pris Jules. Tout risquer pour un seul moment de perfection.

— Bon, eh bien... Alors on a rendez-vous, conclut-il en lui plantant un baiser sur la joue. On se voit à 18 heures. J'apporte le poulet.

9

— Tu émincesates échalotes ou tu tentes de les assassiner ? lança Maggie depuis sa chaise longue.

Sam baissa les yeux vers la pauvre échalote.

— Un peu des deux. Ça fait ressortir la douceur naturelle de procéder ainsi, plaisanta-t-il.

Qu'est-ce qui lui était passé par la tête de proposer à Jayne qu'ils entament une série de rendez-vous sur la durée de l'été ? Soit il était masochiste, soit il avait enfin visé juste.

Il l'aimait. Depuis toujours. Pour toujours. Mais la forme que cet amour allait prendre restait à définir.

Il tourna les yeux vers Jayne qui coupait en deux des tomates cerise, l'air distrait, à la table où les enfants coloriaient. Comme toujours, ses cheveux s'échappaient du vague chignon dans lequel elle les avait entortillés. Ses yeux bleus ne cessaient de se poser sur lui et ses lèvres avaient la couleur vermillon suscitée par une chose, et une seule : un afflux d'émotions.

Sam devait se concentrer pour ne pas sortir le poulet à moitié cuit du four, le poser sur la table puis prendre la main de Jayne et l'emmener jusque chez lui.

Il posa le saladier sur la table.

— Tu peux y mettre les tomates quand tu auras terminé, chérie.

Tous les sourcils de la pièce se haussèrent d'un coup. Jamais il n'avait appelé Jayne « chérie ». À en juger par le rouge à ses joues et le sourire sur ses lèvres, elle ne semblait pas s'en formaliser. Le flirt à l'ancienne, c'était peut-être cela dont ils avaient besoin : la cour, les bonnes manières, le respect.

— Joli ! s'exclama Maggie avec un regard canaille à l'attention de Jayne. Et je ne parle pas des dessins des enfants.

À la grande satisfaction de Sam, Jayne s'empourpra de plus belle.

Il coupa des petits morceaux de bacon qu'il jeta dans une poêle. Maggie prétendait que ses enfants ne mangeaient pas de petits pois, mais aujourd'hui, ils en mangeraient car aujourd'hui, Sam se sentait capable de tout.

— Où sont passées toutes les décorations pour la fête ? Je croyais que vous aviez toute une galerie d'art en cours de conception ?

— Exact, mais Jayne a tout déplacé, répondit Maggie.

— Où ça ?

— Dans notre chambre, dit Connor. Elle a dit qu'elle ne voulait pas que tu penses qu'on vivait dans un bazar.

— Ah oui, elle a dit ça ?

Jayne se passa la langue sur les lèvres.

— N'importe quoi... On avait besoin de place à la cuisine, c'est tout.

— Dis plutôt que tu voulais impressionner Sam, intervint Maggie, moqueuse.

— Bon, si c'est comme ça, je monte me changer, dit Jayne, faisant mine de s'offusquer. À tout à l'heure au pub, Sam.

— Quoi ? Je pensais qu'on irait ensemble dès qu'on aurait terminé de tout préparer pour ces messieurs-dames.

Elle agita l'index.

— Ah, non, désolée, mais si c'est censé être notre premier rendez-vous, je tiens à faire une entrée remarquée.

Sam passa les quinze minutes qui suivirent, pendant qu'il finissait les préparatifs du repas, à siffloter gaiement.

Jayne s'observa dans le miroir puis elle attrapa un coton et retira sa troisième tentative de maquillage à la fois naturel et sexy. Elle ferma les yeux en se demandant pour la énième fois ce qui avait bien pu lui prendre d'accepter la grande idée de Sam.

Sortir avec lui jusqu'à la fin de l'été. Une folie…

Quoi qu'il en soit, elle devait tout de même lui accorder qu'il avait raison sur un point : elle tenait à lui. Profondément. Plus que cela, même. Elle l'aimait. Mais l'aimer et faire ce qu'il fallait, c'étaient deux choses différentes. La dernière chose dont elle ait envie, c'était lui briser le cœur à nouveau.

Si étrange que cela puisse paraître, elle était contente de son retour à Whitticombe. De s'acquitter des tâches ménagères et autres pour Maggie. D'emmener les enfants aux fêtes d'anniversaire et autres kermesses. De travailler au cabinet. Tout cela lui avait fait comprendre ce que Maggie et Sam répétaient : c'était bon de savoir qu'on pouvait toujours s'adresser à quelqu'un si on avait besoin de sucre. Les gens étaient gentils, généreux, attentionnés.

Tous ces gens qui, eux aussi, ignoraient qu'elle était la cause de la mort de sa sœur. Cependant, des erreurs avaient commencé à apparaître dans l'histoire qu'elle se racontait depuis des années. Y avait-il la moindre possibilité que, même sans elle, Jules ait eu ce terrible accident de vélo ? Sa sœur avait toujours été casse-cou.

— Comment ça, tu n'es plus « sur le marché » ?

Ethel dévisageait Sam comme s'il venait de lui pousser une deuxième paire d'oreilles.

— Je veux dire : « Merci, Ethel, de me proposer de m'organiser un rencard, mais… ça va aller, merci. »

Ethel plissa les paupières.

— Oh-oh ! Donc monsieur a un plan, c'est ça ? dit-elle en

tirant une pinte de bière. Tu comptes m'en parler, ou est-ce qu'il faut que je devine ?

Sam but une longue gorgée de sa bière, pas peu fier de lui. Avec un peu de chance, Ethel ne tarderait pas à avoir sa réponse.

Soudain, la porte du pub s'ouvrit et un silence se fit. Sam déglutit.

Elle avait détaché ses cheveux qui lui balayaient les épaules comme un flot de soie liquide. Ses yeux bleus étaient dénués du maquillage qu'elle portait souvent, avec peut-être juste une touche de mascara. Rien sur les lèvres. Elle n'en avait pas besoin. Et sa robe... à tomber par terre. Le tissu bleu rappelait ses yeux, la coupe rappelait les années 1950 et soulignait à merveille sa silhouette.

Puis il entendit le commentaire d'Ethel.

— Ah, OK, je crois que je viens de comprendre.

Sans quitter Jayne des yeux, il hocha la tête, attendant que ses poumons veuillent bien se remplir à nouveau. Il se leva et alla l'accueillir, se penchant pour lui donner un baiser sur la joue. Hum... Cannelle et une touche d'autre chose. Orange ? En tout cas, c'était un nouveau parfum, et il sentait aussi bon qu'elle était belle.

Il contempla les citrons qui parsemaient le tissu de la robe dont Jayne lissait les plis puis recula.

— J'ai opté pour une citronnade.

Autrement dit, et sous-entendu, ce soir serait un nouveau départ. Il lui tendit son bras replié à la façon dont Terry Sedlescombe le ferait pour sa femme.

— Puis-je me permettre ?

Tout sourires, elle accepta son bras.

— Avec plaisir.

Ils s'arrêtèrent au bar et commandèrent un verre de vin pour Jayne. Alors qu'Ethel jetait à Jayne un regard indéchiffrable, cette dernière la complimenta sur les améliorations qu'ils avaient apportées au pub – ce qui la ramena aussitôt dans les petits papiers de la serveuse.

Une fois assis, Sam leva son verre pour un toast.

— Santé, ma chère.

— Santé à toi aussi, Sam.

Ils trinquèrent puis burent.

— Bon, reprit-il après une gorgée, parle-moi de toi.

Trois heures plus tard, Jayne ne se rappelait pas la dernière fois où elle avait autant ri. Elle avait oublié le talent de Sam pour raconter les histoires, or Whitticombe en était une source intarissable. Elle adorait le contempler pendant qu'il les revivait, la façon dont ses prunelles vertes s'allumaient à un souvenir amusant, s'obscurcissaient s'il était triste.

Elle rit tant qu'elle en pleura.

— On n'a pas d'anecdotes aussi cocasses au Merryweather. Du moins pas dans mon service, dit-elle.

— Je suppose que c'est un peu plus des cas de vie ou de mort, commenta-t-il en redevenant sérieux.

Elle acquiesça : quand des parents venaient dans son service au Merryweather, c'était parce que ce service était leur dernier espoir.

— Mais tu aimes ça, non ? C'était ton rêve ?

Elle but une gorgée de vin pour se donner le temps de réfléchir à sa réponse. La vie à Londres ? Bof. Son travail ? Elle l'adorait. Mais elle venait de découvrir brutalement que cela ne suffisait pas. En revanche, elle ne se sentait pas prête à se confier pour l'instant. Alors elle changea de sujet, une technique peaufinée avec le temps.

— Comment va ton père ? Depuis... qu'il est seul. Ça doit lui faire bizarre, dans cette grande maison.

Sam sourit malgré le sérieux du sujet.

— Tu crois que mes sœurs le laissent seul chez lui ?

— Non, dit-elle, amusée.

— Quand maman est morte, il s'est porté volontaire pour s'occuper d'Elf. Maintenant, chaque fois que je passe récupérer le chien, j'ai l'impression de lui arracher son meilleur ami. J'ai l'impression que je vais bientôt devoir prendre un autre chien.

Il eut un rire triste et Jayne eut mal au cœur pour lui. C'était évident que sa mère lui manquait. Elle tendit la main pour lui effleurer le bras.

— Je suis vraiment désolée, pour ta maman.

— Merci, c'est gentil, répondit-il d'une voix rauque.

— Et très, très tardif.

Déjà venir à l'église lui avait demandé un effort herculéen. Les funérailles et Whitticombe, ce n'était pas son truc. Sam cessa de jouer avec son sous-bock.

— Tu as des nouvelles de tes parents ?

Comme elle secouait la tête, assaillie par un accès de mauvaise conscience, il ajouta :

— Tu prévois de les appeler ?

— Oui, oui, mais… c'est compliqué. À mon départ pour Londres, on a… Bref, disons que c'était plus simple pour tout le monde d'avancer chacun de notre côté, à notre façon. Mais toi, pourquoi tu n'es jamais venu à Londres ? Tu avais prévu d'y faire une année dans un hôpital, non ?

— Tu sais bien pourquoi, répondit-il en haussant les sourcils. C'est toi qui m'as dit : « Ne me suis pas. Fais ta vie. C'est fini entre nous. »

Elle se prit le visage entre les mains.

— Mon Dieu, j'ai vraiment été horrible avec toi.

— Je ne peux pas te contredire sur ce point, mais bon, la vie n'était pas exactement un lit de roses pour toi non plus. Enfin, du moment que tu es heureuse à Londres, tout est bien qui finit bien.

Elle souffla sur quelques mèches retombées sur son front. Il lui prit les mains et, dans ses yeux, elle vit tout ce qu'elle avait espéré. La gentillesse, l'amour, la confiance.

— J'adore l'hôpital, mais… Je n'ai pas vraiment de vie.

Il la relâcha et elle sentit aussitôt le manque de son contact.

— Je croyais que tu sortais tout le temps. Les boîtes, les rencards, la grande vie, quoi…

— J'ai peut-être un tout petit peu exagéré sur ma vie sociale, dit-elle en crispant les poings.

Elle avait tenté de faire tout ce qui aurait plu à Jules : les sorties à gogo, le saut en parachute qui lui donnait encore la chair de poule quand elle y pensait… Mais rien de tout cela ne lui avait plu.

Sam tira la chaise de Jayne, puis lui prit le bras quand ils s'engagèrent sur le sentier bordé de rosiers qui conduisait au cottage de Maggie.

Comme premier rendez-vous, la soirée n'avait pas été mémorable. Ils avaient parlé de son ex-femme, de sa mère décédée, de son père veuf et puis, à la marge, de la vie pas totalement satisfaisante de Jayne à Londres.

Mais au moins ils se parlaient. Ouvertement, honnêtement. Il ne s'attendait quand même pas à ce qu'elle lui annonce qu'elle abandonnait son poste et revenait s'installer définitivement à Whitticombe… Ou peut-être que si !

Quand ils arrivèrent chez Maggie, elle lui sourit.

— Merci pour la soirée.

Il l'attira dans ses bras et l'étreignit pour la première fois véritablement depuis des lustres.

Les choses avaient changé, oui. Ils avaient tous les deux vécu des épreuves qui avaient laissé des traces indélébiles dans leur cœur. Mais, parfois, ces cicatrices vous rendaient plus fort.

Il lui passa un doigt sous le menton pour lui relever la tête et plonger dans ses yeux.

— Pour un premier rendez-vous, on ne s'en est pas mal tirés.

Elle éclata de rire.

Mais c'était bizarre. En revanche, cette étreinte était tout sauf bizarre. La tenir dans ses bras. Sentir ses cuisses contre les siennes. Ses seins plaqués à son torse. Ses lèvres à quelques centimètres des siennes.

— Suffisamment pour un deuxième ? chuchota-t-elle.

Alors il la vit : la vulnérabilité dans ses yeux. Et tout son être brûla de la rassurer. Même si aucun d'eux ne savait quelle forme prendrait leur relation, elle existerait.

— Absolument, dit-il en lui déposant un baiser sur les lèvres, sur le nez, sur le front. Dors bien, chérie.

Tout sourires, elle lui envoya un baiser en grimpant les marches jusqu'à la porte.

— Toi aussi.

Il attendit que la porte se referme avant de tourner les talons. C'était un début modeste, mais il avait quelque raison d'être un peu optimiste.

— Tu me sembles bien guillerette aujourd'hui, commenta Maggie tandis que Jayne essuyait les miettes du petit déjeuner – des toasts non brûlés, pour une fois.

Comment pourrait-elle ne pas être gaie ? Ce seul baiser devant la porte de chez Maggie lui avait valu sa seule nuit sans cauchemars depuis des années. Bon, la soirée avait été inhabituelle en termes de sujets abordés, mais si tentant qu'il soit de s'enfermer dans une bulle romantique, ils avaient choisi d'évoquer les thèmes importants. Autrement dit : comment allaient-ils réussir à se faire confiance ? Ou plutôt, comment Sam pouvait-il lui faire confiance ?

— Oui, enfin tu fredonnes..., ajouta Maggie. Ils allaient comment, mes petits monstres, quand tu les as envoyés à l'école ce matin ? Désolée de n'avoir pas réussi à me lever.

— Ils ont été monstrueux... Non, je plaisante, et ne t'inquiète pas pour ça, c'est aussi pour cette raison que je suis là. D'ailleurs, va t'asseoir.

— Pfff, tu es sûre que ce truc peut me contenir ?

— Il te contient depuis plusieurs semaines, je ne vois pas pourquoi ça changerait.

Maggie désigna le cabinet de toilette du rez-de-chaussée.

— Je viens de monter sur la balance.

Jayne s'efforça de conserver une expression neutre. Prendre du poids pendant une grossesse était normal, mais si c'était trop rapide, surtout avec la pré-éclampsie de Maggie, cela pouvait indiquer quelque chose de très négatif.

— Et alors ?

— Environ trois kilos.

— OK. On revérifiera d'ici une heure ou deux, histoire de voir si ça a évolué.

C'était beaucoup, mais pas au point de s'inquiéter. Pas encore, du moins.

Maggie s'allongea sur le canapé et, avec l'aide de Jayne, installa ses jambes sur les coussins. Puis elle donna ses instructions.

— Bon, approche cette table, là-bas. Il me faut un tissu à pois et celui avec les papillons. Et les rubans, s'il te plaît.

Une fois entourée de son matériel à portée de main, tissus, boutons, rubans, ciseaux, Maggie se focalisa sur les costumes pour la kermesse tandis que Jayne repensait à ce qui s'était passé depuis son retour. Partager les détails de l'opération de Stella et son issue avec Sam l'autre jour avait été douloureux, mais il ne l'avait pas jugée. Au contraire, il l'avait soutenue. Lui avait dit qu'elle guérirait, que tout le monde l'aiderait, qu'ils étaient là pour elle. Dans les bons comme dans les mauvais moments.

Vivre avec son secret avait creusé un tel fossé entre elle et la vie dont elle rêvait à présent, faite d'équilibre et, surtout, d'amour. Sam était l'amour de sa vie et tant qu'elle ne serait pas honnête avec lui, toutes ses bonnes résolutions ne serviraient à rien.

Sa mère l'avait chargée de veiller sur Jules. Quand sa casse-cou de sœur avait insisté pour qu'elles fêtent dignement ses fiançailles, la première idée de Jayne avait été de sortir leur vélo pour filer au pub. Sans s'imaginer un instant qu'au bout du chemin sa sœur trouverait la mort.

Elle avait essayé de la rattraper, ses poumons la brûlaient sous l'effort, tandis qu'elle poussait sur les pédales. Mais elle n'avait pas été aussi rapide que la voiture de sport.

Depuis ce jour, sa vie était devenue une course sans fin. Comme si elle pouvait rattraper ce que Jules ne vivrait pas.

Jayne s'interdit de fermer les yeux, sachant que la scène se rejouerait derrière ses paupières. Au lieu de quoi, elle tenta de se concentrer sur les boutons qu'elle était censée coller.

Depuis quelques semaines, il s'était passé des tas de belles choses. Des amitiés s'étaient ravivées, d'anciennes blessures avaient commencé à se refermer. Elle ne voulait pas perdre tout cela. Mais l'honnêteté lui apporterait-elle plus de bien ou concrétiserait-elle au contraire ses pires craintes ? Elle ne voulait pas que la famille et les amis qu'elle aimait lui tournent le dos comme elle l'avait fait pour eux afin de ne pas leur montrer sa douleur.

Elle baissa les yeux vers son ouvrage et fut frappée par une évidence : en matière artistique aussi, elle devait être la honte de ses parents. Elle s'était promis de les appeler ce soir, de tout leur dire. Même de prendre l'avion pour les rejoindre si besoin car un face-à-face serait peut-être plus adapté.

Mais il y avait les enfants, Maggie qui avait besoin d'elle. Bon, les sœurs de Sam pouvaient prendre le relais et Sam pourrait passer préparer son fameux poulet.

— Jayne ?

Maggie se passa une main sur les joues pour essuyer des larmes, son autre main pressée sur son ventre.

— Maggie, qu'est-ce qui se passe ? Tu as besoin de quelque chose ? demanda-t-elle en se précipitant.

En approchant, elle découvrit la tache écarlate qui répondait à sa question. Oui, son amie avait besoin de quelque chose.

Une ambulance.

10

— L'ambulance arrive quand ?

C'était à peu près la quinzième fois que Jayne posait la question depuis qu'elle l'avait appelé à la rescousse.

— Bientôt, répondit Sam.

Il glissa la couette sous le dos de Maggie pendant que Jayne la bloquait sur le flanc. Cela ferait office de brancard de fortune si les ambulanciers ne parvenaient pas à passer leur civière dans la vieille cuisine. Une fois la couette en place, Jayne posa un linge humide sur le front de Maggie, histoire de détourner son attention, en réalité.

— Mags, essaie de ne pas trop t'agiter, d'accord ? Sam doit t'insérer une canule dans le bras.

Même si rien ne transparaissait dans sa voix, Sam voyait la peur dans les yeux de Jayne. La grossesse de Maggie venait de prendre un tour dangereux et l'heure d'arrivée des urgentistes pouvait effectivement être une histoire de vie ou de mort.

— Le magnésium devrait soulager tes crampes, Mags.

— Tiens-lui le bras, dit Sam. À trois, je vais insérer la canule. Un, eux, trois. Et voilà, c'est fait.

— Les enfants…, murmura Maggie, très pâle. Ne les laissez pas me voir comme ça.

Sam avait appelé l'école avant de quitter le cabinet en trombe, mais sans parvenir à joindre la directrice.

— J'y vais, annonça-t-il. Toi, reste avec elle. Il y a du diazépam si elle convulse ou si les contractions deviennent trop fortes. Je lui en ai déjà passé cinq milligrammes.

Jayne lui souffla un « merci » muet tout en continuant calmement de mettre Maggie aussi à l'aise que possible. C'était la Jayne que voyaient ses patients : sérieuse, compassionnelle et déterminée. Son hôpital avait un sérieux atout, avec elle.

Il tomba sur une maman qui sortait justement de l'école avec les enfants et quand il lui eut expliqué la situation, elle proposa aussitôt de les garder pour la nuit.

Quand il retourna au cottage de Maggie, Jayne lui reprenait sa tension, et son expression soucieuse suffit à répondre à la question qu'il n'osait pas poser. L'hypertension, c'était vraiment la dernière chose qu'il fallait pour Maggie. Elle prenait déjà des cachets pour la faire baisser, mais ils avaient manifestement cessé de faire effet. Les conséquences étaient nombreuses et graves : AVC, problème cardiaque, anévrisme... La liste était longue.

— Je ne vais pas perdre mes bébés, hein ?

La voix de Maggie sortait par saccades essoufflées.

Non seulement elle pouvait les perdre, mais ils pouvaient la perdre elle, aussi. Sam le savait aussi bien que Jayne.

— Ça pourrait être le HELLP syndrome, dit-il à voix basse.

— C'est quoi ? gémit Maggie.

— Ça peut compliquer la grossesse, répondit Jayne, préférant éluder.

Si Maggie n'arrivait pas à l'hôpital très vite, l'issue risquait d'être fatale. Incapable de dormir après le baiser échangé avec Jayne la veille, Sam avait lu des articles médicaux sur la prééclampsie et sa cousine encore plus méchante, HELLP, qui se caractérisait par une hypertension et la présence de protéines dans les urines. En gros, les globules rouges mouraient et les enzymes du foie endommageaient des cellules de l'organe qui mourait. En parallèle, le nombre de plaquettes chutait et provoquait des saignements internes.

Maggie transpirait de plus en plus, sa respiration devenait difficile – signe qu'elle avait du liquide dans les poumons.

— On n'est sûrs de rien tant qu'on ne t'a pas emmenée à l'hôpital, ma belle, dit Jayne d'un ton rassurant. Elle a pris du poids ces dernières semaines – rétention d'eau, apparemment. Et elle se plaignait aussi de fourmis dans les mains. J'ai cru que c'était à cause de sa tendance à vouloir trop en faire, pas vrai, madame je-ne-m'arrête-jamais ?

Sam acquiesça. Pas facile effectivement d'obtenir que Maggie se repose vraiment.

— Juste avant ton arrivée, elle a eu mal à l'épaule et sa vision s'est troublée. Et puis il y a eu les crampes.

Classique du HELLP, même si c'était un syndrome difficile à diagnostiquer. Surtout sans tests sanguins et urinaires.

Enfin, le hurlement des sirènes résonna, se rapprochant. Sam se précipita dehors et expliqua tout le scénario aux ambulanciers tandis qu'ils accouraient avec un brancard sur roulettes.

Ils arrivèrent dans la cuisine au moment où Jayne effectuait l'examen des cervicales d'une Maggie blême.

— Elle doit être conduite au bloc sur-le-champ, sinon elle va avoir ses jumeaux ici même.

Ils la transférèrent sur le brancard et lui apposèrent un masque à oxygène. Quand le moment vint de sauter dans l'ambulance, Jayne se tourna vers Sam.

— Vas-y, c'est toi son médecin.

— Non, tu es son amie.

Jayne monta et, au moment où ils allaient refermer les portes, elle lança à Sam :

— Tu nous rejoins ?

Il comprit le sens de sa question : elle n'avait pas besoin de lui, mais elle avait envie de l'avoir à son côté. Alors elle n'eut pas à répéter la question.

Il prit sa voiture et suivit l'ambulance, courant dans le parking pour les rattraper quand ils arrivèrent à destination.

Jayne s'apprêtait à suivre l'équipe de chirurgiens en salle d'opération, mais l'un d'eux s'interposa.

— On s'en occupe. Les amis et la famille attendent dehors.

— La tension monte ! cria une infirmière.

Le visage de Maggie se vida de toute couleur. Elle risquait de mourir. Sam enlaça Jayne par-derrière pour l'empêcher de bondir à la suite du brancard malgré les consignes du chirurgien. Il avait raison, elle était trop impliquée. Et même s'il la sentait rageuse, Sam percevait aussi son acceptation.

Les médecins s'activaient dans la salle d'opération avec des lampes, des potences à intraveineuses, et Maggie fut installée en moins de temps qu'il n'en fallait pour le dire.

— Regardez..., intervint Jayne. Elle se gratte les mains.

Ils savaient tous ce que cela signifiait : insuffisance hépatique.

— S'il vous plaît, laissez-moi me préparer.

Le chirurgien secoua la tête.

— Appelez plutôt le père.

Sam passa un bras ferme autour de Jayne. Elle revivait son pire cauchemar. Voir un proche se battre pour sa vie, sans être capable de faire quelque chose. Il comprenait, Maggie était son amie aussi, mais dans la survie, il fallait aussi savoir quand lâcher prise.

— Il a raison, Jayne. Laissons-les travailler.

Elle fit volte-face, paraissant furieuse et perplexe à la fois.

— Je devrais être avec elle !

— Non. Maggie, c'est comme ta famille. Elle ne t'a pas appelée parce que tu es médecin, tu sais.

— Bien sûr que si. Je suis à peine revenue à Whitticombe en sept ans, je connaissais à peine ses enfants. Je n'ai pas été une bonne amie, ni pour elle, ni pour toi, ni pour personne.

— Peu importe. Ce que je vois, moi, c'est que tu es l'amie qu'elle voulait à ses côtés. Et tu es là.

Il la conduisit vers la salle d'attente.

— Pardon, dit-elle enfin. Je...

Elle revivait de mauvais moments, il comprenait. Mais pas

question de la laisser retomber dans ses vieilles habitudes. Pas après l'immense pas en avant qu'ils avaient effectué.

— Je sais que ça fait mal, que tu veux essayer de réparer. Mais là, il ne s'agit pas de travail et encore moins du passé. C'est la famille, Jayne, ajouta-t-il en lui prenant le visage entre les mains. Or les familles, ça se serre les coudes. Surtout quand c'est dur.

Elle s'était déjà trouvée dans une salle d'attente du même style. À espérer. À prier. Couverte de sang, comme aujourd'hui. C'était quitte ou double, maintenant. Soit elle choisissait l'amour et la famille, les amis, soit elle retournait à Londres pour réparer des petits cœurs, inlassablement, en espérant qu'un jour cela guérisse les blessures qui manifestement n'étaient pas refermées.

Il voyait sur son visage qu'une bataille faisait rage entre son cœur et sa tête. Les lèvres tremblantes, elle lâcha un soupir saccadé. Et, sur le ton le plus terrorisé qu'il lui ait jamais entendu, elle demanda :

— Tu penses qu'elle va s'en sortir ?

Si horrible que ce soit de l'admettre, il n'en savait rien. C'était une course contre la montre, seul le temps apporterait une réponse.

Tandis qu'ils s'asseyaient pour attendre, Sam tenta de s'imaginer à la place de Jayne. Bien que déclarée morte sur le lieu de l'accident, Jules avait tout de même été emmenée à l'hôpital pour vérifier encore une fois s'il n'y avait pas trace d'activité cérébrale. Puis Jayne avait vu le défilé des médecins, la mine sombre, qui venaient annoncer l'issue fatale. Elle avait entendu les cris et les pleurs de ses parents. Leur souffrance. Leur désespoir.

Il lui prit la main et en caressa le dos du pouce. Elle ne la lui arracha pas, ce qu'il prit pour un signe d'écoute, même si elle ne le regardait pas.

— Je ne sais pas si ça peut te réconforter, mais quand je repense à Jules, à toi et à moi, à tout ce qui est parti en vrille après sa mort, j'essaie de me rappeler ce qu'il en est ressorti de bon au bout du compte.

— De quoi tu parles ?

Il y avait dans sa voix une froideur qui l'effraya, pourtant il persista.

— Les vies que Jules a sauvées grâce aux dons d'organes. Enfin, Jayne, tu te rappelles forcément. Si elle a pu être donneuse d'organes, c'est grâce à toi. C'est parce qu'elle a vécu assez longtemps pour ça.

Elle libéra sa main et serra les poings sur ses genoux.

— N'importe quoi. Si elle est morte, c'est à cause de moi, pas l'inverse.

— Comment ça ? dit-il, pris de court par sa réaction. Vous étiez à vélo, ce n'est pas ta faute si cette voiture de sport a surgi à cette allure.

Elle plongea son regard dans le sien.

— En revanche, c'est ma faute si elle, elle était là à ce moment-là.

— Quoi ?

Soudain, les vannes semblèrent s'ouvrir et les mots se déversèrent presque trop vite.

— Elle était venue fêter nos fiançailles. Tu la connais, elle ne pouvait rien faire de façon classique. Un gros câlin, un baiser, ça ne suffisait pas. Elle voulait autre chose de plus marquant. Alors j'ai suggéré qu'on aille à vélo au pub, et elle a voulu faire la course.

Sam sentit son estomac se nouer. Il devinait où elle allait en venir.

— Elle roulait très vite pour sentir le vent dans ses cheveux, comme elle disait, du coup, elle a retiré son casque qu'elle a jeté dans une haie. Il m'a fallu quelques minutes pour le récupérer, et je n'ai jamais pu la rattraper. J'ai essayé de toutes mes forces, en vain.

La peau moite, il comprenait soudain : Jayne se sentait responsable de la mort de sa sœur. Quel fardeau à porter !

Perdre un être proche, c'était déjà dur. Mais se le reprocher en plus... Comment se relevait-on d'un sentiment de culpabilité pareil ?

Il fallait absolument lui montrer les choses sous une autre perspective. C'était le seul moyen pour qu'elle s'autorise enfin à vivre à nouveau.

Avec cette logique qu'elle s'appliquait, il était complice car s'il ne l'avait pas demandée en mariage... En suivant ce raisonnement, c'était sans fin. Tout le monde finissait par avoir sa part de responsabilité. S'ils n'avaient pas fréquenté la même école. Si ses parents n'avaient pas emménagé à Whitticombe. Si les parents de Sam ne l'avaient pas adopté.

La vie ne fonctionnait pas ainsi. Jules était accro à l'adrénaline et le chauffeur de cette voiture de sport conduisait trop vite. Point final.

— Jayne, tu as pratiqué un massage cardiaque sur elle. Grâce à toi, le travail du cœur et l'afflux de sang vers les organes ont continué. C'est grâce à ça qu'elle a pu être donneuse. Tu as sauvé au moins trois vies, ce jour-là.

Elle leva les yeux au plafond et se passa les doigts dans les cheveux.

— Peu importe combien de vies ont été sauvées ! Non, je ne voulais pas dire ça. Bien sûr que non. Ce que je veux dire, c'est que j'ai détruit LA vie qui comptait pour ma famille. Pour moi.

Ses mots firent à Sam l'effet d'un coup de couteau en plein cœur. « LA » vie qui comptait pour elle ? Mais là encore, les choses ne fonctionnaient pas ainsi. Il pensa à son père dont l'univers tournait autour de sa mère. Sa mort l'avait-elle empêché de continuer à vivre ? Pendant un moment, oui ; mais pas éternellement. Le chagrin creusait des blessures, mais les cœurs et les âmes guérissaient et les cicatrices les rendaient plus forts. Plus résilients. Capables d'un amour plus profond et plus déterminé.

Il voyait le chagrin dans les yeux de Jayne, un chagrin qu'il était impuissant à apaiser. Tant qu'elle ne se pardonnerait pas, elle n'avancerait pas. Quant à eux deux, ils n'avaient aucune chance si elle faisait passer en priorité sa culpabilité. Le moment était venu de lui poser les questions qu'il avait eu trop peur de poser toutes ces années passées.

— C'est pour ça que tu m'as rendu ma bague ?

Elle hocha la tête.

— Je ne voulais pas que tu t'encombres d'une femme qui avait fait quelque chose d'aussi affreux. Je sais, ce n'était pas juste vis-à-vis de toi, mais je n'étais pas très objective. Et une fois que je suis partie à Londres... J'ai cessé de considérer les choses de mon point de vue, j'ai tout vu du sien. Les clubs où elle n'irait pas, les nuits qu'elle ne passerait pas à faire la fête, les opérations qu'elle ne réussirait pas. Je ne supportais plus l'idée que ses rêves ne se réaliseraient pas.

— Et donc tu es restée à Londres pour ça ?

— Oui. C'était cruel pour toi. Pourtant, je t'aimais tellement.

Jayne avait changé son cursus médical pour devenir chirurgien cardiaque... pour suivre le rêve de Jules. Pas étonnant qu'elle ait craqué quand l'opération de Stella avait mal tourné. Elle avait eu le sentiment d'échouer à réaliser le rêve de sa sœur.

Un goût amer lui emplit la bouche. Ce qu'il adviendrait de Maggie et de ses jumeaux serait le début ou la fin de tout. Pour elle. Et pour eux.

Il pouvait s'en aller maintenant. Admettre la défaite. Ou alors il pouvait tenir bon et se raccrocher à sa conviction qu'ils étaient faits l'un pour l'autre. Personne, pas même la fille qui risquait de lui briser le cœur pour la seconde fois, ne méritait de supporter autant de chagrin.

— Tes parents savent que tu portes ce fardeau ?

Elle haussa les épaules.

— On n'en a jamais vraiment discuté. Ils étaient si... Ma mère m'avait demandé de veiller sur elle, tu sais. Ils savaient qu'elle était casse-cou, qu'il fallait la surveiller, et moi, je ne l'ai pas fait.

— Tu leur as demandé s'ils t'en veulent pour ça ?

Les yeux mouillés de larmes, elle secoua la tête.

— Disons que les actes parlent mieux que les mots.

Les parents de Jayne n'avaient jamais été du style démonstratif ou tactile. Après l'accident, ils s'étaient encore plus refermés sur eux-mêmes, allant jusqu'à embaucher quelqu'un pour tenir leur galerie à leur place.

Comment Jayne pouvait-elle être heureuse si elle passait le reste de ses jours à essayer de réaliser les rêves de sa sœur aux dépens des siens ?

Ne sachant plus quoi dire, il lui prit la main.

Jayne s'agitait sur sa chaise de plus en plus inconfortable. Elle avait l'impression d'attendre là depuis des jours, pourtant il ne s'était écoulé qu'une heure, voire deux maximum. Bref, pas assez.

Si elle regardait le bon côté des choses – méthode Sam –, Nate était en chemin, sa hiérarchie au Moyen-Orient l'ayant mis dans un hélicoptère pour l'aéroport, et il serait de retour au Royaume-Uni bientôt.

Ensuite, Sam n'avait pas pris ses jambes à son cou quand elle lui avait révélé ses pensées les plus noires. Au contraire, il continuait à la soutenir.

Restait le problème de ses parents. Tant qu'elle ne leur aurait pas parlé avec la même honnêteté qu'elle avait montrée à Sam, elle ne saurait pas.

Il fallait qu'elle bouge. Aller chercher un café ou autre chose.

— Je vais faire un tour, annonça-t-elle à un Sam aux yeux vides – il faisait semblant de lire la même page de magazine depuis une heure.

Il hocha la tête sans croiser son regard.

— Je t'appelle si quelqu'un sort.

Elle exerça une pression sur son épaule.

— Merci.

Il lui adressa un rapide sourire puis se replongea dans son magazine.

Alors qu'elle arpentait les couloirs, elle eut beau faire, ses pensées retournaient systématiquement vers Sam. C'était un homme bien. Il ne l'avait pas jugée. Il avait fait ce qu'elle avait espéré le voir faire sans avoir osé s'ouvrir à lui jusqu'à présent. Il l'avait apaisée. Lui avait assuré qu'elle avait fait de son mieux dans une situation impossible.

Cependant, depuis, il restait très silencieux. Quelque chose avait changé en lui depuis qu'il connaissait toute l'histoire. Elle le voyait dans ses yeux. Dans son comportement.

Soudain, la vérité la frappa en pleine face : elle avait choisi son chagrin plutôt que sa vie avec Sam. Peut-être était-ce même plus profond que cela : elle avait choisi le chagrin plutôt que la vie.

Alors, certes, elle était devenue un super chirurgien. Elle sauvait des vies. Mais la vie, le cœur qui comptait le plus, elle les avait laissés derrière elle.

Il lui avait tendu son cœur sur un plateau d'argent, et elle n'avait pas fait de même alors qu'elle l'aimait de tout son être. À cause de sa peur de l'accabler d'une culpabilité qu'elle ne voulait pas le voir porter.

Était-il trop tard pour recoller les morceaux ? La situation lui permettait aujourd'hui de voir les choses avec clarté. Elle devait affronter la vérité qui l'attendait depuis des années.

Elle ne pouvait pas vivre la vie de Jules à sa place. Jules était morte. À moins de vivre sa propre vie, jamais elle ne serait heureuse. Or sa vie, celle qu'elle voulait, incluait Sam. Et Maggie. Elle incluait Whitticombe, les fêtes au village et tout ce qui allait avec. Et donc… ses parents.

Elle devait les voir. Ce dont ils avaient besoin de parler était trop important pour un simple coup de fil.

Une liste de ses priorités s'afficha clairement dans sa

tête : être là pour voir Maggie et les bébés ressortir de salle d'opération ; s'assurer que Nate soit aux côtés de sa meilleure amie ; donner sa démission au Merryweather.

Elle voulait continuer d'être chirurgien, mais aussi avoir une vie en dehors de l'hôpital.

Ensuite, elle prendrait un avion pour l'Écosse.

Avec cette idée en tête, elle rebroussa chemin dans le couloir… et tomba sur Sam.

— Ça va, Jay ?

Sa voix lui coula le long du dos, chaude, réconfortante, aimante. Comme toujours.

Elle lui donna un coup d'épaule amical, sachant que si elle parlait elle lui dirait sur-le-champ à quel point elle l'aimait.

Or elle devait d'abord parler avec ses parents.

À cet instant, deux chirurgiens apparurent à l'angle du couloir.

Les chirurgiens de Maggie.

Le cœur de Jayne bondit dans sa poitrine.

Ils paraissaient épuisés.

Elle sentit la main de Sam saisir la sienne, et ils serrèrent fort tous les deux.

11

Le sang cognait si fort aux oreilles de Jayne qu'elle dut lire sur les lèvres du chirurgien. Et quand elle vit se dessiner un sourire radieux sur le visage de Sam, elle eut confirmation qu'elle avait bien compris : Maggie et les jumeaux s'en étaient sortis.

Sam la souleva du sol et la fit virevolter aussi joyeusement que s'ils avaient été un couple de jeunes mariés. En plongeant dans ses yeux brillants, elle se rendit compte que des instants comme celui-ci elle en avait rêvé toute sa vie.

Une lueur qu'elle ne sut déchiffrer s'alluma dans les prunelles de Sam, comme s'il avait pensé la même chose, avant de se rappeler qu'ils n'étaient pas un couple. Il la reposa aussi vite qu'il l'avait étreinte et reporta son attention sur le médecin.

Et les mots qu'il leur dit, Jayne les entendit comme dans un brouillard. Urgence. Césarienne. Cathéters. Épidurale. Anesthésiste. Tension élevée. Cordon autour du cou des bébés. Pas de manque d'oxygène. Maman réveillée pour les entendre pleurer tous les deux.

Elle porta la main à sa bouche pour réprimer un sanglot. Et Sam leva le poing, aussi fier que s'il avait été l'heureux papa.

— Ils sont en soins intensifs de néonat, l'informa le chirurgien quand elle demanda si les bébés étaient avec Maggie.

— Garçons ? Filles ?

— Un de chaque.

Jayne posa les yeux sur Sam. Exactement ce que Maggie avait espéré sans vouloir le découvrir à l'avance. Ils échangèrent l'un de ces sourires qui aidaient à tout faire rentrer dans l'ordre. Dieu qu'elle aimait cet homme. Et elle voulait la même chose que lui : l'amour, le mariage, autant d'enfants qu'ils pourraient en élever, se tenir la main à quatre-vingts ans. Pourtant, elle percevait une réserve dans ses yeux. Une réserve qui en disait long.

Il savait qu'elle ne s'était pas pardonnée. Et tant que cela ne serait pas réglé... Comment tout ce dont elle rêvait pouvait-il être si proche et si éloigné à la fois ?

— Ils sont un peu petits, poursuivit le chirurgien, mais vous savez que de nombreux jumeaux arrivent en avance. Pas toujours dans un tel stress, mais s'ils ressemblent à leur mère, ce sont des combattants.

— Et Maggie, elle va bien ?

— Elle va aller bien. La rétention d'eau a posé problème. Elle a perdu beaucoup de sang et la césarienne l'a épuisée, mais le fait qu'elle ait tenu bon jusque-là est à mettre à votre crédit, à tous les deux. Vous avez des nouvelles de l'horaire d'arrivée du papa ?

Sam sortit son téléphone et lut son dernier SMS.

— Apparemment, d'ici quelques heures. Au lever du soleil... Ils ont dû l'attacher à son siège pour qu'il ne prenne pas lui-même les commandes de l'avion.

Sam brûlait de prendre Jayne dans ses bras à nouveau. Il lisait de la force dans son regard. De l'amour aussi, même si elle n'était pas encore prête à l'admettre. Peu importait, il avait le temps. Ses prunelles bleues brillaient de tout ce qu'il y avait vu le jour où il l'avait demandée en mariage : l'espoir et l'amour. Il lui prit la main.

Le chirurgien les salua après leur avoir indiqué où se trouvait la chambre de Maggie. Sans surprise, elle était endormie, un T-shirt de Nate serré contre elle. Sur la suggestion de Jayne, ils se rendirent en néonat pour apercevoir les bébés. Ils n'étaient pas autorisés à entrer, n'étant pas les parents, mais une infirmière fit rouler l'incubateur près de la vitre afin qu'ils puissent les admirer.

Longtemps après, main dans la main, ils retournèrent au chevet de Maggie.

— On devrait rentrer dormir, dit Sam à voix basse.

— Ce fauteuil s'abaisse en position allongée, répliqua-t-elle en désignant un gros fauteuil près de la fenêtre. Tu pourrais prendre le premier tour de repos, vu que tu as travaillé toute la journée, ajouta-t-elle en lui tendant une couverture trouvée dans le placard de la chambre.

— Tu es sûre ?

— Oui. Tu me connais, je ne tiens pas en place. Je vais appeler la maman qui garde Cailey et Connor pour qu'elle leur dise que tout va bien.

Il y avait autre chose, il le sentait.

— Jayne, qu'est-ce qui se passe ?

Elle prit une profonde inspiration, comme pour se donner du courage, puis elle se lança :

— Il faut que je parte. J'ai quelques choses à régler dans mon « autre vie ».

Il se raidit.

— Comment ça ? Tu rentres à Londres maintenant que ta mission est terminée ici ?

— Non, ce n'est pas ça. Du moins, pas pour le moment, dit-elle sans croiser son regard. Je... je sais que tu as du mal à me faire confiance, avec tout ce qu'on a traversé, mais si je ne fais pas ça... Oh ! Sam... S'il te plaît, fais-moi confiance, je fais ce qu'il y a de mieux. Pour nous.

Elle lui déposa un baiser sur la joue, un sur le front de Maggie, puis elle quitta la chambre. Le laissant avec un millier de nouvelles questions sans réponse.

Alors que son avion s'apprêtait à atterrir, Jayne ne s'était toujours pas remise de la manière dont elle avait laissé Sam. Mais il était prêt, elle le savait. Prêt à s'embarquer pour le reste de sa vie. Or elle voulait être la femme avec qui il effectuerait ce voyage. Seulement pour cela, elle devait mettre les choses à plat avec ses parents.

En partant de Whitticombe, elle avait commencé par s'arrêter à Londres. Elle avait annoncé au Merryweather qu'elle allait postuler pour un travail dans l'unité pédiatrique de l'hôpital d'Oxford. Ils avaient été surpris, mais ils comprenaient et l'avaient assurée de leur soutien, ajoutant qu'il y aurait toujours une place pour elle lors des opérations particulièrement délicates. Enfin, ils lui avaient tendu une lettre de remerciement de la part des parents de Stella qui avait bien failli lui briser le cœur.

Elle l'avait lue dans l'avion. Ils lui disaient qu'ils avaient survécu à ces cinq mois terribles aux côtés de leur fille grâce à sa présence à elle. Ils savaient que les greffes ne se faisaient pas sans risques, et qu'ils avaient pu profiter de cinq mois de plus avec leur fille qu'ils n'auraient jamais eus si Jayne n'avait pas été leur médecin.

Après avoir quitté le petit aéroport, elle s'engagea dans le village et tomba sur une rangée de cottages bas, tout en pierre, exactement comme le lui avaient indiqué les McTavish. Elle s'avança jusqu'au dernier, celui aux encadrements de fenêtres rouge vif. Les fleurs débordaient de leurs jardinières, ici aussi.

Arrivée devant la porte, elle leva la main et frappa.

Sam dévisageait le maire de Whitticombe sans l'entendre. L'amour de sa vie avait disparu. Encore.

À la différence que, cette fois, il avait été averti :

Je rentre dimanche.

Qui envoyait un SMS pareil ? Une femme qui n'avait pas trouvé le moyen de se pardonner.

— OK, dit le maire. Je propose qu'on mette ça au vote.

Sam leva une main sans réfléchir. L'histoire se répétait. Allait-elle revenir pour couper les liens une bonne fois pour toutes ? Ou pour le supplier de ressortir cette bague qu'il n'avait jamais réussi à rapporter au bijoutier ?

Depuis qu'il avait pénétré dans la salle de réunion du comité des fêtes aujourd'hui, en tant que représentant de Maggie, il était bombardé de questions de ce genre et n'écoutait rien des débats ni des résultats des votes.

D'autres questions le taraudaient : comment allait Maggie ? Les bébés ? Et Nate ? Quand rentraient-ils à la maison ? Seraient-ils revenus à temps pour la fête ?

Où était Jayne ?

À cette question-là, il ne savait pas répondre. Sans doute à Londres. Comprendre qu'elle culpabilisait pour la mort de sa sœur avait été une révélation. Il n'en avait pas eu la moindre idée. Il avait aussi constaté son soulagement quand elle s'était ouverte à lui et qu'il n'avait pas pris ses jambes à son cou. Si seulement il avait su, à l'époque… Un fardeau partagé était moins lourd à porter. Mais bref, elle devait se pardonner et il ne restait plus qu'à savoir si elle en était capable. Sans doute le saurait-il dimanche. Dans quarante-huit très, très longues heures.

En attendant, il était là, à essayer de décider si la course en sac devait avoir lieu avant la course à l'œuf. À moins qu'on n'en soit encore au problème des gâteaux volés par les cygnes ?

— Sam ?

Je rentre dimanche.

— Sam ?

Il s'efforça de se concentrer sur Mme Sedlescombe qui répétait sa question.

— Jayne sera-t-elle disponible pour la fête ?

Il n'en savait rien.

— Peut-être. Elle a dit que oui.

Elle avait aussi dit qu'elle l'épouserait.

Ce qu'il ignorait, c'était à quel point elle était tombée bas. Il l'avait laissée partir, sans se battre comme il l'aurait pu – à quoi bon, se disait-il. Il était trop jeune pour comprendre. Trop inexpérimenté pour gérer un rejet aussi violent et inattendu.

Il avait cru qu'il passerait à autre chose, était sorti avec quelques filles. Avait rencontré et épousé une femme extra. Il avait aimé Marie. Sincèrement… Mais il voyait bien maintenant que son amour pour elle était largement insuffisant. Comment aurait-il pu en être autrement quand il était si occupé à se jeter à corps perdu dans ce qu'il aurait dû faire avec Jayne ? Sans entendre les reproches de sa femme : ils devaient avoir des rêves à eux, des objectifs à eux. Et ne pas suivre ou vivre ceux de quelqu'un d'autre.

Quelle ironie ! Le même problème qui avait empêché le bonheur de Jayne avait aussi empêché le sien.

Si douloureux que ce soit de l'admettre, son ex-femme n'avait été qu'un pansement. Un pansement sur la blessure infligée par l'amour de sa vie.

Son seul soulagement, c'était de savoir Marie heureuse maintenant.

Soudain, la question de Jayne au pub l'autre soir lui revint en mémoire. « Pourquoi tu n'es jamais venu à Londres ? » Il avait cru qu'elle parlait du travail. Mais peut-être n'était-ce pas du tout le cas. Peut-être lui demandait-elle pourquoi il n'était pas venu à Londres la retrouver ?

Il baissa les yeux sur sa montre. S'il partait maintenant, il pouvait être à Londres dans deux heures. Peut-être avant qu'elle se réinscrive sur un planning à l'hôpital.

Ce n'était pas là-bas, sa place. Pas du tout. Elle était faite pour vivre à Whitticombe. Avec lui. Il avait vu comme elle était heureuse, ici. Combien elle aimait s'occuper des enfants de Maggie. La lueur dans ses yeux, en néonat, quand elle avait collé le nez à la vitre. Elle voulait ce qu'elle voulait, mais elle avait trop peur pour l'attraper.

Comme tout le monde, finalement. Lui aussi, il avait peur.

Mais cette fois, il ne laisserait pas la peur s'immiscer sur le chemin de leur bonheur.

— Sam ?

Tout le monde sursauta quand il frappa dans ses mains.

— Bon. Course à l'œuf en premier, course en sac ensuite. C'est plus drôle. Les gâteaux, on les éloigne de la rivière. OK, c'est décidé. Autre chose ?

Oli Dickinson, le boucher, sortit un morceau de papier d'un blanc douteux et se mit à le lire lentement.

— Qu'est-ce qu'on décide pour le Chass'Taupes...

— C'est toujours un succès, répondirent en chœur les membres du comité.

— Ethel s'occupe des pommes dans l'eau, moi de la pêche aux canards.

Sam entendait à peine ce que disait Oli. Le temps pressait.

— Bien. Autre chose ?

Oli annonça deux ou trois autres idées, dont Sam ne comprit pas la moitié. Il était sur le point de changer définitivement le cours de sa vie, comment pouvait-il se concentrer sur autre chose ?

— Bien sûr, il nous faut un volontaire pour tenir le stand de Dolly, ajouta encore Oli.

— Je m'en charge, déclara Sam.

Plus vite ils termineraient, mieux ce serait. Dolly devait vouloir organiser un stand avec des gâteaux et des scones du salon de thé dont elle offrirait le produit de la vente à l'hôpital où séjournaient Maggie et les bébés.

Tout le monde parut surpris.

— Quoi ?

Des regards entendus s'échangèrent, des sourires.

— Du moment que tu es content comme ça, Sam, dit Dolly. J'apporterai des serviettes et des lingettes.

— Pour quoi faire ? demanda-t-il distraitement.

Il se frotta la mâchoire. Zut, il aurait dû se raser et enfiler une chemise un peu plus belle. Vu qu'il s'apprêtait à faire la plus grande déclaration d'amour de sa vie.

— Tu viens de te porter volontaire pour le stand de l'entartage.

Ah, bon...

— Oui, oui. Ensuite ?

— C'est tout.

— Super !

Il devait filer à Londres, trouver la fille de ses rêves, lui passer la bague au doigt et puis la ramener à Whitticombe, chez elle.

— À dimanche après-midi.

Deux heures de circulation intense et une amende pour excès de vitesse plus tard, tous les espoirs de Sam retombèrent en piqué jusqu'au centre de la terre.

Jayne était effectivement passée à l'hôpital. Juste le temps de donner sa démission.

Partie sans laisser d'adresse. Du moins ne lui en avait-on pas donné. C'était une information personnelle, lui avait indiqué la secrétaire des ressources humaines. Qu'on ne transmettait qu'à la famille.

Il voulait des réponses.

Il venait de les avoir.

Seulement ce n'étaient pas celles qu'il avait espérées.

12

Jayne n'en croyait pas ses oreilles. Ses parents qui lui présentaient leurs excuses. À elle.

A priori, ils s'étaient tous imposé leur propre forme de torture et, avec la clarté qu'offrait le recul, elle voyait à présent qu'ils avaient eu tort de traverser ce chagrin seuls alors qu'ils auraient pu le surmonter ensemble, comme une vraie famille.

Ils avaient perdu un membre de leur famille et personne n'était préparé à un tel désastre. Maintenant qu'ils étaient à nouveau ensemble, une chose lui apparaissait avec évidence : le moment était venu d'en finir avec la douleur. De guérir. Ensemble. Comme une famille.

Pour la première fois depuis des années, sa mère prit ses mains dans les siennes. Un contact chaud et réconfortant. Des larmes lui emplirent les yeux tandis qu'elle parlait.

— On a tellement mal géré cette tragédie… Plus on s'éloignait, plus on voyait Jules en toi. Cet esprit combatif qui la faisait aller de l'avant quoi qu'il advienne.

La mère de Jayne tendit une main vers son mari.

— Tu semblais bien mieux équipée que nous pour t'occuper de toi, alors… à notre grande honte… on t'a laissé faire. On t'a laissée tomber, Jayne.

Si la petite fille en elle avait besoin d'entendre que ses parents étaient conscients qu'ils auraient dû agir différemment, elle savait désormais que la culpabilité n'appartenait pas à un camp uniquement.

Les excuses logées au fond de sa tête pendant toutes ces années sortirent enfin.

— Non, vous ne m'avez pas laissée tomber. Si je vous avais parlé, à l'époque, si je vous avais raconté ce qui s'était passé, on aurait peut-être pu traverser ça ensemble.

Ses parents posèrent sur elle un regard attentif.

— Comment ça ? Qu'est-ce qui s'est passé exactement ? demanda son père.

— C'est moi qui ai suggéré qu'on prenne notre vélo, dit-elle d'une voix tremblante.

Son père blêmit et sa mère laissa échapper un petit sanglot. Jayne s'obligea quand même à poursuivre.

— J'ai proposé qu'on aille fêter mes fiançailles au pub, et lancé l'idée d'y aller à vélo. Jules a voulu faire la course comme quand on était gamines. En chemin, elle a jeté son casque dans le fossé pour sentir le vent dans ses cheveux. Vous savez comment elle était...

Ils hochèrent la tête tous les deux. Inutile de leur rappeler le casse-cou qu'était Jules.

— Je l'ai ramassé, et du coup, j'ai pris du retard. J'ai vu la voiture arriver, mais je n'ai pas hurlé assez fort. J'ai essayé... J'ai essayé de toutes mes forces. Hélas, je n'ai pas été assez rapide pour l'aider.

Enfin, elle parvint à pleurer. À pleurer dans les bras réconfortants et apaisants de ses parents.

Au bout d'elle ne sut combien de temps, ils interrompirent leur étreinte.

— Jayne, chérie, tu te fais ce reproche depuis tout ce temps ? demanda son père.

— Évidemment. C'est ma faute. Si je n'avais pas suggéré cette sortie...

— Non, ce n'était pas ta faute, dit sa mère d'une voix ferme.

Ses yeux étaient rougis, ses joues mouillées de larmes,

pourtant il émanait d'elle une résolution que Jayne n'avait pas vue depuis des années.

— C'était un terrible, un affreux accident. Rien de plus. Tu as fait tout ce que tu pouvais.

Une main caressant le dos de sa mère, son père tourna vers Jayne ses grands yeux doux.

— Je pense qu'on vient d'apprendre tous les trois qu'on s'est détournés les uns des autres au moment précis où on aurait dû se rapprocher. Ta venue ici nous a aidés à voir ça de manière un peu plus claire.

— Je dois admettre que toutes ces années j'ai eu l'impression... que vous m'en vouliez.

— Quoi ? firent-ils en chœur, sidérés.

— Ce n'est pas vrai du tout, protesta sa mère. On t'aime, et jamais une seconde on ne t'en a voulu. Ce n'était pas ta faute.

Jayne leva les mains.

— OK, je nous absous. Tous les trois. On est humains, après tout. Il y a des tas de choses qu'on aurait pu mieux faire. Comme se serrer les coudes, par exemple.

Ou, pour sa part, dire à Sam qu'elle l'aimait. Elle aurait dû le faire avant de partir. Au lieu de lui envoyer ce SMS ridicule.

Pourvu qu'elle n'ait pas tout gâché avec lui.

Son père lui coinça une mèche de cheveux derrière l'oreille, comme il le faisait quand elle était fillette.

— Nous sommes si fiers de toi, chérie. Tellement fiers de tout ce que tu as fait de ta vie. Nous espérons juste que, désormais, tu puisses vivre pour toi. Jules était une belle étoile très brillante, et nous avons eu beaucoup de chance de l'avoir, mais, à présent, il nous faut la garder ici.

Il désigna son cœur.

En cet instant, une vie d'éloignement et d'incompréhensions fut effacée. Jayne savait ce qu'elle voulait, elle savait où elle allait et ce qu'elle faisait. Et, surtout, elle savait avec qui elle voulait le faire.

— Ça vous tente, un petit voyage à Whitticombe ?

— Allez, les gars, montrez-moi ce que vous valez !

Sam faisait de son mieux pour encourager les participants au lancer de tarte. Malgré son état d'esprit tout sauf festif.

On ne transmet ces informations qu'à la famille.

Jayne était sa famille. Elle devait devenir sa femme. Il avait même retrouvé la bague dans son tiroir, et la sentait maintenant qui brûlait la poche de son pantalon.

L'avantage, quand on avait le visage couvert de tarte à la crème, c'était qu'on pouvait grimacer et froncer les sourcils sans gâcher la bonne ambiance de la fête.

Je rentre dimanche.

Il était déjà 13 heures et, pour le moment, aucun signe de Jayne.

Un nouveau candidat s'approcha. Une candidate qui tenait sa tarte devant son visage. Pourtant, il l'aurait reconnue entre mille.

Jayne Sinclair.

La manière dont son cœur bondit dans sa poitrine lui confirma, si besoin était, qu'il ne s'attendait vraiment pas à ce qu'elle revienne. Et surtout pas avec un si beau sourire.

Plusieurs personnes vinrent s'aligner à côté d'elle. Nate, tenant Cailey et Connor par la main. Son père était là aussi. Ses sœurs. Son grand-père. Les parents de Jayne.

Il lâcha un sifflement médusé. Pour une surprise… Voilà qui expliquait le mystérieux départ précipité de Jayne. Ils se donnaient la main, souriants et sereins. Rayonnants, à l'image d'une Jayne qu'il avait espéré revoir ainsi un jour.

Quant à cette dernière, elle n'était pas coiffée, ses vêtements étaient froissés, elle avait l'air d'avoir voyagé toute la nuit. Bref, elle était magnifique.

— Tu lances ou quoi ?

— Peut-être, mais avant je voulais te dire que je t'aime.

Son cœur manqua un battement.

— Ah oui ? Et tu vas faire quoi, du coup ?

Elle sourit. Tout le monde s'avança d'un pas.

— Je vais rester dans les parages un moment.

Il lui faudrait plus d'un « moment » pour mordre à l'hameçon.

— Ou une vie, si ça te convient, ajouta-t-elle.

— Et l'hôpital de Londres ? Ils m'ont dit que tu avais remis ta démission.

Elle écarquilla les yeux.

— Tu es allé au Merryweather ?

— Bien sûr. Je n'allais quand même pas laisser la femme de ma vie s'enfuir une seconde fois. Pas question.

Un mélange d'émotions diverses passa sur son beau visage.

— J'aurais dû t'en parler. Une femme ne doit rien cacher à son amoureux.

— Son amoureux ?

— Tu veux bien être mon fiancé, Sam Crenshaw ?

Le sang lui monta au cerveau, si vite qu'il vit des étoiles. Quand il parvint à se concentrer à nouveau, Jayne était là, tout près, ses grands yeux emplis d'espoir, ses joues rosies par l'excitation mêlée d'inquiétude. Jayne qui s'ouvrait à lui devant tous les gens qu'ils aimaient.

— Bien sûr, tu es l'amour de ma vie, ma chérie.

Une vie de bonheur, est-ce que cela pouvait être aussi facile ? Ils avaient un passé compliqué. Mais ils pouvaient aussi avoir un avenir beau, riche et épanoui. Du moment qu'il lui faisait confiance pour rester auprès de lui.

Elle se mordit la lèvre inférieure.

— Comme j'ai un passif assez peu glorieux, je me suis dit que ça pourrait te rassurer.

Elle s'agenouilla devant le stand où il se tenait, couvert de crème, et lui tendit un morceau de papier.

— C'est quoi ?

— Un contrat.

— De mariage ?

Mais non. C'était une offre de travail au nom de Jayne à l'hôpital pour enfants d'Oxford. Est-ce que cela suffisait ? Était-ce assez pour lui prouver qu'elle resterait, cette fois ?

Le cœur de Jayne battait si fort qu'elle le voyait presque faire bouger le tissu de son T-shirt.

Ce qu'elle ressentait en cet instant, c'était ce qu'elle attendait depuis toujours.

L'espoir.

L'espoir que son amour pour Sam puisse enfin s'épanouir au grand jour, devant tous ceux qu'elle aimait. L'espoir qu'ils parviennent à surmonter leurs problèmes ensemble, si dur que cela soit. L'espoir qu'ils forment une famille à eux.

Rien ne changeait en un claquement de doigts, mais elle était prête à essayer.

Les yeux plongés dans ceux de l'homme qu'elle aimait, elle tentait de déchiffrer le mélange d'émotions qui tantôt allumait, tantôt assombrissait ses si beaux yeux verts.

Le plus gros problème, c'était la confiance. Elle n'avait rien fait, au fil des années, pour la gagner. Tout le contraire, en fait.

— Samuel Crenshaw, commença-t-elle de la voix la plus forte possible afin que tous l'entendent, je t'aime. Je t'aime de tout mon cœur. Je sais que je n'ai pas été très fiable jusqu'à présent, mais s'il est une chose que j'ai apprise, c'est que rien ne vaut l'honnêteté. Or toutes ces années, je me suis menti en me racontant que je pouvais survivre sans toi. J'avais tort. Complètement tort... Je t'aime. Et rien, absolument rien ne m'empêchera de t'aimer de tout mon cœur jusqu'à la fin de mes jours. Si tu veux bien de moi.

Il la dévisagea. Cilla. Et tourna les talons.

Ou plutôt contourna le stand pour la soulever du sol. Avant qu'elle ait le temps de réagir, Sam était là, il l'embrassait. Là, devant tout le village. Comme s'ils étaient seuls au monde. Et alors qu'elle se cambrait à sa rencontre, elle commença à comprendre ce qui venait de se passer.

Il disait oui. Sam lui disait « oui ». Il acceptait d'être son fiancé. Et un jour, il serait son mari. Tous les deux, ils feraient tout pour rester ensemble. Avec franchise. Et avec le soutien de tout leur entourage.

Ce fut le moment que l'entourage en question choisit pour les bombarder de tartes à la crème.

Ils continuèrent à s'embrasser sous la pluie de pâtisseries. Crème à la banane. Citron meringué. Chocolat. Tous les parfums possibles et imaginables. Un vrai chaos. Un véritable amour fou.

— Ça te dit de plonger dans la rivière, histoire d'officialiser ces fiançailles ? proposa Sam en la débarrassant d'une éclaboussure de crème sur le front.

— Pourquoi pas ? C'est parfait, une plongée dans l'eau, pour symboliser un nouveau départ.

Ils se prirent par la main et, ensemble, en couple, ils sautèrent dans la rivière en riant et en criant. Parce que, avec l'amour, tout se terminait toujours bien.

13

— Oh ! Maggie, c'est sublime !

Rayonnante, Maggie installa soigneusement un autre cupcake sur la pièce montée.

— Rien n'est trop beau pour ma meilleure amie !

Jayne effleura tendrement le collier autour de son cou que Maggie avait porté à son propre mariage.

— Et puis, merci pour le « quelque chose d'emprunté ».

— Absolument. Le « quelque chose de neuf », c'est ton incroyable robe.

Elles souriaient toutes les deux tandis que Jayne effectuait un petit tour sur elle-même, envoyant voleter les épaisseurs de tulle de sa longue robe plissée.

— Quelque chose de vieux ?

Jayne tendit un pied de sous son jupon.

— Les chaussures de mariage de ma mère.

Maggie applaudit.

— Quelque chose de bleu ?

Jayne tendit son poignet pour lui montrer son bracelet.

— Oh, qu'il est joli ! Il est neuf ?

— Non, je l'ai trouvé dans la boîte à bijoux de Jules. On en avait acheté deux il y a des années, mais j'avais perdu le mien. J'ai trouvé que ce serait une belle façon de partager le jour de mon mariage avec elle.

Avant qu'elle ait le temps de fondre en larmes, on frappa à la porte.

— Sam Crenshaw ! Tu ne sais pas que ça porte malheur de voir la mariée avant la cérémonie ? marmonna Maggie.

— Il y a pas mal de choses qu'on n'a pas faites selon la règle, alors pourquoi commencerait-on maintenant ?

Sam entra à grandes enjambées, vint caresser le ventre arrondi de Jayne sous la robe blanche et lui déposa un baiser sur la joue.

— Tu es superbe. Je t'ai apporté un cadeau.

— Tu n'avais pas besoin de faire ça, chéri. Tu es le seul cadeau dont j'aie besoin.

Maggie leva les yeux au ciel.

— Bon, je vais vous laisser… Je vois ce regard amoureux cucul dans vos yeux à nouveau.

— Comment pourrait-il en être autrement quand je suis à dix minutes d'épouser l'homme de mes rêves ?

— Bien vu. À tout à l'heure. Le pub est rempli de gens qui n'attendent qu'une chose : voir l'heureux couple redescendre l'allée de l'église.

— Qu'Ethel leur dise d'aller s'installer et qu'on arrive dès qu'on est prêts, répliqua Jayne en riant.

Une fois Maggie partie, Sam la serra contre lui autant que son ventre le permettait.

— Tu es prête à devenir Mme Crenshaw ?

Jayne fronça les sourcils, incapable de s'empêcher de sourire en même temps.

— Hum… Je voyais plus quelque chose du genre Sinclair-Crenshaw.

Sam lui rendit son sourire.

— Peu m'importe comment tu t'appelles du moment que tu es à l'église et que tu me laisses te passer la bague au doigt.

Jayne lui répondit par un baiser. Évidemment… Rien ne pourrait l'en empêcher.

— Alors, c'est quoi, ce cadeau ?

— Vas-y, ouvre-le.

Les larmes lui montèrent aux yeux quand elle le découvrit. Il s'agissait d'une plaque.

— La Fondation cycliste Jules Sinclair ?

Sam hocha la tête, les yeux humides.

— Je me suis dit que, comme on ne va pas tarder à avoir des petits, on pourrait faire en sorte que leur tatie Jules les aide quand ils seront en âge de faire du vélo.

Il lui expliqua qu'il avait déjà tout prévu pour que l'organisation caritative offre des casques gratuits et des séances d'apprentissage du vélo à tous les enfants de Whitticombe, et fasse apposer des panneaux de mise en garde un peu partout dans le village.

— Oh, Sam ! C'est une super idée.

— Je suis content qu'elle te plaise.

Il se penchait pour lui donner un vrai baiser quand il s'écarta.

— Quoi ? Je suis trop grosse pour que tu puisses m'embrasser ? demanda-t-elle en riant.

— Ce n'est pas ça. La prochaine fois que je t'embrasserai, je veux que tu sois ma femme.

— Bon, allons-y, alors, dit-elle en le poussant en direction de la porte. On l'a tous les deux suffisamment attendu, ce baiser.

Quelques minutes plus tard, son père à son bras et sa mère de l'autre côté, Jayne se tenait à l'entrée de l'église, souriant à son futur mari qui l'attendait près de l'autel.

Ils avaient mis du temps à en arriver là. Mais si elle avait bien appris une chose, c'était que certains risques valaient la peine d'être pris. Surtout celui de tomber amoureux.